채근담

나남
nanam

趙芝薰 전집 9

채근담

1996년 3월 5일 발행
2016년 5월 15일 4쇄

저자_ 趙芝薰
발행자_ 趙相浩
발행처_ (주) 나남
주소_ 10881 경기도 파주시 회동길 193
전화_ (031) 955-4601 (代)
FAX_ (031) 955-4555
등록_ 제 1-71호 (1979. 5. 12)
홈페이지_ http://www.nanam.net
전자우편_ post@nanam.net

ISBN 978-89-300-3449-4

趙芝薰 전집 9

채근담

나남
nanam

일러두기

1. 이 책은 홍자성(洪自誠)의 《채근담》(菜根譚)을 국역, 주해(註解)한 것
   인데, 제갈량(諸葛亮)의 〈출사표〉(出師表)와 〈목우자수심결〉(牧牛子修
   心訣)을 국역, 주해(註解)한 것도 함께 실었다.
2. 표기 및 구두점은 되도록 원고에 따랐다.
3. 한자(漢字) 표기는 특수한 경우를 제외하고는 속자(俗字)를 쓰지 않고
   정자(正字)로 표기하였다.
4. 이 책에서 사용한 문양은 '백제 금동 용봉 봉래산 향로'(百濟金銅龍鳳
   蓬萊山香爐)에 있는 봉황의 형상이다.

조지훈 전집 서문

지훈芝薫 조동탁趙東卓(1920~1968)은 소월素月과 영랑永郞에서 비롯하여 서정주徐廷柱와 유치환柳致環을 거쳐 청록파青鹿派에 이르는 한국 현대시의 주류를 완성함으로써 20세기의 전반기와 후반기를 연결해 준 큰 시인이다. 한국 현대문학사에서 지훈이 차지하는 위치는 어느 누구도 훼손하지 못할 만큼 확고부동하다.

문학사에서 지훈의 평가가 나날이 높아가는 것을 지켜보며 기뻐해 마지않으면서도, 아직도 한국 근대정신사에 마땅히 마련되어야 할 지훈의 위치는 그 자리를 바로 찾지 못하고 있는 것이나 아닌가 하는 걱정이 없지 않다. 매천梅泉 황현黃玹과 만해萬海 한용운韓龍雲을 이어 지훈은 지조를 목숨처럼 중히 여기는 지사의 전형을 보여 주었다. 서대문 감옥에서 옥사한 일송一松 김동삼金東三의 시신을 만해가 거두어 장례를 치를 때 심우장尋牛莊에 참례參禮한 것이 열일곱(1937)이었으니 지훈이 뜻을 세운 시기가 얼마나 일렀던가를 알 수 있다.

지훈은 민속학과 역사학을 두 기둥으로 하는 한국문화사를 스스로 자신의 전공이라고 여기었다. 우리는 한국학의 토대를 마련한 지훈의 학문을 정확하게 인식해야 한다. 조부 조인석趙寅錫과 부친 조헌영趙憲泳

5

으로부터 한학과 절의節義를 배워 체득하였고, 혜화전문과 월정사에서 익힌 불경과 참선 또한 평생토록 연찬하였다. 여기에 조선어학회의 《큰사전》 원고를 정리하면서 자연스럽게 익힌 국어학 지식이 더해져서 형성된 지훈의 학문적 바탕은 현대교육만 받은 사람들로서는 감히 짐작하기조차 어려울 만큼 넓고 깊었다.

지훈은 6·25 동란 중에 조부가 스스로 목숨을 끊고 부친과 매부가 납북되고 아우가 세상을 뜨는 비극을 겪었다. 《지조론》에 나타나는 추상같은 질책은 민족 전체의 생존을 위해 도저히 참을 수 없어 터뜨린 장렬한 양심의 절규였다. 일찍이 오대산 월정사 외전강사外典講師 시절 지훈은 일제가 싱가포르 함락을 축하하는 행렬을 주지에게 강요한다는 말을 듣고 종일 통음하다 피를 토한 적도 있었다. 자유당의 독재와 공화당의 찬탈에 아부하는 지식인의 세태는 지훈을 한 시대의 가장 격렬한 비판자로 만들고 말았다. 이 나라 지식인 사회를 모독한 박정희 대통령의 진해 발언에 대해 이는 학자와 학생과 기자를 버리고 정치를 하려 드는 어리석은 짓이라고 비판한 지훈은 그로 인해 정치교수로 몰렸고 늘 사직서를 지니고 다녔다. 지훈은 언제고 진리와 허위, 정의와 불의를 준엄하게 판별하였고 나아갈 때와 물러날 때를 엄격하게 구별하여 과감하게 행동하였다.

지훈은 근면하면서 여유 있고 정직하면서 관대하고 근엄하면서 소탈한 현대의 선비였다. 매천이 절명絕命의 순간에도 '창공을 비추는 촛불' 輝輝風燭照蒼天로 자신의 죽음을 표현하였듯이 지훈은 나라 잃은 시대에도 "태초에 멋이 있었다"는 신념을 지니고 초연한 기품을 잃지 않았다. 지훈에게 멋은 저항과 죽음의 자리에서도 지녀야 할 삶의 척도이었다.

호탕한 멋과 준엄한 원칙 위에 재능과 교양과 인품이 조화를 이룬 대인을 우리는 아마 다시 보지 못할지도 모른다. 이른바 근대교육에는 사람을 왜소하게 만드는 면이 있기 때문이다. 지훈의 기백은 산악을 무너뜨릴 만했고 지훈의 변론은 강물을 터놓을 만했다. 역사를 논하는 지훈의 시각은 통찰력과 비판력을 두루 갖추고 있었다. 다정하고 자상한 스승이었기에 지훈은 불의에 맞서 학생들이 일어서면 누구보다도 앞에 나아가 학생들을 격려하였다. 지훈은 제자들과 함께 술을 마시고 서로 속마음을 털어놓기도 했고 손을 맞잡고 한숨을 쉬기도 했다. 위기와 동요의 시대인 20세기 후반기에 소용돌이치는 역사의 상처를 지훈은 자신의 상처로 겪어냈다.

지훈은 항상 현실을 토대로 하여 사물을 구체적으로 파악하려 하였고 멋을 척도로 하여 인간을 전체적으로 포착하려 하였다. 지훈은 전체가 부분의 집합보다 큰 인물이었다. 지훈의 면모를 알기 위해서는 그의 전체상을 살펴볼 필요가 있다. 한국의 현대사를 연구하려는 사람은 반드시 먼저 한국현대정신사의 지형을 이해해야 한다. 우리는 지훈의 전집이 한국현대정신사의 지도를 완성하는 데 기여하리라고 확신하고, 지훈이 걸은 자취를 따르려는 사람들뿐 아니라 지훈을 비판하고 극복하려는 사람들에게도 지훈의 전모를 객관적으로 인식할 수 있게 해야 한다고 생각하여 오래전에 절판된 지훈의 전집을 새롭게 편찬하기로 하였다. 이 전집은 세대를 넘어 오래 읽히도록 편집에 공을 들이었고, 연구자의 자료가 되도록 판본들을 일일이 대조하여 결정본을 확정하였고 1973년판 전집에 누락된 논설들과 한시들을 찾아 수록하였다.

전집 출판의 어려운 일을 맡아 주신 나남출판 조상호 회장의 특별한 뜻에 충심으로 경의를 표하며 1973년판 전집의 판권을 선선히 넘겨주신 일지사 김성재 사장의 후의에 감사드린다. 교정에 수고하신 나남출판 편집부 여러분의 노고에 깊은 사의를 표하는 바이다.

1996년 2월
조지훈 전집 편집위원

趙芝薰 전집 9

채근담

차 례

머리말

내가 《채근담》菜根譚을 처음으로 읽은 것은 열일곱 살 때의 일이다. 인생의 맛을 아직 모르던 시절이었으므로 나는 그때 실상 《채근담》의 진미眞味를 알지도 못하면서 《채근담》을 읽었던 것 같다. 그러나 나는 《채근담》을 읽고 동양의 생리生理를 알았고 동양의 마음을 느낄 수가 있었다. 선비의 몸가짐과 마음씨는 마땅히 이러해야 한다고 제법 고개를 끄덕이면서 옛 어른들이 어지러운 세상을 피하여 먼 시골로 낙향落鄕하던 심정을 생각해 보기도 하였다.

내가 두 번째로 《채근담》菜根譚을 읽은 것은 스물두 살 때의 일이다. 그때는 내가 병든 세상에서 쫓겨나 산암해정山菴海亭으로 외로운 발길을 옮기던 때라 《채근담》을 통하여 느끼는 둔세遁世의 미味와 자적自適의 멋은 나의 슬픔을 위로하는 정다운 벗이기도 하였으니 한 바리의 밥과 일상一床의 선서禪書로 소유消遣하던 그날에 《채근담》은 참으로 좋은 길잡이가 되어 주었다. 그 뒤의 십 년은 나도 세상의 풍파風波에 엔간히 부대낀 데다가 정신적으로도 훨씬 성숙했던 터이므로 《채근담》의 맛은 한결 더 깊어 갈 수밖에 없었다.

《채근담》菜根譚을 읽은 지 어느덧 이십 년, 나도 모르는 사이에 나에게는 《채근담》의 영향이 적지 않게 끼쳐진 듯하다. 이렇게 읽을 때마

11

다 그 맛이 깊어지는 것은 무슨 때문인가. 채근菜根의 담박淡泊한 맛이 씹을수록 달듯이 《채근담》의 맛도 또한 읽을수록 향기롭기 때문인가 한다. 나이와 체험과 공부에 따라 더욱 새로워지는 이 책은 어느 때 어디서 누가 읽든지 간에 그 사람의 기틀에 맞추어 그 맛의 변화가 자재自在한 까닭이다. 중속衆俗과 더불어 화락和樂하되 그 더러움에는 물들지 않고 고아高雅의 경지에 뜻을 두어도 고절孤絶의 생각에 빠지지 않게 하는 《채근담》은 진실로 좋은 스승이라 하겠다.

현대인이 《채근담》菜根譚을 읽으면 무엇을 어떻게 느낄는지를 생각해 보는 것도 매우 흥미로운 일이다. 아마 《채근담》이 그 너무 당연한 말만 중언부언重言復言한 것이 미울 것이요, 그 너무도 소극적인 처세관處世觀이 싫을 것이며, 그 논리가 일견一見 모순되는 것이 우스울 것이다. 그러나 우리가 알기는 쉬워도 행하기는 어려움을 참으로 깨닫고 보면 옳은 말의 되풀이가 미울 까닭이 없을 것이니, 겉으로는 소극적으로 보이면서도 실상은 그 소극적인 태도가 도리어 명망名望과 인격과 도의道義를 지키기 위한 적극적 정신의 발현發現임을 알 것이다. 이는 일시一時의 이욕利慾이 아니라 영원에 대한 신념이기 때문이다.

《채근담》의 방법은 전후가 모순되는 바 있다. 그러나 이것은 한 가지 공식과 논리만으로 모든 사람을 율律하려 하지 않고 때와 자리와 사람에 따라 그 잘못되기 쉬운 약점을 지적하고자 함이니, 융통자재融通自在의 현실적 윤리는 응병여약應病與藥의 논리이기 때문이다. 이것이 《채근담》의 근본정신이므로 그 자체로서는 조금도 모순이 없으며 또 그 모순이 바로 생활에 즉卽한 논리의 바탕이 된다. 이것이 내가 《채근담》을 현대인에게 권하고 싶은 까닭이기도 하다.

나에게 이 《채근담》菜根譚의 현대역現代譯을 권한 사람은 현암玄岩이다. 현암은 동서고금의 금언경구金言警句와 수양처세修養處世의 서書를 모

12

아 널리 독서자讀書子들에게 이바지하는 것으로써 보람을 삼는 이다. 내 마침 난亂을 피하여 대구에 우거寓居할 무렵에 그를 만나 이야기가 구을 러 《채근담》에 이르게 되었더니 언미이言未已에 그는 한 권의 책자를 내어 놓고 그 번역을 약속하자 하였다. 그 책이 바로 《채근담》이었다. "복福은 일 적은 것보다 더 큰 복이 없다"는 것이 《채근담》의 말인데, 나에게 굳이 일을 맡기는 것은 나의 복을 깎는 게 아니냐고 웃으면서 마침내 이를 언약言約한 바 있었다. 환도還都하여 대강 자리를 잡고 나 서 나는 이내 《채근담》의 번역에 손을 대었으나 역필譯筆이 지지부진遲 遲不進하더니, 지난해 여름 수삭數朔을 병들어 누워 있는 동안 투병을 겸 하여 정신을 가다듬고 다시 이에 손을 대었다. 새벽 창 앞에 혹은 초저 녁 등불 아래서 하루 4, 5장씩 번역하기를 일과 같이 하여 그해 10월에 이 일을 끝내었다. 무거운 짐을 벗었으매 가슴은 후련하였으나 이로 말미암아 내가 또 큰 허물을 남기게 된 것은 괴로운 일이었다.

　이제 졸拙한 번역과 미진한 주석註釋을 다시 뒤져 보매 손 댈 곳이 한 두 곳이 아니나 지금의 나의 천식淺識과 병약病弱으로는 그 진선盡善의 미美를 기약할 수 없으므로 이는 후일의 개정改訂을 기다리기로 한다.

譯者 識

범 례 (凡例)

一, 이 책은 홍자성洪自誠의 《채근담》菜根譚을 저본底本으로 하여 그
  전후집前後集 359장 전편全篇을 새로이 역출譯出한 것이다.

一, 원저原著는 전집前集 225장, 후집後集 134장으로 나뉘어졌으나 그
  전후집前後集은 편의상의 분편分篇이요 내용에는 뚜렷한 특색이
  없으므로 역자譯者는 이 전후집을 다시 뒤섞어서 비슷한 것끼리
  한데 모아 4편에 나누고 자연自然, 도심道心, 수성修省, 섭세涉世라
  고 각기 이름 지었다.

一, 이 책의 편서編序는 원저原著 전후집前後集을 섞어서 재편했으나
  각 편의 순서는 원저原著의 순서에 의하여 배열하였으며 원저와
  의 비교참조比較參照를 위하여 각기 괄호 안에 원저의 해당 차서次
  序를 밝혀 두었다.

一, 번역은 원의原意에 충실할 것을 안목眼目으로 삼았으나 난해한 것
  은 원의原意에 벗어나지 않는 한도 안에서 자유롭게 의역意譯하기
  도 하였다.

一, 역문譯文은 평이한 현대어로 풀이하기에 힘쓰되 원문原文의 맛을
  내기 위하여 의고문체擬古文體를 쓰기도 하였으며 운문韻文의 격
  을 병용竝用함으로써 낭음朗吟의 편리에도 유의하였다.

一, 본문 각장各章은 먼저 역문譯文을 앞에 놓되 한문漢文 맛을 알고자
  하는 이를 위해서 원문原文에 현토懸吐한 것을 그 다음에 붙였으
  며 대의大意의 해설, 난어難語의 주석註釋, 출처出處를 해의解義란
  이름으로 아울러서 마지막에 붙여 놓았다.

自然篇

1

바람이 성긴 대숲에 오매 바람이 지나가면 대가 소리를 지니지 않고 기러기가 차가운 못을 지나매 기러기 가고 난 다음에 못이 그림자를 머무르지 않나니 그러므로 군자君子는 일이 생기면 비로소 마음에 나타나고 일이 지나고 나면 마음도 따라서 비나니라.

〔原文〕— 前 82

風來疎竹에 風過而竹不留聲하고 雁度寒潭에 雁去而潭不留影이라. 故로 君子는 事來而心始現하고 事去而心隨空하나니라.

〔解義〕

대숲은 얇은 바람결에도 소리를 내지만 바람이 가고 나면 고요해진다. 못물은 무엇이든지 떠오르면 비치지만 가고 나면 아무런 자취가 없다. 군자의 마음도 대숲, 못물과 같으니 사물이 오면 응접應接하되 간 뒤에는 거리낌이 없다. 연연히 집착하는 마음을 버려야 어지러운 세상에 자재自在함을 얻을 것이다.

2

산림山林에 숨어 삶을 즐겁다 하지 말라. 그 말이 아직도 산림의 참맛을 못 깨달은 표적이라. 명리名利의 이야기를 듣기 싫다 하지 말라. 그 마음이 아직도 명리의 미련을 못다 잊은 까닭이라.

〔原文〕— 後 1
談山林之樂者는 未必眞得山林之趣요, 厭名利之談者는 未必盡忘名利之
情이니라.

〔解義〕
진실의 묘미는 말로써 표현하지 못하는 데 있으니 말로 표현되는 경지는 그 진실의 아주 작은 한 부분이다. 심상尋常한 산림山林의 낙樂을 짐짓 풍아風雅한 체하는 것이 바로 속된 마음이니, 무엇으로 산림의 참맛을 알랴! 통달한 사람은 싫어함이 없다. 집착함이 있어야 싫어함이 있으니 명리名利에 관심이 없으면 또 무슨 명리를 싫어하는 마음이 따로 있으랴.

3

꾀꼬리 울고 꽃이 우거져 산과 골이 아름다워도 이 모두 다 건곤乾坤한 때의 환경幻境! 물 마르고 나뭇잎 떨어져 바윗돌 벼랑이 앙상하게 드러남이여, 이 곧 천지天地의 참모습이로다.

〔原文〕— 後 3

鶯花茂而山濃谷艷은 總是乾坤之幻境이요, 水木落而石瘦崖枯는 纔見天地眞吾이니라.

〔解義〕

잎 떨어진 나무와 이끼, 마른 돌의 맛을 모르고는 동양의 진수를 알지 못한다. 계절을 따라 변화하는 만상萬象이니 어느 것인들 우주의 모습이 아니랴마는, 번화繁華는 한때의 꾸밈이요 고적枯寂은 본연한 바탕이다. 낙목한천落木寒天, 수석청간瘦石淸澗의 즈음에서 천지의 참모습을 보라. 인생도 이와 같으니 명예와 권세는 가태假態요, 그 명예와 권세가 쇠衰한 뒤에 비로소 그 사람의 본바탕을 보게 된다.

4

세월은 본디 길고 오래건만 마음 바쁜 이가 스스로 짧다 하느니. 천지는 본디 넓고 넓건만 마음 천賤한 이가 스스로 좁다 하느니. 아, 풍화설월風花雪月은 본디 한가롭건만 악착한 사람이 스스로 번거롭다 하느니.

〔原文〕— 後 4
歲月이 本長이언만 而忙者自促하고 天地는 本寬이언만 而鄙者自隘하며 風花雪月은 本閒이언만 而勞攘者自冗하나니라.

〔解義〕
길고 짧고 넓고 좁은 것과 높고 낮음이 다 사람의 착안著眼과 용의用意에 있다. 세월이 언제 끝난 적 있기에 짧다 하는가, 낭비하지 않으면 항상 넉넉하다. 천지가 사람을 가둔 적 없건마는 마음 좁은 사람이 좁다 하나니, 육 척도 못 되는 몸 하나 담을 자리야 가는 곳마다 있지 않은가. 풍화설월보다 더 유한悠閒한 것이 없거늘 부질없이 바쁜 사람이 조용히 느껴 보지도 않고 덧없다 하는구나.

5

풍정風情을 얻는 것은 많음에 있지 않다. 좁은 못, 작은 돌 하나에도 연하煙霞가 깃든다. 훌륭한 경치는 먼 곳에 있지 않다. 오막살이 초가草家에도 시원한 바람, 밝은 달이 있다.

〔原文〕— 後 5
得趣不在多라 盆池拳石間에 煙霞具足하며 會景不在遠이라 蓬窓竹屋下에
風月이 自賒하나니라.

〔解義〕
"종일을 산야에 헤매어도 봄을 보지 못했더니, 돌아와 울타리에 매화 향기를 맡으니 봄이 이미 가지 끝에 무르익었다"는 옛 시詩가 있다. 풍정風情은 스스로의 마음속에 있나니 작은 풍경에도 큰 즐거움이 있고 마음만 한가로우면 눈앞과 발밑에 풍월風月이 절로 넉넉하다.

6

고요한 밤 종소리를 듣고 꿈속의 꿈을 불러 깨우며 맑은 못의 달그림자를 보고 몸 밖의 몸을 엿보는도다.

〔原文〕─ 後 6

聽靜夜之鐘聲하여는 喚醒夢中之夢하며 觀澄潭之月影하여는 窺見身外之身하나니라.

〔解義〕

인생이 꿈같은데 꿈속에도 꿈이 있다. 깊은 밤 종소리를 듣거든 그 꿈을 깨워 마음의 창을 열라. 덧없는 이 몸 안에 우주의 본체가 있다. 맑은 못에 잠긴 달빛을 보거든 그 우주의 모습을 엿보라. 깨달아야 꿈인 줄 알 것이요 보아야 참인 줄 알 것이다.

7

새 울음 벌레 소리는 이 모두 다 전심傳心의 비결秘訣, 꽃잎과 풀빛은 이 모두 다 오도悟道의 명문名文! "본디 마음자리 그 마음을 밝게 하라." 가슴이 영롱하면 듣고 보는 것마다 회심의 웃음이 있으리니.

〔原文〕— 後7
鳥語蟲聲이 總是傳心之訣이요 花英草色은 無非見道之文이니 學者는 要天機淸徹하며 胸次玲瓏하면 觸物에 皆有會心處니라.

〔解義〕
"나에게 한 권의 경經이 있나니 종이와 먹으로 이룬 것이 아니로다. 활짝 펴놓아도 글자 한 자 없건마는 항상 큰 광명이 예서 퍼져 나가노라"라는 글이 선가禪家에 있다. 이 경은 곧 《천지자연경》天地自然經이다. 천지만물 산색계성山色溪聲이 모두 우주의 실상과 무상無上의 대도大道를 보여 준다는 뜻이다. 도를 배우는 사람은 마땅히 천연天然의 심기를 맑게 하여 흉중에 일점의 사념邪念도 없이 함으로써 보고 듣는 것마다 마음에 체득함이 있어야 한다. 그러므로 새 울음, 벌레 소리가 마음에서 마음으로 전하는 비결이 되고, 꽃송이와 풀잎이 그대로 산 문장이 된다는 말이다. 천지의 대도와 우주의 진리란 것은 언어문자로는 표현할 수 없기 때문에 석가도 49년 설법에 한 자도 설說함이 없다고 하였다. 문자로 풀이한다는 것은 얼마나 부족한 일인가 ! 천지만물이 곧 그대로 우주의 실상이니 진리는 오직 스스로 체득하고 스스로 깨달을 수밖에 없다.

8

사람들은 모두 다 글자 있는 책만 읽고 글자 없는 책은 읽지 못하며 줄 있는 거문고는 탈 줄 알아도 줄 없는 거문고는 탈 줄 모른다. 형터리 있는 것만 쓸 줄 알고 그 정신은 쓸 줄 모르나니 무엇으로 금서琴書의 참맛을 얻으랴.

〔原文〕— 後 8
人이 解讀有字書하되 不解讀無字書하며, 知彈有絃琴하되 不知彈無絃琴하나니 以迹用하고 不以神用이라 何以得琴書之趣리오.

〔解義〕
문자는 언어의 부호요 언어는 마음의 형식이니, 문자보다 언어가 먼저요 더 완전하고, 언어보다는 마음이 더 먼저요 완전하다. 거문고 줄은 소리를 내는 기구器具요 소리는 움직이고 부딪치는 가락의 형식이니 가락은 소리로써 이루어지고 소리는 줄로써 나타난다. 문자文字 없는 책은 마음이요 줄 없는 거문고도 마음이다. 보이는 것만 볼 줄 알고 형터리 있는 것만 쓸 줄 알아서는 참맛을 모른다. 멀리 산에 빛이 있음을 보고 가까이 물이 소리 없음을 들으며 줄 없는 거문고를 어루만지고 구멍 없는 피리를 불 줄 알아야 바야흐로 책과 거문고가 없어도 그 뜻 그 가락을 알리라.

9

마음에 물욕物慾 없으면 이 곧 가을 하늘 잔잔한 바다!
옆에 금서琴書 있으면 이 곧 신선의 집!

〔原文〕 — 後 9
心無物慾이면 卽是秋空霽海요 坐有琴書면 便成石室丹丘니라.

〔解義〕
마음에 욕심 없으면 근심과 괴로움이 있을 리 없다. 세리勢利의 어지러
움이 어둡고 험난해도 마음 고요하면 가을 하늘, 물결 없는 바다와 같
으리라. 옆에 거문고와 책이 있어 이를 즐길 줄 알면 시끄러운 저자에
살아도 그곳이 곧 그대로 신선이 사는 석실石室이나 밤낮으로 밝은 선
향仙鄕이 될 것이다.

10

손과 벗들이 구름같이 모여 와 기껏 마시고 질탕히 노는 것은 즐거운 일이로되 얼마 안 되어 시간이 다하고 촛불이 가물거리며 향로의 연기는 사라지고 차茶도 식고 나면 즐거움이 도리어 흐느낌을 자아내어 사람을 적막寂寞하게 한다. 아! 천하의 일이 모두 이 같을진저! 어찌타 빨리 머리를 돌리지 않느뇨.

〔原文〕— 後 10

賓朋이 雲集하여 劇飮淋漓樂矣라가 俄而오 漏盡燭殘하며 香銷茗冷하면 不覺反成嘔咽하며 令人索然無味하나니 天下事率類此라 人이 奈何不早回頭也오.

〔解義〕

"참뜻의 황금시대는 그 황금시대가 오기 직전에 있다"라는 말이 있다. 황금시대는 바로 쇠퇴하기 시작하는 시기이기 때문이다. 꽃이 활짝 피면 시들고 달도 차면 기울듯이 모이면 마침내 흩어지고 흥이 다하면 반드시 슬픔이 온다. 천하의 일이 모두 다 이와 같다. 그러므로 사람은 무슨 일에든지 극단까지 가지 말고 그 즐거움 중에 머리를 돌려서 반성해야 한다.

11

사물 속에 깃들어 있는 참취미를 깨달으면 오호五湖의 풍경도 마음속에 들어오고, 눈앞에 있는 하늘 기틀을 잡으면 천고千古의 영웅도 손아귀에 들어온다.

〔原文〕 — 後 11
會得個中趣면 五湖之煙月이 盡入寸裡하며 破得眼前機면 千古之英雄이 盡歸掌握하나니라.

〔解義〕
사물 속에 깃든 정취를 체득하면 오호五湖의 풍경도 마음속에 들어올 것이니 구태여 가서 봐야 할 까닭이 없다. 눈앞에 나타나는 모든 현상은 흥망성쇠와 이합소장離合消長이 있나니, 그 기미機微를 간파하면 천고의 영웅도 손아귀에 넣어서 쥐었다 폈다 할 수 있다. 앉아서 만 리萬里를 보고 누워서 천고千古를 헤아리는 마음이 바로 이것이다.

12

산하山河의 큰 덩어리도 이미 미진微塵에 속하거늘 하물며 티끌 속의 티끌이랴. 혈육의 몸뚱어리도 물거품과 그림자로 돌아가거든 하물며 그림자 밖의 그림자랴. 아주 밝은 지혜 아니면 다 벗어던지는 마음 없도다.

〔原文〕— 後 12

山河大地도 已屬微塵이어늘 而況塵中之塵이며 血肉身軀도 且歸泡影이어늘 而況影外之影이리오 非上上智면 無了了心이니라.

〔解義〕

광대무변廣大無邊한 우주로 보면 지구도 한 티끌이다. 그 속에 사는 사람이야 티끌 속의 티끌이 아니랴. 피가 통하고 살이 붙은 이 몸뚱이도 또한 물거품과 그림자로 돌아간다. 하물며 명예나 재리財利 같은 것이야 그림자 밖의 그림자가 아니랴. 이와 같은 도리를 뚫어 보는 지혜 아니면 모든 것을 요탈了脫하지 못하리라.

13

석화石火같이 빠른 빛 속에 길고 짧음을 다툼이여, 이긴들 얼마나 되는
광음光陰이뇨. 달팽이 뿔 위에서 자웅雌雄을 겨룸이여, 이겨 본들 얼마
나 되는 세계이뇨.

〔原文〕— 後 13
石火光中에 爭長競短하니 幾何光陰이며 蝸牛角上에 較雌論雄하니 許大世
界아.

〔解義〕
사람의 일생은 짧기가 마치 돌이 부닥칠 때 일어나는 불빛 같다. 그 속
에서 길고 짧은 것을 다투니 이겨 본들 얼마 되는 세월이랴. 《장자》莊子
에 이르기를 "달팽이의 왼쪽 뿔에 나라를 정하는 자 있으니 촉씨觸氏라
하며 달팽이 오른쪽 뿔에 나라를 정한 자 있으니 만씨蠻氏라고 한다. 때
에 서로 땅을 다투어 싸우니 시체 수만이라"는 글이 있다. 세상 사람의
명리名利 다툼이 마치 이 달팽이 뿔 위의 싸움과 같다는 말이다. 이겨
본들 얼마나 되는 세계랴.

14

부귀를 뜬구름인 양하는 기풍 있어도 반드시 깊은 산골에 살지 않노니.
산수山水 좋아하는 버릇이 고질痼疾됨은 없어도 항상 스스로 술에 취하
고 시를 탐耽하느니.

〔原文〕— 後 17
有浮雲富貴之風이라도 而不必岩棲穴處하며 無膏肓泉石之癖이라도 而常自
醉酒耽詩하나니라.

〔解義〕
"나물 먹고 물 마시고 팔을 굽혀 베개 삼아도 즐거움이 그 속에 있도다.
불의로 부富하고 또 귀함은 나에게 있어 뜬구름 같도다"라는 구절이 논
어論語에 있다. 당唐나라 전유엄田遊巖의 말에 "신臣은 이른바 천석고황泉
石膏肓이요 연하고질煙霞痼疾의 자로소이다"라는 구절이 있다. 천석연하
泉石煙霞는 산자수명山紫水明의 경계요 고황膏肓(膏는 胸下部, 肓은 胸上部 명
치끝)과 고질은 다 고칠 수 없는 병이란 뜻이니 산수의 가경佳景을 좋아
함이 버릇되어 어쩔 수 없다는 말이다. 부귀를 뜬구름같이 보면서도
세상을 버리고 심산궁곡深山窮谷에 숨지 않고 수석水石의 가경에 병드는
버릇이 없으면서도 항상 술에 취하고 시를 즐길 줄 알아야 한곳으로 치
우치지 않고 유유자적할 수 있다는 말이다. "대은大隱은 은어시隱於市"라
고 하거니와 시주詩酒의 참뜻이야말로 시주詩酒에 있는 것이 아니다.

15

명리名利의 다툼일랑 남들에게 다 맡겨라. 뭇사람이 다 취해도 미워하지 않으리라. 고요하고 담박淡泊함을 내가 즐기나니 세상이 다 취한데 나 홀로 깨어 있음을 자랑도 않으리라. 이는 부처가 이르는바 "법法에도 안 매이고 공空에도 안 매임"이니 몸과 마음이 둘 다 자재自在함이라.

〔原文〕— 後 18
競逐은 聽人而不嫌盡醉하며 恬淡은 適己而不誇獨醒이라 此釋氏所謂不爲法纏하며 不爲空纏이니 身心이 兩自在者니라.

〔解義〕
명리를 다투는 일은 세상 사람들에게 다 맡겨도 그 명리에 모든 사람이 취하는 것을 미워하지는 않으며 마음을 고요히 하고 담박淡泊하게 가짐은 저의 뜻에 맞게 할 뿐 제 혼자 깨어 있음을 자랑하지 않는 것은 사물에 얽매이지도, 공적空寂에 사로잡히지도 않는다는 말이다. 홀로 깬다함은 굴원屈原의 〈어부사〉漁夫辭에 "뭇사람이 다 취하였으나 나만 홀로 깨어 있도다"라는 구句에서 나왔고 석씨釋氏는 불가佛家를 가리킨다. 법法은 일체만물이니 나타난 것의 총칭이요, 공空은 공적空寂이니 나타난 것의 바탕이다. 있음에 집착함이 법전法纏이요 없음에 붙잡힘이 공전空纏이다. 제법諸法이 눈앞에 있다 하나 알고 보면 일체는 본디 다 공이요 일체는 개공皆空이라 해도 그 일체가 곧 그대로 우주의 실상이기 때문이다.

16

길고 짧은 것은 일념一念에 말미암고 넓고 좁은 것은 촌심寸心에 매였도
다. 마음이 한가로운 이는 하루가 천고千古보다 아득하고 뜻이 넓은 이
는 좁은 방도 천지같이 넓으리라.

〔原文〕─ 後 19
延促은 由於一念하며 寬窄은 係之寸心이라 故로 機閑者는 一日도 遙於千古
하고 意廣者는 斗室도 寬若兩間이니라.

〔解義〕
연延은 뻗어남이요 촉促은 오므라듦이며 관寬은 너그러움이요 착窄은 좁
다는 뜻이다. 두실斗室은 말같이 좁은 방을 이름이요 양간兩間은 천지의
사이란 말이다. 세월이 길다거나 짧다거나 하는 생각과 세상이 좁다거
나 넓다고 생각하는 것은 모두 마음의 여하에 매인 것이다. 일념은 천
고보다 아득하고 촌심은 천지보다 너그러워야 한다.

17

물욕을 덜고 덜어 꽃 가꾸고 대를 심어 이 몸 이대로가 무위無爲로 돌아
간다. 시비是非를 잊고 잊어 향 사르고 차를 끓여 모두 다 나 몰라라 무
아無我의 경境 예로구나.

〔原文〕 ― 後 20
損之又損하고 栽花種竹하여 儘交還烏有先生하며 忘無可忘하고 焚香煮茗하
여 總不問白衣童子라.

〔解義〕
오유烏有 선생은 한漢의 사마상여司馬相如가 말한 망시공亡是公, 오유烏有
선생, 자허등子虛等 삼인의 우의적寓意的 인물의 하나이니 오유烏有는 '어
찌 있으랴' 라는 뜻으로 무無라는 뜻이다. 백의동자白衣童子는 도연명陶淵
明의 고사로서 9월 9일에 연명이 술이 없어 동쪽 울타리에 국화꽃을 따
고 있으니 백의의 사람王弘이 술을 가지고 와서 같이 취하였다는 고사
가 있다. 동자는 선생의 대어對語, 무아무욕無我無慾의 이 경지는 달인군
자達人君子의 이상이다.

18

움직임을 좋아하는 이는 구름 속 번개 같고 바람 앞의 등불 같다. 고요함을 즐기는 이는 차가운 재 같고 마른 나무 같다. 모름지기 멈춘 구름 속에 솔개 날고 잔잔한 물 위에 고기 뛰는 기상氣象이 있어야 바야흐로 오도悟道의 마음을 지니리라.

〔原文〕— 後 22
好動者는 雲電風燈이요 嗜寂者는 死灰槁木이라 須定雲止水中에 有鳶飛魚躍氣象하나니 纔是有道的心體라.

〔解義〕
물은 흐르지 않으면 썩고 돌은 구르는 동안에는 이끼가 앉지 않는다. 움직임만 좋아하면 깊은 맛이 없고 고적枯寂만 좋아하면 생기가 없다는 말이다. 떠가는 구름이 멈추고 솔개 한가히 날듯이 흐르는 물이 고인 곳에 고기가 뛰어오르듯이 도를 체득한 마음은 동정動靜이 각기 그때와 곳이 있을 뿐 아니라 동정이 또한 그 서로 속에 깃들어 있음을 보는 마음이다. '사회고목'死灰槁木은 《장자》莊子의 제물론齊物論에서, '연비어약' 鳶飛魚躍은 《시경》詩經 대아한록편大雅旱麓篇에서 인용한 말이다.

19

소나무 우거진 시냇가에 지팡이 짚고 홀로 간다. 서는 곳마다 구름은 찢어진 누비옷에 일어나느니. 대숲 우거진 창가에 책을 베개 삼아 편히 눕는다. 깨고 보니 달빛이 낡은 담요를 비추누나.

〔原文〕 — 後 23

松澗邊에 携杖獨行하면 立處에 雲生破衲하고 竹窓下에 枕書高臥하면 覺時에 月侵寒氈하나니라.

〔解義〕

시끄럽고 어지러운 세상에도 이렇게 맑고 한가로운 경계가 가까이 있는 것이니 찢어진 옷은 구름 속이기에 구도자를 한층 거룩하게 하고 낡은 담요는 달빛에 젖음으로써 초탈한 이의 멋을 더해 준다. 명리名利를 탐하고 권세에 붙좇는 무리야 어느 때 이 맛을 알랴. 도를 구하고 시를 배우는 사람만이 누리는 청복淸福이다.

20

외로운 구름이 산골에서 피어남이여, 가고 머무는 것이 하나도 거리낌 없구나. 밝은 달이 하늘에 걸림이여, 고요하고 시끄러움을 둘 다 상관하지 않누나.

〔原文〕— 後 33

孤雲이 出岫에 去留一無所係하여 朗鏡이 懸空에 靜躁兩不相干하나니라.

〔解義〕

외로운 구름이야 가고 머무름에 제 뜻대로 할 뿐이요 밝은 달은 하늘에 떠서 세상의 고요함과 시끄러움에 마음을 쓰지 않는다. 구름같이 또 달같이 세속의 티끌을 벗어나 유유자적하면 동서남북 상하사유上下四維에 매일 곳이 어디 있으며 호오애증好惡愛憎 정적훤소靜寂喧騷에 괴로울 것이 무엇인가. 수岫는 산곡山谷의 뜻이요 낭경朗鏡은 거울같이 맑은 달이란 뜻이다.

21

유장悠長한 맛은 부귀에선 못 얻나니 콩을 씹고 물 마시는 데서 얻는도다. 그리운 회포는 고적枯寂에서 생기는 것이 아니요, 젓대를 만지고 거문고 줄이라도 고르는 가운데서 생기나니 진실로 아올 것이 짙은 맛은 항상 짧으며 담박淡泊한 취미만이 홀로 참다움을.

〔原文〕— 後 34
悠長之趣는 不得於醲釅이요 得於啜菽飲水하며 惆悵之懷는 不生於枯寂이요 而生於品竹調絲하나니라 固知濃處에 味常短이요 淡中에 趣獨眞也로다.

〔解義〕
농엄醲釅은 진국 술과 진한 술이니 그를 마실 수 있는 사람 곧 부귀의 뜻이요, 품죽조사品竹調絲의 사죽絲竹은 현악기와 관악기를 말함이니 음악이란 뜻이다. 유장한 멋은 나물 먹고 물 마시는 생애에 있고 그립고 슬픈 회포는 부드러운 속에서 이루어진다. 짙고 짧은 맛보다 맑고 참된 것을 찾으라.

22

물은 흘러도 소리가 없나니 시끄러운 곳에서 정적을 보는 취미를 얻을
것이요, 산은 높건만 구름이 거리끼지 않나니 유有에서 나와 무無에로
들어가는 기틀을 깨달으리라.

〔原文〕— 後 36

水流而境無聲은 得處喧見寂之趣하며 山高而雲不碍는 悟出有入無之機하
나니라.

〔解義〕

물은 본디 소리가 없다. 물이 소리 있음은 곧 그 바닥이 평平하지 못한
까닭이다. 사람도 이와 같으니 마음이 고요하면 아무리 시끄러운 곳에
서라도 고요의 참맛을 알 것이다. 산이 높아도 구름에는 거리낌이 없
다. 구름은 본디 걸림이 없는 까닭이다. 사람도 이와 같이 집착하는 경
계를 나와 초월超越하는 경지에 들어가야 할 것이다.

23

갈대꽃 이불 덮고 오막집에 살아 눈에 누우며 구름에 잠잘지라도 밤기운을 족히 막을 수 있도다. 댓잎 술잔 속에 바람을 읊조리고 달을 희롱하면 만장萬丈의 홍진紅塵을 멀리 떠나리라.

〔原文〕— 後 39
蘆花被下에 臥雪眠雲하면 保全得一窩夜氣하며 竹葉杯中에 吟風弄月하면 躱離了萬丈紅塵이니라.

〔解義〕
노화피蘆花被는 갈대꽃을 솜 대신으로 넣은 이불이니 가난한 사람의 한 표현이요 대나무 잎을 넣어서 빚은 술을 죽엽주竹葉酒라 하므로 죽엽배竹葉杯는 죽엽주의 잔이란 뜻이니 운치를 나타내는 말이다. 대개 가난에 편안하여 도를 즐겨 한다는 말이요 속세에 살아도 뜻은 선경仙境에 거니는 것을 이름이다.

24

대나무 울타리 밑에 홀연히 개 짖고 닭 우는 소리를 들으면 황홀하여
구름 속 세계에 있는 것 같다. 서창書窓 안에 매미 노래하고 까마귀 우
짖는 소리를 들으면 바야흐로 고요 속의 건곤乾坤을 안다.

〔原文〕— 後 43

竹籬下에 忽聞犬吠鷄鳴하면 恍似雲中世界요 芸窓中에 雅聽蟬吟鴉噪하면
方知靜裡乾坤이니라.

〔解義〕

사람은 그 거처하는 환경에 따라서 마음이 달라진다. 비록 고루거각高
樓居閣에 살지라도 홍진만장紅塵萬丈의 시항市巷에 있고서야 심신이 온전
히 갈앉기가 어려운 까닭이다. 초가삼간을 전원에 세우면 대숲은 절로
울타리 되고 구름이 거기 와 덮어 주는지라, 삽살개 짖고 낮닭이 울어
서 더욱 멋있는 별세계가 된다. 서실書室의 창을 열고 눈 감고 앉아 있
으면 매미 읊조리고 까막까치 우짖음으로 하여 천지의 고요함을 비로
소 깨닫는다.

　운창芸窓은 서재란 뜻이다. 〔成語考〕운芸은 향기 있는 풀이니 이 풀을
책 사이에 넣어 두蠹:紙魚 곧 좀을 막는다고 한다禮記月令註.

25

내 영화를 바라지 않거니 어찌 이록利祿의 향기로운 미끼를 근심하랴.
나아감을 다투지 않거니 어이 벼슬살이의 위태로움을 두려워하랴.

〔原文〕— 後 44
我不希榮이면 何憂乎利祿之香餌며 我不競進이면 何畏乎仕官之危機리오.

〔解義〕
세속의 영화란 실상은 고기가 낚시를 무는 것과 같으니 영화를 바라지
않으면 명리名利의 향기로운 미끼에 유혹되지 않을 것이다. 벼슬자리란
본디 서로가 다투어야 올라가는 것이니 벼슬자리에 있지 않으면 올라
가고 내려가고 상 타고 쫓겨나고 하는 그 안타깝고 위태로움이 있을 리
없을 것이다.

26

산림천석(山林泉石)의 사이에 거닐면 진심(塵心)이 절로 걷히고 시서도화(詩書圖書) 속에 마음을 놓게 하면 속기(俗氣)가 절로 사라지나니 군자(君子)는 비록 진기한 것을 완상(玩賞)함에 빠져 본심을 잃지 않는다고 하나 또한 유아(幽雅)한 경계를 빌려 마음을 고르게 하는도다.

〔原文〕— 後 45

徜徉於山林泉石之間하면 而塵心이 漸息하며 夷猶於詩書圖書之內하면 而俗氣潛消하나니 故로 君子雖不玩物喪志나 亦常借境調心하나니라.

〔解義〕

상양(徜徉)은 거닐음이요 이유(夷猶)는 우유(優遊)함이니 모두 유유자적이란 뜻이다. 산림천석(山林泉石) 같은 자연미(自然美)의 승경(勝境)이나 시서화(詩書畵) 같은 예술미의 묘경에 소요함은 진심(塵心)과 속기(俗氣)를 털어 버리는 가장 빠른 길이다. 지나치게 탐혹(耽惑)하진 말 것이로되 또한 항상 이런 유아(幽雅)한 경계를 빌려서 비속(鄙俗)한 데로 흐르기 쉬운 마음을 고르는 것이 좋다는 말이다. 진중(塵中)에 있으되 능히 속되지 않는 소이(所以)가 곧 풍아(風雅)의 효과인 것이다.

27

봄날은 기상이 번화하여 사람으로 하여금 심신心神을 무르익게 하되 가을날의 흰 구름 가벼운 바람을 어이 당하랴. 난초는 꽃답고 계수桂樹는 향기로운데 물과 하늘이 한 빛이라 천지가 맑고 사람의 마음뿐 아니라 뼛속까지 청정淸淨히 하는 가을만 하랴.

〔原文〕 — 後 46
春日은 氣象이 繁華하여 令人心神駘蕩이나 不若秋日의 雲白風消하며 蘭芳桂馥하며 水天一色하며 上下空明하여 使人神骨俱淸也니라.

〔解義〕
속인은 봄을 즐기지만 철인哲人은 가을을 즐긴다고 한다. 봄날의 경치는 사람의 몸과 마음을 녹작지근하게 하고 안한安閒하게 하며 또는 유혹하고 번뇌하게 하나 이 모두 다 건곤乾坤 한때의 환경幻境이요 가을의 묘미는 사람의 정신뿐 아니라 뼛속까지 맑게 하고 갈앉게 하며 또 환원還元의 이치를 가르치고 깨달음의 기틀을 주나니 천지의 참모습은 가을에 느낀다고 하겠다. '수천일색'水天一色은 왕발王勃의 〈등왕각서〉滕王閣序에 있는 "秋水共長天一色"에서 나온 말이요, '상하공명'上下空明은 소동파의 적벽부 주註에서 "추수秋水는 맑아서 본저本底를 본다, 달이 수중水中에 있는 것을 공명空明이라 한다"고 하였다.

28

몸은 매이지 않는 배와 같이 흐름에 맡겨 두라. 가고 멈추는 것은 바람이 알리로다. 마음은 이미 재 된 나무와 같은지라 칼로 쪼개거나 향香 발라 꾸미거나 무슨 아랑곳이 있으랴.

〔原文〕 — 後 49

身如不繫之舟라 一任流行坎止하며 心似旣灰之木이라 何妨刀割香塗리오.

〔解義〕

'풍타지죽風打之竹 낭타죽浪打竹'이란 시가 있다. '바람 부는 대로 물결치는 대로'라는 뜻의 기문奇文이다. 이 장의 글 뜻이 바로 이와 같다. 풍파가 무상한 이 세상에 살려면 그 풍파에 맡겨서 흔들리는 것이 제일이란 말이다. 매어 놓지 않은 배와 같이 이 몸을 세상에 맡겨서 바람 불면 흐르고 불지 않으면 멈춘다는 것이다. 마음이 움직이지 않고 무엇에 홀리어서 벗어나지 못할 위험이 없다면 천하에 경계할 일은 없다. 마음이 이미 식은 재와 같이 말라 버린 나무와 같이 되었으니 칼로 베든지 향유를 바르든지 아랑곳할 까닭이 없다. 이 구句는 소동파蘇東坡 화상畵像 자찬自讚의 첫 구句인 "心是已灰之木(심시이회지목) 身如不繫之舟(신여불계지주)"를 인용하여 차례를 바꾸어 풀이한 것이다.

29

사람의 정이란 꾀꼬리 소리 들으면 기뻐하고 개구리 울음 들으면 싫어
하며 꽃을 보면 가꾸고 싶고 풀을 보면 뽑고자 하나니 이는 다만 형터
리로써 일을 씀이라. 만일 마음 바탕으로 본다면 무엇인들 스스로 하
늘 기틀 울림이 아니며 스스로 그 뜻을 펴는 것이 아니리요.

〔原文〕— 後 50
人情은 聽鶯啼則喜하고 聞蛙鳴則厭하며 見花則思培之하고 遇草則欲去之하
나니 但是以形氣用事라 以性天視之하면 何者非自鳴天機며 非自暢其生意
也리오.

〔解義〕
고운 목청을 듣기 좋아하고 시끄러운 소리를 듣기 싫어하며 아름다운
꽃은 가꾸고 싶고 잡풀은 뽑고 싶은 것이 사람의 상정常情이다. 이는 곧
나타난 형체와 기질로써 사람이 제멋대로 분별하는 까닭이니 만일 인
정人情이 사私를 버리고 천의天意의 공公으로부터 본다면 꾀꼬리 소리와
개구리 소리가 다 천연의 묘기妙機에서 나온 줄 알 것이요 꽃이 피고 풀
이 우거지는 것도 모두 생생발육生生發育의 뜻을 폄에는 다름이 없다.
본성의 천의에서 보면 일체는 평등하여 미추美醜, 선악善惡, 시비是非의
차별이 없는 것이다. 차별 없는 이 성천性天을 밝히고 형기形氣에 따르
는 편사偏私를 버리라.

30

새벽 창 앞에 주역周易을 읽으며 솔숲의 이슬로 주묵朱墨을 갈도다. 한
낮의 책상 앞에 불경을 얘기하나니 대숲에서 불어오는 바람에다 보경寶
磬 소리를 실어 보내는도다.

〔原文〕— 後 54
讀易曉窓하고 丹砂를 研松間之露하며 談經午案하고 寶磬을 宜竹下之風하나
니라.

〔解義〕
역易은 주역이니 즉 역경이요 단사丹砂는 주묵이니 이로써 구점을 찍고
주해를 붙인다. 경經은 불경이요 보경寶磬은 사원의 악기니 '경쇠'라 하
는 것이다. 고요한 새벽, 밝아 오는 창 앞에 주역을 펴놓고 읽을 제 솔
숲에 지는 이슬을 받아 주묵을 갈고 고요한 대낮 경궤經几 위에 불서佛書
를 펴놓고 내객으로 더불어 담론할 양이면 대숲에서 불어오는 바람이
경쇠 소리를 신고 퍼져 간다. 이 얼마나 고요하고 깊으며 또한 멋스러
운 경계이랴! 명리를 구하여 분주하는 자도 때로는 이와 같은 유한悠閑
의 경지에 나아가 마음의 여유를 배우는 것이 좋다.

31

발簾 걷고 난간에 기대어라, 푸른 산이 구름을 토하고 맑은 물이 안개 머금음을 보면 건곤乾坤이 본디 자재自在함을 알리니. 대숲 우거진 골에 제비 새끼 치고 비둘기 울음 울어 세월을 맞고 보냄이여, 물아物我를 둘 다 잊을 줄 아노니.

〔原文〕— 後 61

簾櫳高敞하여 看靑山綠水의 呑吐雲煙하면 識乾坤之自在하며 竹樹扶疎하여 任乳燕鳴鳩의 送迎時序하면 知物我之兩忘이니라.

〔解義〕

난간의 발을 높이 걷고 푸른 산 흐르는 물을 보면 천지의 참바탕이 본디 자유자재하여 거리끼지 않음을 알 것이요, 대숲을 무성히 가꾸면 거기 봄철에 제비 둥우리 치고 가을에 비둘기 와서 울 것이니 춘하추동 사시四時 보내고 맞음을 다 맡겨 버리면 물物과 아我 두 가지 다 없음을 알 것이다.

32

옛 고승이 이르기를 "대 그림자가 축대 위를 쓸어도 티끌은 움직이지 않고 달빛이 못을 뚫어도 물에는 자취가 없다" 하고, 옛 선비 말하기를 "흐르는 물은 아무리 빨라도 둘레는 고요하고 꽃은 자주 지지만 마음은 스스로 한가롭다" 하였다. 사람이 항상 이 뜻을 가지고 사물에 접하면 몸과 마음이 얼마나 자재自在하랴.

〔原文〕 — 後 63

古德이 云, 竹影이 掃堦에 塵不動하고 月輪이 穿沼에 水無痕이라하며 吾儒 云, 水流任急境常靜이요 花落雖頻意自閒이라하니 人이 常持此意하여 以應 事接物하면 身心이 何等自在리오.

〔解義〕

대나무 그림자가 섬돌 위를 쓸어도 티끌은 움직이지 않고 달빛이 물을 꿰뚫어도 물에는 자취가 없다는 것은 허虛한지라 응應하고 응應하여도 잡히지 않는 이치를 밝힌 글이다. 물의 흐름이 아무리 빨라도 항상 고요하고, 꽃이 지는 것이 아무리 잦아도 뜻은 스스로 한가하다는 말은 고요함 속에 움직임이 있고 움직임 속에 고요함이 있다는 소식이다. 사람이 항상 이러한 이치를 알고 그러한 뜻을 가짐으로써 모든 사물에 응접하면 자신의 자재함을 얻을 수 있을 것이다. 고덕古德은 옛날의 덕 높은 명승名僧이라는 말이다.

33

숲 사이 솔거문고 소리, 돌 위의 샘물 소리, 고요히 들으면 이 모두 다
천지자연의 풍류임을 안다. 풀섶의 안갯빛, 물속의 구름 그림자, 한가
로이 보면 건곤최상乾坤最上의 문장임을 안다.

〔原文〕— 後64
林間松韻과 石上泉聲을 靜裡聽來하면 識天地自然鳴佩하며 草際煙光과 水
心雲影을 閑中觀去하면 見乾坤最上文章하나니라.

〔解義〕
고요하고 조용한 마음 바탕을 가진 사람이라야 천지의 참뜻과 자연의
참맛을 안다는 말이다. 거문고나 피리만이 음악이 아니듯이 붓과 먹으
로 종이에 쓴 것만을 글이라고 생각함은 큰 잘못이다. 자연의 음악을
들을 줄 아는 마음의 귀와 건곤乾坤의 문장文章을 읽을 줄 아는 마음의
눈을 기르라. 이 이목耳目이 없이는 생의 참뜻과 멋을 모른다.

34

눈으로 서진西晋의 형극을 보고도 오히려 칼날의 푸른 서슬을 자랑하나
니 몸은 북망의 여우와 토끼에게 맡길 것이어늘 오히려 황금에 팔려 눈
이 어둡구나. 옛말에 "사나운 짐승은 길들이기 쉬워도 사람의 마음은
항복받기 어렵고 깊은 골짝은 채우기 쉬워도 사람 마음은 채우기 어렵
다" 하더니 참말이로다.

〔原文〕— 後 65
眼看西晋之荊榛하되 猶矜白刃하며 身屬北邙之狐兎하되 尙惜黃金이라 語에
云猛獸는 易伏하되 人心은 難降하며 谿壑은 易滿하되 人心은 難滿이라하니 信
哉라.

〔解義〕
진서晋書에 의하면 삭정索靖이란 사람이 서진西晋에 장차 난이 있을 것을
알고 낙양궁문의 동타銅駝를 가리키며 탄식하여 말하기를 "이제 네가
반드시 가시밭 속에 있음을 보게 되리라" 하더니 뒤에 과연 만적蠻賊에
게 망하고 강남으로 옮겨 동진東晋이라 하였다. '서진의 형진荊榛'이란
말은 이 고사에서 비롯된 숙어이다. 화려하던 것이 황량하게 되는 것
을 보면서도 오히려 성자필멸盛者必滅의 도리를 깨닫지 못하고 자기의
권세를 자랑하며 병기兵器로 사람을 제압할 수 있다고 뽐낸다. 제 몸이
조만간에 북망산北邙山에 묻혀 여우와 토끼의 밥이 될 것은 모르고 죽을

때까지도 황금에만 눈이 어두워 있으니 사람의 마음은 길들이기 어렵고 사람의 욕심은 가없다는 것이다.

35

심지心地 위에 풍파 없으면 가는 곳마다 청산녹수靑山綠水! 성천性天 속에
화육化育함이 있으면 듣고 보는 것이 어약연비魚躍鳶飛!

〔原文〕― 後 66

心地上에 無風濤면 隨在에 皆靑山綠水요 性天中에 有化育이면 觸處에 見魚
躍鳶飛니라.

〔解義〕

마음만 고요하면 어떤 곳에 가든지 속진俗塵에 물들지 않고 항상 청산
녹수靑山綠水에 있는 것과 다름이 없고 천성天性에 화육化育의 기운이 있
으면 가는 곳마다 어약연비魚躍鳶飛의 기상氣象을 얻으리라. 심지心地와
성천性天은 대화對話로 썼으나 뜻은 같다. 본심 또는 본성이란 뜻이니
마음 바탕이라는 말이다. 수재隨在와 촉처觸處도 같은 말이다.

36

아관대대峨冠大帶의 선비라도 하루아침에 가벼운 도롱이 갈삿갓으로 표
연히 한가閒暇함을 보면 탄식하지 않으리라고 못 하리라. 장연광석長筵
廣席의 부호라도 한번 성긴 발簾 깨끗한 책상에 유연히 고요함을 만나면
그리워하는 생각이 일어나지 않는다고 못 하리라. 사람들은 어찌 화우
火牛로써 쫓고 풍마風馬로써 꾀일 줄만 알고 그 천성에 자적함을 생각지
않는가.

〔原文〕— 後 67
峨冠大帶之士라도 一旦睹輕蓑小笠의 飄飄然逸也하면 未必不動其咨嗟하며
長筵廣席之豪라도 一旦遇疎簾淨几의 悠悠焉靜也하면 未必不增其綣戀하나
니 人이 奈何驅以火牛하며 誘以風馬하고 而不思自適其性哉아.

〔解義〕
높은 관을 쓰고 넓은 띠를 두른 고위대관高位大官의 사람도 한번 가벼운
도롱이 입고 갈삿갓을 쓰고 한가로이 일하는 사람을 보면 부러운 마음
에 탄식하지 않으리라고 장담할 수 없을 것이요, 길고 넓은 훌륭한 보
료를 깔고 앉은 부호라도 하루아침에 성긴 발을 치고 깨끗한 책상 앞에
앉아 유유히 독서하는 사람을 본다면 그 무사청한無事淸閒의 경계를 그
리워하는 생각이 일어나지 않으리라고 말하지는 못할 것이다. 그것이
부럽고 그리우면 스스로 그처럼 행하는 것이 좋으련만 세상 사람들은

쇠꼬리에 불을 붙여 적을 공격하게 하고 암내 내는 말이 멀리서 꾀는 것처럼 분주할 뿐 본성으로 돌아가 유유자적할 줄을 모르니 무슨 까닭인가.

'화우'火牛의 고사는 《사기》史記에 나오나니 전국시대 제齊나라에 연군燕軍이 쳐들어왔을 때 전단田單이란 장수가 쇠뿔에 창검을 비끄러맨 후 꼬리에다 기름 먹인 갈대를 잡아매고 거기에 불을 질러 밤중에 연군으로 몰아넣어 격파하였다는 얘기가 있다. '풍마'風馬라 함은 《좌전》左傳에 나오는 고사이니 제환공齊桓公이 초국楚國을 공략하매 초자楚子가 사자를 보내어 말하기를 "군君은 북해北海에 있고 과인은 남해에 있어 마치 풍마우風馬牛의 서로 미치지 못함과 같거늘 군이 내 땅을 치리라고는 생각지도 못했노라"고 한 이야기에서 비롯된 것이다.

37

고기는 물을 얻어 헤엄치건만 물을 잊는다. 새는 바람을 타고 날건만 바람 있음을 모른다. 이를 알면 가히 사물의 속박을 초월할 것이요, 천연天然의 묘기妙機를 즐기리라.

〔原文〕— 後 68

魚得水逝하되 而相忘乎水며 鳥乘風飛하되 而不知有風하나니 識此면 可以超物累하며 可以樂天機니라.

〔解義〕

지극한 은혜恩惠는 깨닫지 못하는 가운데 있고 진실한 즐거움은 괴로움과 기쁨을 분별하지 못하는 속에 있는 법이다. 비단 고기와 물뿐이리오, 사람도 태양과 공기空氣의 은혜를 알면서도 깨닫지는 못한다. 그 속에 있으면서 그것을 잊어버리는 것 ─ 이와 같이, 세상 속에 있으면서 세상을 잊은 사람에게는 세상의 누累가 따르지 못한다. 초탈의 묘기가 여기에 있다.

38

여우는 무너진 축대築臺에서 잠자고 토끼는 황폐한 전각殿閣에 달리나니, 아! 이는 당년當年에 가무歌舞하던 터전이로다. 이슬은 황국黃菊에 싸느랗고 연기는 마른 풀에 감도나니 이 모두 다 그 옛날 전쟁戰爭하던 땅이로다. 성쇠盛衰가 어찌 영원함이 있으며 강약强弱은 또 어디 있는고. 매양 이를 생각함이여! 사람의 마음을 싸느랗게 하는도다.

〔原文〕— 後 69

狐眠敗砌하고 兎走荒臺하니 盡是當年歌舞之地요 露冷黃花하고 煙迷衰草하니 悉屬舊時爭戰之場이라 盛衰何常이며 强弱이 安在오 念此면 令人心灰로다.

〔解義〕

흥망의 무상함이여! 무너진 섬돌에는 여우가 잠이 들고 황폐한 축대에는 토끼가 달음질친다. 여기는 그 옛날 금전옥루金殿玉樓에 가인재자佳人才子가 노래하고 춤추던 땅이다. 강약은 또 어디 있는고. 들꽃에 이슬 맺히고 마른 풀에 연기 어리는 곳 여기가 그 옛날 영웅호걸이 격전하던 마당이라니! 이를 생각하면 부귀와 공명을 구하여 불타던 마음이 싸느란 재같이 되고 만다.

39

영욕榮辱을 놀라지 않는지라 한가히 뜰 앞에 꽃이 피고 짐을 보노라. 가고 머무름에 뜻이 없거니 부질없이 하늘 밖에 구름이 뭉치고 흩어짐을 보노라. 하늘 맑고 달 밝은데 어딘들 날지 못하랴만 부나비는 홀로 촛불에 몸을 던지나니. 맑은 샘 푸른 줄기 있거니 무엇인들 먹지 못하랴만 올빼미는 썩은 쥐를 즐기나니. 슬프다! 세상에 부나비와 올빼미 되지 않는 이 몇 사람이뇨.

〔原文〕— 後 70

寵辱을 不驚하고 閒看庭前花開花落하며 去留無意하고 漫隨天外雲卷雲舒호라. 晴空朗月에 何天을 不可翺翔이리오마는 而飛蛾는 獨投夜燭하며 淸泉綠卉에 何物을 不可飮啄이리오마는 而鴟鴞는 偏嗜腐鼠하나니, 噫라 世之不爲飛蛾鴟鴞者幾何人哉아.

〔解義〕

총욕寵辱은 총영寵榮과 오욕汚辱의 뜻이니 영욕榮辱이란 말과 같다. 벼슬이 좋다 하나 벼슬 위에 또 벼슬이 있으니 벼슬 때문에 욕辱이 온다. 백성이 섧다 하나 백성 아래 백성 없으니 백성이기에 즐겁지 않은가. 물이 있고 산이 있는 곳에 영화도 없고 욕됨도 없는 몸이고 보면 꽃이 피고 지는 것과 구름이 뭉치고 퍼지는 것이 흥겹지 않으랴. 넓은 하늘을 두고 하필 제 몸을 태우는 촛불에 날아드는 부나비나 허구많은 먹을 것

속에 썩은 쥐를 탐내는 올빼미가 있다. 세상 사람 중에 이 부나비와 올빼미 같지 않은 이 몇 사람이나 되랴.

40

흉중胸中에 반점의 물욕도 없으면 눈이 숯불에 녹고 얼음이 햇볕에 녹음과 같도다. 눈앞에 일단의 공명空明이 있으면 때로 달은 청천靑天에 있고 그림자 물결에 있음을 보는도다.

〔原文〕— 後74

胸中에 旣無半點物慾하면 已如雪消爐焰氷消日하며 眼前에 自有一段空明하면 時見月在靑天影在波하나니라.

〔解義〕

마음속에 조그마한 물욕도 없으면 억만 시름이 숯불에 눈 녹듯 하고 햇살에 얼음 녹듯 하리라. 마음에 한 줄기 밝은 빛이 있으면 칠흑의 탁세濁世 속에서도 마치 청천에 달이 있으매 그 그림자 물결에까지 미침과 같으리라.

41

시詩의 생각은 파릉灞陵의 다리 위에 있으니 작은 읊조림이 이루어지매 숲과 골짜기가 문득 호연浩然하고 맑은 흥겨움은 경호鏡湖의 기슭에 있으니 호올로 가매 산과 시내가 서로 비춘다.

〔原文〕— 後 75

詩思는 在灞陵橋上이라 微吟就에 林岫가 便已浩然하며 野興은 在鏡湖曲邊이라 獨往時에 山川이 自相映發하나니라.

〔解義〕

시상詩想은 화려한 금전옥루金殿玉樓에 있지 않고 도리어 쓸쓸한 시골길에서 일어난다. 나직이 읊으면 수풀과 골짜기가 형언할 수 없는 경치로 보인다. 청흥淸興은 화사한 주렴화동珠簾畵棟 속에 있지 않고 고요한 물가에 있다. 그 기슭을 홀로 거닐면 산천을 서로 비추어 지필로 담을 수 없는 경치를 이룬다.

'詩思在灞陵橋上'(시사재파능교상)의 구는 고사가 있으니《전당시화》全唐詩話에 의하면 상국相國 정계鄭綮가 시를 잘했는데 어떤 사람이 "상공은 요즘 근작하신 시가 있나이까" 하고 물으니 대답하기를 "시사詩思는 파교풍설灞橋風雪 속과 나귀의 등에 있으니 무엇으로써 이를 얻으리요" 하였다는 이야기가 있다.

'경호곡변'鏡湖曲邊이라 함은 당唐 시인 하지장賀知章이 향리로 돌아가

기를 청하니 천자께서 경호섬천鏡湖剡川의 이곡二曲을 하사하시고 어제御
製의 시로써 보냈다는 고사가 《당서》唐書에 있다.

42

세상맛을 속속들이 알면 손바닥 뒤집듯 덧없는 세태에 다 맡기나니 눈
뜨고 보는 것도 귀찮은 일이로다. 인정이 무엇임을 다 알고 나면 소라
고 하거나 말이라고 하거나 부르는 대로 맡기나니 그저 머리만 끄덕일
뿐이로다.

〔原文〕 — 後 80
飽諳世味하면 一任覆雨飜雲하여 總慵開眼하며 會盡人情하면 隨敎呼牛喚
馬하여 只是點頭하나니라.

〔解義〕
세태를 샅샅이 알고 보면 손바닥 엎으면 비오고 제치면 구름 이는 그
조화도 뻔한 노릇이라, 눈 뜨고 보기조차 싫어진다. 인정이 어떤 줄을
다 알고 나면 소를 말이라고 하거나 콩을 팥이라고 하거나 그저 말하는
대로 따라 머리만 끄덕이고 싶어진다.

43

우연히 뜻에 맞으면 문득 가경佳境을 이루나니 천연天然에서 나온 것이라야 진정한 묘기妙機를 보는도다. 만일 포치布置를 조금이라도 고쳐 놓으면 취미가 문득 감소減少된다. 백낙천白樂天이 말하기를 "뜻은 아무 일 없을 때가 쾌적하고 바람은 절로 오는 산들바람이 맑아서 좋다"고 했다. 맛있고나 그 말씀이여!

〔原文〕— 後 82

意所偶會, 便成佳境하며 物出天然이라야 纔見眞機하나니, 若加一分調停布置하면 趣味便減矣리라. 白氏云意隨無事適이요 風逐自然淸이라하니 有味哉라 其言之也여.

〔解義〕

억지로 짜내어 공교工巧롭게 만든 것은 맛이 없다. 어쩌다가 우연히 뜻에 맞는 것이 문득 아름다운 경지境地를 이룬다. 사물이 모두 자연에서 절로 나와서 진짜가 된다는 말이다. 만일 그 절로 이루어진 것을 조금이라도 배치配置를 바꾸어 놓으면 취미趣味가 문득 적어진다. 그러므로 아무 일 없을 때가 제일 즐겁고, 기약하지 않고 이루어지는 일이 제일 반가우며, 까닭 없이 마시는 술이 제일 맛있고, 절로 부는 바람이 제일 시원한 것이다.

44

사람의 마음엔 하나의 진실한 묘경妙境이 있으니 거문고나 피리 아니어도 절로 고요하고 즐거우며 향 피우고 차 끓이지 않아도 스스로 청향淸香이 일어난다. 모름지기 생각을 조촐히 하고, 듣고 봄에 잡히지 않아 사려思慮 잊고 형해形骸를 풀라. 이로써 묘경에 소요하리니.

〔原文〕─ 後 84

人心이 有個眞境하면 非絲非竹而自恬愉하며 不煙不茗而自淸芬하나니 須念淨境空하며 慮忘形釋이라야 纔得以游衍其中하리라.

〔解義〕

마음속에 하나의 묘경이 있으니 악기 없이도 고요하고 즐거운 풍악이 울려오고 향 사르고 차 끓이지 않아도 청향이 가득한 곳이다. 이 묘경이 제 안에 있으되 모르는 것은 생각이 시끄럽고 바깥 견문에 잡혀 제 속을 반조返照할 줄 모르기 때문이니 생각을 잊고 집착을 풀면 그대 마음이 그 묘경에 소요하리라.

45

황금은 광鑛에서 나오고 백옥은 돌에서 생기나니 환幻이 아니면 진眞을 구할 수 없도다. 도道를 술잔 속에 얻고 신선을 꽃 속에서 만남은 비록 풍아風雅할지라도 능히 속됨을 여의지 못하도다.

〔原文〕─ 後 85
金自鑛出하며 玉從石生하나니 非幻이면 無以求眞이요 道得酒中하며 仙遇花裡는 雖雅나 不能離俗이니라.

〔解義〕
금이 광에서 나고 옥이 돌에서 나듯이 진여실상眞如實相은 몽환포영夢幻泡影을 떠나서 있을 수 없다. 환화공신幻化空身이 곧 진여법신眞如法身이라, 진眞과 환幻이 다름이 없다. 그러므로 세상에서 벗어나 술을 마심으로써 도를 얻었다든가 도원桃源에 들어가 신선과 만났다는 이야기는 비록 풍아한 듯하지만 실상은 속됨을 면치 못한다. 속俗을 떠나려고 한 것이 속의 장본이기 때문이다. 아속雅俗이 따로 없거늘 속俗을 떠나서 어디 다시 아雅가 있으리요.

'도득주중'道得酒中은 죽림칠현竹林七賢의 고사故事를 가리키는 말이요, '선우화리'仙遇花裡는 도연명陶淵明이 쓴 〈도화원기〉桃花源記의 고사를 가리키는 말이다.

46

천지 중의 만물과 인륜 중의 만정萬情과 세계 중의 만사를 속안俗眼으로 보면 분분하여 각각 다르지만 도안道眼으로 보면 가지가지가 다 떳떳함이니 어찌 분별로써 번거로워할 것이며 어찌 취取하고 사捨함을 쓰리요.

〔原文〕 ― 後 86
天地中萬物과 人倫中萬情과 世界中萬事를 以俗眼觀하면 紛紛各異하나 以道眼觀하면 種種是常이니 何煩分別하며 何用取捨오리.

〔解義〕
일체의 사물은 속안으로 보면 천차만별千差萬別이지만 도안道眼으로 보면 일미평등一味平等이다. 분별分別로써 번거로워하지 말라. 분별分別이 본디 없건마는 분별分別할 때 비로소 분별分別이 생긴다. 이미 분별分別이 없으면 또 무슨 취하고 사함이 있으리요.

47

정신이 왕성하면 베 이불 덮고 자도 천지의 중정中正하고 청화淸和한 원기를 얻을 것이요, 맛없는 음식이라도 만족한 마음으로 먹으면 명아줏국 보리밥 뒤에 인생 담박澹泊의 참맛을 안다.

〔原文〕 ─ 後 87

神酣하면 布被窩中에 得天地冲和之氣하고 味足하면 藜羹飯後에 識人生澹泊之眞이니라.

〔解義〕

"나물 먹고 물 마시고 팔을 베고 누웠으니 대장부大丈夫 살림살이 이만하면 족하리라"는 노래가 있다. 진실로 정신의 줏대가 이만큼만 선다면 오막집 베 홑이불 속에도 천지天地의 바른 기운이 서릴 것이요, 조밥에 명아줏국을 마시기에 인생 담박澹泊의 진미眞味를 알 것이다.

48

좁은 방이라도 오만 시름 다 버리면 단청丹青 올린 들보에 구름 날고 구슬발 걷어 올리고 비를 본다는 얘기는 다시 하여 무엇하랴. 석 잔 마신 후에 하나의 진심을 스스로 얻으면 거문고를 달 아래 비껴 타고 젓대를 바람에 부는 것만으로 족하리라.

〔原文〕— 後 89

斗室中萬慮都捐하면 說甚畵棟飛雲珠簾捲雨요 三杯後一眞自得하면 唯知素琴橫月短笛吟風하나니라.

〔解義〕

모말같이 좁은 방일지라도 괴로운 생각만 덜어 버리면 그 모옥茅屋이 곧 그대로 금전옥루金殿玉樓다. 단청丹青 올린 들보에 구름 날고 구슬 발 걷어 올려 비를 보는 경치가 무슨 아랑곳이냐. 석 잔 술 마신 후에 진심眞心을 스스로 얻으면 박주산채薄酒山菜가 미주가효美酒佳肴를 당한다. 달 아래 거문고 타고 바람에 젓대를 읊조리면 그만이다. 미희가무美姬歌舞가 무슨 천격賤格이냐.

'화동비운'畵棟飛雲의 구句는 왕발王勃의 〈등왕각서〉滕王閣序에 '화동조비동포운畵棟朝飛東浦雲 주렴모권서산우珠簾暮捲西山雨'에서 나온 말이다.

49

만상萬象이 적적한 가운데 문득 한 마리 새 소리를 들으면 허다한 유취幽趣가 일어난다. 모든 초목이 잎 떨어진 뒤에 문득 한 가지의 꽃이 빼어남을 보면 무한의 생기生機가 움직인다. 가히 볼지로다, 마음은 항상 메마르지 않고 움직이는 정신은 매양 물物에 부딪쳐 나타나는 것임을.

〔原文〕— 後 90
萬籟寂寥中에 忽聞一鳥弄聲하면 便喚起許多幽趣하며 萬卉摧剝後에 忽見一枝擢秀하면 便觸動無限生機하나니 可見性天이 未常枯槁하여 機神이 最宜觸發이로다.

〔解義〕
적막한 중에 문득 한 마리 새 소리를 들으면 그윽한 맛이 더 새롭고 모든 잎이 다 떨어져 쓸쓸한 속에 문득 한 가지 꽃이 피어남을 보면 생명이 문득 빛이 난다. 마음은 항상 메마르지 않는지라 매양 사물에 부딪쳐서 정신의 움직임이 나타나는 것이다.

50

백낙천白樂天은 이르되 "몸과 마음을 다 놓아 버린 다음 눈 감고 절로 되는 대로 맡기는 게 제일이라" 하고 또 조보지晁補之는 말하기를 "마음과 몸을 말짱 거두어 움직이지 말고 적정寂靜으로 돌아감이 제일이라" 하였다. 다 놓으면 흐르고 넘쳐 미치광이 될 것이요 말짱 거두면 따분하고 막혀서 생기가 없을 것이니, 심신을 잘 가누자면 그 자루를 잡아야 놓고 거둠이 자재自在할 것이다.

〔原文〕 — 後 91

白氏云 不如放身心하여 冥然任天造라하고 晁氏云 不如收身心하여 凝然歸寂定이라하니 放者는 流爲猖狂하며 收者는 入於枯寂이라 唯善操身心的이라야 欛柄在手하여 收放自如니라.

〔解義〕

심신을 방일放逸하여 자연의 조화에 맡겨 버리는 것과 심신을 수렴하여 적정무위寂靜無爲의 경지에 이끄는 것은 달인의 눈으로 볼 때는 다 같은 일이다. 그러나 통달한 사람이 아니면 심신을 놓아 버린다는 것은 창광猖狂이 되고 말 것이요, 반대로 심신을 거두기만 한다는 것은 아무런 생기도 없는 적막한 경계境界가 되지 않을 수 없을 것이다. 그러므로 심신을 잘 가누자면 그 변덕 많은 마음의 버릇에 따르지 말고 마음의 자루를 꽉 잡아 쥐고 눌러야만 놓고 거두는 것이 마음대로 될 것이다. 그래야만 놓아도 방일放逸하지 않고 거두어도 고적枯寂하지 않을 것이다.

51

흰 눈 위에 밝은 달 비치면 마음이 문득 맑아진다. 봄바람 화한 기운을 만나면 뜻이 또한 부드러워진다. 조화와 인심이 한데 어울려 틈이 없음이여 !

〔原文〕 — 後 92

當雪夜月天하면 心境이 便爾澄徹하며 遇春風和氣하면 意界가 亦自冲融하나니 造化人心이 混合無間하니라.

〔解義〕

사람을 작은 우주라 부른다. 우주의 한 분신이면서 사람은 그 우주의 모든 작용을 줄여서 지니고 있다. 그러므로 천지간의 만상의 변화는 그대로 사람의 신심身心에 조응하여 자연과 인간은 구별이 없어진다. 맑고 밝은 것을 보면 마음도 맑아지고 따뜻하고 부드러운 것을 만나면 뜻이 또한 부드러워진다. 천지에 풍우상설風雨霜雪이 있듯이 사람의 마음에는 희로애락喜怒哀樂이 있지 않은가.

52

글은 졸拙함으로써 나아가며 도道는 졸拙함으로써 이루어지나니 이 하나의 졸자拙字에 무한한 뜻이 있다. 도원桃源에 개가 짖고 상전桑田에 닭이 운다 함은 이 얼마나 순박하뇨! 한담寒潭에 달이 비취고 고목에 까마귀 우짖음은 공교롭기는 하지만 쓸쓸하고 가벼운 기상이 있다.

〔原文〕 — 後 93

文以拙進하며 道以拙成하나니 一拙字有無限意味라. 如桃源犬吠와 桑間鷄鳴이 何等淳龐고. 至於寒潭之月과 古木之鴉하여는 工巧中에 便覺有衰颯氣象矣로다.

〔解義〕

글과 도道와 사람은 능란한 것보다 졸拙한 것을 높게 친다. 능한 것은 속되기 쉽고 아雅한 것은 졸拙에 가깝기 때문이다. 개, 닭은 사람 사는 곳에 있는 것이어늘 신선 사는 도원桃源에 개가 짖고 닭이 운다는 것은 얼마나 순박한가(陶淵明의 桃花源記). 한담寒潭에 달이 비취고 고목에 까마귀 우짖는다는 것은 공교하긴 하지만 너무 쓸쓸하다.

53

은일隱逸의 청흥淸興은 유유자적에 있다. 그러므로 술은 권하지 않음으로써 기쁨을 삼고, 바둑은 다투지 않음으로써 이김을 삼으며, 젓대는 구멍 없음이 좋다 하고, 거문고는 줄 없음을 높다 하며, 모임은 기약 없음으로써 참되고, 손은 마중과 배웅 없음으로써 편하다 한다. 만약 한 번 번문욕례繁文縟禮에 사로잡히면 문득 진세고해塵世苦海에 떨어지리라.

〔原文〕— 後 96

幽人淸事는 總在自適이라 故로 酒以不勸으로 爲歡하고 棋以不爭으로 爲勝하며 笛以無腔으로 爲適하고 琴以無鉉으로 爲高하며 會以不期約으로 爲眞率하고 客以不迎送으로 爲坦夷하나니 若一牽文泥迹하면 便落塵世苦海矣리라.

〔解義〕

숨어서 사는 사람은 남으로 더불어 이해득실을 지님이 없으니 무슨 형식적인 아유구용阿諛苟容이 있을 까닭이 없다. 진실한 마음 그대로면 족할 뿐 형식을 차리는 것이 번거롭고 폐스럽고 욕되고 가식되기가 쉽기 때문이다. 제 마음과 제 분수에 맡겨져 자연에 융합하는 것 이것이 은자隱者의 청흥淸興이다.

54

바람과 꽃이 깨끗하고 눈과 달이 맑음은 오직 고요한 자가 주인이 된
다. 물과 나무가 무성하고 고조枯凋함과 대나무와 돌의 자라고 드러나
는 양은 다만 한가로운 이가 그 권權을 잡는다.

〔原文〕— 後 100
風花之瀟洒와 雪月之空淸은 唯靜者爲之主하며 水木之榮枯와 竹石之消長
은 獨閒者操其權하나니라.

〔解義〕
풍화설월風花雪月의 깨끗하고 맑은 맛은 아무나 보고 듣고 느낄 수 있건
마는 사람마다 그 맛을 느끼지 못하나니 오직 마음 고요한 자만이 그
임자가 된다. 수목죽석水木竹石의 무성하고 메마름은 이 또한 사람마다
보고 느낄 수 있건만 속사俗事에 바쁜 사람은 볼 겨를이 없나니 마음 한
가로운 이가 호올로 제 것처럼 즐긴다.

55

시골 사람들, 늙은이는 닭고기와 막걸리를 이야기하면 흔연欣然히 기뻐하나 큰 연회宴會, 좋은 음식은 모르며 누더기 베잠방이를 말하면 좋아하되 훌륭한 예복禮服은 알지 못하나니 그 천성이 오롯하므로 그 욕망이 담박淡泊함이라. 이 진실로 인생 제일의 경계境界로다.

〔原文〕— 後 101

田夫野叟는 語以黃鷄白酒하면 則欣然喜하되 問以鼎養則不知하며 語以縕袍短褐하면 則油然樂하되 問以袞服則不識하나니 其天이 全故로 其欲이 淡이라 此是人生第一個境界니라.

〔解義〕

마음이 맑아 욕심이 적으면 오래 산다는 말이 있다. 욕심이 적은 것이 복이라면 시골 사람보다 더 복된 이가 있으랴. 막걸리 한 잔에 닭 한 마리면 침을 삼키며 기뻐하지만 고급요리의 미주가효美酒佳肴는 전연 모르고 누더기 베잠방이면 족하기 때문에 예복이나 화사한 의복을 알 까닭이 없다. 분수에 편안하고 족함을 아는 것, 이 어찌 인생 제일의 자리가 아니랴.

56

산중에 살면 가슴이 맑고 시원해서 부딪치는 사물마다 자미가 있다. 외로운 구름 한가로운 학을 보곤 초절超絶의 생각을 일으키고 바위틈 흐르는 물을 만남에 티끌 생각을 씻으며 늙은 전나무, 차운 매화를 어루만지면 굳센 기절氣節이 일어서고 모래밭 갈매기 깊은 산 사슴을 벗삼으면 마음의 번거로움을 몰록 잊는도다. 만일 한번 달려 진속塵俗에 들어가면 비록 외물外物과 상관하지 않을지라도 이 몸이 부질없이 되리라.

〔原文〕 — 後 106

山居하면 胸次淸洒하여 觸物皆有佳思하나니 見孤雲野鶴하면 而起超絶之想하며 遇石澗流泉하면 而動澡雪之思하며 撫老檜寒梅하면 而勁節挺立하며 侶沙鷗麋鹿하면 而機心頓忘이라 若一走入塵寰하면 無論物不相關이라 卽此身이 亦屬贅旒矣리라.

〔解義〕

산속에 살면 가슴속이 맑아진다. 보고 듣는 것이 모두 다 환히 비춰는지라, 어느 것 하나 공부 아님이 없다. 조촐히 떠가는 흰 구름이나 들 가운데 서 있는 학을 보고는 속세를 초월한 느낌을 일으키고 돌 틈에 구르는 샘물을 듣고 더러움을 씻어 버릴 생각이 움직이며 전나무와 매화꽃의 절개를 배우고 갈매기와 사슴의 평화로움을 사랑하게 된다. 만일 이 산속을 떠나 한번 시끄러운 저자에 들어가면 비록 외계의 사물과 접촉을 없이한다 해도 제 몸이 한갓 사마귀 아니면 면류관의 수술같이 되고 말리라.

췌贅는 사마귀요 류旒는 면冕, 곧 면류관에 붙은 장식이다.

57

흥興이 때를 따라 일어나면 맨발로 풀밭을 가나니 새들도 겁내지 않고 벗이 된다. 경치와 마음이 합하면 낙화 아래 옷깃을 헤치고 앉나니 흰 구름도 말없이 곁에 와서 머문다.

〔原文〕 — 後 107
興逐時來하면 芳草中에 撤履閒行하나니 野鳥忘機時作伴이요 景與心會하면
落花下에 披襟兀坐하나니 白雲無語漫相留로다.

〔解義〕
흥이 나면 맨발 벗고 풀밭을 거닌다. 새들도 때로는 사람을 겁내지 않고 함께 논다. 경치가 아주 마음에 들 적엔 꽃잎이 보슬비처럼 속삭이며 떨어지는 나무 그늘 아래 옷깃을 헤치고 앉기도 한다. 그때는 흰 구름도 말없이 곁에 와서 머무른다. 유유자적! 자연을 참으로 아는 멋이다.

58

마음이 쉬면 문득 달이 뜨고 바람이 부나니 인세人世가 반드시 고해苦海
아니로다. 마음이 멀면 수레 티끌 말굽 소리가 절로 없나니 어이 산속
그리움에 고질痼疾되리요.

〔原文〕 — 後 110
機息時에 便有月到風來하나니 不必苦海人世요 心遠處에 自無車塵馬迹이니
何須痼疾丘山이리오.

〔解義〕
시끄러운 마음을 잠재우고 나면 어둠 속에 달이 떠오르고 잔잔한 물 위
에 산들바람이 온다. 사람 사는 세상을 하필 고해라 하는가. 답답한 마
음을 훤하게 틔어 놓으면 번거로운 저자에도 수레바퀴 말발굽 소리가
없다. 무엇 때문에 깊은 산골 찾아서 병이 되리요.

59

비 갠 뒤에 산빛을 보면 경상景象이 문득 새로움을 깨닫나니 밤 고요한 때에 종소리를 들으면 그 울림이 한결 맑고 높아라.

〔原文〕 — 後 112
雨象에 觀山色하면 景象이 便覺新妍하며 夜靜에 聽鐘聲하면 音響이 尤爲淸越하니라.

〔解義〕
비 갠 뒤에 산을 바라보면 빛이 더욱 새롭고 햇살도 더 눈부시다. 밤이 깊어서 종소리를 들으면 소리가 한결 맑을 뿐 아니라 밤이 더욱 고요해진다. 정신을 맑고 조용하게 지니면 평범한 곳에 경이가 나타나고 일상에 보고 듣는 것이 항상 새로운 법이다.

60

높은 데 오르면 사람의 마음이 넓어지고 흐름에 임하면 사람의 뜻이 멀어지며 눈비 오는 밤에 책을 읽으면 사람의 정신이 맑아지고 언덕에 올라 긴 휘파람을 하면 사람의 흥이 높아진다.

〔原文〕— 後 113

登高하면 使人心曠하며 臨流하면 使人意遠하며 讀書於雨雪之夜하면 使人神淸하며 舒嘯於丘阜之巔하면 使人興邁하나니라.

〔解義〕

마음 답답하거든 높은 곳에 올라서 탁 트인 안계眼界를 보라. 강기슭에 나아가 바다로 흘러가는 물길을 보라. 눈비 오는 밤에 홀로 앉아 책을 읽으면 밝아지는 정신! 언덕에 올라서 긴 휘파람 하면 솟아오르는 흥興! 이만하면 범속凡俗을 초월超越하는 맛 알 듯도 하고나.

61

마음이 넓으면 만종萬鍾도 질그릇 같고 마음이 좁으면 한 오라기 머리
칼도 수레바퀴 같도다.

〔原文〕— 後 114
心曠則 萬鍾도 如瓦缶요 心隘則 一髮도 似車輪이니라.

〔解義〕
만종萬鍾의 종鍾은 육곡사두六斛四斗니 만종은 대록大祿이란 뜻이다. 와부
瓦缶는 토제土製의 도기陶器이니 질그릇 항아리 같은 따위다. 마음이 탁
터지면 만종도 질그릇 같고 마음이 좁으면 머리칼 한 오라기도 수레바
퀴처럼 크고 무겁다. 공명功名도 뜬구름으로 보고 목숨도 홍모鴻毛처럼
가벼이 알자면 먼저 마음이 탁 터져야 한다.

62

풍월風月과 화류花柳 없으면 조화를 못 이루고 정욕情欲과 기호嗜好 없으면 심체心體를 못 이루나니, 다만 아我로써 물物을 전전轉할 뿐 물物로써 아我를 부리지 않으면 기욕嗜慾도 천기天機 아님이 없고 진정塵情도 곧 이경理境이 된다.

〔原文〕— 後 115

無風月花柳면 不成造化하며 無情欲嗜好하면 不成心體라 只以我轉物하고 不以物役我하면 則嗜慾이 莫非天機요 塵情도 卽是理境矣니라.

〔解義〕

풍월과 화류가 없다면 계절의 바뀜을 어떻게 알리요. 세서歲序의 천역遷易이야말로 조화의 바탕이다. 정욕과 기호嗜好 없으면 목석이요, 마음이랄 것이 없으니 사람살이에 아무런 생성도 없을 것이다. 다만 그 풍월화류와 그 정욕기호에 사로잡히지 않아 나의 주체로써 사물을 휘어잡고 사물이 나를 수고롭히지 않으면 되나니 이와 같을 수 있는 이에게는 기욕嗜慾도 천기天機요, 속정俗情도 이경理境이 되리라.

63

마음은 흔히 움직임에서 참을 잃는다. 만약 한 생각도 나지 않아 맑은 물처럼 고요히 앉아 있으면 구름이 일어나매 유연悠然히 함께 가고 빗방울이 떨어지매 냉연冷然히 같이 맑아지며 새가 지저귀면 흔연히 느끼는 바 있고 꽃이 지면 소연瀟然히 스스로 얻는 바 있나니 어느 곳인들 진경眞境 아니며 어느 것인들 진기眞機 아니리요.

〔原文〕─ 後 118
人心이 多從動處失眞하나니 若一念不生하고 澄然靜坐하면 雲興而悠然共逝하며 雨滴而冷然俱淸하며 鳥啼而欣然有會하며 花落而瀟然自得하리니 何地非眞境이며 何物非眞機리오.

〔解義〕
사람의 마음이란 흔들림으로 인하여 진실을 잃는 수가 많다. 한 생각도 나지 않고 고요히 앉아 있으면 마음이 구름과 함께 유연히 떠가고 빗방울과 같이 맑아질 것이며 새가 지저귀면 알 듯하고 꽃이 져도 스스로 고개 끄덕이는 바 있을 것이다. 흔들리지 않는 마음이라야 이와 같이 천진天眞을 알 것이니 어느 곳이 진경 아니며 어느 것인들 진기 아닐까 보냐. 흔들리는 마음은 부질없이 바빠도 얻는 것은 하나 없다. 가는 곳마다 망경妄境, 부닥치는 것마다 망연妄緣이 되는 것이다.

64

귀는 미친바람이 골짜기에 메아리를 던짐과 같이 바람 지나간 뒤에 머무르지 않으면 시비是非가 함께 간다. 마음은 밝은 달이 못에 비침과 같이 텅 비어서 잡힘이 없으면 물物도 아我도 다 잊는다.

〔原文〕 ― 後 120

耳根은 似飇谷投響하여 過而不留하면 則是非俱謝하며, 心境은 如月池浸色하여 空而不著하면 則物我兩忘하나니라.

〔解義〕

우리 귀로 하여금 빈 골짜기와 같이 하여 바람이 메아리를 던져도 지나간 뒤에는 머무르지 않게 하면 시비是非가 함께 물러가리라. 우리 마음으로 하여금 못물과 같이 하여 달이 그림자를 던져도 그 빛이 아무런 자취도 남김이 없게 하면 자타自他를 둘 다 잊으리라. 주는 마음은 달과 같이 메아리같이, 받는 마음은 못물같이 골짜기같이 주는 것도 없고 받을 것도 없는 마음 여기에 묘경妙境이 있다.

65

세상 사람은 영리에 매인 바 되어 걸핏하면 말하기를 진세고해^{塵世苦海}라 하지만 구름 희고 산은 푸르며 냇물은 가고 돌은 서며 새의 웃음을 꽃이 맞이하고 나무꾼 노래를 골짜기가 화답하는 줄을 모른다. 세상은 티끌이 아니요 바다도 괴로움 아니건만 그가 스스로 그 마음을 진고^{塵苦}로 할 따름이다.

〔原文〕— 後 122
世人이 爲榮利纏縛하여 動曰塵世苦海라하고 不知雲白山淸하며 川行石立하며 花迎鳥笑하며 谷答樵謳하나니 世亦不塵하고 海亦不苦하되 彼自塵苦其心爾니라.

〔解義〕
옛날 어떤 참선하는 중이 고승 앞에 나아가 "대체 해탈은 어떻게 하는 것이냐"고 물으니 고승의 대답이 가로대 "누가 너를 묶더냐"라고 반문했다는 얘기가 있다. 세상 사람들은 제 몸이 부질없는 공명^{功名}과 이욕^{利欲}에 묶인 줄은 모르고 걸핏하면 더러운 세상 괴로운 세상이라고 탄식할 뿐 청산백운^{靑山白雲}을 모르고 유수태석^{流水苔石}을 모르며 화조풍월^{花鳥風月}을 모르고 어초경목^{漁樵耕牧}을 모른다. 세상이 더러운 것이 아니요 바다가 괴로운 것이 아니건마는 저들은 스스로 그 마음을 더럽히고 괴롭힐 따름이구나.

66

꽃은 반만 핀 것을 보고 술은 조금 취하도록 마시면 이 가운데 무한한 가취佳趣가 있다. 만약 꽃이 활짝 피고 술이 흠씬 취함에 이르면 문득 악경惡境을 이루나니 가득 찬 곳에 있는 이는 마땅히 생각할지어다.

〔原文〕 — 後 122

花看半開하고 酒飮微醺하면 此中에 大有佳趣라 若至爛漫酕醄하면 便成惡境하나니 履盈滿者는 宜思之이다.

〔解義〕

꽃이 활짝 피면 시들고 떨어질 날이 멀지 않다. 술이 만취하면 몸에 해롭고 또 망령이 난다. 높고 넉넉한 자리에 있어서 넘치기 쉬운 자는 마땅히 삼갈지어다. 모도酕醄는 과히 취한 것을 이름이다.

67

산에 나는 나물은 가꾸지 않아도 절로 자라고 들에 사는 새는 기르지 않아도 절로 살건만 그 맛이 다 향기롭고 또 맑다. 우리도 능히 세상의 법에 물들지 않으면 그 맛이 높고 멀어 각별하지 않으랴.

〔原文〕— 後 123
山肴는 不受世間灌漑하며 野禽은 不受世間豢養하되 其味皆香而且冽하나니
吾人이 能不爲世法所點染하면 其臭味不逈然別乎아.

〔解義〕
자연의 솜씨야말로 신품神品을 낳는다. 사람 손으로 가꾸지 않고 기르지 않아도 그 맵시 그 향기 그 맛이 뛰어나다. 사람도 지저분한 세상의 사람이 만든 틀에만 매이지 말고 자연의 높은 법을 본받으라. 그 맛이 각별할 것이다.

68

차茶를 아주 좋은 것으로만 구하지 않으면 차 주전자가 항상 마르지 않을 것이요, 술도 훌륭한 것만 찾지 않는다면 술두루미가 비지 않으리니 꾸밈없는 거문고는 줄이 없이도 항상 고르고 짧은 젓대는 구멍 없어도 항상 즐기면 비록 태호복희씨太昊伏羲氏는 초월키 어려워도 죽림칠현竹林七賢이사 가히 짝지을 수 있으리라.

〔原文〕— 後 133

茶不求精而壺亦不燥하며 酒不求冽而樽亦不空하며 素琴無絃而常調하며 短笛無腔而自適이면 縱難超越羲皇하여도 亦加匹儔嵇阮하리라.

〔解義〕

아주 좋은 차茶를 구하다 못해 차전자茶煎子에 먼지를 앉히기보다는 슴슴한 보통 차라도 항상 끓이는 것이 더 낳으며 훌륭한 술을 찾다 못해 술두루미를 비워 두기보다는 박주薄酒라도 담아 두고 때때로 기울이는 맛이 더 나을 것이다. 소박한 거문고 한 장張, 줄은 없어도 노상 어루만지고 짧은 젓대의 구멍이 없는 채로 항상 즐기면 태평한 마음이 복희씨伏羲氏는 초월하지 못해도 혜강嵇康·완적阮籍의 무리 죽림칠현竹林七賢으로 더불어 짝이 될 수는 있을 것이다.

道心篇

1

짙거나 살찌거나 맵거나 단 것은 참다운 맛은 아니다. 참다운 맛은 오
직 담담할 뿐. 영절스럽거나 기괴하거나 우뚝하거나 아주 다른 것은
지인至人이 아니다. 지인은 다만 평범할 뿐.

〔原文〕— 前 7
醲肥辛甘이 非眞味라 眞味는 只是淡하며 神奇卓異가 非至人이라 至人은 只
是常이니라.

〔解義〕
그렇게 단 꿀이라도 사흘만 먹으면 댓진 내가 난다. 나물 한 점 없이 고
기만 사흘을 먹으면 그 맛 좋은 고기도 싫어지리라. 그러나 밥맛은 언
제나 같은 것 — 배고플 때 먹으면 밥맛이 도리어 꿀맛 같다. 이와 같
이, 참맛은 언제나 변함없이 담담한 속에 있는 것이다. 마찬가지로 도
경道境에 도달한 사람도 가장 평범한 사람이다. 신기한 일과 이상한 행
동을 하는 사람은 지인至人이 아니다. 지인에게는 혹세무민惑世誣民과 오
만무례傲慢無禮의 마음이 없기 때문이다.

2

천지는 적연寂然하여 움쭉 못 하되 그 작용은 조금도 쉬지 않는다. 일월 日月은 밤낮으로 바삐 달리건만 그 밝음은 만고에 변하지 않는다. 그러므로 군자는 한가로운 때에 다급한 마음을 마련하고 바쁜 마당에 누긋한 맛을 지녀야 한다.

〔原文〕 — 前 8

天地는 寂然不動하되 而氣機는 無息少停하며 日月은 晝夜奔馳하되 而貞明은 萬古不易하나니 故로 君子는 閒時에 要有喫緊的心思하며 忙處에 要有悠閒的趣味니라.

〔解義〕

천지는 움쭉 못 하되 그 작용은 조금도 쉬지 않나니 그 품 안에 만물을 기른다. 세월은 밤낮으로 달리건만 제 법칙을 조금도 어김이 없나니 옛날이 지금의 거울이 된다. 이는 모두 다 고요한 가운데 움직임이 있고 변하는 가운데 변하지 않는 이치 있음을 가르침이다. 이러한 우주의 대도大道는 그대로 인간의 대도가 되는지라 고요한 때일수록 마음을 바쁘게 움직여야 하고 바쁜 곳에서는 도리어 한가로운 마음을 지녀야 한다.

3

밤은 깊고 사람 잠들어 고요한 때에 홀로 앉아 마음을 '관觀하면 비로소 깨닫노라 허망은 흩어지고 진실만이 오롯함을, 매양 이 가운데 얻노니 큰 즐거움이여. 다시 깨닫노라 진실은 나타나도 허망을 피하기 어려움을, 또한 이 가운데 얻노니 큰 부끄러움이여.

〔原文〕— 前 9

夜深人靜에 獨坐觀心하면 始覺妄窮而眞獨露라 每於此中에 得大機 趣하나니 旣覺眞現而妄難逃하면 又於此中에 得大慚忸하나니라.

〔解義〕

진심과 망심妄心이란 것은 전연 다른 별개의 것이 아니니 본디는 일심一心이 있을 따름이다. 갠 하늘에 떠 있는 달과 같이 교교皎皎하여 한 점 구름도 걸림이 없음을 진심이라 하고 그 달을 가리는 구름이나 안개를 망심妄心이라 하는 것은 한갓 비유일 뿐이다. 차라리 갠 달이 진심이요 흐린 달을 망심이라 함이 옳다. 물이 거울같이 맑아 삼라만상을 비추는 경지가 진심이요, 바람이 불고 물결이 일어 배를 뒤집는 것과 같은 때가 망심이니 물과 물결이 무엇이 다르겠는가. 다만 성인聖人의 마음은 못물과 같이 고요하여 항상 맑으나 범부의 마음은 외계의 사물에 부딪쳐 망동하기 쉬운지라 항상 흐려 있음이 다르다. 밤 깊고 사람 잠들어 고요한 때는 외계의 시끄러움이 잠잘 때라 진심이 나타나기 쉽지만 사람살이의 온갖 번거로움은 망심을 온전히 벗어 버리기 어렵고 진심을 붙잡아 지키기도 어려운 법이다. 오랫동안의 버릇이 단번에야 없어지겠는가. 진망眞妄이 둘 아닌 줄 아는 그 즐거움과 알면서 못 깨닫는 것을 부끄러워하는 마음이 먼저 필요하다.

4

이욕利欲이라 하여 모두 다 마음을 해害하는 것이 아니다. 독단獨斷이 곧
마음을 해하는 도적이요, '여색'女色이 반드시 도道를 막는 것이 아니다.
총명이 곧 도를 막는 울타리가 된다.

〔原文〕— 前 34
利欲이 未盡害心이라 意見이 乃害心之蟊賊이요 聲色이 未必障道라 聰明이
乃障道之藩屛이니라.

〔解義〕
이욕利欲의 마음이 진심을 흐린다 하나 진심을 흐리는 장본張本은 이욕
이 아니라 아견我見이다. 아견은 불교에서 이르는 바 정지正智, 정견正見
의 대어對語이니 아집我執, 독단의 견식見識을 이름이다. 모적蟊賊의 모蟊
는 모螯와 같으니 〈시전〉詩傳에 나오는 말로 식물의 해충이란 뜻이다.
도道의 장애가 되는 것은 여색女色이라 하지만 여색이 반드시 도를 막는
것은 아니다. 그보다 도의 장障은 총명이라 할 것이니 설익은 총명이
도의 장해물障害物이 된다.
  성색聲色은 좋은 소리 좋은 색色이란 뜻이니 여색이란 말이요 번병藩屛
은 울타리와 담 같은 장애물을 말함이다.

5

사람마다 하나의 큰 자비가 있으니 '유마'維摩와 '백정'이 두 마음이 아니
요, 곳곳마다 한 가지 참취미가 있으니 금전金殿과 모옥茅屋이 다름이
없다. 다만 욕심에 덮이고 정에 가리어서 눈앞에 한번 어긋나면 지척
이 천 리가 된다.

〔原文〕— 前 45
人人이 有個大慈悲하니 維摩屠劊가 無二心也하며 處處에 有種眞趣味이니 金
屋茅簷이 非兩地也라. 只是欲蔽情封하여 當面錯過하면 使咫尺千里矣니라.

〔解義〕
어떤 사람이든지 사람마다 자비심이 있다. 유명한 유마거사維摩居士이거
나 소 잡는 백정〔屠〕이거나 또는 죄인의 목을 베는 사람〔劊〕일지라도 그
마음은 하나이니 조금도 다름이 없다. 어디를 가나 가는 곳마다 일종의
참다운 취미가 있으니 금전옥루金殿玉樓거나 초가모옥草家茅屋이 거기 상
응한 맛이 있을 뿐이요, 그 장소에 차별이 있는 것은 아니다. 다만 욕심
에 가리어지고 사정私情에 밀봉되어 눈앞에 당하여 조금이라도 어긋나
면 그 조그마한 거리가 문득 천 리나 동떨어진 것이 되고 만다.
　유마거사維摩居士는 옛날 인도의 대덕大德. 거사居士는 출가해 중이 되지
않고 집에서 수행하는 사람, 대덕은 도가 높은 사람을 일컫는 말이다.
지척咫尺의 지咫는 팔촌八寸, 척尺은 일척一尺, 매우 짧은 거리를 말한다.

6

사람마다 마음속에 한 권의 참 문장文章이 있건만 '옛사람의 하찮은 몇 마디' 때문에 모두 다 묻혀 있다. 사람마다 마음속에 한 가락의 '참 풍류風流'가 있으되 세속의 요염한 가무歌舞 때문에 모두 다 막혀 있다. 그러므로, 학자는 모름지기 외물外物을 소제掃除하고 본래 있는 그 마음을 찾아야 한다. 거기에 비로소 참보람이 있으리라.

〔原文〕— 前 57

人心에 有一部眞文章이어늘 都被殘編斷簡封錮了하며 有一部眞鼓吹어늘 都被妖歌艶舞湮沒了하나니 學者는 須掃除外物하고 直覓本來하면 纔有個 眞受用하리라.

〔解義〕

먼저 너 스스로의 가슴 안에 있는 참문장을 읽으라. 옛사람의 조박槽粕 그 하찮은 몇 마디 때문에 가리어 있는 그 명서名書를 읽으라. 그리고 너의 마음속에 울려 나오는 참음악을 들으라. 세속의 요가난무妖歌亂舞 때문에 막혀 있는 그 높은 풍류를 들으라. 그 문장 그 음악을 보고 듣기 위해서 너는 모름지기 외물外物을 쓸어 내고 바로 본래 마음자리로 직입直入하라. 거기에 크나큰 빛이 있으리라.

7

'의기'欹器는 가득 차면 엎질러지고 '박만'撲滿은 비면 온전하나니 그러므로 군자는 차라리 무無의 경계에 살지언정 유有의 경계에는 살지 않으며, 이지러진 곳에 처處할지언정 오롯한 곳에 처하지 않는다.

〔原文〕― 前63
欹器는 以滿覆하고 撲滿은 以空全하나니 故로 君子는 寧居無언정 不居有하며 寧處缺이언정 不處完하나니라.

〔解義〕
'의기'欹器는 또 유좌宥坐의 기器라고도 한다. 속이 비면 기울어지고 물을 반쯤 담으면 똑바로 서며 가득 담으면 넘어져서 쏟아지는 그릇이라 한다. 그러므로 옛날엔 군자의 좌우坐右에 두어 권계勸戒의 상징으로 삼았다. 〈공자가어〉孔子家語에 "유좌宥坐의 기器는 허虛하면 기울어지고 넣으면 바르고 가득 차면 엎어진다. 명군明君은 이로써 지계至誡를 삼나니 그러므로 항상 이것을 좌측坐側에 둔다"라고 하였다. 박만撲滿은 이른바 '벙어리'니 나무나 흙으로 만들되 위에 좁은 구멍 하나만 있어 그리로 돈을 넣어서 모아 뒀다가 꽉 차면 깨뜨리는 것이다. 그러므로 박만撲滿은 가득 차면 깨뜨려지기 때문에 속이 가득 차지 않아야 완전한 것이다. 이 두 가지 물건의 이치를 비유로 들어서 군자가 무無의 경지와 결缺한 곳에 처處할지언정 유有의 경지와 완전한 곳에 처하지 않는 도리를 깨우친 것이다.

8

이목耳目이 듣고 봄은 바깥 도적이며 정욕情欲의 의식은 안엣 도적이라, 다만 '주인 되는 본심이 맑게 깨어 흐리지 않아' 두렷이 중당中堂에 앉아 있으면, 도적이 문득 화化하여 집사람이 된다.

〔原文〕— 前 79
耳目見聞은 爲外賊하고 情欲意識은 爲內賊하나니 只是主人翁이 惺惺不昧하여 獨坐中堂하면 賊이 便化爲家人矣니라.

〔解義〕
'훔친 놈보다 잃은 놈이 더 죄가 많다'는 속담이 있다. 제 실수로 잃어 놓고 애매한 사람을 이 사람 저 사람 의심하는 태도를 경계하는 말이다. 도적이 훔치러 들어가서 먼저 뒷간에 들어가 보고 뒷간이 깨끗하면 그냥 나간다는 말이 있다. 가장 방심하기 쉬운 뒷간까지 이렇게 깨끗할 양이면 다른 것은 더 빈틈이 없으리라는 뜻이다. 집의 주인처럼 사람의 임자 되는 마음의 줏대가 항상 깨어 지키고 있으면 안팎 도적이 걱정됨이 없으리라.

9

고요한 가운데 생각이 맑고 투철하면 마음의 참바탕을 보며 한가로운
가운데 기상氣象이 조용하면 마음의 참기틀을 알며 담박淡泊한 가운데
의취意趣가 평온하면 마음의 참맛을 얻으리니 마음을 관觀하고 도道를
증험證驗함에는 이 세 가지보다 더 나음이 없다.

〔原文〕— 前87

靜中念慮가 澄徹하면 見心之眞體하며 閒中氣象이 從容하면 識心之眞機하며
淡中意趣冲夷하면 得心之眞味하나니 觀心證道는 無如此三者니라.

〔解義〕

고요할 때에 생각이 맑게 가라앉으면 마음의 본바탕을 볼 것이요, 한
가할 때에 기상이 조용하면 마음의 오묘한 본움직임을 알 것이며 담박
淡泊한 가운데 취미가 깨끗하고 평안하면 마음의 참다운 맛을 알 것이
니 마음을 관하고 도를 체험하는 길은 이 세 가지보다 나은 것이 없다.
고요하면 움직이기 쉽고 한가하면 초조하기 쉽고 담박하면 화려하고
싶은 것이 사람의 상정이니 이 상정이 망심妄心의 장본張本이다.

10

고요한 곳에서 고요한 마음을 지키는 것은 참다운 고요함이 아니다.
소란한 가운데서 고요함을 지켜야만 심성의 참경지를 얻으리라. 즐거
움 가운데서 즐거운 마음을 지니는 것은 참다운 즐거움이 아니다. 괴
로운 곳에서 즐거운 마음을 얻어야만 심체心體의 참 묘용妙用을 보리라.

〔原文〕— 前 88

靜中靜은 非眞靜이라 動處에 靜得來라야 纔是性天之眞境이요 樂處樂은 非
眞樂이라 苦中에 樂得來라야 纔見心體之眞機니라.

〔解義〕

고요한 속에서 몸과 마음이 고요하기는 쉬운 일이니 이것은 참 고요함
이 아니다. 움직이고 시끄러운 곳에서 고요함을 맛볼 줄 알아야 이것
이 천성天性의 진실경眞實境이니 참 고요함이다. 대은大隱은 시항市巷에
숨는다는 옛말이 있다. 깊은 산골에 숨어 살기는 어렵지 않지만 시끄
러운 저자에 숨어 살기는 쉽지 않은 까닭이다. 절간에 앉아서 도를 닦
는다 하지만 그 사람이 어지러운 거리에 나오면 어떻게 될 것인가. 시
끄럽고 어려운 고비에 앉혀 놓아 보지 않고는 과연 그 사람이 참 고요
함을 체득한 사람인지 아닌지를 모른다. 즐거운 자리에 즐거워하는 것
이야 누가 못하겠는가, 이것은 참 즐거움이 아니다. 괴롭고 아픈 속에
서 얻는 즐거움만이 마음의 참 묘용妙用을 아는 까닭이다. 이것이 참 즐

거움이다. 고위락苦爲樂이란 말이 있다. 괴로움이 따로 있고 즐거움이 따로 있는 것이 아니요, 한 생각 문득 돌리면 괴로움이 그대로 즐거움이 된다는 말이다. 일체개고一切皆苦가 일체개락一切皆樂이 되는 멋이 해탈경解脫境에 있다.

11

천지만물을 '거짓 형터리'라 한다면 부귀공명은 말할 것 없고 사지오체四肢五體도 또한 '빌려 가진 형체'이다. 천지만물을 '참 경계境界'로 본다면 부모형제로부터 만물에 이르기까지 나와 일체一體 아님이 없으니, 사람이 능히 일체一切가 거짓 형터리임을 간파하고 만물이 나와 한 몸임을 체득하면 가히 천하의 짐을 맡을 것이요, 또한 세간의 얽매임을 벗어날 것이다.

〔原文〕— 前 103

以幻迹言하면 無論功名富貴히 卽肢體도 亦屬委形하며 以眞境言하면 無論父母兄弟히 卽萬物이 皆吾一體니 人能看得破認得眞하면 纔可任天下之負擔하며 亦可脫世間之韁鎖니라.

〔解義〕

환적幻迹이란 실제로 있는 것이 아니고 도깨비처럼 거짓으로 나타난 형적形迹이다. 위형委形은 위탁된 형체니 빌어 가지고 있는 형체란 뜻이다. 《장자》莊子에 "내 몸은 천지의 위형이라"는 말이 있다. 강쇄韁鎖의 강韁은 오랏줄이니 곧 포승捕繩이요, 쇄鎖는 고랑쇠이다. 합하여 결박이란 뜻이니 명성과 이욕利慾에 대한 집착執着을 비유한다.

가현假現의 현상계로 말하면 부귀공명은 물론 이 신체도 천지로부터 잠시 위탁된 가형假形에 불과하다. 그러나 본진本眞의 실체계에서 말하

면 부모형제는 물론 초목토석草木土石도 나와 일체동신이다. 천지동근
만물일체天地同根 萬物一體라는 이 도리를 간파하면 일시동인一視同仁의 마
음이 이에서 일어나나니, 가히 써 천하의 대임을 맡을 수 있을 것이요,
만물몽환萬物夢幻의 실상을 깨달으면 또한 세상의 헛된 명성과 이욕의
속박에서 벗어나 유유자적할 수 있을 것이다.

12

천지는 만고萬古에 있으되 이 몸은 두 번 얻지 못하나니 인생은 다만 백 년이라 이날이 가장 가버리기 쉽다. 다행히 그 사이에 태어난 몸이 살아 있는 즐거움을 알지 아니하지 못할지며 또한 헛되이 사는 근심을 품지 아니하지 못하리라.

〔原文〕 — 前 107
天地에 有萬古하되 此身은 不再得이며 人生이 只百年에 此日이 最易過라 幸生其間者는 不可不知有生之樂하며 亦不可不懷虛生之憂니라.

〔解義〕
천지는 비롯함도 끝남도 없으니 항상 있는 것이지만 사람의 목숨이야 어디 그런가. 한번 가면 그뿐인 이 인생은 길어야 백 년인데 그 백 년 가기가 눈 깜짝할 사이니 어쩐단 말인가. 그러나 이 총총한 세월 속에서나마 우리가 나서 살고 있으니 즐거운 일이요, 그 짧은 삶을 헛되이 보낼까 근심하지 않을 수 없음은 우리의 생이 짧으면 짧을수록 무슨 보람이라도 남겨야 이 세상에 태어난 의의意義가 있고 짧은 삶을 더 허무하게 하지 않을 방도가 되기 때문이다.

13

분노의 불길과 욕념慾念의 물결이 타오르고 끓는 때를 당하여 명백히 알며 또 명백히 이를 누르는 것이 있으니 아는 이는 이 누구며 누르는 이는 이 누군가. 이러한 점에 맹연猛然히 반성하면 노화욕수怒火慾水도 문득 변하여 참마음이 된다.

〔原文〕— 前 119

當怒火慾水正騰沸處하여 明明知得하며 又明明犯著하나니 知的是誰며 犯的又是誰오. 此處能猛然轉念하면 邪魔便爲眞君矣니라.

〔解義〕

분노가 불길처럼 타오르고 욕념이 가마솥의 물처럼 끓어오르는 때를 당하여, 그것을 명백히 알며 또한 그것을 명백히 억제하려는 것이 있으니 아는 것은 누구며 억제하는 것은 또 누굴까. 그것은 각자가 지니는 일념一念의 주인공이다. 분노와 욕념을 맹연猛然히 돌리면 그 분노 그 욕념이 문득 자기 진군眞君임을 깨닫는다. 미迷와 오悟는 따로 있는 것이 아니니, 전미轉迷 개오開悟란 것은 본디 같은 것을 일념에 간득看得하는 것이기 때문이다. 진군眞君은 《장자》에 나오는 말이니 마음의 본체를 말하는 것이다.

14

개인 날 푸른 하늘이 문득 변하여 우레 울고 번개 치며, 돌개바람 소나기도 홀연히 밝은 달 맑은 하늘이 되나니 천지의 움직임이여 어찌 일정하리요. 털끝만 한 응체凝滯로 이 변화가 일어난다. '태허'太虛의 모습이여 어찌 변함이 없으리요. 털끝만 한 막힘으로 이 전변轉變이 생기노라. 사람의 마음 바탕도 또한 마땅히 이와 같을진저.

〔原文〕— 前 124

霽日靑天이 倏變爲迅雷震電하며 疾風怒雨가 倏轉爲朗月晴空하나니 氣機何常이리오. 一毫凝滯하며 太虛何常이리오. 一毫障塞이라 人心之體도 亦當如是니라.

〔解義〕

세서歲序가 바뀌는 것은 일정한 법칙이 있지만 풍우와 청명이란 것은 항상 일정한 것은 아니다. 터럭만한 응체凝滯로 하여 변화가 생기는 것이다. 갠 하늘이 갑자기 우레 울고 번개 치고 비바람 휘몰아치던 하늘에 씻은 듯한 달이 떠오르듯이 사람의 마음도 희로애락喜怒哀樂이 섞바뀐다. 그러나 하늘은 언제나 그 하늘이요 마음도 본바탕은 늘 하나이니, 비 지나간 뒤에 하늘이 예대로 푸르듯이 희로애락도 지나간 뒤에는 흔적을 남기지 않아야 한다.

15

내 몸은 하나의 작은 천지라 희로喜怒로 하여 허물됨이 없고 호오好惡로 하여 법도法度 있게 하면 이는 곧 '천지의 법을 받아 저를 다스리는 공부' 가 된다. 천지는 하나의 거룩한 어버이라 백성으로 하여금 원망이 없게 하고 일체의 사물에 근심이 없게 하면 이것이 바로 화합의 기상이다.

〔原文〕─ 前 128

吾身은 一小天地也라 使喜怒不愆하며 好惡有則하면 便是變理的工夫요 天 地는 一大父母也라 使民無怨咨하며 物無氛疹하면 亦是敦睦的 氣象이니라.

〔解義〕

우리의 몸은 하나의 작은 천지다. 천지의 사시四時 운행과 풍우한서風雨 寒暑의 왕래에 모두 법칙과 까닭이 있듯이 우리도 희로喜怒에 잘못이 없 고 좋아하고 미워함에 법칙이 있게 하면 바로 이것이 자기를 다스리는 공부가 될 것이다. 천지는 또한 우리의 위대한 부모이니 우리의 형제 자매요, 동포인 백성에게 덕을 베풀어 원망과 탄식이 없게 하고 일체 의 것에 괴롭고 근심함이 없게 하면 이것이 바로 형제끼리 화합하고 돈 목敦睦하는 기상인 것이다.

16

악한 일일수록 그늘에 숨어 있기를 싫어하며 선한 일일수록 거죽에 나
타나기를 싫어하나니, 그러므로 악이 나타난 자는 재앙이 옅되 숨어
있는 자는 재앙이 깊으며, 선이 나타난 자는 공이 적되 숨어 있는 자는
공이 크니라.

〔原文〕— 前 138
惡忌陰하고 善忌陽하나니 故로 惡之顯者는 禍淺하고 而隱者는 禍深하며 善之
顯者는 功少하고 而隱者는 功大하니라.

〔解義〕
나쁜 일일수록 그늘에 숨는 것을 싫어하며 좋은 일은 표면〔陽〕에 나타
나기를 싫어한다. 그러므로 나쁜 일이 겉으로 나타나면 그 때문에 받
는 재앙도 옅지만, 나쁜 일을 숨기면 그 재앙이 더 깊어진다. 이와 반
대로 좋은 일은 도리어 겉으로 나타나면 그 공이 적어지고 좋은 일 한
것이 속으로 숨으면 그 공이 더욱 커지는 법이다. 스스로 저지른 악은
명명明明히 드러내고 스스로 지은 공로功勞는 암암暗暗히 감추라.

17

등불이 반딧불처럼 흐릿하매 만상萬象이 소리가 없다. 우리가 비로소 편히 쉴 때로다. 새벽꿈을 갓 깨나매 뭇 움직임이 아직 일어나지 않았다. 우리가 비로소 혼돈에서 벗어날 때로다. 이때를 틈타서 '한 생각으로 빛을 돌려 스스로를 비춰 보면' 비로소 알리라. 이목구비는 다 질곡桎梏이요, 정욕기호情欲嗜好가 모두 이 마음 병들게 하는 기계機械인 줄을.

〔原文〕— 前 146

一燈熒然하고 萬籟無聲은 此吾人初入宴寂時也오 曉夢初醒에 群動未起는 此吾人初出混沌處也라 乘此而一念廻光하여 烱然返照하면 始知리오 耳目口鼻는 皆桎梏이며 而情欲嗜好는 悉機械矣라라.

〔解義〕

만뢰萬籟는 삼라만상森羅萬象 일체一切의 소리요, 연적宴寂의 연宴은 편하다는 뜻이다. 혼돈은 천지가 아직 나눠지기 이전을 이름이니 개벽전開闢前의 두루뭉수리 시대를 말함이다. 질곡桎梏은 차꼬〔足械〕와 수갑〔手械〕이니 손발을 속박하는 연장이다.

깊은 밤 등불 아래와 이른 새벽 먼동이 트기 전 이 두 때가 가장 우리들의 생각에 빛을 얻을 수 있는 때다. 깊은 밤 만상이 잠들 때에 이 몸이 자연과 하나가 되고 이른 새벽 정신이 아직 유야무야有耶無耶의 경境에 있을 때에 일체의 분별이 아직 일지 않는다. 바로 그러한 때를 잡아 문득 일념을 돌려 스스로의 마음을 비추면 혼연渾然한 경지에 들 것이다. 이에서 선악과 시비가 본디 없음을 깨달으면, 여러 가지 망상과 분별을 일으키는 이목구비耳目口鼻와 정욕기호情欲嗜好가 모두 심신心身을 속박束縛하는 연장임을 알 것이다.

18

고기 그물을 쳐두매 기러기가 거기 걸리며 버마재비가 먹이餌를 노리매 참새가 그 뒤를 엿보나니, 기틀 속에 또 기틀이 있고 이변 밖에 다시 이변이 있는지라. 인간의 지혜계교智慧計巧를 어찌 족히 믿을 수가 있으랴.

〔原文〕— 前 149

魚網之設에 鴻則罹其中하며 螳螂之貪에 雀又乘其後하나니 機裡藏機하며 變外生變이라 智巧를 何足恃哉리오.

〔解義〕

고기를 잡으려고 쳐놓은 그물에 기러기란 놈이 걸리기도 하고, 버마재비란 놈이 저보다 작은 벌레를 탐내어 노리고 있는 곳에 참새란 놈이 또 그 버마재비를 노리는 일도 있다. 세상일이란 모두 이와 같으니 알 수 없는 조화라. 사람의 얄팍한 재주와 지혜쯤이야 족히 무엇으로 믿을 수가 있겠는가.

19

물은 물결 아니면 절로 고요하고 거울은 흐리지 않으면 스스로 밝다. 마음도 이와 같으니 그 흐린 것을 버리면 맑음이 절로 나타날 것이요, 즐거움도 구태여 찾지 말 것이니 그 괴로움을 버리면 즐거움이 절로 있으리라.

〔原文〕— 前 151
水不波則自定하며 鑑不翳則自明하나니 故로 心無可淸이라 去其混之者而淸自現하며 樂不必尋이라 去其苦之者而樂自存이니라.

〔解義〕
마음을 맑게 하는 법이 어찌 따로 있으랴. 마음속에 풍파가 일지 않고 티끌이 끼이지 않으면 마음이 절로 맑을 것이요, 즐거움을 얻는 방법인들 또한 어찌 따로 있으랴. 괴로운 마음을 없이하면 즐거움이 절로 있으리라. 물결이 일지 않으면 물이 잔잔하고 먼지가 앉지 않으면 거울이 절로 밝음과 마찬가지 이치가 아닌가.

20

한 생각으로 하늘의 금계禁戒를 범하고 한마디 말로 천지의 조화를 깨뜨리며 한 일로써 자손의 재앙을 만드는 수가 있으니 마땅히 간절하게 경계할지니라.

〔原文〕— 前 152
有一念而犯鬼神之禁하며 一言而傷天地之和하며 一事而釀子孫之禍者하나니 最宜切戒니라.

〔解義〕
한 생각 잘못 들어 자연의 대도大道를 거스르고 천지신명의 금계禁戒를 범하기도 하고, 한마디 말 때문에 천지자연의 조화를 깨뜨리는 수도 있으며, 작은 일 하나로 자손의 화를 양성하는 수도 있으니 군자는 이 한 생각, 한마디 말, 한 가지 일에 조심함으로써 몸을 그르치고 덕을 상하는 일이 없도록 해야 한다.

21

시정市井 사람을 사귐은 산중의 노옹老翁을 벗하기만 같지 못하고 권세
가權勢家에 굽실거림은 오막살이를 친하기만 같지 못하며 거리의 소문
과 풍설風說을 들음은 초동樵童의 노래 목동의 피리를 듣기만 못하고 살
아 있는 사람의 부덕한 일과 허물 있는 행동을 말하는 것은 옛사람의
착한 말씀 아름다운 행장行狀을 얘기함만 못하니라.

〔原文〕— 前 157
交市人은 不如友山翁하고 謁朱門은 不如親白屋하며 聽街談巷語는 不如聞
樵歌牧詠하며 談今人失德過擧는 不如述古人嘉言懿行이니라.

〔解義〕
밤낮 생각하는 것이 이利붙이 구하는 일 한 곳에만 있는 저자 사람과 사
귀는 것보다는 순박천진淳朴天眞한 산중의 늙은이와 벗하는 것이 나으며
권세가에 굽실거리며 배알拜謁하느니보다는 오막살이에 사는 가난한 사
람들과 친하는 것이 좋다. 거리의 뜬소문은 믿을 것이 못 되고 또한 속
된지라, 차라리 나뭇꾼 아이와 소치는 목동의 노래를 들음만 같지 못하
다. 살아 있는 사람의 부덕과 과실을 들추는 것은 부질없는 일이요 또한
덕을 상한다. 삼가 옛사람의 훌륭한 말 훌륭한 행동을 이야기하라.
　주문朱門은 붉은 칠 올린 집이니 왕공귀현王公貴顯의 집이요, 백옥白屋
은 백모白茅로 지붕을 덮은 집이니 청빈한사淸貧寒士의 집을 이름이다.

22

옛사람이 이르되 "제 집의 무진장無盡藏은 내버려 두고 남의 문 앞에 밥 그릇 들고 거지 흉내 낸다"라 하고, 또 이르되 "갑자기 부자 된 사람아, 꿈 이야기 그만 쉬라. 누구 집 부엌인들 불 때면 연기 없으랴"라고 했다. 하나는 스스로의 소유에 눈 어두움을 깨우침이요, 다른 하나는 스스로의 소유에 자랑함을 경계함이니 가히 학문의 계명戒銘으로 삼을지로다.

〔原文〕— 前 160

前人이 云, 抛却自家無盡藏하고 沿門持鉢效貧兒라하며 又云 暴富 貧兒休 說夢하라 誰家竈裡火無烟고하니 一箴自昧所有하며 一箴自誇所有라 可爲 學問切戒니라.

〔解義〕

앞의 비유는 사람마다 본디 성인과 다름없는 바탕을 가지고 있으면서도 그것을 모르고 남에게 구걸하는 어리석음을 경계한 것이요, 뒤의 비유는 자기의 조그만 재조才操를 믿고서 무턱대고 자랑함을 경계한 것이다. 학문수업상 적절한 잠언箴言이다.

23

한때의 흥분으로 시작하는 일은 시작하자마자 곧 멈추게 된다. 어찌 물러나지 않는 수레바퀴가 되랴. 감정과 재치로 얻은 깨달음은 깨달았는가 하면 이내 미迷하게 된다. 마침내 항상 밝은 등불이 못 된다.

〔原文〕— 前 167
憑意興作爲者는 隨作則隨止하나니 豈是不退之輪이며 從情識解悟者는 有悟則有迷하나니 終非常明之燈이니라.

〔解義〕
오래 생각하고 마련한 나머지에 하는 일이 아니고 한때의 흥분을 좇아 시작하는 것은 시작하자마자 이내 중지하게 되나니 이는 불퇴전不退轉의 의지가 될 수 없다. 깊은 마음공부와 수련으로서의 체득이 아니고 번뜩하는 감정과 재치 있는 식견으로 잡은 깨달음은 깨닫자마자 이내 미迷하게 되나니 길이 밝아 어둡지 않은 상명등常明燈은 아니다. '불퇴전륜'不退轉輪 '상명常明의 등燈'은 다 불전佛典에서 나온 말이니 불법佛法의 비유로 쓰인 말이다.

24

범속凡俗의 경계를 벗어나면 그것이 바로 기인奇人이라, 짐짓 뜻을 지어 신기로움을 숭상하는 자는 기인이 되지 못하고 괴이怪異한 사람이 된다. 더러운 세간世間과 섞이지 않으면 이것이 곧 청백淸白한 사람이라, 속됨을 끊고 맑음을 찾는 이는 청淸이 되지 않고 격激이 된다.

〔原文〕— 前 169

能脫俗하면 便是奇로되 作意尙奇者는 不爲奇而爲異하며 不合汚하면 便是淸이로되 絶俗求淸者는 不爲淸而爲激이니라.

〔解義〕

명리를 탐하는 범속의 경계를 벗어나면 그것이 바로 기인이다. 공연히 기언奇言과 기행을 부리는 자는 기인奇人이 되지 못하고 이상야릇한 것이 되고 만다. 더러운 세간의 욕정에 물들지 않으면 이것이 곧 청백淸白이다. 세상 모든 일과 담을 쌓고 청렴결백만 구하는 자는 청백이 되지 않고 과격過激이 되고 만다.

25

마음이 비면 본성이 나타나나니, 마음을 쉬지 않고 본성 보기를 구하면 물결을 헤치면서 달을 찾음과 같다. 뜻이 고요하면 마음이 맑아지나니 뜻을 밝게 하지 않고 마음 밝기를 구함은 거울을 찾느라고 티끌만 더함과 같다.

〔原文〕— 前 171
心虛則性現하나니 不息心而求見性은 如撥波覓月이요 意淨則心淸하나니 不了意而求明心은 如索鏡增塵이니라.

〔解義〕
禪의 구경究竟은 오도悟道에 있다. 오도는 곧 견성見性이요, 견성이 곧 해탈解脫이다. 견성見性은 성性을 본다는 것이니 성은 "일체중생一切衆生이 모두 불성佛性이 있다"라는 그 불성佛性이라는 '성'性이니 만물에 통하는 바탕이다. 다시 말하면 '성'은 천성天性이자 인성人性이요, 심성心性이자 불성佛性이다. 이 '성'을 보는 것, 이 성의 본질을 파득把得하는 것을 견성見性 또는 대오大悟라 한다.

   견성見性하고자 하면 먼저 마음을 텅 비워야 한다. 선악善惡, 시비是非, 애증愛憎, 취사取捨 등 일체의 차별과 상대의 경계를 뛰어넘어야 한다. 이러한 상대다기相對多岐의 망념妄念을 모조리 제거하고 무념무상無念無想의 경지에 이르면 저절로 성性이 나타난다. 만일 마음은 그 차별이 복닥거리는 속에 바삐 헤매면서 견성見性을 구한다면 이는 마치 물결을 헤치면서 달그림자를 찾음과 같다. 뜻이 맑아서 번뇌의 티끌에 더럽혀지지 않으면 마음도 절로 맑아질 것이니 만일 뜻을 밝히지 않고 마음을 밝히려 한다면 이는 먼지를 일으키면서 거울의 밝음을 바라는 것과 같다. 마음은 성性의 작용이요, 뜻은 마음의 한 작용이다. 성을 보려면 마음을 비워야 하고 마음을 비우자면 뜻을 맑게 해야 한다는 것이다. 그러나 이 세 가지는 본디 따로 나눠진 것이 아니니 새삼스레 차례가 있을 까닭이 없다.

26

"쥐를 위하여 항상 밥을 남기고, 부나비를 불쌍타 하여 불을 켜지 않는다" 하였으니 옛사람의 이러한 생각은 곧 우리 인생의 생생발전生生發展하는 한 점 기틀이라, 이것이 없다면 이른바 토목土木의 형해形骸일 뿐이다.

〔原文〕— 前 173

爲鼠常留飯하며 憐蛾不點燈하나니 古人此等念頭는 是吾人一點生生之機라 無此면 便所謂土木形骸而已니라.

〔解義〕

참다운 마음의 사랑은 사람에게만 베풀어지는 것이 아니다. 초목금수草木禽獸와 미물곤충微物昆蟲에까지 한결같이 따뜻하다. 쥐가 배고플까 봐서 밥찌끼를 남겨 두고 부나비가 뛰어들어 타 죽는 것을 불쌍히 여겨 밤에 등잔불을 켜지 않는다는 그 마음이 곧 이 사랑이다. 옛사람의 이같은 마음씨는 자비심의 발로이니 이는 인류가 생생발전生生發展하는 근본이라, 만일 이것이 없다면 사람이 토목土木과 무엇이 다르겠는가.

27

마음 바탕은 곧 하늘 바탕이라, 일념一念의 기쁨은 상서로운 별, 경사
스런 구름 같고 일념의 성냄은 우레 소리 폭우 같으며, 일념의 자비로
움은 부드러운 바람 달콤한 이슬 같고 일념의 엄함은 뜨거운 날 빛 차
가운 서리 같도다. 어느 것인들 없어서 되랴. 다만 형편을 따라서 일어
나고 스러져서 조금도 거리낌이 없어야 하노니, 이와 같으면 태허太虛
로 더불어 바탕을 함께 하리라.

〔原文〕— 前 174

心體는 便是天體니 一念之喜는 景星慶雲이요 一念之怒는 震雷暴雨요 一
念之慈는 和風甘露요 一念之嚴은 烈日秋霜이니 何者少得이오. 只要隨起
隨滅하여 廓然無碍하면 便與太虛同體하리라.

〔解義〕

사람은 하나의 작은 우주이다. 그러므로 마음 바탕은 저 천체와 같다.
하늘에 상서로운 별과 구름이 있듯이 마음에는 기쁨이 있고, 하늘에
우레 소리와 사나운 비바람이 있듯이 마음에도 성냄〔怒〕이 있으며 부드
러운 바람과 단 이슬은 사람 마음의 자비와 같고, 뜨거운 햇볕이나 차
가운 서리는 사람 마음의 엄嚴함과 같다. 이 희로자엄喜怒慈嚴 네 가지는
어느 것이나 다 필요한 것들로서 이 중에 하나라도 없어서는 안 된다.
다만 일어날 자리에 일어나고 사라질 때에 사라져서 어긋나거나 거리

끼지 않도록 하는 것이 긴요할 따름이다. 참으로 능히 그렇게만 할 수
있다면 그 마음은 저 하늘[太虛]과 본체를 같이할 수가 있는 것이다.

28

일 없을 때는 마음이 어둡기 쉬우니 마땅히 '고요한 가운데' '밝음으로써 비춰라'. 일 있을 때는 마음이 흩어지기 쉬우니 마땅히 '밝은 가운데' '고요함으로써 임자 삼으라'.

〔原文〕— 前 175

無事時엔 心易昏冥하나니 宜寂寂而照以惺惺하며 有事時엔 心易奔逸하나니
宜惺惺而主以寂寂하라.

〔解義〕

사람의 마음이란 일 없고 한가한 때일수록 흐리어지고 어두워지기 쉬운 것이다. 이런 때는 마땅히 그 적정寂靜을 지키되 언제나 역력히 깨어있는 지혜로 비추고 있어야 한다. 그렇지 못하면 마음은 혼침昏沈의 병에 걸려, 일을 당하여도 날쌔게 처리할 수가 없다. 또 일이 있어 바쁜때는 마음이란 갈피 없이 흩어지기 일쑤다. 그럴 때는 마땅히 밝은 지혜를 부리되 침착沈着한 안정으로써 주主를 삼아야 한다. 그렇지 않으면정신을 못 차리기 쉽다.

'적적'寂寂은 '정定'의 뜻이니 마음을 한곳에 모아 고요함을 말함이요, '성성'惺惺은 '혜慧'의 뜻이니 마음을 갈고닦아 항상 밝음을 말함이다. 두가지 다 선가禪家의 수행방법修行方法이다.

29

욕심이 날뛰는 병은 가히 고칠 수 있으나 이론에 집착하는 병은 고치기 어려우며, 사물의 장해障害는 가히 없앨 수 있으나 의리에 얽매인 장해 障害는 없애기 어렵다.

〔原文〕― 前 190

縱欲之病은 可醫나 而執理之病은 難醫하며 事物之障은 可除나 而義理之障 은 難除니라.

〔解義〕

욕념欲念이란 곤란한 것이지만 그래도 욕정欲情의 병은 고치기 쉬운 편 이다. 그러나 이론에 집착하는 병은 고치기 어렵다. 식자우환識字憂患이 라고 아는 것이 탈이 된다. 사물이란 말썽의 장본張本이지만 그래도 사 물의 장해障害는 제거할 수 있다. 그러나 의리의 장애障碍는 용이하게 제거되지 않는다. 욕정의 병과 사물의 장해障害는 범속인凡俗人의 병이 요, 집리執理의 병과 의리의 장해障害는 학자의 병이다.

30

책을 잘 읽을 줄 아는 이는 마땅히 손이 춤추고 발이 뛰는 경지에 이르러야 하나니 바야흐로 고기를 잡으매 소쿠리를 잊고 토끼를 잡으매 덫을 잊음과 같으리라. 사물을 잘 살피는 이는 마땅히 마음이 풀리고 정신이 부드러워지는 데에 이르러야 바야흐로 바깥에 나타난 형상에 붙잡히지 않으리라.

〔原文〕 — 前 217
善讀書者는 要讀到手舞足蹈處라야 方不落筌蹄하며 善觀物者는 要觀到心融神洽時라야 方不泥迹象하나니라.

〔解義〕
독서를 잘 하는 사람은 기쁨이 극極하여 절로 춤춰지는 경지에 이른다. 바로 글 지은 사람의 정신에 들어갈 것이요 문자에 사로잡혀 그것의 천착穿鑿에만 고심하지 않는다. 사물을 잘 보는 자는 마음이 융화融和하고 정신이 흡족한 경지에 이른 사람이다. 사물의 진수眞髓를 얻어 그것과 완전히 동화되지 않으면 외부의 형태에만 포니抱泥되고 말기 때문이다.
  '전제'筌蹄는 고기 잡는 소쿠리와 토끼 잡는 덫이니 《장자》莊子에 "득어망전"得魚忘筌, "득토망제"得兔忘蹄, "득의망언"得意忘言이란 말이 있다. 잡아야 할 것은 고기나 토끼나 뜻이요, 소쿠리나 덫이나 말이 아니라는 비유이다. 적상迹象은 물物의 자취이니 물의 형태란 말이다.

31

지인至人이 무엇을 생각하고 또 무엇을 근심하리요. 어리석은 사람은 처음부터 모를 뿐 알려고 하지도 않는 사람이라 지인至人과 우인愚人이라야 가히 더불어 학문을 논할 것이요, 또한 더불어 공업功業을 세우리라. 다만 이 중간치 재자才子란 것은 사려와 지식이 많으므로 억측臆測과 시의猜疑도 따라서 많은지라 함께 일하기가 어려우니라.

〔原文〕 — 前 229

至人은 何思何慮리오 愚人은 不識不知라 可與論學하며 亦可與建功이로되, 唯中才的人은 多一番思慮知識하여 便多一番億度猜疑라 事事에 難與下手니라.

〔解義〕

지인至人이란 도에 통달한 사람이니 또 무엇을 생각하고 무엇을 근심하리요. 우인愚人은 본래부터 아무 것도 모르니 말할 것도 없으며 생각할 것도 없으리라. 이 지인至人과 우인愚人은 두 극단이지만 인위적인 것이 없고 자연 그대로인 점에서는 일치된다. 이런 사람이야 가히 더불어 학업을 논하고 공업功業을 세울 수 있을 것이다. 그러나 이 양자의 중간에 선 재자才子란 것은 학문도 좀 있고 지식도 약간 있으므로, 만사에 지레짐작하기를 좋아하며 따라서 시의猜疑도 강하여서 무슨 일이고 간에 함께 하기 어려운 법이다.

32

복사꽃 오얏꽃이 아무리 고운들 어찌 푸른 저 송백松栢의 굳고 고움만
하리요. 배와 살구가 맛이 달아도 노란 유자 푸른 귤의 맑은 향기를 못
당하나니, 진실할진저 ! 너무 고와 빨리 지느니보다 담박淡泊하여 오래
가는 것이 좋으며 일찍 빼나느니보다 늦게 이루는 것이 더 나음이여 !

〔原文〕 — 前 224
桃李雖艶이나 何如松蒼栢翠之堅貞하며 梨杏雖甘이나 何如橙黃橘綠之馨
冽이리오. 信乎라 濃夭不及淡久하며 早秀不如晚成也로다.

〔解義〕
복숭아나 오얏의 꽃은 비록 곱지만 솔 잣나무의 사시四時에 변함없이
푸르른 정절만은 못하다. 배나 살구가 비록 달지라도 누른 유자와 푸
른 귤의 맑은 향기만 못하다. 참으로 그렇다. 고와서 빨리 지느니보다
담박淡泊하여 오래가는 것이 좋으며 젊어서 조금 뛰어나느니보다 늦으
나마 크게 성취하는 것이 좋다.

33

바람 자고 물결 고요한 가운데 인생의 참 경계境界를 보고, 맛이 담담淡
淡하고 소리 드문 곳에서 마음자리의 본연을 안다.

〔原文〕— 前 225

風恬浪靜中에 見人生之眞境하며 味淡聲希處에 識心體之本然하나니라.

〔解義〕

일이 바쁘고 마음이 시끄러운 때는 마치 대해大海에 풍파가 일어남과
같고 무사평온한 때는 대해에 바람이 자고 물결이 고요해진 것과 같다.
인생의 진실眞實 경계境界는 마음이 이렇게 고요해진 때에 알 수 있다.
맛 좋은 음식, 듣기 좋은 소리에 마음이 움직일 때는 심체心體의 본연을
알 수 없으나 담박한 맛과 고요한 소리에 접하였을 때라야 마음의 본연
을 알 수 있게 된다.

34

낚시질은 즐거운 일이건만 오히려 생살生殺의 마음이 있고 바둑 두는 것은 맑은 놀음이지만 또한 전쟁의 마음을 일으키나니, 가히 볼지로다! 일을 기뻐함은 일을 더는 것만 같지 못하고, 능함이 많은 것은 무능함의 천진天眞보다 못한 것을.

〔原文〕— 後 2

釣水는 逸事也로되 尙持生殺之柄하며 奕棋는 淸戲也로되 且動戰爭之心하나니 可見喜事不如省事之爲適이요 多能이 不若無能之全眞이로다.

〔解義〕

낚시질은 즐거운 일이지만 죽이고 살리는 권병權柄을 지니고 있다. 옛 어진 사람이 미늘 없는 낚시, 곧은 낚시 드리우던 마음을 알 수 있지 않은가. 바둑은 맑은 노름이지만 전쟁의 마음이 그 안에 움직인다. 기쁜 일은 일을 줄이는 속에 있나니 능함이 많은 것은 무능하여 천진天眞을 지키는 것보다 못한 것이다.

35

장차 꺼지려는 등잔에 불꽃이 없고 떨어진 갖옷은 따뜻하지 않나니, 이는 모두 살풍경殺風景이요 몸은 마른 나무 같고 마음이 차가운 재와 같음은 '완공'頑空에 떨어짐을 면할 수 없도다.

〔原文〕— 後 14

寒燈無焰하며 敝裘無溫은 總是播弄光景이요 身如槁木하며 心似死灰는 不免墮落頑空이니라.

〔解義〕

등잔불이 장차 꺼질 때면 불꽃이 없고 갖옷이 떨어지면 따뜻함이 없듯이 아무리 질소質素가 좋다 해도 사람이 이렇게 되면 취미가 너무 없다. 몸이 고목처럼 마르고 마음이 싸느란 재처럼 되면 오도悟道하였다 할지라도 이는 결국 완고한 공空에 타락한 것이니 감심感心할 것이 못 된다.

  '완공'頑空은 소승불교小乘佛敎의 설설小乘佛敎의 설說에 보이는 바와 같이 사람의 신체도 정신도 모두 공空하다는 무아관無我觀을 닦아 공적空寂만을 깨달음으로써 만족하고 있는 것을 말함이니 공적의 관념에 사로잡힌 것을 완공頑空이라 한다. 대승불교大乘佛敎에서 말하는 공空은 공적空寂만이 아니다. 색色:萬象이 곧 공空이요 공이 곧 그대로 색이라 하여 이것을 '진공묘유'眞空妙有라 한다. 불교에서 공적空寂으로 돌아가라 한 것은 집착과 탐욕에서 해탈하라는 것이요, 바짝 마른 나무라든가 싸느랗게 식은 잿더미처럼 되라는 것은 결코 아니다. 만일 완공頑空에 떨어질 때는 물욕物慾과 아집我執이 없어지고 나쁜 일은 않을지 모르나 동시에 활기를 잃게 되어 구세제민救世濟民의 선사善事를 할 수 없게 되는 것이다. 왜 그러냐 하면 우주의 만상萬相은 그 근본을 찾으면 무일물無一物이어서 모두다 인연으로 화합되어 가상假相으로 존재하다가 인연이 다하면 흩어진다. 그러나 무일물無一物한 가운데 무진장無盡藏이 있으니 인연이 무르익으면 잎이 피고 꽃도 핀다. 만물이 하나도 저 자신이 없는 것이 공空이요, 저 자신이 없는 것들이지만 인연으로 뭉쳐서 뚜렷이 존재하는 것이 색色이다. 그러므로 이 양면을 다 보지 않고 어느 한 면에만 집착하는 것은 정견正見이 아니다. 제법諸法 만상萬相을 저 자신이 없다는 면에서만 보는 것을 완공頑空이라 한다.

36

생각났을 때 그때 곧 모든 번뇌를 쉬면 그 자리에서 곧 깨달으리니, 만일 따로 쉴 곳을 찾으려 하면 아들 딸 다 성취成娶시켜도 남은 일이 많으리라. 승려와 도사가 좋다 하나 그 생각으로는 마음을 깨달을 수 없나니, 옛사람 이르기를 "이제 쉬어 버리면 곧 쉴 수 있거니와 깨달을 때를 찾으면 깨닫는 때가 없다" 함은 참으로 탁견卓見이다.

〔原文〕— 後 15

人肯當下休이면 便當下休하라. 若要尋個歇處하면 則婚嫁雖完이라도 事亦不少하나니 僧道雖好나 心亦不了하리라. 前人이 云, 如今休去하면 便休去하라. 若覓了時면 無了時니라하니 見之卓矣로다.

〔解義〕

마음의 무거운 짐을 푸는 것이 해탈이다. 해탈하는 때와 자리가 따로 있는 것이 아니니 생각났을 때 그때 곧 모든 번뇌를 놓아 버리라. 만일 따로 그 짐 풀 자리를 찾으면 만 년 가도 목적을 성취하지 못할 것이다. 승려나 도사가 되면 좋으리라 생각할지 모르나 그런 희미한 생각으로는 자기의 심성을 오료悟了할 수가 없다. 지금 곧 휴식하면 휴식할 수 있지만 휴식될 때를 기다리면 휴식은 영원히 할 수 없으리라는 말이 옳다.

37

냉정冷靜한 다음에 열광熱狂한 것을 생각하면 정열情熱에 끌리어 분주함이 무익無益함을 알 것이요, 번거로움으로부터 한가로움에 들어가 보면 한중閒中의 재미가 더욱 유장悠長함을 깨달으리라.

〔原文〕 — 後 16

從冷視熱然後에 知熱處之奔馳無益하며 從冗入閒然後에 覺閒中之滋味最長하니라.

〔解義〕

홍분이 갈앉아 냉정하여진 뒤에 열광하였던 때를 생각하면 한때의 정열에 끌리어 분주하게 쫓아다닌 것이 무익한 일이었던 것을 알 것이요, 시끄러운 곳으로부터 한가로운 곳에 들어가 보면 한중閒中의 취미가 각별히 유장悠長한 줄을 알게 된다.

38

눈앞에 오는 일을 족한 줄 알고 보면 그 자리가 선경仙境이요, 족한 줄 모르면 범경凡境에 괴롭도다. 세상을 벗어나는 모든 원인原因은 잘 쓰는 이에겐 '생기'生機요, 못 쓰는 이에겐 '살기'殺機로다.

〔原文〕― 後 21
都來眼前事는 知足者仙境이요 不知足者凡境이며 總出世上因은 善用者는 生機요 不善用者는 殺機니라.

〔解義〕
눈앞에 닥쳐오는 모든 일을 족한 줄 아는 자는 그 자리가 곧 그대로 선경이요, 족한 줄을 모르는 자에게는 영원히 속경俗境이 된다. 마음이 넉넉하니 모자람이 없고 모자람이 없으니 욕망과 집착이 없을 것, 이 어찌 선경이 아니랴. 세간을 초출超出함에는 목전의 일을 잘 쓰는 데 있으니 잘 쓰면 사물을 이롭게 하는 생기가 되지만 잘못 쓰면 사람과 사물을 손상케 하는 살기가 된다.

39

권세의 성盛함을 좇아 붙어사는 재앙은 아주 참담慘憺하고 아주 빠르지
만, 고요한 데 살아 편함을 지키는 맛은 가장 담박淡泊하고 가장 장구長
久하다.

〔原文〕 — 後 22
趨炎附勢之禍는 甚慘亦甚速하며 棲恬守逸之味는 最淡亦最長이니라.

〔解義〕
염炎과 세勢는 다 같은 말이니 염은 세력의 성盛함이 불같다는 뜻이다.
권력과 세력 있는 사람에게 붙좇음으로써 생기는 재앙은 비참할 뿐 아
니라 그 재앙의 닥쳐옴이 매우 빠르다. 세력에 붙어 한때 거드럭거리
지만 그 사람이 실각失脚하였을 때 당하는 연좌連坐의 재앙이 어떠하겠
는가. 염담恬淡한 경계에 살아 안일을 지키는 맛은 비록 담박淡泊하지만
그 즐거움이 가장 오래가는 즐거움이다.

40

색욕色慾이 불길처럼 타오를지라도 한번 병든 때를 생각하면 흥이 문득 차가운 재 같으리라. 명리名利는 엿같이 달지라도 생각이 한번 사지死地에 이르면 맛이 문득 납蠟을 씹는 것과 같다. 그러므로 사람이 항상 죽음을 근심하고 병을 생각한다면 또한 환업幻業을 끄고 진심을 오래 기르리라.

〔原文〕 — 後 24
色慾이 火熾하되 而一念及病時하면 便興似寒灰하며 名利飴甘하되 而一想到死地하면 便味如嚼蠟하나니 故로 人常憂死慮病하면 亦可消幻業而長道心하나니라.

〔解義〕
색욕이 불같이 일어날 때 한번 그로 말미암아 병든 때를 생각하면 그 색욕이 문득 한회寒灰와 같을 것이요, 명리가 아무리 달다 하더라도 생각이 한번 사지死地에 이르면 명리의 맛이 다 사라지리라. 사람이 항상 일을 당하매 사후의 어려움을 미리 헤아리면 가히 재앙을 멀리하고 도심道心을 기르리라. 죽음을 근심하고 병을 근심하면 어찌 색욕과 명리에 넘침이 있으리요.

41

숨어 사는 숲 속에는 영화도 없고 욕됨도 없나니. 도의道義의 길 위에는 인정의 변덕이 없나니.

〔原文〕 — 後 27
隱逸林中엔 無榮辱이요 道義路上엔 無炎涼이라.

〔解義〕
은일隱逸은 산림에 숨어 사는 사람이니 세상의 낙화樂華라든가 오욕汚辱은 은자隱者에게는 관계없는 말이다. "물이 있고 뫼가 있는 곳에 영화도 없고 욕됨도 없다"라는 옛글 그대로다. 공명정대한 도의의 길 위에는 뜨거웠다 식었다 하는 변덕은 없다. 부귀라 하여 정의情義를 두터이 하고 빈천貧賤이라 하여 정의를 박薄하게 하는 것은 인의도덕仁義道德으로 교제交際하는 사람에겐 있을 수 없는 일이다.

42

뜨거움은 반드시 없앨 수 없지만 뜨겁다고 괴로워하는 이 마음을 없애면 몸이 항상 서늘한 고대高臺에 있을 것이요, 가난은 반드시 쫓을 수 없으되 가난을 근심하는 그 생각을 쫓으면 마음이 항상 안락한 집 속에 살리라.

〔原文〕 — 後 28
熱不必除라 而除此熱惱하면 身常在淸凉臺上하며 窮不可遣이라 而遣此窮愁하면 心常居安樂窩中하리라.

〔解義〕
인생의 괴로움은 불같이 뜨겁다 해서 열뇌熱惱라 한다. 뜨겁다 하여 그 뜨거움을 어디에고 집어 던질 수는 없고 또 그렇게 할 필요도 없으니, 다만 이 뜨겁다, 뜨겁다 하고 괴로워하는 그 마음만 제하고 나면 몸은 항상 시원한 고대高臺에 앉은 것 같을 것이다.

궁수窮愁는 가난을 괴로워하는 마음이다. 가난은 마음대로 보내 버릴 수 없는 것이지만 또 구태여 보낼 필요도 없다. 다만 그 가난을 괴로워하는 이 시름만 버리고 나면 마음은 항상 안락한 집에 있게 된다. 안락와安樂窩의 와窩는 혈穴이니 집이란 뜻으로 쓴다.

43

나아가는 곳에 문득 물러섬을 생각하면 울타리에 걸리는 재앙을 면할
것이요, 손 붙일 때 문득 손 놓음을 도모하면 호랑이를 타는 위태로움
을 벗으리라.

〔原文〕— 後 29

進步處에 便思退步하면 庶免觸藩之禍하며 著手時에 先圖放手하면 纔脫騎
虎之危하리라.

〔解義〕

《역경》易經 〈대장〉大壯에 '저양촉번'羝羊觸藩이란 말이 있다. 저양羝羊이
란 염소의 일종이다. 염소가 앞만 보고 가다가 울타리〔藩〕에 부딪쳐 뿔
이 울타리에 걸렸다는 말이다. 사람이 세상을 살아가는 데는 한 발을
내어 디디려 하면 한 걸음 물러설 용의가 있어야 한다. 그래야만 염소
가 뿔을 울타리에 틀어박고 들어가지도 나오지도 못하는 것과 같은 어
려운 경우를 면할 수 있다. 이와 마찬가지로 무슨 일이든 착수할 때는
한편으로 손을 떼려는 생각이 있어야 한다. 그렇게 하면 호랑이를 탄
것과 같은 위험에서 벗어날 수 있다.

　기호騎虎의 위危라 함은 호랑이를 탄 자가 호랑이에게서 내리고 싶
지만 내리면 잡아먹힐 테니 내릴 수도 없고 안 내릴 수도 없는 난경難境에
있음을 뜻한다.

44

탐욕이 많은 사람은 금을 나눠 줘도 옥玉 얻지 못함을 한恨하고 공公에 봉封하여도 제후諸侯 못 됨을 불평하나니 권귀權貴의 자리에서 도리어 거지 노릇함을 달게 여기지만, 족함을 아는 이는 명아줏국도 고기 쌀밥보다 맛있으며 베 도포도 여우 갖옷보다 따뜻하게 아나니 서민이라도 왕공王公에 사양하지 않는다.

〔原文〕 — 後 30

貪得者는 分金에 恨不得玉하고 封公에 怨不受侯하며 權豪自甘乞丏하되 知足者는 藜羹도 旨於膏粱하고 布袍도 煖於狐貉하며 編民도 不讓王公하나니라.

〔解義〕

탐욕이 많은 자는 금을 분배받아도 다시 옥 얻지 못함을 부족하게 생각하고 공에 봉하여도 다시 왕후王侯되지 못함을 부족하게 생각하나니, 권문호가權門豪家의 신분으로 마음은 거지 행세를 부끄러워하지 않는다. 이에 반하여 만족하는 것을 아는 사람은 명아줏국도 고기 쌀밥보다 맛있게 먹으며 삼베로 지은 도포도 여우와 담비〔貉〕 껍질로 만든 갖옷보다 따뜻하게 생각하나니 천한 신분의 몸〔編民〕으로도 마음이 넉넉하기는 왕공王公보다 못할 바 없다.

　공公은 봉건시대 오등작위五等爵位 ; 公侯伯子男의 첫째요, 후侯는 여기서는 제후諸侯의 후를 뜻한다. 편민編民은 호적에 편열編列된 일반 서민이란 뜻이며 고양膏粱의 고膏는 기름진 고기, 양粱은 좋은 곡식이니 미식美食이란 뜻이다.

45

이름을 자랑함은 이름에서 숨는 것만 같지 못하다. 일에 익숙함이 어찌 일을 줄이는 한가로움만 하랴.

〔原文〕— 後 31

矜名은 不若逃名趣라 練事가 何如省事閒이리오.

〔解義〕

제 이름을 세상에 자랑하며 뽐내는 것은 못난 노릇이다. 그 자격이 있으면서도 스스로 이름에서 벗어나는 것이 더욱 은근한 취미趣味가 있다. 또 모든 일에 공교工巧 숙련熟練할지라도 되도록 모든 일을 덜어 버리고 한가히 있는 것이 평안하다.

46

적막寂寞을 즐기는 이는 흰 구름 그윽한 바위를 보고 유현幽玄한 도리에 통하고, 영리에 달리는 자는 맑은 노래 묘한 춤으로 심심함을 풀지만, 다만 스스로 깨달은 선비는 시끄럽고 고요함이 없으며 영화와 쇠잔衰殘이 다 없는지라 가는 곳마다 유유자적의 천지가 있다.

〔原文〕— 後 32
嗜寂者는 觀白雲幽石而通玄하며 趨榮者는 見淸歌妙舞而忘倦하나니 唯自得之士라야 無喧寂하며 無榮枯하며 無往非自適之天이니라.

〔解義〕
적막을 좋아하는 사람은 산림에 숨어 백운白雲과 유석幽石을 보고 즐기고, 영리를 좋아하는 사람은 청가淸歌과 묘무妙舞를 보고 기뻐한다. 두 가지가 다 좋지 않음이 아니지만 적막과 영리榮利를 좋아하는 것은 양극단으로 치우친 사람이니 편벽偏僻함을 면할 수 없다. 옳게 알고 깊이 자득自得한 선비는 시끄러움과 적막함도 안중에 없고 영화와 고쇠枯衰도 따로 없으니 가는 곳마다 유유자적의 천지 아님이 없다.

47

선종禪宗에서 말하기를 '배고프면 밥 먹고 곤하면 잠잔다' 하고 시지詩旨에 이르기를 '눈앞의 경치요 구두口頭의 말이라' 하였으니, 대개 아주 높음은 아주 낮음에 깃들고 지극한 어려움은 지극히 쉬움에서 나옴이라 뜻이 있은 즉 도리어 멀고 마음에 없으면 절로 가깝다.

〔原文〕— 後 35
禪宗에 曰 饑來에 喫飯하고 倦來眠이라하며 詩旨에 曰 眼前景致口頭語라하니 蓋極高는 寓於極平하며 至難은 出於至易하며 有意者는 反遠하며 無心者는 自近也니라.

〔解義〕
"굶주려 오면 밥을 먹고 권태가 오면 잠잔다"는 구句는 왕양명王陽明의 글이니 "선종禪宗에서 말하기를"은 마땅히 '유가儒家에서 가로되'라고 해야 할 것이지만 그 뜻은 유가적이기보다는 전연 선종禪宗의 말이다. "밥이 오면 입을 벌리고 졸음이 오면 눈을 감는다"는 것, 이것이 선禪의 구경究竟이다. 시를 쓰는 데도 무슨 규격이니 해서 말썽이 많지만 그 근본을 말하면 '눈앞의 경치 입 끝의 말'이라는 단순한 한마디에 돌아간다. 이것이야말로 옛사람이 이른바 '깨닫고 보면 깨닫기 전과 같다'는 말과 같은 소식이다. 기괴奇怪한 행동을 하고 난해한 말을 하는 것은 결코 참으로 이루어진 것이라 할 수가 없다. 극묘極妙한 경지는 무심히 이루어진 천진天眞의 유로流露라야 하기 때문이다. 뜻에 사로잡히면 도리어 그 목적에서 멀어지고 무심한 자는 그 자리에 절로 가까워지는 법이다.

48

산림山林은 좋은 곳이지만 한번 집착하여 시설施設함이 있으면 문득 시
정市井이 된다. 서화書畵는 운치 있는 일이로되 한번 탐치貪癡하면 장사
꾼이 된다. 대개 마음이 '물들지 않으면' 욕계欲界가 곧 선도仙都요, 마음
에 붙잡히면 낙경樂境도 고해苦海가 된다.

〔原文〕— 後 37
山林은 是勝地나 一營戀하면 便成市朝하며 書畵는 是雅事나 一貪癡하면 便
成商賈하나니 蓋心無染著하면 欲界도 是仙都요 心有係戀하면 樂境도 成苦
海矣니라.

〔解義〕
산수 좋은 곳을 사랑할 줄 아는 것은 좋은 일이지만 경치 좋은 곳에 탐
貪이 나서 무슨 호화로운 정자를 짓고 현판을 걸고 하여 인공의 시설을
덧붙이면 그곳도 문득 저자와 다름없이 된다. 서화書畵를 관상觀賞함은
풍아風雅한 일이지만 여기에 한번 탐착貪著하면 풍아는 달아나고 장사꾼
같이 사고파는 속사俗事만이 남는다. 오직 마음에 물드는 일이 없고 집
착함이 없으면 욕계欲界에 살아도 선도仙都에 사는 것이 될 것이요, 마
음에 연연한 거리낌이 있으면 아무리 낙경樂境이라도 고해苦海를 이루고
말 것이다.

49

시끄러운 때를 당하면 평일에 기억한 것도 멍하니 다 잊어버리고 깨끗한 자리에 있으면 옛날에 잊었던 것도 뚜렷이 나타난다. 이로써 보면 고요한 곳과 시끄러운 곳이 조금 나뉘매 마음의 어둡고 맑음이 판이하게 된다는 것을 알 것이다.

〔原文〕― 後 38
時當喧雜하면 則平日所記憶者도 皆漫然忘去하며 境在淸寧하면 則夙昔所遺忘者도 又恍爾現前하나니 可見靜躁稍分하면 昏明頓異也니라.

〔解義〕
소란한 때를 당하면 보통 때 기억하던 일도 생각나질 않지만 고요하고 편한 자리에 있으면 옛날에 잊었던 일까지도 생각나는 법이다. 고요함과 시끄러움이 조금 나누어지면 밝고 어둠이 아주 판이하게 된다. 마음을 항상 고요하고 밝게 지니라.

50

고위고관高位高官의 무리 속에 한 사람의 청려장青藜杖 짚은 산인山人이 끼면 문득 일단의 고풍高風을 더하려니와, 어옹초부漁翁樵夫들이 다니는 길 위에 한 사람의 관복 입은 벼슬아치가 있다면 문득 허다한 속기俗氣를 보태리라. 짙은 것은 담박淡泊함만 못하고 속俗은 아雅만 못함을 이로써 알 것이다.

〔原文〕— 後 40

袞冕行中에 著一藜杖的山人하면 便增一段高風하며 漁樵路上에 著一袞衣的朝士하면 轉添許多俗氣하나니 固知濃不勝淡하며 俗不如雅也로다.

〔解義〕

곤袞은 고관의 예복이며 면冕은 고관의 예관이니 곤면袞冕은 고관의 별칭이요, 여장藜杖은 '명아주'란 풀의 줄거리를 말려서 만든 지팡이니 산인山人 은자隱者가 짚는 것으로 대개 청려장青藜杖이라 한다. 한번 상상해 보라. 고관대작의 일행 속에 평복을 입고 청려장을 짚은 노인이 흰 수염을 날리고 있다면 그 격이 얼마나 높겠는가. 그 일행의 위의威儀가 이 산옹山翁으로 말미암아 풍격風格이 높아지지만, 만일 그와는 반대로 어옹漁翁이 낚싯대를 드리운 강기슭이나 나무꾼이 나무 가는 길에 예복을 입은 고관이 있다면 그 꼴이 어떠하겠는가. 그 고관 때문에 도리어 허다한 속기俗氣만이 더해질 것이다. 이로써 보더라도 짙은 것은 담박淡

治함만 못하고 속됨은 풍아風雅함만 못함을 알 것이다. 벼슬아치는 짙고 속된 것이요 산인은 담박하고 풍아하다는 말이다.

51

출세간出世間의 길은 세상을 건너는 길 속에 있다. 반드시 사람과 절교
함으로써 세상에서 숨어야 하는 것이 아니다. 마음을 깨닫는 공부는
마음을 다하는 속에 있다. 반드시 욕심을 끊음으로써 마음을 식은 재
와 같이 해야 한다는 것은 아니다.

〔原文〕— 後 41
出世之道는 卽在涉世中이니 不必絶人以逃世하며 了心之功은 卽在盡心內
니 不必絶欲以灰心이니라.

〔解義〕
출세의 길이란 것은 출세간의 길이란 뜻이니 이 세상에서 벗어나는 길
이다. 그러나 이 세상을 벗어나는 길은 세상과 인연을 끊고 산중에 숨
어야만 얻는 것이 아니요, 다른 사람과 같이 세상을 살아가는 속에 있
는 길이다. 마음을 맑고 고요하게 가지면 세상에 살아도 세상을 벗어
날 수 있다는 말이다. 요심了心의 공이라 함은 자기의 심성을 밝히 깨닫
는 공부다. 즉 오도견성悟道見性의 방법은 반드시 모든 정욕을 끊어 마
음을 식은 잿더미처럼 해야 되는 것은 아니다. 만일 그런 방법을 취한
다면 참으로 오도悟道는 못하고 말 것이다. 오직 마음을 다하여 궁구窮究
하는 가운데 오도悟道의 공부가 있다. 중속衆俗과 정욕情欲은 경계해야
하고 끊어야 하지만 출세간의 길은 중속 속에 있고 요심了心의 공은 정

욕과 떨어져 있는 것은 아니다.

불을 두려워해서 얼어 죽어서야 되겠는가. 불은 태워서 해를 입히기도 하지만 적당하면 익히고 덥히는 이익도 있으니 중속과 정욕도 불과 같다. 그러므로 마음공부를 하는 사람에게는 모든 것이 설법說法을 베풀어 준다. 참으로 알고 보면 속악비천俗惡卑賤도 바로 양선고아良善高雅의 진미가 있는 법이다.

52

이 몸을 항상 한가한 곳에 놓아두면 영욕득실榮辱得失 어느 것이 능히 나를 어긋나게 하랴. 이 마음을 항상 고요한 속에 편히 있게 하면 시비이해是非利害 무엇이 능히 나를 어둡게 하랴.

〔原文〕─ 後 42

此身을 常放在閒處하면 榮辱得失에 誰能差遣我하며 此心을 常安在靜中하면 是非利害에 誰能瞞昧我리오.

〔解義〕

아무것도 탓하지 말라. 허물은 항상 자신에게 있다. 마음에 번거로움 없어 하고 싶고 하기 싫은 두 마음이 곁고 트지 않으면 무엇이 능히 너를 속이며 어긋나게 할 것인가. 영욕의 득실과 시비의 이해가 다 너 자신의 안에서 일어나나니 시끄러운 마음을 붙들어 고요히 앉게 하라.

53

한 '자'字를 모르고도 시詩의 뜻이 있는 이는 시가詩家의 참맛을 훌륭히
얻는다. 한 '게'偈를 참구參究하지 않았으되 '선'禪의 묘미 있는 이는 선교
禪教의 현묘玄妙한 기틀을 깨닫는다.

〔原文〕— 後 47
一字不識而有詩意者는 得詩家眞趣하며 一偈不參而有禪味者는 悟禪教玄
機하나니라.

〔解義〕
비록 한 자도 모르는 무학자無學者라도 시의 뜻이 있는 이는 훌륭히 시
가詩家의 참다운 취미를 해득할 수 있을 것이요, 비록 게송偈頌 하나를
참구參究하지 않았으되 선의 묘미가 있는 이는 선禪의 현묘한 작용을 깨
달을 것이다. 부질없이 문자만을 교묘하게 늘어놓은 것이 참다운 시인
이 아니요, 선어禪語만을 앵무새처럼 흉내 내는 것은 참다운 선객禪客이
아니다.
　게偈는 선의 묘지妙旨를 지닌 운문韻文이다.

54

마음 기틀 흔들리면 '활 그림자가 뱀으로 보이고', '누운 바위를 보고 범이라 하나니' 이는 모두 살기殺氣요, 생각이 편하면 '석호石虎도 가히 해구海鷗로 삼을 수 있고', '개구리 소리로 고취鼓吹를 당할 수 있나니' 보고 듣는 것이 모두 다 참기틀이 된다.

〔原文〕— 後 48

機動的은 弓影도 疑爲蛇蝎하며 寢石도 視爲伏虎하나니 此中이 渾是殺氣요,
念息的은 石虎도 可作海鷗하며 蛙聲도 可當鼓吹하나니 觸處에 俱見眞機니라.

〔解義〕

'활 그림자가 뱀으로 보인다'는 것은 《진서》晉書 〈악광전〉樂廣傳에 나오는 이야기다. 악광樂廣이 하남河南에 벼슬 살 때 친한 손님이 있었는데 한 번 다녀간 뒤 오랫동안 오지 않았다. 그 뒤 광廣이 그 까닭을 물으니 대답하여 가로되 "전에 주시는 술을 받아 마시려 할 때 문득 술잔 속에 뱀 있음을 보고 몹시 징그러운 생각이 들더니 그 술을 마신 뒤 병이 났습니다"라고 하였다. 그때 벽상壁上에 각궁角弓이 있었으니 칠화漆畵로서 배암을 그린 것이었다. 광廣은 그 술잔 속의 뱀이란 바로 그 각궁이었으리라 생각하고 다시 전처럼 술잔을 놓고 객을 향하여 가로되 "술잔 속에 다시 무엇이 보이지나 않소" 하고 물었다. 객이 가로되 "전에 본 그대로"라고 하였다. 광廣은 그것이 뱀이 아니고 각궁角弓이란 걸 설명

하니 그제야 객은 깨닫게 되어 오랫동안 앓던 병이 쾌유하였다는 것이 이 고사의 출처다.

'누운 바위를 보고 범이라 한다'는 것은 《사기》史記〈이장군李將軍 열전〉에 '이광李廣이 사냥을 하는데 풀 속의 돌을 호랑이로 잘못 보고 활을 쏘았더니 활촉이 돌을 뚫고 들어갔다. 자세히 보니 돌이었다. 다시 활을 쏘았으나 드디어 활촉이 돌을 뚫지 못하였다'는 데서 나온 말이다.

'석호石虎도 가히 해구海鷗로 삼을 수 있다'는 것도 《진서》晉書〈불도징전〉佛圖澄傳에 나오는 고사이다. 석호石虎는 인명人名이니 석륵石勒의 종자從子로 그 자字는 계룡季龍이었다. 무서운 세도를 가졌으므로 당시 사람들은 그를 호랑이만큼이나 무섭게 여겼다. 그러한 석호도 불도징佛圖澄의 높은 덕 앞엔 감복하지 않을 수 없었다. 그래서 지도림支道林이 이 말을 듣고 "불도징은 석호를 해구海鷗로 삼았다"고 평하였다. 해구海鷗란 말은 《열자》列子에 나온다. "해상海上의 사람으로 갈매기를 좋아하는 사람이 있어 매일 갈매기와 함께 놀았다. 그래서 수백 마리 갈매기가 그에게 모여들었다. 어느 날 그의 아버지가 말하기를 '그 갈매기를 잡아 오라, 내가 가지고 놀리라'고 하였다. 이튿날 그는 바다에 나갔으나 갈매기는 하늘에서 내려오질 않았다"는 이야기이다.

'개구리 소리로 고취鼓吹를 당할 수 있다' 함은 《남사》南史〈공규전〉孔珪傳에 나온다. "규珪는 세무世務를 즐겨하지 않아 집을 산수山水에 세우고 책상에 기대어 홀로 술 마시니 아무런 잡사도 없는지라 뜰엔 풀이 우거지고 그 속에서 개구리가 울었다. 어떤 사람이 그에게 묻기를 '진번陳蕃이 되려 하오' 하니 규는 웃으며 대답하길, '내 개구리 소리로써 양부兩部 고취鼓吹로 삼소이다. 어찌 진번을 본받는다 하시오' 하였다. 왕안王晏이 고취를 울려 그에게 들려주다가 개구리 우는 걸 듣고 가로되 '귀가 따갑구려' 하였다. 그러나 규는 대답하기를 '내 당신의 고취를

160

들으나 저 개구리 소리만 못하구려' 하였다. 왕안王晏은 얼굴에 부끄러운 빛을 감출 수 없었다"는 고사이다. 고취鼓吹는 음악이란 뜻이다.

심기心機가 어지러우면 사물에 흔들리기 쉬우니 그림자도 뱀같이 보이고 돌도 범같이 생각되어 모든 것이 자기를 노리는 것처럼 보이지만 심기가 평정하면 호랑이도 갈매기와 동일시할 수 있으며 개구리 소리도 음악으로 들을 수 있다는 말이다.

55

머리는 빠지고 이는 성겨지나니 허무한 형체의 시들고 변함이여. 새는
노래하고 꽃은 웃나니 변함이 없는 자성自性의 진여眞如여.

〔原文〕— 後 51
髮落齒疎는 任幻形之彫謝하고 鳥吟花咲는 識自性之眞如니라.

〔解義〕
이 세상의 모든 것은 인연으로 잠시 어울려서 있는 존재다. 눈에 보이
고 손에 잡히는 이 형터리는 어느 것이나 다 허무한 형체다. 모발이 빠
지거나 치아가 성겨지거나 시들고 변하는 대로 맡겨 두라. 슬퍼해도
소용없다. 그러나 모든 것이 제 자체란 것이 없으면서도 인연만 모여
지면 새도 울고 꽃도 웃는다. 이 모두 다 변하는 가운데 영원히 변하지
않는 자의 모습이니 이를 알면 형터리는 상주불변常住不變하는 진여眞如
의 실상임을 알 것이다.

56

마음에 욕심이 일면 차운 못에 물결이 끓나니 산림에 있어도 그 고요함을 보지 못한다. 마음이 공허하면 혹서酷暑에도 청량한 기운이 생기나니 저자에 살아도 그 시끄러움을 모른다.

〔原文〕— 後 52

欲其中者는 波沸寒潭하고 山林도 不見其寂하며 虛其中者는 涼生酷暑하고 朝市도 不知其喧하나니라.

〔解義〕

욕심이 없는 마음은 고요한 못물과 같다. 그러나 그 마음속에 욕심이 일면 한담寒潭에 물결이 끓어오르는 것 같으니 정적靜寂한 산림에 있어도 정적을 느끼지 못한다. 마음을 비워서 일점의 욕념欲念도 멈추지 않으면 한여름 혹서酷暑 속에서도 청량한 기운이 절로 생기고 차마 소리 시끄러운 시가市街에 있을지라도 그 시끄러움을 모른다. 왜 그러냐 하면 소인小人의 마음은 그 경우에 따라 여러 가지로 변하지만 달인達人은 마음으로써 경우를 전변轉變시키기 때문이다.

57

많이 지닌 이는 두터이 잃나니 그러므로 부_富는 가난함의 근심 없음만
같지 못하다. 높이 걷는 이는 빨리 쓰러지나니 그러므로 귀_貴는 천함의
항상 편안함만 같지 못하다.

〔原文〕— 後 53

多藏者는 厚亡하나니 故로 知富不如貧之無慮요 高步者는 疾顚하나니 故로
知貴不如賤之常安이니라.

〔解義〕

재보_{財寶}를 많이 저장하고 있는 자는 잃기도 많이 한다. 그러므로 부자
는 빈자의 걱정 없는 것만 못함을 알 것이니, 잃을 것이 없고 보면 잃어
버리는 것을 근심할 까닭이 없다. 높은 곳을 걷는 사람은 넘어지기도
빨리 한다. 그러므로 귀하여 쫓겨남을 걱정하기보다 천해도 항상 마음
편한 것이 나음을 알 것이니 어디 가면 가난하고 천한 것이야 못 얻으
랴. 밑져야 본전이라 떨어져야 더 떨어질 수 없는 곳이 가장 높은 자리
이다.

58

꽃이 화분 속에 있으면 생기가 없고 새가 조롱鳥籠 속에 들면 천연의 묘취妙趣가 없다. 산속의 꽃과 새는 여러 가지로 어울려 아름다운 문채紋彩를 짜내고 마음대로 날아다니나니 한없는 묘미妙味를 깨닫는다.

〔原文〕 ― 後 55

花居盆內하면 終乏生機하며 鳥入籠中하면 便減天趣하나니 不若山間花鳥가 錯集成文하며 翶翔自若하여 自是悠然會心이니라.

〔解義〕

화분에 심은 꽃은 아무리 고와도 생기가 없으며 조롱鳥籠 속에 기르는 새는 아무리 사랑스러워도 천연의 묘취妙趣가 덜하다. 이름 없는 꽃이라도 산야에 피고 이름 모를 새라도 숲 사이에 지저귐을 보라. 아름다운 문채紋彩가 어울리고 마음대로 날아다님을 보면 무한한 즐거움을 깨닫게 된다.

자약自若은 마음대로 한가한 형용이요, 회심會心은 묘미를 깨달아 마음이 쾌한 것이다.

59

세상 사람들은 다만 '나'를 지나치게 참된 것으로 아는 까닭에 가지가지 기호嗜好와 번뇌煩惱가 많다. 옛사람이 이르되 "나 있음을 또한 알지 못하거든 어이 물物이 귀함을 알리오", 또 이르되 "이 몸이 나 아닌 줄 알면 번뇌가 어디 다시 침범하리오"라 하였으니 참으로 옳은 말이다.

〔原文〕— 後 56

世人이 只緣認得我字太眞이라 故로 多種種嗜好種種煩惱하나니 前人이 云, 不復知有我하면 安知物爲貴하고 又云 知身不是我하면 煩惱更何侵이리오하니 眞破的之言也로다.

〔解義〕

세상 사람들은 '자기'自己란 것을 너무 소중히 여기기 때문에 무슨 일이든지 자기본위로만 생각하고 엄청난 이기주의에 떨어진다. 여러 가지 기호와 여러 가지 번뇌가 일어나는 까닭이 바로 이 '아'我 자字이다. 그러나 그 '나'라는 것이 근본을 캐보면 아무 주체가 없는 형터리다. 없는 나를 위하여 애쓸 필요가 없으니 '아'我라는 집착을 떼버리면 다시 귀한 것이 있을 리 없고 괴로움도 생길 까닭이 없다.

　번뇌煩惱는 불교 경전에 있는 말로서 인간이 욕망으로 괴로워하는 것이다. 파적破的은 과녁〔的〕을 쏘아 뚫는다는 뜻이니 진리에 합당하다는 말이다.

60

늙어서 젊음을 보면 바삐 달리고 서로 다투는 마음이 사라질 것이요,
영락零落하여 영화롭던 때를 생각하면 분잡紛雜하고 화려한 생각을 끊을
것이니라.

〔原文〕— 後 57

自老視少하면 可以消奔馳角逐之心이요 自瘁視榮하면 可以絶紛華靡麗之
念하리라.

〔解義〕

젊어서 혈기가 왕성할 때는 분주히 달리고 남과 경쟁하여 공명과 재리
財利를 다투고 싶지만 노인의 마음으로 젊음을 보면 그 분치각축奔馳角逐
의 마음이 사라질 것이다. 또 부귀한 몸이 되어 있으면 번거롭고 화려
한 것을 좋아하게 되지만 영락한 사람의 마음으로 부귀를 보면 그 분화
미려紛華靡麗의 생각이 다 끊어질 것이다. 인생이 몇 날이관대 달리다가
한 세상이냐. 바쁘고 악착스런 마음은 늙음을 빨리 오게 하고 늙은 뒤
에 그 독이 나타난다. 영화榮華는 또 얼마관대 꾸미고 차리다가 한 세상
보낼 건가. 번거롭고 사치스런 마음은 영락零落을 부르고 영락한 뒤에
그 괴로움이 더하다.

61

인정人情과 세태世態는 갑자기 변하나니 지나치게 진실이라 생각하지 말지라. '요부'堯夫가 이르되 "옛날에 나라고 이르던 바가 이젠 도리어 저가 되니 알지 못해라, 오늘의 내가 또 뒤에 올 누가 되랴" 하였으니, 사람은 항상 이렇게 관觀함으로써 가히 흉중胸中의 무거운 짐을 풀어야 하리로다.

〔原文〕 — 後 58
人情世態가 倏忽萬端이니 不宜認得太眞이니라 堯夫云昔日所云我가 而今却是伊라 不知케라 今日我가 又屬後來誰오하니 人이 常作是觀하면 便可解却胸中胃矣리라.

〔解義〕
인정세태는 문득 여러 가지로 변화하는 것이니 지나치게 고집해서는 안 된다. 요부堯夫가 말하기를 "옛날엔 내 것이라고 하던 것도 이젠 도리어 저 사람의 것이 되었으니 지금 내 것도 후엔 누구의 것이 될지 알 수 없다"고 하였다. 모든 것을 이렇게 보면서 세상을 살아가면 가슴속이 시원하여 털끝만큼도 걸리는 것이 없고 즐겁게 살 수 있는 것이다.

　요부堯夫는 송대宋代의 대유大儒 소옹邵雍으로서 세칭 소강절邵康節이라는 분이다. 견胃은 걸린다는 뜻이니 계루繫累란 의미다.

62

아무리 바쁜 중에라도 하나의 냉정한 눈을 뜨고 보면 문득 허다한 노심
초사勞心焦思를 덜게 된다. 아주 어려운 때라도 하나의 정성스러운 마음
을 마련하면 문득 허다한 참취미를 얻게 된다.

〔原文〕 ― 後 59

熱鬧中에 若一冷眼하면 便省許多苦心事하며 冷落處에 存一熱心하면 便得
許多眞趣味하리라.

〔解義〕

눈코 뜰 새 없이 바쁠 때는 마음을 진정시켜 냉정한 눈으로 처리하지
않으면 안 된다. 그렇게 하면 수많은 고심초사苦心焦思를 덜고 마음이
안락해진다. 그리고 생각하는 일이 마음대로 되지 않고 어긋날 때라도
뜨겁고 정성스러운 마음을 지니면, 거기에서 무수한 취미가 일어나 다
시 성공하는 기회에 도달하게 된다.

63

한편에 안락한 경지境地 있으면 다른 한편에 고통의 경지가 있어 서로 따라 일어난다. 하나의 좋은 광경光景이 있으면 또 하나의 나쁜 광경이 있어 서로 계교計較한다. 다만 나물 먹고 물 마시며 벼슬 없이 사는 맛이 안락한 집이다.

〔原文〕 — 後 60

有一樂境界하면 就有一不樂的相對待하며 有一好光景하면 就有一不好的相乘除하나니 只是尋常家飯과 素位風光이라야 纔是個安樂的窩巢니라.

〔解義〕

한쪽에 안락한 경계가 있으면 다른 한편에는 그 반대인 고통의 경계가 따르는 법이요, 또 한편에 좋은 광경이 있으면 다른 한쪽에는 좋지 못한 광경이 있는 법이다. 부귀영화를 누리고 있으면 그것을 잃지 않고 보존하기 위한 근심 걱정이 따르는 것이 이 이치이다. 그러므로 된장찌개와 김치 같은 심상尋常한 음식으로, 권세도 높은 벼슬도 없이〔素位〕 사는 것이 가장 안락한 경계인 것이다.

와소窩巢는 거처, 주택의 뜻이다.

64

이룸이란 반드시 패敗함을 알면 이룸을 구하는 마음이 지나치게 굳지
않을 것이다. 삶이란 반드시 죽는 것임을 알면 생을 보전하는 길에 반
드시 과로過勞하지 않을 것이다.

〔原文〕— 後 62
知成之必敗하면 則求成之心이 不必太堅하며 知生之必死하면 則保生之道에
不必過勞니라.

〔解義〕
우주 간의 모든 것은 순시瞬時로 전변轉變한다. 이루어졌는가 하면 이내
부서지는 것이요 태어나는 이상 반드시 죽는 것이다. 이 도리를 깨달
으면 성취를 구하는 마음이 지나치게 굳지 않을 것이며 따라서 실패하
였다 해서 자포자기自暴自棄하지 않을 것이다. 진시황秦始皇처럼 불로장
생의 선약仙藥을 구하는 헛수고의 웃음거리가 되지는 않을 것이다.

65

뗏목에 올라 문득 뗏목 버릴 것을 생각하면 바야흐로 이는 일 없는 도
인道人이다. 만일 나귀를 타고 또 다시 나귀를 찾으면 마침내 깨닫지 못
한 선사禪師가 되리라.

〔原文〕— 後 71

纔就筏하여 便思舍筏이 方是無事道人이니 若騎驢하고 又復覓驢하면 終爲
不了禪師니라.

〔解義〕

배舟나 뗏목筏은 강과 바다를 건너기 위한 방편이요 이미 건너고 나면
쓸데없는 것이다. 만일 배와 뗏목만 논論하노라고 강과 바다를 건너지
않는다거나 또는 건넜을지라도 언덕에 배를 댄 다음 배를 버리고 언덕
에 발을 올려놓지 않는다면 배와 뗏목을 탄 본의에 어긋날 것이다. 이
는 불교의 오의奧義를 말함이다. 불경은 불타의 교리요, 그 교리는 해
탈하기까지의 방편이니 비유하면 번뇌생사煩惱生死의 고해苦海를 건너기
위한 뗏목과 같은 것이다. 만일 불경의 문자해석에만 정력을 소비하거
나 그 어구에만 집착하면 일생을 바쳐도 개오開悟하지 못할 것이다. 그
러므로 불조佛祖의 경론도 뗏목을 타고 뗏목 버릴 것을 생각하듯 해야
한다는 것이다.

이러한 이치를 불교에서는 또 '지월지교'指月之敎라는 비유를 쓰기도

한다. 즉, 불조佛祖의 말씀은 지혜의 달을 가리키는 손가락과 같은 것이니 만일 그 손가락이 가리키는 것을 보지 않고 손가락만 보고 집착한다면 개오開悟의 염원은 도로徒勞가 될 것이요, 따라서 불타의 본의에도 벗어난다는 것이다.

〈전등록〉傳燈錄에는 "마음이 부처란 걸 모르면 참으로 이는 나귀를 타고서 나귀를 찾음이라" 하였고, 석가도 "일체중생一切衆生에 다 불성佛性이 있다"고 하였다. 만일 자신의 마음 밖에서 부처를 찾고 진리를 구한다면 이는 나귀를 타고 있으면서 나귀를 찾는 것과 같다는 것이다. 이 구句는 불타佛陀의 교훈이란 고해를 건너기 위한 뗏목과 같은 것이요, 불성佛性은 자심自心의 안에 있다는 것을 말하는 비유이니 그 근본 뜻을 벗어남을 경계하는 말이다.

66

권세 있는 사람이 서로 겨루고 영웅호걸이 으르렁거림도 냉정한 눈으로 보면 개미가 비린 것에 모임과 같고 파리가 다투어 피를 빠는 것과 같다. 시비가 벌 떼 일 듯 하고 득실이 고슴도치 바늘 서듯 함도 냉정으로 당하면 풀무로 금을 녹이며 끓는 물로 눈을 녹임과 같으리라.

〔原文〕— 後 72

權貴龍驤과 英雄虎戰을 以冷眼視之하면 如蟻聚羶하며 如蠅競血이요 是非蜂起와 得失蝟興을 以冷情當之하면 如冶化金하며 如湯消雪이니라.

〔解義〕

권세 있는 사람은 용이 틀어 오름과 같아 서로 위세를 떨치며, 영웅호걸은 범이 싸우듯 기운 좋게 다투고 있다. 그들 당자야 천하에 제 잘났다고 우쭐대지만 국외자局外者가 고금古今을 통관通觀하여 냉정하게 본다면 마치 피비린 것에 모여드는 개미 떼나 파리 떼와 조금도 다름이 없는 것이다. 그러므로 시비가 벌 떼처럼 일고 득실 문제에 부딪혀 어떻게 해야 좋을지 모를 때에는 거기에 휩싸여 흥분하고 당황하지 말고 냉정한 마음으로 당하면, 마치 풀무로 금을 녹이며 끓는 물로 눈을 녹이는 것처럼 쉽게 해결할 수 있을 것이다.

67

물욕에 얽매이면 우리의 삶이 애달픔을 깨달을 것이요, 천성에 자적自
適하면 우리의 삶이 즐거움을 느끼리니, 그 애달픔을 알면 세속정념世俗
情念이 꺼질 것이요, 그 즐거움을 알면 성인경계聖人境界가 눈앞에 절로
나타나리라.

〔原文〕— 後 73

羈鎖於物欲하면 覺吾生之可哀하며 夷猶於性眞하면 覺吾生之可樂하나니 知
其可哀하면 則塵情立破하며 知其可樂하면 則聖境自臻하나니라.

〔解義〕

다 가진들 얼마나 되는 세상이랴마는 그 가운데 조그만 물욕으로 우리
가 얽매여 있다. 인생의 슬프고 하잘것없음이 이다지 심한가. 그러나
한편으로 생각하면 창해滄海의 한 모래알 같은 인생이건만, 그대로 절
로 살아가나니 인생이란 또 이렇게 즐겁고도 유유悠悠한 것이다. 물욕
에 얽매이면 슬프지만, 매이지 않고 자적自適하면 도리어 즐거워진다.
물욕에 얽매인 것이 슬픈 줄 알면 외물外物을 탐하는 진정망념塵情妄念이
그 자리에서 꺼진 것이요, 이 인생의 즐거운 까닭을 알면 곧 성인의 경
계가 목전에 나타난다.

68

'진공'眞空은 공空이 아니니 형상形相에 집착함은 진실이 아니요, 형상을
공무空無라 함도 진실이 아니다. 세존이 말씀하시기를 "속세에 있거나
출가해 있거나 욕망에 끌리는 것이 괴로움이요, 그 욕망을 끊어 버림
도 또한 괴로움이라" 하셨거니 우리는 이 뜻을 받아 스스로 닦으리라.

〔原文〕— 後 78
眞空은 不空이요 執相은 非眞이요 破相도 亦非眞이라 問世尊은 如何發付오하
면 在世出世에 拘欲이 是苦요 絶欲도 亦是苦라하니 聽吾儕善自修持하라.

〔解義〕
불교에 '진공'眞空과 '묘유'妙有란 말이 있다. 진공은 과학에서 말하는 진
공과는 뜻이 다르니 없는 것 같으면서 실상 그 속에 있음〔有〕을 가진 것
을 말한다. 묘유妙有는 그를 뒤집어서 있는 것 같으면서 실상은 없는 것
을 말한다. 이 이치를 《반야경》般若經에는 "色卽是空 空卽是色"이라 하
였다. '색'色은 형터리를 가지고 나타난 현상이니 바꿔 말하면 일체만물
一切萬物은 실체가 없다는 것이다. 모든 것이 인연으로 화합되어 잠시
뭉쳐 있다가 인연이 다하면 흩어져 사라진다는 것이다. 이것을 색즉시
공色卽是空이라 한다. 그러나 비록 실체가 없이 인연으로 뭉쳐져서 나타
났다 할지라도 현재 눈앞에 나타난 이상 없다고 할 수는 없는 것이다.
이것을 공즉시색空卽是色이라 한다. 그러므로 있으면서 없고 없으면서

있는 것 이것을 진공眞空이라 하나니, 진공을 공空이 아니라 한 것이 바로 이 뜻이다. 따라서 형상形相 ; 現象에 집착執著 ; 執相하여 '이것이 실체다'라고 하는 것은 진리가 아니다. 그러나 모든 형상이 실체가 없다 해서 일체를 공무空無라고 생각하는 것〔破相〕도 진리가 아니다. 다시 말하면, 제상諸相이 비상非相임을 봐도 틀리고 제상이 실상實相이라고 해도 맞지 않는단 말이다.

석가세존은 어떻게 말씀하셨던가. 세간에 있거나 세간을 떠나 있거나 인욕人慾을 따르는 것도 고통이요, 인욕을 끊는 것도 고통이라 하였다. 이로써 우리는 유무有無가 둘 아님을 깨달아야 할 것이다.

69

의로운 선비는 천승千乘을 사양하고 탐욕한 사람은 한 푼 돈으로 다툰다. 인품이야 하늘과 땅 사이로되 명예를 좋아함도 재리財利를 좋아함과 다름이 없다. 천자天子는 나라를 다스림에 생각을 괴롭히고 거지는 음식을 얻으려고 부르짖는다. 신분은 하늘과 땅 사이지만 초조한 생각이야 초조한 소리와 무엇이 다르리오.

〔原文〕— 後 79

烈士는 讓千乘하고 貪夫는 爭一文하니 人品은 星淵也나 而好名은 不殊好利요 天子는 營家國하고 乞人은 號饔飧하나니 位分은 霄壤也나 而焦思는 何異焦聲이리오.

〔解義〕

의열지사義烈之士는 일국一國:千乘을 준다 할지라도 사양하고 받지 않건만 탐욕한 사람은 한 푼 돈〔一文〕으로 다툰다. 이 두 사람의 품격은 천지의 차가 있으나 열사가 명예를 좋아하는 것은 탐부貪夫가 이익을 좋아하는 것과 다를 게 없다. 천자(임금)는 한 나라를 경영하는 데 생각을 수고롭히고 걸인은 음식을 얻기 위하여 부르짖는다. 그 신분과 위치를 말하면 그것 또한 하늘과 땅의 차가 있지만 초조한 생각으로 고심하는 것은 소리를 초조히 하여 부르짖는 것과 다를 게 없다.

옹손饔飧은 음식이며 성연星淵과 소양霄壤은 천지의 뜻이다.

70

이제 사람들은 오로지 무념無念을 찾건만 마침내 얻지 못하나니, 다만
앞의 생각을 머무르지 않고 뒷생각을 맞지 않아 현재의 연緣에 따라 타
개하면 자연히 차츰 무無로 들어가리라.

〔原文〕— 後 81
今人은 專求無念이나 而終不可無하나니 只是前念不滯하며 後念不迎하고 但
將現在的隨緣하여 打發得去하면 自然漸漸入無하리라.

〔解義〕
오늘날 사람들은 오로지 무념무상無念無想을 체득하려고 노력하나 일어
나는 생각을 마침내 없애지 못한다. 이것은 무리도 아닌 당연지사이니
사람이란 원래 목석木石이 아니거늘 목석처럼 되기를 바라는 것이 잘못
이다. 무념무상은 목석처럼 되어 생각이 아주 없는 것이 아니요, 다만
생각이 일어날지라도 그 생각을 머물러 두지 말고 그대로 흘려버리고
뒤에서 오는 생각에도 얽매이지 않아 전념前念과 후념後念 모두 다 등한
히 하여 현재의 인연만 따르면 자연히 무념무상의 경계에 이르게 되는
것이다.

71

성천性天이 맑게 개면 배고플 때 밥 먹고 목마를 때 물 마시는 것이 모두
심신을 건강하게 하지만 심지心地가 어두우면 비록 선禪을 말하고 게송
偈頌을 풀이할지라도 다 정혼精魂을 희롱하는 헛수고가 된다.

〔原文〕— 後 83
性天澄徹하면 卽饑喰渴飮하여도 無非康濟身心하며 心地沈迷하면 縱談禪演
偈하여도 總是播弄精魂하나니라.

〔解義〕
자성自性을 철저히 보아 조금도 흐린 것이 없다면 비록 좋은 음식을 못
먹더라도 배고프면 먹고 목마르면 마시어 겨우 굶주림은 면해서 몸과
마음을 건강히 할 수 있지만, 만일 자성을 철저히 보지 못하고 마음이
침미沈迷하면 비록 선리禪理를 말하고 게송偈頌을 읊어도 쓸데없이 정혼
精魂만 파롱播弄할 뿐 아무 얻음이 없는 것이다.

세상 괴로움에 얽매임도 벗어 버림도 다만 제 마음에 있나니, 마음을 오달悟達하면 고깃간과 술집도 정토淨土가 된다. 그렇지 못하면 비록 거문고와 학으로 벗을 삼고 꽃과 풀을 심어 즐김이 맑을지라도 마침내 마장魔障을 벗어나지 못하리라. 옛말에 이르되 "능히 쉬면 진경塵境도 묘경妙境이 되고 못 마치면 승가僧家도 곧 속가俗家"라 하였으니 진실일진저.

〔原文〕— 後 88
纏脫이 只在自心하나니 心了則屠肆糟廛도 居然淨土요 不然이면 縱一琴一鶴과 一花一卉로 嗜好雖淸이나 魔障終在하나니 語에 云, 能休塵境爲眞境이요 未了僧家是俗家라하니라 信夫라.

〔解義〕
세간의 진누塵累에 얽매여 괴로워하는 것도 또는 이를 해탈하여 안락한 것도 다 자신의 일심一心에 있다. 한번 이 마음을 깨달으면 고깃간〔屠肆〕과 술집〔糟廛〕에 있을지라도 그 자리가 그대로 극락정토와 다름이 없다. 만일 그렇지 못하다면 비록 거문고와 학으로 벗을 삼고 꽃과 풀을 심어서 즐겨할지라도 기호嗜好는 청정淸淨할망정 마장魔障에서 벗어날 수 없다. '능히 쉬면 진경塵境도 진경眞境이 되며 만일 요오了悟하지 못하면 승가도 또한 속가와 다를 것이 없다'는 말이 참으로 정확한 말이라 하겠다.

73

자신이 물物을 부리는 이는 얻었다 하여 기쁘지 않으며 잃어도 근심하지 않나니 가없는 대지가 그의 거니는 동산이 된다. 물物로써 자신을 부리는 자는 역경逆境을 짐짓 미워하며 순경順境을 또한 사랑하나니 털끝만 한 일이 그를 얽어맨다.

〔原文〕 — 後 94

以我轉物者는 得固不喜하며 失亦不憂하나니 大地盡屬逍遙하며 以物役我者는 逆固生憎하며 順亦生愛하나니 一毛便生纏縛하나니라.

〔解義〕

자기를 천지만물의 임자로 삼고 자유로이 만물을 사용하는 자는 부귀공명을 얻었다 하여 별로 기뻐하지 않으며 잃었다 하여 별로 슬퍼하지 않는다. 그는 천지간에 항상 소요자적逍遙自適하고 있는 것이다. 천지만물의 노예奴隸가 되어 자신을 부리는 자는 역경에 있으면 역경을 싫어하여 고심하고, 순경順境에 있으면 그 순경에 애착하여 괴로워하게 된다. 이러한 사람에겐 한 개의 털끝만 한 일도 일신을 얽어매는 고통이 되는 것이다.

74

'이'理가 적寂하면 '사'事도 적寂하나니, 사事를 버리고 이理를 집착하는 이는 그림자를 보내고 형체만을 붙들려 함과 같다. 마음이 공空하면 대경對境도 공空하나니 경境을 버리고 마음을 두는 것은 피비린 물건을 두고 모기를 쫓으려 함과 같다.

〔原文〕— 後 95
理寂則事寂하나니 遣事執理者는 似去影留形이요 心空則境空하나니 去境存心者는 如聚羶却蚋니라.

〔解義〕
형체가 있으면 그림자가 있나니 형체가 없으면 그림자도 없다. 도리道理와 사실事實과의 관계도 이와 마찬가지니 도리가 공적空寂하면 사실도 공적하다. 실사實事를 버리고서 도리에 집착하는 것은 잘못이니 이야말로 그림자 사라진 뒤에도 형체를 머무르게 하려는 것과 같다. 《참동계》參同契란 책에 "사事에 집착함은 원래가 이 방황이며 이理에 계합契合할지라도 또한 깨달음이 아니라"고 하였다. 옛날에 문수보살文殊菩薩은 주사음방酒肆淫房에 출입하였지만 조금도 부정스러움에 감염感染되지 않았다. 이것이야말로 "마음이 공空하면 경계境界도 공空한다"는 것이다. 비록 주사음방을 멀리 떠나 심산유곡深山幽谷에 있을지라도 마음이 오히려 주사음방에 있다면 그것은 "경境을 버리고서 마음을 둔다"는 것으로서 마치 피비린내 나는 물건을 두고 거기에 몰려드는 모기(蚋)를 쫓으려는 것과 다를 것이 없다. 이는 도로徒勞에 지나지 않는다는 말이다.

75

이 몸이 태어나기 전을 생각해 보라. 어떠한 모습이었을꼬. 또 이미 죽은 뒤를 생각하라. 무슨 꼴이 될 것인가. 모든 생각이 사라지고 한 조각 본성만이 적연寂然하리니, 가히 물외物外에 초연하며 '상선'象先에 소요逍遙하리라.

〔原文〕— 後 97

試思未生之前에 有何象貌하며 又思旣死之後에 作何景色하면 則萬念灰冷하며 一性寂然하여 自可超物外遊象先하리라.

〔解義〕

사람들이 제가끔 그 몸이 세상에 태어나기 전에 자기가 어떤 모습이었을까를 생각하여 보고 또 죽은 뒤에 어떠한 꼴이 될 것인가를 생각하여 본다면, 태어나기 전의 모습이 오늘의 모습과 같았으리라고 할 수 없을 것이다. 영웅도 미인도 다 북망산의 한 줌 흙이 아닌가. 그러니 미생未生 이전과 기사旣死 이후를 어찌 구별할 수 있으리요. 이걸 생각한다면 천만 가지 망념妄念은 모조리 소멸되고 냉회冷灰처럼 되어 본연의 성性만 적연寂然히 존재하여 스스로 만물의 밖에 초연하여 소요할 수 있는 것이다.

'상선'象先이란 말은 《장자》莊子에 있는 말로서 천지만물이 생기기 이전이란 말이다.

76

병든 다음이라야 건강이 보배인 줄 알며 난세에 처하고야 비로소 태평시절이 복인 줄 아는 것은 일찍 앎이 아니로다. 복을 바라는 것이 재앙을 부르는 근본임을 알고 생명을 탐내는 것이 죽음의 원인임을 아는 것은 그 탁견卓見일진저.

〔原文〕— 後 98
遇病而後에 思强之爲寶하며 處亂而後에 思平之爲福은 非蚤智也라 倖福而先知其爲禍之本하며 貪生而先知其爲死之因은 其卓見乎인저.

〔解義〕
병들어서 비로소 강건한 것이 보배인 줄 알고 난세에 처하여서 비로소 태평한 시대가 행복한 줄 아는 것은 결코 일찍 아는 것이 아니다. 행복을 바라는 것이 곧 재앙을 부르는 근본임을 알고 생명을 탐하는 그것이 곧 사망의 원인인 줄 미리 아는 것이 탁월한 식견이라고 할 것이다.

　조지蚤智는 조지早智와 같다.

77

배우가 분바르고 연지 찍어 곱고 미운 것을 붓끝으로 흉내 낼지라도 문득 노래가 다하고 막이 내리면 곱고 미운 것이 어디 있는가. 바둑 두는 이가 앞을 다투고 뒤를 겨루어 세고 약한 것을 바둑으로 겨루지만 문득 판이 끝나고 바둑돌을 쓸어 넣으면 세고 약한 것이 어디 있는가.

〔原文〕 — 後 99

優人이 傅粉調硃하여 效姸醜於毫端하나 俄而오 歌殘場罷하면 姸醜何存이며 奕者爭先競後하여 較雌雄於著子하나 俄而오 局盡子收하면 雌雄이 安在오.

〔解義〕

배우가 연지 찍고 분을 발라서 미추^{美醜}를 붓끝으로 만들어 내지만 노래와 연극이 끝나고 막이 내리면 그 미추를 찾을 수 없다. 바둑을 두는 자가 앞을 다투고 뒤를 다투어 강약을 바둑돌〔著子〕로 겨루지만 그 판이 끝나고 나면 강약은 또 어디에 있으리요. 인생의 부귀빈천과 궁통^{窮通} 성패도 모두 이와 같다.

조주^{調硃}의 주^硃는 육색^{肉色}, 가잔^{歌殘}의 잔^殘은 끝났다는 뜻이다.

78

마음에 망심妄心이 없으면 무슨 관觀이 있으랴. 불교에 이르기를 마음을 본다 함은 그 장애障礙를 더함이다. 물物은 본래 일물一物이니 어찌 다시 가지런함을 기다리랴. 장자莊子가 제물齊物을 말한 것은 같은 것을 짐짓 갈라놓음이로다.

〔原文〕— 後 102

心無其心하면 何有於觀이리오. 釋氏曰 觀心者는 重增其障이요 物本一物이라 何待於齊리오. 莊生曰 齊物者는 自剖其同이니라.

〔解義〕

마음에 망심이 없으면 또 무슨 분별이 있으리요. 불자는 관심觀心을 말하지만 이는 그 장애障礙를 거듭함이다. 제 눈으로 어찌 제 눈을 보리요. 만물은 비록 외형은 각기 다르나마 본래는 일체일물一體一物이니 장자莊子가 제물齊物을 말한 것도 이미 같은 것을 부질없이 나눈 것에 지나지 않는다. 이미 같거니 또 무엇을 가지런히 하리요.

79

피리 불고 노래하며 흥이 정히 무르익은 곳에 문득 옷자락을 떨치고 자리를 떠나는 것은 달인達人이 벼랑에서 손을 놓고 거닒과 같이 부러운 일이다. 시간이 이미 다했는데 오히려 밤에 쏘다니는 것은 세속世俗 선비가 몸을 고해苦海에 잠그는 것과 같이 우스운 일이다.

〔原文〕— 後 103

笙歌正濃處에 便自拂衣長往하나니 羨達人撤手懸崖하며 便漏已殘時에 猶然夜行不休하나니 笑俗士沈身苦海로다.

〔解義〕

피리 불고 노래하여 주연酒宴이 한창 무르익은 자리에 문득 옷을 떨치고 자리를 떠나감은 달인만이 능히 할 수 있는 일이니, 마치 절벽에서 능히 손을 놓음과 같아, 보기에도 장쾌한 일이다. 이와 반대로 밤이 깊어 물시계〔水漏〕의 물도 얼마 남지 않은 때에 거리를 유연猶然하게 돌아다니는 것은 속인이 하는 일이니 자기의 몸을 고해苦海 중에 빠뜨리는 것과 다름이 없어 웃음거리가 된다.

80

마음이 침착하지 못하면 마땅히 자취를 번잡한 곳에서 끊어야 한다. 이 마음이 가히 욕심낼 곳을 보지 말며 어지럽지 않아 고요한 바탕을 맑게 할 것이다. 마음을 이미 굳게 잡았거든 마땅히 자취를 풍진風塵에 섞어야 한다. 이 마음으로 가히 욕심나는 것을 보고도 또한 어지럽게 안 하여 써 '원기'圓機를 기를 것이다.

〔原文〕 — 後 104

把握未定커든 宜絶跡塵囂하여 使此心으로 不見可欲而不亂하여 以澄吾靜體하며 操持旣堅커든 又當混跡風塵하여 使此心으로 見可欲而亦不亂하여 以養吾圓機하라.

〔解義〕

마음이 아직 충분히 가라앉지 않고 확실히 잡히지 않았을 때는 마땅히 차마車馬 소리 시끄러운 도시를 떠나 한정閒靜한 산림에 사는 것이 좋다. 하고 싶은 것을 보지 않으며 따라서 마음도 어지럽지 않나니 심체心體를 충분히 밝게 할 수가 있는 것이다. 이렇게 하여 수양한 결과, 마음을 견고히 잡은 후에는 마땅히 홍진만장紅塵萬丈의 도회로 뛰어나와 활동할 것이니, 아무리 하고 싶은 바를 봐도 마음이 움직이지 않도록 원전활탈圓轉活脫의 너그러운 기틀을 마련해야 하는 것이다.

81

고요함을 좋아하고 시끄러움을 싫어하는 이는 흔히 사람을 피함으로써 한정閑靜을 찾나니, 뜻이 사람 없음에 있으면 이는 자아自我에 사로잡힘이요, 마음이 고요함에 집착하면 어지러움의 뿌리 되는 줄 모름이라. 어찌 사람과 나를 하나로 보는 자리에 이르며 움직임과 고요함을 둘 다 잊은 경지에 이르리요.

〔原文〕— 後 105

喜寂厭喧者는 往往避人而求靜하나니 不知意在無人이면 便成我相하며 心著於靜하면 便是動根이라. 如何到得人我一視하여 動靜兩忘的境界리오.

〔解義〕

정적靜寂함을 좋아하고 시끄러움을 싫어하는 이는 사람을 피함으로써 고요함을 구하나 사람이 없는 곳을 찾는 마음은 곧 자아自我에 사로잡힌 까닭이라 무아無我의 지경에는 들지 못한다. 마음을 고요하게 하려고 생각하는 것은 도리어 정신을 동요시키는 근본이 되는 것이니, 자타自他; 人我의 차별을 무시하고 일체一切를 평등으로 보아야 시끄러움과 고요함의 대립된 경계境界를 둘 다 잊을 수 있는 것이다.

82

사람의 복과 재앙은 다 마음으로써 이루어진다. 불교에 말하기를 "이욕利欲이 타오르면 이 곧 불구덩이요 탐애貪愛에 빠지면 문득 고해苦海로다. 한 생각 청정淸淨하면 사나운 불꽃도 못이 되고 한 마음 깨달으면 배가 저 언덕에 오른다" 하였으니, 한 생각 겨우 다르면 그 경계가 아주 다른지라 가히 삼가지 않을까 보냐.

〔原文〕— 後 108
人生福境禍區는 皆念相造成이라. 故로 釋氏云, 利欲熾然하면 卽是火坑이요 貪愛沈溺하면 便爲苦海니 一念淸淨하면 烈焰成池하며 一念警覺하면 船登彼岸이라하니 念頭稍異하면 境界頓殊라 可不愼哉아.

〔解義〕
사람의 행복과 재앙이란 모두 그 마음이 만드는 바이다. 그러므로 불교에서 말하기를, 이욕利欲의 마음이 타오르면 그 자리가 곧 불구덩이요, 탐애貪愛의 마음에 떨어지면 거기가 그대로 고해苦海이지만, 한 생각이 맑으면 불구덩이가 못물이 되고 한 마음 진실로 깨달으면 배를 버리고 언덕에 오름이라 하였다. 이와 같이, 사람의 복과 재앙뿐 아니라 모든 경계가 그 생각과 마음의 눈곱만한 차이로 말미암아 문득 엄청나게 달라진다. 어찌 마땅히 삼갈 일이 아니겠느냐.

83

새끼도 톱 삼아 쓰면 나무가 끊어지고 물방울도 오래도록 떨어지면 돌을 뚫나니, 도를 배우는 이는 모름지기 힘써 찾음을 더하라. 물이 모이면 내가 되고 참외가 익으면 꼭지가 빠지나니, 도를 얻으려는 이는 모두 다 하늘에 맡기는도다.

〔原文〕 — 後 109

繩鋸木斷하며 水滴石穿하나니 學道者는 須加力索하라. 水到渠成하며 瓜熟蒂落하나니 得道者는 一任天機니라.

〔解義〕

비록 짚으로 꼰 새끼라도 톱 삼아 나무를 켜면 나무도 끊어지는 법이요, 작은 물방울이라도 여러 해를 두고 떨어지는 자리에는 돌도 뚫어진다. 도를 배우는 이는 마땅히 이 가르침을 배워야 할 것이니 오직 성력誠力을 다하라. 물이 모여 내가 되고 오이가 익어 꼭지가 빠지듯이 정성을 다함으로써 하늘에 맡기면 깨달음 열릴 날이 있을 것이다.

84

잎이 떨어지면 싹이 뿌리에서 나온다. 사시四時는 바뀌어서 한기寒氣 어린 겨울이 되어도 마침내 양기陽氣를 '비회'飛灰에 돌린다. 숙살肅殺의 가운데도 생생生生의 뜻이 있어 항상 임자가 되나니 문득 이로써 천지의 마음을 볼 것이다.

〔原文〕— 後 111
草木이 纔零落하면 便露萌穎於根底하여 時序雖凝寒하나 終回陽氣於飛灰하나니 肅殺之中에 生生之意常爲之主라 卽是可以見天地之心이니라.

〔解義〕
초목의 잎이 떨어지니 생기는 뿌리로 내려가 새싹을 마련한다. 동짓날부터 낮이 다시 길어지는 이치와 같다. 얼음장 속에서 봄이 움트나니 조그만 양기가 마침내 만물을 소생시킨다. 숙살肅殺한 가운데 생생발육生生發育의 기운을 볼 것이니 이것이 천지의 마음이다.

　비회飛灰란 것은 옛날 중국에서 죽통竹筒에다 재를 넣어 두었다가 일양一陽이 다시 올 때면 자연히 그 재가 날아오도록 만든 기구이다.

85

일신一身에 대하여 일신을 깨달아 마친 이는 바야흐로 능히 만물로써 만물에 붙인다. 천하를 천하에 돌리는 이는 바야흐로 능히 세간을 출세간出世間이 되게 한다.

〔原文〕— 後 116

就一身了一身者는 方能以萬物로 附萬物하며 還天下於天下者는 方能出世間於世間이니라.

〔解義〕

자기 일신에 대하여 철저히 깨달으면 만물을 그대로 두고 볼 뿐이요, 만물을 자기 것으로 하고 싶다는 사욕이 없어진다. 청산靑山도 절로 절로 녹수綠水라도 절로 절로의 경지가 열리나니 버들은 푸르고 꽃은 붉고 그대로가 좋다는 것이다. 천하는 천하의 천하요, 일인의 천하가 아니다. 천하를 다스리되 천하의 의지에 맡기는 이에게는 세간이 곧 출세간出世間이 될 것이다. 불도佛徒들은 세간의 고뇌를 화택火宅이라 하여 그 세간을 벗어나는 출세간을 구하고자 하지만 이 세간을 벗어나 어디로 간다는 말인가. 좋을 것도 미울 것도 없는 경지에 이르면 현세가 그대로 낙원이니 이것이 곧 세간世間을 출세간出世間하게 하는 것이다. 세간에 살면서 세간을 벗어나 산다는 말이다.

86

사람이 지나치게 한가하면 몰래 딴 생각이 생기고 너무 바쁘면 본성이
나타나지 않는다. 그러므로 사군자士君子는 신심身心의 근심을 지니지
않을 수 없으며 또한 풍월風月의 취미를 즐기지 않을 수 없다.

〔原文〕— 後 117

人生이 太閒則別念竊生하며 太忙則眞性이 不現하나니 故로 士君子는 不可
不抱身心之憂하며 亦不可不耽風月之趣니라.

〔解義〕

사람의 마음이란 변덕이 많으니 심원의마心猿意馬란 이를 두고 이름이
다. 오 분 동안이나마 한 생각에 모으기도 쉬운 일이 아니다. 원숭이처
럼 까불고 말처럼 달리는 것이 사람 마음이다. 더구나 한가하고 보면
갖은 망념妄念이 연달아 일어난다. 소인小人이 한거閒居하면 나쁜 짓을
한다는 말도 같은 뜻이다. 그러므로 사람은 너무 한가한 곳에 떨어져
서는 안 된다는 것이다. 그러나 분주히 달리고 변덕 많은 마음은 한곳
에 침착히 매어 두지 않으면 안 된다. 너무 한가해도 병이요 너무 바빠
도 병이니 너무 바쁘면 본성이 가리어지기 때문이다. 그러므로 군자는
심신心身에 대하여 항상 근심하며 또한 풍월風月의 취미를 누릴 줄 알아
야 한다. 우심憂心이 있어야 한중의 망념妄念을 제어할 것이요, 풍아風雅
의 마음만이 망중忙中의 여유를 주는 까닭이다.

87

아들이 태어날 때 어머니가 위태하고, 전대에 돈이 쌓이면 도적이 엿보나니 어느 기쁨이 근심 아니랴. 가난은 가히 써 절용節用할 것이요 병은 가히 써 몸을 보전할 것이니 어느 근심이 기쁨 아니랴. 그러므로 달인達人은 마땅히 순順과 역逆을 같이 보며 기쁨과 슬픔은 둘 다 잊나니라.

〔原文〕— 後 119

子生而母危하며 鏹積而盜窺하나니 何喜非憂也며 貧可以節用하며 病可以保身하나니 何憂非喜也리오. 故로 達人은 當順逆一視而欣戚兩忘이니라.

〔解義〕

아들 낳는 기쁨이 어떠랴만 낳기까지는 그 어머니가 위태하고, 돈을 모으는 것이 좋지 않음이 아니지만 도적이 엿보는 법이다. 아무리 기쁜 일이라도 그 반면에는 근심이 있다는 말이다. 그러나 가난은 절약으로 보충하고 병은 양생養生으로 보전할 수도 있으니 무슨 괴로움이라도 기쁨은 있다는 말이다. 그러므로 달인達人은 순경順境과 역경逆境을 한가지로 보고 기쁨과 슬픔〔欣戚〕을 둘 다 잊는다.

88

꽃을 가꾸고 대를 심으며 학鶴을 바라보고 물고기를 구경함은 스스로의
마음에 일단一段의 얻음이 있어야 한다. 만일 헛되이 그 광경에만 반하
여 그때의 아름다움만 맛본다면 우리 유儒의 구이口耳의 학學, 저 불교
의 완공頑空일 뿐 무슨 가취佳趣 있으리요.

〔原文〕— 後 124

栽花種竹하며 玩鶴觀魚하되 又要有段自得處니 若徒留連光景하여 玩弄物
華하면 亦吾儒之口耳요 釋氏之頑空而已이니 有何佳趣리오.

〔解義〕

꽃을 가꾸고 대를 심으며 학鶴을 벗하고 고기를 보는 것은 겉으로만 보
아도 운치 있는 일이지만 참으로 그 맛을 알자면 거기서 일단의 스스로
체득한 바가 있어야 한다. 만약 부질없이 눈앞의 광경에만 탐닉〔留連〕
하고 외면의 물화物華만 완상玩賞한다면 그것은 유가儒家에서 말하는 구
이口耳의 학學, 불가佛家에서 말하는 완공頑空의 견見일 따름이다. 무슨
참맛을 알겠느냐.

　구이口耳의 학學은 헛되이 듣고 헛되이 설說할 뿐 마음으로 체득하고
몸으로 실행을 힘쓰지 않음을 말함이니 양자방언揚子方言에 "소인小人의
학學은 귀로 들어와 입으로 나간다. 구이口耳의 간間은 사촌四寸뿐이니
어찌 칠척七尺의 몸을 아름답게 할 수 있으랴" 하였다. 완공頑空은 소승

小乘의 학자들이 진공묘유眞空妙有의 진리를 깨닫지 못하고 일체一切가 공空이라고만 생각하는 것을 이름이다.

89

산림에 숨어 사는 선비는 청백빈고清白貧苦하여 그윽한 맛이 절로 많으며 전야田野에 일하는 농부는 야비조략野鄙粗略하며 천진天眞을 그대로 갖추었다. 만약 한번 몸을 시정市井의 거간꾼 사이에 판다면 이는 비록 산골에 파묻혀 죽을지라도 끝까지 신골神骨이 맑음만 못하다.

〔原文〕 — 後 125
山林之士는 清苦而逸趣自饒하며 農野之夫는 鄙略而天眞渾具하나니 若一失身市井駔儈하면 不若轉死溝壑하여 神骨猶淸이니라.

〔解義〕
산림에 숨어 사는 선비는 청백빈고清白貧苦하나 고일高逸한 취미가 스스로 넉넉하며 전야田野에 일하는 농부들은 야비野鄙하고 조약粗略하되 천진天眞과 난만爛漫을 절로 갖추어 있다. 그들이 만일 시정市井의 장사꾼 사이에 몸을 던지면 이는 오히려 구렁에 떨어져 죽어도 몸과 마음이 끝까지 깨끗함만 못할 것이니 시정市井은 곧 시궁창과 같아 몸과 마음을 더럽히는 함정이다.

90

분分이 아닌 복福과 까닭 없는 얻음은 조물주의 낚시 미끼 아니면 사람
세상의 함정이라, 이곳에 착안함이 높지 않으면 그 꾐에 빠지지 않을
이 적으리라.

〔原文〕— 後 126

非分之福과 無故之獲은 非造物之釣餌면 卽人世之機阱이니 此處에 若眼不
高하면 鮮不墮彼術中矣리라.

〔解義〕

분分이 아닌 복과 까닭 없는 수획收獲은 받아서 누리지 말라. 이는 조물
주의 낚시 미끼가 아니면 반드시 인간 세상의 함정陷穽이기 때문이다.
맛있는 미끼, 힘 안 드는 거둠은 재앙과 실패의 바탕이니 이를 당하여
높이 착안하지 않으면 그 술수에 빠지지 않을 수가 없을 것이다.

91

인생이란 본디부터 한 꼭두각시니 다만 그 근본을 손에 쥐어야 한다. 한 가닥 줄도 헝클어짐이 없어 감고 펴는 것이 자유로워야 움직이고 멈춤이 나에게 있나니, 털끝만큼이라도 남의 간섭을 받지 않으면 문득 이 인생의 극장劇場을 벗어날 수 있으리라.

〔原文〕— 後 127

人生은 原是一傀儡라 只要根蔕在手니 一線不亂이라사 卷舒自由하며 行止在我하여 一毫不受他人提掇하면 便超出此場中矣리라.

〔解義〕

사람은 본디 하나의 꼭두각시, 곧 손으로 조종하는 인형이다. 그러므로 꼭두각시를 놀리는 실마리의 근본을 제 손으로 꼭 잡아야 한다. 그 한 가닥의 실로 어지럽히지 않고 감고 펴는 것이 자유로우며 가고 멈추는 것이 저의 자유로써 자재自在하여 타인의 간섭〔提掇〕을 받지 않으면, 그 사람은 이 인생의 박첨지놀음〔人形劇〕 속에서 초탈超脫할 수 있을 것이다.

92

한 이로움이 있으면 한 해로움이 생기나니 그러므로 천하는 일 없음으로써 복을 삼는다. 옛사람의 시詩에 이르되 "그대에게 권하노니 봉후封侯의 일을 말하지 말라, 한 장수가 공功을 이룸에는 몇만의 뼈다귀가 마른다" 하였고, 또 이르되 "천하天下 항상 만사로 하여금 평平하게 하면 칼이야 갑匣 속에서 천 년을 썩어도 아깝지 않다"고 하였다. 비록 웅심맹기雄心猛氣 있을지라도 모르는 결에 얼음처럼 사라지리라.

〔原文〕— 後 128

事起則一害生하나니 故로 天下當以無事로 爲福이니라. 讀前人詩에 云, 勸君莫話封侯事하라. 一將功成萬骨枯라하고 又云, 天下常令萬事平하면 匣中不惜千年死라하니 雖有雄心猛氣나 不覺化爲氷霰矣리라.

〔解義〕

일리一利 있으면 일해一害가 따르고 일득一得이 있으면 일실一失이 따르는 법이다. 그러므로 천하에는 무사無事보다 더 큰 행복이 없다. 옛사람의 시詩에 "공功을 세워 제후諸侯에 봉해진 것을 말하지 말라. 한 장수將帥가 공을 이루기까지는 만 사람의 뼈다귀가 마른다"고 하였다. 또 이르되 "천하가 항상 일 없이 태평하면 내사 갑중匣中에서 천년을 녹슬다가 죽어도 서럽지 않다"라는 시도 있다. 갑匣은 칼집이다. 이 뜻을 알면 비록 웅심맹기雄心猛氣 있을지라도 저도 모르는 사이에 얼음 녹듯 할 것이다.

93

음란한 부인이 마침내 도리어 여승이 되고 사물에 열중하는 사람도 격激하여 승려 되는 수 있나니, 청정淸淨의 문門이 항상 음사淫邪의 소굴 됨이 이와 같다.

〔原文〕— 後 129

淫奔之婦는 矯而爲尼하며 熱中之人은 激而入道하나니 淸淨之門이 常爲婬邪淵藪也如此하니라.

〔解義〕

음란한 부인이 그 구극究極에 이르러 음욕을 끊는 여승이 되는 수 있고 사물에 열중하여 눈이 뒤집혔던 사람이 마침내 승려가 되는 수도 있다. 청정淸淨의 문門인 사원寺院에 도리어 사음邪淫의 비구니와 승려가 많은 것이 이 때문이다. 모든 것은 그 극단에 이르러 아주 반대되는 자리에 통하는 이치가 이것이다.

　연수淵藪의 연淵은 못이니 고기가 모이는 곳이요, 수藪는 숲이니 짐승이 모이는 곳이다. 즉 소굴이란 뜻이다.

94

파랑波浪이 하늘에 닿으매 배 안에 있는 이는 두려움을 몰라도 배 밖의 사람은 마음이 싸늘해진다. 미쳐 날뛰는 이와 자리에 같이 있는 사람은 경계할 줄 모르고 자리 밖에 있는 이가 혓바닥을 찬다. 그러므로 군자는 몸이 일하는 중일지라도 마음만은 일 밖에 벗어나야 한다.

〔原文〕— 後 130
波浪이 兼天에 舟中은 不知懼하되 而舟外者寒心하며 猖狂이 罵座에 席上은 不知警하되 而席外者肆舌하나니 故로 君子身雖在事中이나 心要超事外也니라.

〔解義〕
파도가 심할 때는 배 안에 타고 있는 사람보다 배 밖에서 보는 이가 더 마음이 싸늘해지고, 심하게 날뛰는 사람에 대하여 같은 자리에 있는 이는 함께 취하여 모르지만 석외席外의 사람이 도리어 혓바닥을 차며 쓴 얼굴을 한다. 그러므로 군자는 일을 하는 중일지라도 마음만은 일 밖에 초탈超脫하여 있어야 한다.

95

사람이 무슨 일이든지 일분一分을 감減하고 줄이면 그만큼 일분을 초탈超脫한다. 만일 교유交遊를 감減하면 문득 분요紛擾를 면하고, 언어를 감減하면 과실이 적으며, 사려思慮를 감減하면 정신을 소모하지 않으며, 총명을 감減하면 혼돈이 가히 완전하리니, 저 날로 덜함을 구하지 않고 날로 더함을 찾는 이는 참으로 차생此生을 질곡桎梏함일진저.

〔原文〕— 後 131
人生이 減省一分하면 便超脫一分하나니 如交遊減하면 便免紛擾하며 言語減하면 便寡怨尤하며 思慮減하면 則精神不耗하며 聰明減하면 則混沌可完이니 彼不求日減而求日增者는 眞桎梏此生哉인저.

〔解義〕
사람이 일생 중에 있어 무슨 일이든지 덜면 덜수록 그만큼 세상살이에서 초탈超脫하게 된다. 교유交遊를 감하면 시끄러움을 면할 것이요, 언어를 감하면 과실過失 ; 怨尤이 적어질 것이요, 사려思慮를 감하면 정신이 피로疲勞 ; 消耗되지 않으며, 영리함을 감하면 전일全一한 본성本性 ; 混沌을 완전히 할 수 있다. 그런데도 불구하고 모든 일을 날로 감하려 하지 않고 날마다 더 늘이며 가는 사람은 참으로 자기의 생을 쇠고랑과 차꼬〔桎梏〕에 끼우는 노릇이라 할 것이다.

96

천시天時의 한서寒暑는 피하기 쉬우나 인세人世의 염량炎涼은 제除하기 어려우며, 인세의 염량은 제하기 쉬우나 내 마음의 빙탄氷炭은 버리기 어렵다. 이 마음의 빙탄을 버릴 수 있으면 온 몸이 모두 다 화기和氣요, 가는 곳마다 절로 봄바람이 불 것이다.

〔原文〕— 後 132

天運之寒暑는 易避하되 人世之炎涼은 難除하며 人世之炎涼은 易除하되 吾心之氷炭은 難去니, 去得此中之氷炭하면 則滿腔皆和氣라 隨地自有春風矣니라.

〔解義〕

천지의 기후가 운행하여 생기는 한서寒暑는 피할 수 있지만 인생의 염량세태炎涼世態는 제除하기 어렵다. 아니 세상 사람의 염량은 그래도 제하기 쉽지만 자기 심중의 빙탄氷炭이야말로 가장 제하기 어렵다. 이것만 제하고 나면 심신心身이 모두 화기和氣요, 어디를 가도 춘풍春風이 불 것이다.

97

불교의 '수연'隨緣 유교의 '소위'素位, 이 넉 자는 바다를 건너는 부낭浮囊이다. 대개 세상길은 망망한지라 일념에 완전을 구한다면 만 가지 실마리가 분분히 일어나나니 경우에 따라 마음을 편하게 하면 가는 곳마다 얻지 않음이 없으리라.

〔原文〕— 後 134

釋氏隨緣과 吾儒素位四字는 是渡海的浮囊이라 蓋世路茫茫하여 一念求全하면 則萬緒紛起하나니 隨萬而安하면 則無入不得矣리라.

〔解義〕

불교에서는 '수연'隨緣이라 하여 이 세상일의 모두가 인연에 의하여 생긴다고 말한다. 빈부貧富와 귀천貴賤도 인연으로 말미암아 이루어지는 것이니, 그러므로 우리의 처신도 그 인연을 따라서 하는 것이 좋다. 자기 뜻대로 되는 것은 결코 아니다. 또 유교에서는 '소위'素位란 말이 있으니 《예기》禮記에 "군자君子는 그 위位에 소素하여 그 외外를 돌아보지 않는다"고 하였다. 즉, 자기의 위치를 지켜 타他를 넘보지 않는다는 말이다. 이 불가佛家의 '수연'隨緣이라든가 유가의 '소위'素位 두 가지는 이 세상 건너는 데 필요한 부낭浮囊과 같다. 요컨대 자기의 분分에 맞추고 편안하여 그 위치를 거스르지 않으며 그 경우에 따라 안전히 하면, 가는 곳마다 자득자족自得自足의 자리가 될 것이다.

修省篇

1

도덕을 지키는 이는 한때만 적막하지만, 권세에 붙좇는 이는 만고萬古에 처량하다. 달인達人은 '나타나도 변하는 사물 뒤에 숨어서 불변하는 이理'를 보는지라, 살아 있는 몸보다도 '죽은 뒤의 이름'을 생각하니 차라리 한때의 적막을 받을지언정 만고의 처량을 취하지 말라.

〔原文〕— 前 1
棲守道德者는 寂寞一時하고 依阿權勢者는 凄凉萬古니라. 達人은 觀物外之物하고 思身後之身하나니 寧受一時之寂寞이언정 毋取萬古之凄凉하라.

〔解義〕
도덕을 지키며 산다는 것은 그 평생이 불우하고 적막하기 쉽다. 그러나 그 평생이란 것이 기나긴 역사의 흐름에서 볼 때는 지극히 짧은 한때이다. 고래로 성현들이 도를 위해서 겪은 고난과 박해가 얼마나 많았는가마는 그 도를 위해서 겪은 고난이 크면 클수록 그들은 영세불멸永世不滅의 빛을 남긴 것이다. 권세權勢에 아부하고 부귀 앞에 아첨하는 자는 뜻을 얻어 화려한 생활을 하고 평생을 높은 지위에서 마치기도 한다. 그러나 그 일생이 또 지극히 짧은 한때를 천추千秋에 남기지 않는다 할지라도 그 이름은 만고에 처량할 따름이다. 그러므로 훌륭한 사람은 눈앞의 재보財寶와 공명功名보다도 영원한 진리와 사후의 이름에 뜻을 두는 것이니 도덕을 지켜 평생을 적막할지언정 한때의 부귀를 탐내어 만고에 오명汚名을 남겨서는 안 되는 것이다.

2

귀 가운데 항상 귀에 거슬리는 말을 듣고 마음속에 항상 마음에 거리끼는 일을 지니면 이는 곧 덕행德行을 담아 빛내는 숫돌이 되리라. 만약 말마다 귀에 즐겁고 일마다 마음에 흡족하면 이는 곧 제 목숨을 비틀어서 짐독鴆毒 속에 던짐과 같으리라.

〔原文〕— 前 5
耳中에 常聞逆耳之言하고 心中에 常有拂心之事하면 纔是進德修行的砥石
이니 若言言悅耳하며 事事快心이면 便把此生하여 埋在鴆毒中矣니라.

〔解義〕
양약良藥은 입에 쓰고 충언忠言은 귀에 거슬린다는 옛말이 있다. 쓰다고 뱉고 거슬린다고 물리치면 제 몸과 마음에 약藥 들어오는 길을 막음이니 몸과 마음에 병들면 어쩌는가. 어려운 일과 안 되는 일 없이 자란 사람은 세정世情에 어두워서 마침내 스스로 파멸을 초래하는 법이다. 귀에 거슬리는 말과 뜻대로 안 되는 일이 항상 옆에 있어야 수양이 된다는 말이다.

짐독鴆毒의 짐鴆이란 새가 가지고 있는 독이란 말이니 전설에 의하면 그 새의 날개가 한번 술잔을 스치기만 하여도 그 술을 마시면 즉사한다고 한다.

3

빠른 바람 성낸 비는 새들도 근심한다. 갠 날빛 밝은 바람은 푸나무도
즐기노라. 가히 보리로다, 천지에 하루도 화기和氣 없이는 안 될 것을.
가히 알리로다, 인심人心에 하루도 기쁨 없어서는 안 될 것을.

〔原文〕— 前 6
疾風怒雨에는 禽鳥戚戚하며 霽日光風에는 草木欣欣하나니 可見天地에 不可
一日無和氣요 人心이 不可一日無喜神이니라.

〔解義〕
세상이란 마음 가질 탓이다. 슬프게 보면 모두가 슬픔거리요, 웃으며
바라보면 모두가 웃음거리다. 괴롭고 즐겁고 밉고 고운 것이 다 제 마
음 탓이란 말이다. 일기日氣가 고르면 초목금수草木禽獸도 기뻐하나니 하
물며 사람에게서야 더 말해 무엇하랴. 한 사람의 마음이 화평하면 옆
의 사람까지도 부드러워지나니 팔자는 길들일 탓이라고 즐겁게 살려거
든 먼저 웃으며 사는 마음을 기르라.

4

'명아주 먹는 입, 비름 먹는 창자'에는 얼음같이 맑고 구슬처럼 조촐한 사람이 많지만, '비단 옷 입고 쌀밥 먹는 사람'은 종 노릇 시늉도 달게 여긴다. 대저 뜻은 담박淡泊함으로써 밝아지고 절조節操는 기름지고 달콤한 맛 때문에 잃어지는 까닭이다.

〔原文〕— 前 11
藜口莧腸者는 多氷清玉潔하고 袞衣玉食者는 甘婢膝奴顏하나니 蓋志以澹泊明하고 而節從肥甘喪也하나니라.

〔解義〕
자고로 참다운 선비에게는 무형의 재보財寶가 있으니 "어디 가면 빈천이야 못 얻겠느냐" 하는 곧은 마음 하나가 그것이다. 고시조古時調에 "백발白髮을 공명功名이런들 사람마다 다툴지니 나 같은 우졸愚拙이야 바라도 못 보리라"는 구句가 있거니와, 백발을 얻으려고 다투는 사람이 없듯이 빈천貧賤을 시기하는 사람도 없기 때문이다. 남들이 다 싫어하는 빈천을 최후의 밑천으로 자랑하는 사람에게는 비로소 공명정대公明正大와 청렴강직淸廉剛直이 나오는 법이다. 그러므로 빈천을 두려워하는 사람은 겉으로는 버티어도 실상은 비루鄙陋한 자이니 달팽이 뿔만 한 공명과 고기비늘과 갈비 맛에 연연하여 떠날 줄을 모를 뿐 아니라 그 까닭으로 노예처럼 허리를 굽히고 창부娼婦처럼 태態를 짓는다. 진실로 뜻은 담박澹泊한 데서 밝고 낮은 곳에서 떨치는 것이요 절개는 기름지고 달콤한 맛 때문에 상喪하고 높은 자리에서 때가 묻음을 알 것이다.

5

생전의 심지心地는 활짝 열어 너그럽게 하라. 사람으로 하여금 불평의 탄歎을 없게 하리니. 사후의 혜택은 길이 흘러 오래도록 하라. "사람으로 하여금 모자라는 느낌을 없게 하리니."

〔原文〕— 前 12
面前的心地는 要放得寬하여 使人無不平之歎하며 身後的惠澤은 要流得久하여 使人有不匱之思하라.

〔解義〕
공명公明한 사람은 항상 간담肝膽을 헤쳐 놓고 사는 법이다. 그에게 비밀이 있을 까닭이 없기 때문이다. 또 사람의 마음 한구석은 항상 비워 두어야 한다. 거기에 현자賢者와 우자愚者, 선인善人과 악인惡人을 차별하지 않고 들어앉힐 자리를 마련하기 위함이다. 생전生前의 마음 바탕은 너그럽게 열어 놓아 사람들의 불평을 사지 말라. 죽은 뒤에 끼칠 혜택은 길이 유전流傳하도록 힘쓰라. 사후의 혜택이란 물질에만 한한 것이 아니요 정신의 선각先覺도 또한 신후은택身後恩澤이다.

6

사람 되어 아주 고원高遠한 사업은 없을망정 세속의 정情만 벗을 수 있으면 이내 명류名流에 들 것이요, 학문을 닦아 특출한 공부는 없더라도 물욕物慾의 누累만 던다면 이내 성인聖人의 경境을 넘으리라.

〔原文〕 — 前 14

作人이 無甚高遠事業이라도 擺脫得俗情하면 便入名流하며 爲學이 無甚增益工夫라도 減除得物累하면 便超聖境이니라.

〔解義〕

사람은 명문이욕名聞利欲의 속정俗情에 사로잡혀서 정신을 못 차린다. 속정이란 얼마나 괴로운 것이기에 이것만 벗어던지면 명류名流가 된단 말인가. 고원高遠한 사업도 저마다 하기 힘든 일인데 속정을 제거함은 더 어려운 일임을 알 것이다. 물욕의 누累를 벗어던지는 공부, 그 공부가 바로 성학聖學이 아니냐. 선인先人 미발未發의 경지가 아니라 선인先人이 밟고 간 자취 그대로를 밟아도 자득自得의 안락경安樂境이 거기 따로 있으리라.

7

세상을 뒤덮는 공로도 '뽐낼 긍矜' 자 하나를 못 당하고, 하늘에 가득 찬 허물도 '뉘우칠 회悔' 자 하나를 못 당한다.

〔原文〕— 前 18

蓋世功勞라도 當不得一個矜字요 彌天罪過라도 當不得一個悔字니라.

〔解義〕

공로를 자랑하는 마음이 생기면 그 훈공勳功은 물거품이 되고 만다. 이 세상의 모든 사업은 크면 클수록 혼자 힘만으로는 안 되는 법인데 모든 것이 제 혼자 힘으로 된 것처럼 뽐낸다면 자랑 때문에 그 완전한 훈공이 깨어질 것이다. 공업功業을 이룩한 사람들아, 이 '긍矜' 자를 삼가라. 어떠한 죄악도 진심으로 뉘우치고 개과改過하면 그 죄업은 사라진다. 선악도 그 근본은 일심一心이니 그 한 마음이 악을 회오悔悟한다는 것은 선심善心으로 돌아간 까닭이라, 참회로 하여 죄악은 소멸되는 것이다. 죄지은 사람들아, 이 '회悔' 자를 믿으라.

8

일마다 하나의 넉넉함이 있어 다하지 않은 뜻을 남기면 조물造物이 나를 미워하지 못할 것이요, 귀신도 나를 해하지 못하리라. 만약 일은 반드시 가득함을 구하고 공功도 반드시 가득함을 구한다면, 안으로부터 변란變亂이 일거나 바깥으로부터 근심을 부르리라.

〔原文〕— 前 20
事事留個有餘不盡的意思하면 便造物不能忌我하며 鬼神不能損我하나니 若業必求滿하며 功必求盈者는 不生內變이면 必召外憂하나니라.

〔解義〕
모든 일이 가득 차면 넘치고 넘치면 기우는 것이 정해진 이치이다. 항상 일을 남겨 두어 미진한 뜻이 있어야 이를 비로소 원만圓滿이라 할 것이니 문자 그대로 원만은 대결함大缺陷의 직전이기 때문이다. 가득 찰 양이면 비록 넘치거나 기울지는 않는다 해도 그 때문에 항상 위태한 법이다. 이를 조물주가 시기하고 귀신이 방해한다고 이른다. 영만盈滿에는 내변內變과 외우外憂가 따르므로 항상 경계함으로써 내우와 외환을 자초할 소지素地를 만들지 말라는 뜻이다.

9

굼벵이는 더럽건만 변해서 매미가 되나니 가을바람에 이슬을 마신다. '썩은 풀은 빛이 없거늘 화化해서 반딧불이 되나니' 여름밤에 빛을 낸다. 조촐함은 항상 더러움에서 나오고 밝음은 매양 어둠에서 생겨나는 것임을 알 것이다.

〔原文〕― 前 24

糞蟲은 至穢하되 變爲蟬하여 而飮露於秋風하며 腐草는 無光하되 化爲螢하여 而耀采於夏月하나니 固知潔은 常自汚出하며 明은 每從晦生也니라.

〔解義〕

분충糞蟲은 더러운 벌레란 뜻이요 구더기란 말은 아니다. 《예기》禮記 《월령》月令에는 "계하季夏의 월月 부초腐草 화化하여 형螢이 된다"라고 있으니 옛사람은 부초腐草가 화하여 반딧불이 된다고 믿었다. 반딧불의 알이 부초腐草 속에 있었으면 과히 망발妄發은 아니다. 더러운 흙 속에서 자란 굼벵이가 매미가 되고 썩은 풀 속에서 반딧불이 나오듯이 깨끗함은 매양 더러움에서 나오고 밝음은 항상 어둠 속에서 생긴다는 말이다. 처염상정處染常淨! 그래서 불교는 연꽃을 이상理想의 상징으로 본다.

10

뽐내고 건방진 것은 객기客氣 아님이 없나니 객기를 항복받은 뒤에라야 정기正氣가 펴일 것이요, 정욕情欲과 분별分別은 모두 다 망심妄心이라 망심을 없이한 다음이라야 진심이 나타날 것이다.

〔原文〕— 前 25

矜高倨傲는 無非客氣라 降伏得客氣下하면 而後正氣伸하며 情欲意識은 盡屬妄心이라 消殺得妄心盡하면 而後眞心이 現하나니라.

〔解義〕

뽐내고 거만한 것은 모두 다 객기客氣이니 객기는 혈기의 가용假勇이요 진용眞勇은 아니다. 바깥으로부터 들어온 기운이기 때문에 객기라 하고 가용假勇이라 한다. 정기正氣는 천지정대天地正大의 기氣니 사람의 신체는 소천지 소우주라 사람 안에 본디부터 있을 뿐 아니라 사람의 몸을 지배하는 주인공을 정기라 한다. 객기와 정기의 관계는 망심妄心과 진심眞心의 관계와 같으니 편의상 분별한 것이요, 본래 같은 것을 나쁜 면으로 객客이니 망妄이니 하고 좋은 면으로 정正이니 진眞이니 했을 따름이다. 정기를 펴면 객기도 정기가 될 것이요 진심을 밝히면 망심도 진심이 될 것이다. 객기를 떠나서 정기가 없고 망심을 떠나서 진심이 따로 있는 것은 아니다.

11

배부른 다음에 음식을 생각하면 맛있고 없음의 구별이 사라지고 색色을
쓴 다음에 음사淫事를 생각하면 사내 계집의 좋고 나쁨이 다 끊어진다.
그러므로 사람이 항상 일 뒤의 뉘우침으로써 일 앞의 어리석음을 깨뜨
리면 그 본성이 바로잡힐 것이요, 움직임이 바르지 않음이 없으리라.

〔原文〕— 前 26

飽後思味하면 則濃淡之境이 都消하며 色後想淫하면 則男女之見이 盡絶하
나니 故로 人이 常以事後之悔悟로 破臨事之癡迷하면 則性定而動無不正이
니라.

〔解義〕

배가 부르면 팔진미八珍味도 소용이 없고 방사房事 뒤에 음욕淫慾을 생각
하면 이성異性에 대한 관념이 없어진다. 쾌락을 탐한 뒤의 흥미는 참으
로 적막한 것이기 때문이다. 어찌 식욕食慾과 성욕性慾만이 그러하랴.
모든 욕정慾情이 다 그렇다. 그러므로 사람은 항상 그 일이 끝난 다음에
일어날 후회의 염念을 미리 마음속에 지녀 두었다가 그 일을 하고 싶을
때의 어리석은 방황을 타파해야 한다. 매사에 이와 같이 앞을 통찰하
는 본심이 깨어 있으면 무슨 일이든지 틀림없을 것이다.

12

근심하고 부지런함은 미덕이지만 너무 고뇌^{苦惱}하면 본연의 성정^{性情}을 즐겁게 할 수가 없다. 담박^{澹泊}함은 고풍^{高風}이거니와 지나치게 고담^{枯淡}하면 사람을 건지고 사물을 이롭게 할 수가 없다.

〔原文〕 — 前 29

憂勤은 是美德이로되 太苦則無以適性怡情이요 澹泊은 是高風이로되 太枯則無以濟人利物이니라.

〔解義〕

근심하고 부지런함은 아름다운 덕이지만 그것이 지나쳐서 고행^{苦行}으로만 끝나면 본연의 성^性을 너무 구속하여 낙^樂이 없으리니 우근^{憂勤}도 일분의 여유를 지녀야 한다. 마음이 맑고 욕심이 적음은 높은 경계^{境界}이지만 너무 고담^{枯淡}하면 진속^{塵俗}의 생활에 남을 도와서 함께 사는 힘이 줄어드는 법이다. 어려운 속에 정성을 다하여 낙^樂을 찾고 더러운 속에서 같이 살면서 스스로 때 묻지 않음이 상승^{上乘}이란 말이다. 화광동진^{和光同塵}의 묘경^{妙境}이 이것이다.

13

부귀한 집은 너그럽고 후厚하여야 하거늘 도리어 각박함은 곧 부귀하면서 그 행실을 가난하고 천하게 함이니 어찌 능히 복을 받으리오. 총명한 사람은 거두고 감춰야 하거늘 도리어 자랑함은 곧 총명하면서도 그 병이 어둡고 어리석음에 있나니 어찌 패敗하지 않으리오.

〔原文〕— 前 31
富貴之家는 宜寬厚어늘 而反忌刻하나니 是는 富貴而貧賤其行矣라 如何能享이리오. 聰明人은 宜欲藏이어늘 而反炫耀하나니 是는 聰明而愚懵其病矣라 如何不敗리오.

〔解義〕
넉넉한 사람은 마땅히 너그러워야 할 터인데 도리어 가난한 사람보다 더 각박하게 구는 것을 흔히 본다. 이는 그가 부귀하면서도 행실은 빈천貧賤한 자와 같이 함이니 어찌 복을 받을 수 있겠는가. 똑똑한 사람일수록 그 재주를 거두고 감춰야 하는 법이거늘 오히려 어리석은 자보다 더 드러내어 설침을 본다. 이는 총명하면서도 그 병이 어리석은 데 있으니 어찌 실패하지 않겠는가.

14

낮은 데 살아야 높은 곳 오르기가 위태한 줄 알 것이요, 어두운 데 있은 후에 밝은 곳 향함이 눈부심을 알 것이며, 고요함을 지켜보아야 움직임 좋아함이 부질없음을 알 것이요, 말 없음을 닦아 보아야 말 많음이 시끄러운 줄 알 것이다.

〔原文〕— 前 32

居卑而後에 知登高之爲危하고 處晦而後에 知向明之太露하며 守靜而後에 知好動之過勞하고 養黙而後에 知多言之爲躁니라.

〔解義〕

낮은 데 있으면 떨어질 위험이 없고 어두운 데 있으면 눈이 부실 까닭이 없으며 고요히 살면 부질없는 노고勞苦가 없을 것이요 말이 없으면 실언失言이 있을 리 없다. 높은 데 올라 봐야 낮은 곳이 편함을 알 것이요 말 많이 한 뒤에 침묵이 금임을 안다는 말이다. 그러므로 높은 데서는 스스로 낮추어야 하고 말 많을 때에는 말을 절제해야 하는 것이다. 그러나 사후의 뉘우침을 사전에 깨닫는 것이 더 좋은지라, 낮고 어둡고 고요하고 말 없음이 진미인 줄 알라는 뜻이다.

15

부귀공명의 마음을 다 놓아 버려야 범속凡俗의 자리를 벗어날 것이요,
인의도덕仁義道德의 마음을 다 털어 버려야 비로소 성현聖賢의 자리에 들
어갈 것이다.

〔原文〕— 前 33
放得功名富貴之心下라야 便可脱凡이요 放得道德仁義之心下라야 纔可入
聖이니라.

〔解義〕
만 권의 경전을 읽거나 10년을 단좌端坐하여 수행을 한다 해서 탈속脫俗
이 되는 것은 아니다. 부귀공명의 마음을 다 놓아 버리면 하루아침에
범속을 벗어나리라. 경전의 장구章句나 주해註解하고 장광설을 늘어놓
는다 해서 성현을 아는 것이 아니다. 인의도덕의 마음을 다 털어 버리
면 그 자리가 곧 그대로 성현의 경지가 된다.

16

차라리 우직을 지키고 총명을 내침으로써 얼마의 정기正氣를 깃들이게 하여 천지에 돌릴지로다. 차라리 분화紛華를 사양하고 담박澹泊을 달게 여김으로써 하나의 청명淸名을 끼쳐 건곤乾坤에 남게 할지로다.

〔原文〕 — 前 37

寧守渾噩하고 而黜聰明하여 留些正氣還天地하며 寧謝紛華하고 而甘澹泊하여 遺個淸名在乾坤하라.

〔解義〕

혼악渾噩은 혼혼악악渾渾噩噩의 약략略이니 양자법언揚子法言에 나오는 말이다. 그 주註에 의하면 혼혼渾渾은 박략朴略하여 알기 어려운 것, 악악噩噩은 박략명직朴略明直이니 박눌朴訥하여 외식外飾이 없다는 말이다. 여기서 총명이라 함은 영리경박怜悧輕薄을 이름이다. 천지의 정기正氣는 박눌朴訥 과묵한 곳에 있고 영리경박한 곳에서는 사라진다. 그러므로 차라리 박눌을 가지고 총명을 물리쳐서 천지의 정기를 이 몸 안에 간직했다가 죽어서 천지에 돌리자는 것이다. 분화紛華는 분분한 화미華美니 분화 속에서는 사람 마음이 비뚤어지고 때 묻기 쉬우니 청렴결백淸廉潔白의 이름을 천지에 남기고 싶은 사람은 마땅히 분화를 떠나서 담박澹泊한 가운데 일생을 보내라는 뜻이다.

17

마魔를 항복시키려거든 먼저 스스로의 마음을 항복받으라. 마음이 항복하면 군마群魔가 곧 물러나리라. '길 안 든 마음'을 제어하려면 먼저 마음속의 객기客氣를 제어하라. 기氣가 평정平靜하면 '날뛰는 마음'이 침입하지 못하리라.

〔原文〕— 前 38

降魔者는 先降自心하라, 心伏하면 則群魔退聽하리라. 馭橫者는 先馭此氣하라, 氣平하면 則外橫不侵하리라.

〔解義〕

도적은 집 안에 있다. 너를 괴롭히는 마魔는 너의 마음 안에 있으니 그 마魔를 항복받으려거든 너 스스로의 마음을 항복받으라. 그러면 군마群魔가 함께 물러가리라. 길 안 든 마음을 다스리려거든 먼저 마음속의 객기客氣를 바로잡으라. 스스로의 기氣가 평정平靜하면 날뛰는 바깥 기운이 덤벼들지 못할 것이다.

18

'욕정欲情에 관한 일'은 비록 쉽사리 얻을 수 있더라도 그 편리함을 즐겨서 조금이나마 '손끝에 물들이지 말라'. 한번 손끝에 적시면 이내 만 길 벼랑에 떨어지리라. 도리道理에 대한 일은 그 어려움을 꺼리어 조금이라도 물러서지 말라. 한번 물러서면 문득 멀리 천산千山을 격隔하리라.

〔原文〕— 前 40
欲路上事는 毋樂其便하여 而姑爲染指하라 一染指하면 便入萬仞하리라.
理路上事는 毋憚其難하여 而稍爲退步하라 一退步하면 便遠隔千山하리라.

〔解義〕
욕정欲情의 길은 가기가 쉬울 뿐 아니라 그 유혹이 꿀보다 더 달다. 그 쉽고 달콤함에 반하여 맛보지 말라. 한번 맛보면 만인萬仞의 절벽에 떨어진다. 도의道義의 길은 험하고 그 괴로움이 소태보다 쓰다. 이해하기 어렵고 실행이 어렵다 하여 그것을 꺼려서 물러서선 안 된다. 한번 물러서기만 하면 멀리 천산千山을 격隔하리라. 만 길 벼랑에 떨어지고 천산을 격한 자리에 밀려 나와 다시 옛 자리에 돌아가기가 어찌 쉬우랴. 능히 그러할 사람이 몇이나 되겠는가.

19

마음이 농후濃厚한 사람은 스스로를 후대厚待할 뿐 아니라 남도 또한 후
대하는지라 곳곳마다 세밀하며, 마음이 담박淡薄한 사람은 스스로를 박
대하고 남도 또한 박대하는지라 일마다 담박淡泊하다. 군자는 평상의
기호嗜好를 너무 농염하게 해서도 못쓰며 또한 너무 고적枯寂하게 하여
도 못쓴다.

〔原文〕— 前 41

念頭濃者는 自待厚하고 待人亦厚하여 處處皆濃하며 念頭淡者는 自待薄하고
待人亦薄하여 事事皆淡하나니 故로 君子는 居常嗜好를 不可太濃艶하며 亦
不宜太枯寂이니라.

〔解義〕

마음이 농후濃厚한 사람은 의식주를 비롯한 일체 만사에서 저에게나 나
에게 함께 후덕하고 용의주도하다. 이와 반대로 마음이 담박淡泊한 사
람은 모든 것에 박薄하고 무심하다. 후덕은 좋지만 농후濃厚가 병이요
담박은 좋으나 무심無心이 병이다. 군자는 항상 즐기고 좋아하되 한곳
에 집착하지 않고 편협하지 않은 법이니 지나친 농염과 고적을 다 취하
지 않는 것이다.

20

저가 부富로써 하면 나는 인仁으로써 하며 저가 작爵으로써 하면 나는
의義로써 하나니, 군자는 본디 군주나 재상 때문에 농락되지 않는다.
사람의 힘이 굳으면 하늘을 이기며, 뜻을 하나로 모으면 기질도 변동
하는지라, 군자는 또한 조물造物의 도주陶鑄를 받지 않는다.

〔原文〕 ─ 前 42

彼富我仁하며 彼爵我義라 君子는 固不爲君相所宰籠하며 人定勝天하고 志
一動氣라, 君子는 亦不受造物之陶鑄니라.

〔解義〕

그가 금전으로써 나를 대하면 나는 인격으로써 대할 것이요 그가 지위
로써 나를 대하면 나는 의리로써 대할 것이니, 그러므로 군자는 예로
부터 임금이나 정승이 농락하지 못하는 것이다. 뜻을 한곳에 모아 순
일純一하고 보면 기질까지도 바꿀 수 있으니, 사람의 힘을 굳건히 전심
專心하면 하늘 힘도 이길 수 있다. 그러므로 군자는 또한 조물주의 농락
도 받지 않나니 그 주형鑄形 안에서만 만들어지는 것이 아니다.
　인정승천人定勝天은 지성감천至誠感天의 다른 표현이다.

21

학자는 마땅히 정신을 가다듬어 한곳으로 모아야 한다. 만일 덕을 닦으면서 뜻을 사업의 공적이나 명예에만 둔다면 반드시 그 진실로 깊은 곳에 이를 수가 없을 것이요, 책을 읽으면서 흥興을 음영吟詠의 풍류風流나 놀이에만 붙이게 되면 결코 깊은 마음을 체득하지 못한다.

〔原文〕 — 前 44
學者는 要收拾精神하여 倂歸一路니 如修德에 而留意於事功名譽하면 必無實詣하며 讀書에 而寄興於吟詠風雅하면 定不深心이니라.

〔解義〕
마음을 한곳으로 모으는 것이 모든 공부의 첫 바탕이다. 뜻을 학문에 두고 마음이 항상 공명에만 팔려 있으면 덕이 이로써 상喪할 것이니, 학문의 깊은 조예造詣를 바랄 수 없을 것이다. 책을 읽으매 그 오저奧底에 있는 사리事理에 침잠沈潛하지 않고 흥을 음영吟詠 풍류의 제際에만 붙인다면 도道가 이로써 쇠衰할 것이니, 깊은 마음을 체득하진 못할 것이다. 공명과 풍아風雅는 공부하는 이의 부수입이 될지언정 사업이 되어서는 안 된다.

22

도덕을 닦아 나감에는 염두念頭를 목석같이 가져야 하나니, 만일 한번 부러워하는 마음을 일으키면 이내 욕경欲境으로 달릴 것이다. 세상을 구하고 나라를 경륜經綸함에는 운수雲水와 같은 취미를 지녀야 하나니, 만일 한번 집착하는 마음을 두면 곧 위기에 떨어질 것이다.

〔原文〕— 前 46

進德修道엔 要個木石的念頭니 若一有欣羨이면 便趨欲境하며 濟世經邦엔 要段雲水的趣味니 若一有貪著이면 便墮危機니라.

〔解義〕

도를 닦고 덕을 기르는 동안은 마음을 하나의 목석처럼 지녀야 한다. 한번 부러워하는 마음을 일으키면 이내 이욕利欲의 마당으로 달아나기 때문이다. 나라를 다스리고 세상을 경륜經綸함에는 일단 운수雲水와 같은 취미를 지녀야 할 것이다. 한번 집착하는 마음이 생기면 문득 위기에 떨어진다. 수도자의 유혹은 명리名利 때문에 흔들거림이니 목석 같은 집념이 필요하고 위정자爲政者의 유혹은 지위에 대한 연착戀著에 있으니 운수雲水 같은 자적自適이 필요하다.

23

착한 사람은 몸가짐이 안상安詳함은 말할 것도 없거니와 잠자는 동안의 신혼神魂조차 화기和氣 아님이 없으되, 몹쓸 사람은 행동이 사나울 뿐 아니라 목소리로부터 웃으며 하는 말에 이르기까지 모두 살기殺機 아님이 없다.

〔原文〕 ― 前 47

吉人은 無論作用安詳이라 卽夢寐神魂도 無非和氣며 凶人은 無論行事狼戾라 卽聲音咲語도 渾是殺機니라.

〔解義〕

'다 같은 물을 마시되 소는 마시면 우유가 되고 배암이 마시면 독이 된다' 는 말이 불경에 있다. 다 같은 세상살이에도 길인吉人은 꿈이나 생시가 모두 화기和氣로 차서 그 거지擧止가 안상安詳하고, 흉인凶人은 음성과 웃음조차 살기殺機를 띠어 모든 행동이 불량하다. 어찌 조심하지 않을 수 있으랴. 길인과 흉인의 경계는 지극히 얇은 것이다. 마음가짐 하나로 천 리千里 현격懸隔이 된다.

24

'간肝이 병들면 눈이 볼 수 없고, 신腎이 병들면 귀가 듣지 못하나니' 병은 사람이 못 보는 곳에 일어나되 반드시 사람이 보는 곳에 나타나는지라, 그러므로 사람이 밝히 보는 곳에 죄를 얻지 않으려면 먼저 사람이 안 보는 곳에서 죄를 짓지 말라.

〔原文〕— 前 48

肝受病하면 卽目不能視하고 腎受病하면 卽耳不能聽하나니 病은 受於人所不見하여 必發於人所共見이라, 故로 君子가 欲無得罪於昭昭어든 先無得罪於冥冥하라.

〔解義〕

동양의학은 음양오행설陰陽五行說에 근거가 있는지라 오장五臟은 오관五官, 오색五色, 오방五方, 오행五行에 각기 배당된다. 간肝은 눈과 청색과 동방東方과 나무에 해당하고, 신腎은 귀와 흑색과 북방北方과 물에 해당한다. 그러므로 안질眼疾은 간肝을 다스리고 귓병은 신腎을 다스린다. 간에 병이 들었는데 눈이 보지 못하고 신腎에 탈이 있는데 귀가 듣지 못하듯이, 병은 사람이 못 보는 곳에 일어났어도 나타나기는 사람이 보는 곳에 나타난다는 것이다. 이 이치는 곧 군자의 처세수양處世修養에 가르침을 베푸나니, 밝은 곳에 죄가 드러나지 않으려거든 먼저 어두운 곳에서 죄를 짓지 말라는 것이다.

25

복福은 일 적음보다 더 복됨이 없고 재앙은 마음 많음보다 더 재앙이 없나니, 일에 괴로운 사람만이 일 적음의 복됨을 알 것이요, 마음 편한 사람만이 마음 많음의 재앙임을 알 것이다.

〔原文〕— 前 49
福莫福於少事하고 禍莫禍於多心이니 唯苦事者라야 方知少事之爲福이요
唯平心者라야 始知多心之爲禍니라.

〔解義〕
부질없는 일을 많이 만들지 말라. 일 적은 복보다 더 큰 복이 없기 때문이다. 마음 시끄러운 일을 많이 장만하지 말라. 마음 시끄러운 것보다 더 큰 재앙이 없는 까닭이다. 일 적은 복은 일에 시달린 사람만이 알고 마음 많은 재앙은 마음이 평平한 사람만이 아는 법이다. 그러나 일 적다고 편한 개 팔자가 가장 복된 것은 아니고 마음 시끄럽다고 해서 옳은 일 하는 사람까지 다 재앙스러운 것이 아닌 줄도 알아야 한다.

26

마음 바탕이 조촐하여야 책을 읽어 옛날을 배울 것이니, 그렇지 않으면 한 가지 선행善行을 봐도 이를 훔쳐서 사욕私慾을 펴는 데 악용할 것이요, 한마디의 선행을 들어도 이를 빌려서 저의 단처短處를 감추는 데 쓸 것이다. 이 어찌 원수에게 병장기를 도와주고 도적에게 양식을 대어 주는 것이 아니리오.

〔原文〕 — 前 54
心地乾淨이라야 方可讀書學古니 不然이면 見一善行하얀 竊以濟私하고 聞一善言하얀 假以覆短이라 是는 又藉寇兵而齎盜糧矣이니라.

〔解義〕
책을 읽음에는 옛사람의 마음을 배울 것이요 좋은 행동 좋은 말 한마디만 보면 곧 흉내 내고 빌리고 훔칠 생각을 해서는 못쓴다. 이는 마음 바탕이 깨끗하지 못한 까닭이니 책을 읽어 인격을 닦는 것이 아니고 제 자랑과 제 단점 감추기에만 이용하는 까닭이다. 이런 마음으로 책을 읽는다는 것은 외적에게 병기兵器를 주는 것이요, 도적에게 양식을 대어 주는 셈이 될 것이다.

27

호사豪奢하는 사람은 돈이 많아도 항상 모자란다. 어찌 검소한 이의 가난해도 항상 남음이 있음만 하랴. 능能한 사람은 노고勞苦하여 남의 원한을 산다. 어찌 졸拙한 사람의 안일安逸하면서 천진天眞을 지킴만 하랴.

〔原文〕— 前 55

奢者는 富而不足하나니 何如儉者의 貧而有餘며 能者는 勞而府怨하나니 何如拙者의 逸而全眞이리오.

〔解義〕

사치에는 한도가 없으니 사치하려고 들면 어떠한 부자라도 밤낮 모자랄 것이다. 검소한 사람이 가난하면서 항상 유여有餘한 것과 어느 것이 낫겠는가. 능란한 사람은 애써 일하고도 원망을 한 몸에 모은다. 졸拙한 탓으로 항상 편하면서 천진天眞을 지킬 수 있는 것과 어느 것이 더 낫겠는가. 위만 쳐다보고 살면 마음 족할 날이 하루도 없을 것이요, 일은 아무리 잘해도 한 가지만 어긋나면 백공百功이 모두 원怨으로 바뀌는 법이다.

28

서책書冊을 읽어 성현聖賢을 보지 못하면 한갓 지필紙筆의 종이 될 것이요, 벼슬자리에 앉아 백성을 사랑하지 않으면 다만 의관衣冠의 도적이될 것이며, 학문을 가르치되 실천궁행實踐躬行을 숭상崇尙하지 않으면 이는 구두口頭의 선禪이 될 것이요, 큰 사업을 세워도 은덕恩德 심을 것을생각지 않으면 이는 눈앞에 한때의 꽃이 되고 말 것이다.

〔原文〕— 前 56

讀書하여 不見聖賢하면 爲鉛槧傭이요 居官하여 不愛子民하면 爲衣冠盜요 講學하여 不尙躬行이면 爲口頭禪이요 立業하여 不思種德하면 爲眼前花니라.

〔解義〕

책을 읽어도 성현의 도를 체득하지 못하면 만권서萬卷書를 읽은들 무슨소용이 있느냐. 벼슬자리에 앉아 목민牧民을 제대로 못하면 지위의 도적일 따름이니 목민이 괴로운 일인 줄 모르는 자는 마침내 훔침질까지자행할 것이다. 입으로 학문을 설說하면서도 하나도 실천함이 없으면말로만 참선하는 앵무지배鸚鵡之輩가 될 것이다. 뜻을 세우고도 덕을 심을 줄 모르는 이는 눈앞에 어지러이 피고 지는 공화空花가 되리라. 두려울진저, 인생 공부여!

29

괴로운 마음 가운데 항상 마음을 즐겁게 하는 멋을 얻으며, 득의得意한 때에 문득 실의失意의 슬픔을 낳느니라.

〔原文〕— 前 58

苦心中에 常得悅心之趣하며 得意時에 便生失意之悲하나니라.

〔解義〕

즐거운 마음은 괴로운 마음속에 있다. 괴롭다 하여서 희망을 버려서는 안 된다. 실의의 슬픔은 득의한 가운데 있다. 성공하였다 하여 노력을 게을리해서는 안 된다. 고진감래苦盡甘來 흥진비래興盡悲來! 만고흥망萬古興亡은 무상無常히 오가도 도안道眼으로 보면 언제나 흥망은 유수有數다. 감고비흥甘苦悲興인들 무엇이 다르랴.

30

부귀와 명예가 도덕으로부터 온 것은 수풀 속의 꽃과 같으니 절로 잎이 피고 뿌리가 뻗을 것이요, 공업功業으로부터 온 것은 화단 속의 꽃과 같으니 이리저리 옮기고 흥폐興廢가 있을 것이며, 만일 권력으로 얻은 것이면 화병 속의 꽃과 같으니 그 뿌리를 심지 않은지라 시듦을 가히 서서 기다릴 수 있으리라.

〔原文〕— 前 59

富貴名譽의 自道德來者는 如山林中花하여 自是舒徐繁衍하고 自功業來者는 如盆檻中花하여 便有遷徙廢興하며 若以權力得者는 如瓶鉢中花하여 其根을 不植이라 其萎를 可立而待矣니라.

〔解義〕

똑같은 부귀공명일지라도 그것을 얻게 한 원인에 따라 그 수명에 차이가 있으니 꽃에 비겨 말한다면 도덕으로 얻은 것이 가장 오래 가나니 그 꽃은 자연에 뿌리를 박은 까닭이요, 공업功業으로 얻은 자가 다음 가나니 이 꽃은 인공으로 가꾼 까닭이요, 권력으로 얻은 것이 가장 짧으니 이 꽃은 잠시 꺾어다 꽂은 까닭이다. 들에 피는 꽃과 화단에 피는 꽃과 화병에 피는 꽃이 어찌 같을 수 있으리오.

31

봄 이르러 바람이 화창하면 꽃은 한결 고운 빛을 땅에 펴나니, 새가 또한 몇 마디 고운 목청을 굴린다. 선비가 다행히 세상에 두각이 나타나 등 다습고 배부르되 좋은 말과 좋은 일 행하기를 생각하지 않으면, 비록 이 세상에 백 년을 살아도 마치 하루도 살지 않음과 같으리라.

〔原文〕— 前 60

春至時和하면 花尙鋪一段好色하며 鳥且囀幾句好音하나니 士君子幸列頭角하고 復遇溫飽하여 不思立好言行好事하면 雖是在世百年이라도 恰似未生一日이니라.

〔解義〕

봄이 오면 꽃도 한철을 난만히 피고 새도 목청을 가다듬는데 하물며 사람으로 태어나 선비란 이름으로 두각을 나란히 했을 뿐 아니라 주리고 헐벗지 않았으니 어찌 드문 복이라 하지 않겠는가. 마땅히 한번 분발하여 학문을 궁구窮究하고 덕을 닦으면 좋은 사업을 이룰 것이요, 그렇지 못하면 사람으로 태어난 보람이 무엇이며 선비의 이름이 욕되지 아니하랴. 백 년을 살아도 하루도 살지 않음과 같아서는 안 될 것이다.

32

진실한 청렴은 청렴이라는 이름조차 없나니 명성을 얻으려 함은 바로
탐욕이 있는 까닭이다. 참으로 큰 재주는 별달리 교묘한 재주가 없나
니 묘한 재주를 부리는 것은 곧 졸렬한 까닭이다.

〔原文〕— 前 62
眞廉은 無廉名하나니 立名者는 正所以爲貪이요 大巧는 無巧術하나니 用術者
는 巧所以爲拙이니라.

〔解義〕
참으로 청렴한 사람은 청렴하다는 자랑을 하지 않는지라 청렴하다는
이름이 있을 수 없다. 이름이 드날린 사람은 이름을 탐한 때문이다. 이
와 마찬가지로 참으로 교묘한 사람은 별로 교묘한 꾀가 없으니 교묘한
꾀를 부리는 사람은 실상 졸拙하기 때문이다. 대지大智는 어리석은 것과
같고 대욕大慾은 욕심이 없다는 말과 동조同調다.

33

명리^{名利}의 생각이 아직 뿌리 빠지지 않은 이는 비록 천승^{千乘}을 가벼이 알고 일표^{一瓢}를 달게 여길지라도 실상은 세속^{世俗}의 정에 떨어진 것이요, 거짓 용기가 온전히 사라지지 않은 이는 비록 덕택^{德澤}을 사해^{四海}에 베풀고 이익을 만세^{萬世}에 끼칠지라도 마침내 값없는 재주에 그치리라.

〔原文〕— 前 64
名根未拔者는 縱輕千乘甘一瓢하여도 總墮塵情이요 客氣未融者는 雖澤四海利萬世하여도 終爲剩技니라.

〔解義〕
명리^{名利}의 생각이 아직 뿌리 빠지지 않은 자는 비록 겉으로는 왕후^{王侯}의 부귀를 가벼이 알고 한 보시기의 밥과 한 바가지의 물로써 족한 척하여도 본심은 세속의 진정^{塵情}에 타락된 것이요, 객기^{客氣}가 아직 덜 녹은 자는 비록 은택^{恩澤}을 천하 만세에 베풀어도 그것은 쓸데없는 재주에 지나지 않는다.

　천승^{千乘}은 주^周나라 제도이니 병차^{兵車}의 수에 의하여 나라의 대소를 따진 것으로서 천자는 만승^{萬乘}, 제후는 천승^{千乘}이었다. 일표^{一瓢}는 《논어》의 '一簞食一瓢飮'에서 온 것이다.

34

마음 바탕이 밝으면 어두운 방 안에도 푸른 하늘이 있고, 생각 머리가
어두우면 백일白日 아래도 도깨비가 나타난다.

〔原文〕─ 前 65

心體光明하면 暗室中에도 有靑天하며 念頭暗昧하면 白日下라도 生魍鬼하나
니라.

〔解義〕

본래 밝은 마음에 한 점의 잡념도 진애塵埃를 일으키지 않으면 어두운
방 안일지라도 청천靑天이 열릴 것이요, 마음자리에 망상妄想이 가득하
면 백일白日 아래 눈을 뜨고 있어도 도깨비가 나타난다.

35

사람들은 이름 있고 지위地位 있음이 즐거운 줄만 알고 이름 없고 지위 없는 즐거움이 가장 참 즐거움인 줄은 모른다. 사람들은 주리고 추운 것이 근심인 줄만 알고 주리지 않고 춥지 않은 근심이 더욱 심한 줄은 모른다.

〔原文〕― 前 66

人知名位爲樂이요 不知無名無位之樂이 爲最眞하며 人知饑寒爲憂로되 不知不饑不寒之憂가 爲更甚하나니라.

〔解義〕

명성과 지위가 낙樂인 줄 아는 것은 그 나타나는바 권세의 호기豪氣를 두고 말함이지만, 알고 보면 그 이면에는 숨은 노심勞心과 곤욕이 있기로 마련이다. 거기 비하면 치란治亂을 모르고 올라가고 내쫓기는 것을 모르며 법에 걸리고 옥에 갇힐 뿐 아니라 목숨까지 달아나는 일은 더구나 모르는 무명무위지락無名無位之樂이 얼마나 좋은가. 도적맞지 않는 비결은 훔쳐갈 것이 없게 하는 것이 제일이라더니, 돈 있는 사람이 그 돈 지키려고 더 모으는 근심이 어찌 주리고 추운 사람의 근심보다 작을 수가 있으랴. 남의 밥의 콩이 굵어 보이는 것도 상정常情이지만 누더기 이불일망정 잠자리는 제 집이 가장 편한 것도 사실이다.

36

악한 일을 행한 다음 남이 아는 것을 두려워함은 아직 그 악 가운데 선
善을 향하는 길이 있음이요, 선을 행하고 나서 남이 빨리 알아주기를
바라는 것은 그 선 속에 악의 뿌리가 있는 까닭이다.

〔原文〕 — 前 67

爲惡而畏人知하면 惡中에 猶有善路요 爲善而急人知하면 善處卽是惡根이
니라.

〔解義〕

악을 행하고서 그것이 남에게 알려지는 것을 두려워하는 것은 아직 얼
마쯤 양심이 남아 있기 때문이니 악하면서도 선을 향할 길이 있으나,
선한 일을 하였다 하여 곧 그 선한 일을 남이 알아줬으면 하고 바라는
것은 그 선한 일을 하는 마음속에 벌써 악의 뿌리가 숨어 있는 것이다.
이를 위선僞善이라 하나니 가장 경계해야 한다.

37

하늘의 기틀은 헤아릴 수 없다. 눌러서 펴고 펴서는 누르나니 이 모두 다 영웅을 파롱播弄하고 호걸을 기복起伏하게 한다. 그러나 군자는 천운이 역逆으로 오면 순順으로 받고 편안할 때에 위태함을 생각하는지라 하늘도 그 재주를 부릴 수가 없는 것이다.

〔原文〕— 前 68

天之機緘은 不測이라 抑而伸하며 伸而抑하나니 皆是播弄英雄하며 顚倒豪傑處라 君子는 只是逆來順受하며 居安思危하여 天亦無所用其伎倆矣니라.

〔解義〕

기함機緘의 함緘은 봉封한다는 뜻이니 바깥에서 보아도 볼 수 없는 작용을 기함機緘이라 한다. 하늘의 조화야말로 인간의 지혜로는 헤아릴 길이 없다. 처음에는 눌려서 갖은 고생을 시키다가 뒤에는 펴서 부귀공명富貴功名을 주다가도 나중에는 눌러서 영락零落하게도 한다. 참으로 하늘이 영웅을 장난감처럼 주무르고 호걸을 엎어지고 고꾸라지게 한다.

한漢나라 패공沛公이 뱃사공으로 일어나 천하를 통일한 것은 처음엔 눌렀다가 나중에 편 것이요, 프랑스의 나폴레옹이 제왕의 자리로부터 고도孤島에 귀양 간 것은 처음에 폈다가 나중엔 억누른 것이 아닌가. 그러므로 군자는 천운이 역경逆境으로 몰면 그것에 순종함으로써 받아들이고 평안무사平安無事할 때에 위난危難과 곤고困苦가 닥쳐올 것을 미

리 생각하고 대비하므로 하늘도 그 교묘한 재주를 부릴 수가 없는 것
이다.

38

성질이 조급한 사람은 타는 불과 같아서 보는 것마다 태워 버리게 되고, 남에게 은혜 베풀기를 즐기지 않는 이는 얼음과 같이 차서 닥치는 것마다 얼려 죽이며, 기질이 따분하고 고집 있는 사람은 흐르지 않는 물, 썩은 나무와 같아 생기가 없다. 이들은 모두 다 공업功業을 세우기 어렵고 복을 길이 누리지 못하리라.

〔原文〕— 前 69
燥性者는 火熾하여 遇物則焚하고 寡恩者는 氷淸하여 逢物必殺하고 凝滯固執者는 如死水腐木하여 生機已絶이라 俱難建功業而延福祉니라.

〔解義〕
성미가 너무 급하면 타오르는 불길 같아서 닥치는 일마다 태워 버린다. 너무 찬 사람은 남에게 은혜 베풀 줄을 모르는지라 만나는 것마다 얼려 죽인다. 기질이 옹색한 사람은 썩은 물, 죽은 나무와 같아서 생기가 없다. 이 세 가지는 모두 사업을 이룩하기 어렵고 행복을 길이 뻗쳐 나갈 수가 없는 것이다. 너무 뜨겁지도 말고 차갑지도 말고 막히지도 말아야 바야흐로 원만한 사람이 될 것이다.

39

행복이란 마음대로 구하지 못하나니 스스로 즐거운 정신을 길러 복福을
부르는 바탕을 삼을 따름이요, 재앙 또한 마음대로 피하지 못하나니
남을 해하는 마음을 없이함으로써 재앙을 멀리하는 방도로 삼을 따름
이니라.

〔原文〕— 前 70
福不可徼라 養喜神하여 以爲召福之本而已요 禍不可避라 去殺機하여 以爲
遠禍之方而已니라.

〔解義〕
행복이란 구한다고 저마다 구해지는 것은 아니다. 다만 정신을 화평하
게 가짐으로써 행복이 와서 앉을 바탕을 마련하는 것이 행복을 구하는
방법이 된다. 재앙도 피하려고 해서 마음대로 피해지는 것이 아니다.
오직 살기殺機를 없이함으로써 재앙을 멀리하는 방도를 삼을 수밖에 없
다. 복은 살벌한 자리에 오지 않고 재앙은 온화한 곳에 머무르지 않기
때문이다.

40

천지의 기운은 따뜻하면 낳아서 기르고 차가우면 시들어 죽게 한다. 그러므로 성질이 맑고 차가운 사람은 받아서 누리는 것 또한 박薄할 것이니, 오직 화기和氣 있고 마음이 따뜻한 사람이라야 그 복이 두터우며 그 은택恩澤이 또한 오래가는 것이다.

〔原文〕 — 前 72

天地之氣暖則生하고 寒則殺이라, 故로 性氣淸冷者는 受享도 亦凉薄하나니 唯和氣熱心之人이라야 其福亦厚하고 其澤도 亦長하니라.

〔解義〕

자연의 이치를 보라. 날씨가 따뜻하면 초목에 물이 오르고 잎이 피면 꽃이 피고 열매가 열지만, 날씨가 추워지면 잎이 지고 모든 것이 말라지지 않는가. 사람의 성질도 차가우면 받아들이는 것이 모두 차고 메마르며, 심정이 따뜻하고 화和한 사람은 그 누리는 복도 두텁고 그 베푸는 은택恩澤도 장구長久한 것이다.

41

천리天理의 길은 아주 넓고 큰지라, 조금이라도 마음을 여기에 두면 가
슴속이 문득 커지고 밝아진다. 인욕人欲의 길은 매우 좁은지라, 조금이
라도 발을 거기에 디디면 눈앞이 모두 다 가시덤불과 진흙탕이 된다.

〔原文〕— 前 73
天理路上은 甚寬하여 稍游心하면 胸中이 便覺廣大宏朗하며 人欲路上은 甚
窄하여 纔寄迹하면 眼前이 俱是荊棘泥途니라.

〔解義〕
천리天理의 길은 아주 넓고 큰지라, 조금이라도 마음을 여기에 두면 가
슴속이 문득 커지고 밝아진다. 인욕人欲의 길은 험하고 좁기 때문에 잠
깐만 마음을 여기에 머물러도 눈앞이 캄캄하여 모두 다 가시밭 진흙탕
이 된다. 정대正大한 마음을 쓰면 어둠 속에도 항상 밝은 빛이 있고 사
욕私慾에 마음이 매이면 분명한 일에도 눈이 어두워진다는 말이다.

42

괴로움과 즐거움을 섞어 맛보아 고락苦樂이 서로 연마練磨하여 복을 이
룬 이는 그 복이 비로소 오래가며, 의심과 믿음이 서로 참조參照한 다음
에 지식을 이룬 이는 그 지식이 비로소 참된 법이다.

〔原文〕— 前 74
一苦一樂이 相磨練하여 練極而成福者는 其福이 始久하고 一疑一信이 相參
勘하여 勘極而成知者는 其知始眞하니라.

〔解義〕
괴로움을 모르는 즐거움은 참 즐거움이 아니다. 괴로움을 맛보아 그
속에서 낙樂을 찾는 것, 고苦와 낙樂이 서로 갈고닦은 나머지에 복을 이
룬 이는 그 복이 참복이라 비로소 오래간다. 의심하여 보지 않는 믿음
은 참믿음이 아니다. 의심한 나머지에 믿는 것, 의혹과 신념이 서로 살
펴서 그 결과에 이루어진 지식이라야 비로소 참지식이 된다.

43

마음은 항상 비지 않으면 안 되나니 마음이 공허하면 정의와 진리가 거기 와서 살 것이요, 마음은 항상 꽉 차 있지 않으면 안 되나니 마음이 충실하면 물욕物欲이 거기에 들어오지 못하리라.

〔原文〕— 前 75

心不可不虛니 虛則義理來居하고 心不可不實이니 實則物欲이 不入이니라.

〔解義〕

물욕과 사념邪念이 없는 것은 공허空虛라 하고 진리가 가득 찬 것을 충실이라 하였다. 마음을 공허하게 해야 한다는 것은 물욕과 사념邪念을 털어 버리란 말이니 그래야만 그 자리에 의리가 들어와 앉는 법이다. 마음은 가득 차야 한다는 것은 정의와 진리로 채우란 말이니 그래야만 거기에 욕념慾念이 들어앉을 자리가 없는 것이다.

44

수레를 뒤집는 사나운 말도 길들이면 능히 부릴 수 있으며 '다루기 힘든 금金'도 잘 다루면 마침내 좋은 기물器物을 만들 수 있다. 사람이 하는 일 없이 놀기만 하고 분발함이 없으면 평생에 아무런 진보도 없으리라. 진백사陳白沙가 말하기를 '사람됨이 병 많음은 족히 부끄럽지 않으나 일생토록 병 없음이 나의 근심이다' 하였으니 참으로 확론確論이다.

〔原文〕─ 前 77
泛駕之馬도 可就驅馳하며 躍冶之金도 終歸型範하나니 只一優游不振하면 便終身無個進步니라. 白沙云 爲人多病未足羞라 一生無病是吾憂라하니 眞確論也로다.

〔解義〕
사나운 말도 길들이면 부릴 수 있고 다루기 힘든 금도 능숙하게 녹이면 기물을 만들 수 있으니 아무리 못된 사람이라도 분발하여 단련하면 쓰임이 있지 않겠느냐. 일찍 단념하거나 너무 자비自卑하여 일생을 흥뚱거리고 놀기만 하면 마침내 아무런 진보도 없을 것이다. 사람이 병 많은 것은 천품天稟이 허약하여 그렇겠지만, 일생토록 인생에 대한 번민이 없는 것은 얼마나 부끄럽고 슬픈 일인가.
 '봉가지마'泛駕之馬는 수레를 엎는 말이란 뜻이요, '약야지금'躍冶之金은 도가니에 녹여서 주형鑄型에 넣기에 힘이 드는 금이란 뜻이니 《장자》莊

子에 나오는 말이다. '백사'白沙는 진백사陳白沙니 중국 명明나라 때 학자學者, 이름은 헌장獻章이라 하고 자字는 공보公甫 석제石齊라고 호號 하였다. 백사白沙에 은거隱居하여 학문을 강講하였으므로 문인門人들이 백사선생白沙先生이라 하였다.

45

사람이 다만 일념—念을 이기利己에 탐욕貪慾하면 강쮀한 기운도 문득 녹아 유약柔弱이 되고 슬기가 막히어 어두워지며 인자仁慈한 마음이 혹독해지고 조촐한 뜻이 더러워져서 일생의 인품을 깨뜨리고 만다. 그러므로 옛사람은 탐욕하지 않음으로써 보배를 삼은 것이니 일세—世를 초월한 까닭이 여기에 있다.

〔原文〕 — 前 78
人只一念貪私하면 便銷剛爲柔하며 塞智爲昏하며 變恩爲慘하며 染潔爲汚하여 壞了一生人品하나니 故로 古人은 以不貪으로 爲寶라 所以度越一世니라.

〔解義〕
사람이 한번 이기의 탐욕에 집착하면 강직한 기운도 녹아 유약해지고 밝은 지혜도 혼암昏暗해지며 은애恩愛도 변해서 가혹해지고 결백도 때가 묻어 더러워지나니 일생인품—生人品이 이로 말미암아 무너지고 만다. 그러므로 옛사람은 탐욕하지 않음으로써 보배를 삼은 것이다. 한 세상을 초월하는 힘은 먼저 이 '탐사'貪私의 염念을 버리는 것에서 비롯된다.

46

기상氣象은 높고 넓어야 하나 소홀해서는 안 되고, 심사心思는 빈틈이 없어야 하되 잘게 굴어서는 안 된다. 취미는 담박淡泊한 것이 좋으나 고조枯燥에 치우쳐서는 안 되고, 지조志操를 지킴에는 엄정해야 하지만 과격過激해서는 안 된다.

〔原文〕— 前81
氣象은 要高曠이되 而不可疎狂이며 心思는 要縝密이로되 而不可瑣屑이며 趣味는 要冲淡이되 而不可偏枯며 操守는 要嚴明이로되 而不可激烈이니라.

〔解義〕
사람의 기상氣象은 마땅히 높고 넓어야 하지만 소홀하고 광패狂悖해서는 안 되며, 심사는 마땅히 엄밀해야 하지만 너무 자질구레해서는 못쓰며, 취미는 깨끗하고 담박淡泊해야 하지만 그렇다 해서 고적枯寂에 치우쳐서는 안 되며, 지조는 엄정해야 하지만 과격해서는 안 된다. 고광高曠은 소광疎狂으로 빗들기 쉽고, 금밀錦密은 쇄설瑣屑에 빠지기 쉬우며, 충담冲淡은 고적枯寂에 떨어지기 쉽고 엄명嚴明은 격렬할 우려가 많기 때문에 그 위험한 점을 경계한 것이다.

47

청백淸白하면서 너그럽고 어질면서 결단을 잘하며 총명하면서 지나치게 살피지 않고 강직하면서 너무 바른 것에 치우침이 없으면, 이를 꿀 발라도 달지 않고 바다 물건이라도 짜지 않음과 같다 하리니 이것이 곧 아름다운 덕德이 된다.

〔原文〕 — 前 83

清能有容하며 仁能善斷하며 明不傷察하며 直不過矯면 是謂蜜餞不話하며 海味不鹹이니 纔是懿德이니라.

〔解義〕

청백淸白한 사람은 더러운 것을 못 견디는지라 오탁汚濁을 포용하기 힘들며 어진 사람은 우유優柔하기 때문에 결단력이 모자란다. 총명聰明한 사람은 지나치게 살피고 강직한 사람은 기교奇矯하기 쉽다. 그러므로 청백하면서 포용의 도량이 있고 관인寬仁하면서 결단의 힘이 있으며 총명해도 어질고 강직해도 너그러우면, 이는 상승上乘의 인품이니 마치 꿀 바른 음식이 꿀 냄새가 없고 해물이 소금 맛 없어진 것과 같은 격이다.

48

가난한 집도 깨끗이 소제掃除하고 가난한 집 여자라도 깨끗이 머리를 빗으면, 비록 경색景色이 미려美麗하지 못할지라도 기품이 절로 풍아風雅하리로다. 선비가 한때 궁수窮愁와 요락寥落을 당한들 어찌 문득 스스로를 버릴까 보냐.

〔原文〕— 前 84
貧家도 淨拂地하고 貧女도 淨梳頭하면 景色이 雖不艶麗나 氣度自是風雅니라. 士君子가 一當窮愁寥落이언정 奈何輒自廢弛哉아.

〔解義〕
오막살이 초가집도 깨끗이 쓸고 닦으면 그대로 풍아風雅한 맛이 있고 가난한 집 부녀라도 머리 빗어 다듬으면 옷과 화장이 놀랍지 않아도 그대로 품격이 있다. 경색景色이 염려艶麗해야만 멋이 아니니, 풍취風趣 있는 품격이 있으면 족하다. 하물며 선비가 한번 궁窮하여 초야草野와 시항市巷에 파묻힐지언정 어찌 그대로 자포자기自暴自棄하여 버리고 말 것인가.

49

한가한 때에 헛되이 세월을 보내지 않으면 다음날 바쁜 일에 '그 덕을 받아 누릴 수 있으며', 고요할 때에 공적空寂에 떨어지지 않으면 활동할 적에 그 덕을 받아 누릴 수 있으며, 어두운 가운데 속이고 숨기는 일이 없으면 밝은 곳에 그 덕을 받아 누릴 수 있을 것이다.

〔原文〕— 前 85

閒中에 不放過하면 忙處에 有受用하며 靜中에 不落空하면 動處에 有受用하며 暗中에 不欺隱하면 明處에 有受用하나니라.

〔解義〕

목마른 때 샘을 파는 것은 틀린 수작이다. 한가한 때에 헛되이 세월을 보내지 않고 무엇이든 준비한 바가 있으면 바쁜 때에 반드시 쓸 곳이 생긴다. '움츠리는 것은 펼 뜻'이라는 말도 있거니와, 사람은 불우할 때에 절로 한가하고 그 한가할 때에 무슨 공부라도 쌓아서 자기의 포부抱負과 경륜經綸으로 때를 기다려야 한다. 고요한 때에 그냥 지내지 말고 살펴서 움직임이 있으면 움직일 때에 반드시 도움이 되는 것이다. 어두운 곳에서 저 자신을 속이지 않으면 밝은 곳에서 남의 신망을 얻을 것이다.

50

한 생각이 문득 일어나 사욕^{私慾}의 길로 향해 감을 깨닫거든 곧 이끌어 도리^{道理}의 길로 좇아오도록 하라. 일어나매 이내 깨닫고 깨달으매 이내 돌리면, 이는 곧 재앙을 돌려서 복을 삼고 죽음에서 일으켜 삶으로 돌리는 관두^{關頭}가 된다. 진실로 안이^{安易}하게 방심^{放心}하지 말라.

〔原文〕— 前 86

念頭起處에 纔覺向欲路上去어든 便挽從理路上來하라. 一起便覺하며 一覺便轉하나니 此是轉禍爲福하며 起死回生的關頭라 切莫輕易放過하라.

〔解義〕

무슨 생각이 일어날 때 그것이 사욕^{私慾} 쪽으로 향해 가는 듯하거든 곧 붙잡아서 도리^{道理} 쪽으로 오게 하라. 생각이 일어나면 이내 어느 방향으로 가는지 깨닫고, 깨달으면 그 자리에서 붙잡아 돌리라. 이렇게 하면 재앙을 돌이켜 복이 되게 하고 죽음에서 일으켜 삶으로 돌리는 방도를 알 것이니, 진실로 쉽고 가볍게 여겨 방득^{放得}하지 말라.

51

제 자신을 바쳐 일하기로 했거든 다시 그 일에 의심疑心을 두지 말라. 의심에 거리끼면 이미 버렸다는 이기利己의 마음에 부끄럼이 많으리라. 사람에게 무엇을 베풀었거든 그 갚음을 재촉하지 말라. 그 갚음을 재촉하면 앞에 베푼 바 그 마음도 아울러 잘못이 되리로다.

〔原文〕— 前 89

舍己하면 母處其疑하라, 處其疑하면 卽所舍之志多愧矣리라. 施人하면 母責其報하라, 責其報하면 倂所施之心이 但非矣니라.

〔解義〕

좋은 일인 줄 깨닫고 헌신적으로 그 일을 했거든 그 일이 자기에게 이로우냐 불리하냐를 다시 회의懷疑하지 말라. 의심하고 주저하면 자기의 이익을 불계不計하고 헌신적으로 나섰던 그 첫 뜻이 부끄럽지 않으냐. 남을 위하여 무슨 좋은 일을 베풀었거든 나중에 그 사람이 그 은덕을 갚지 않는다고 꾸짖거나 원망하지 말라. 그 갚음을 바라게 되면 그 사람을 위하여 베푼 마음이 애당초 잘못이 아니겠느냐.

52

하늘이 나에게 복을 박薄하게 준다면 나는 나의 덕德을 두텁게 함으로써 이를 맞을 것이요, 하늘이 나의 몸을 수고롭게 한다면 나는 내 마음을 편하게 함으로써 이를 도울 것이며, 하늘이 나에게 곤궁困窮한 길을 준다면 나는 나의 도道를 형통亨通케 함으로써 그 길을 열 것이니, 이와 같으면 하늘인들 또 나를 어찌하랴.

〔原文〕— 前 90

天이 薄我以福이어든 吾는 厚吾德하여 以迓之하며 天이 勞我以形이어든 吾는 逸吾心하여 以補之하며 天이 阨我以遇어든 吾는 亨吾道하여 以通之하면 天且我에 奈何哉리오.

〔解義〕

하늘이 나에게 복을 박薄하게 준다면 우리는 덕德을 더 두터이 쌓아 다시 기다릴 것이다. 하늘이 나의 육신을 괴롭힌다면 우리는 스스로의 마음을 평平하게 가져 그 손실損失을 도울 것이다. 하늘이 나에게 나쁜 환경을 준다면 우리는 우리의 도道을 형통하게 하여 막힌 길을 뚫을 것이다. 우리가 이렇게 마음 가지면 하늘이 아무리 모진들 우리를 어떻게 할 것인가.

53

곧은 선비는 행복을 구하는 마음이 없는지라 하늘은 그 마음 없는 곳을 향하여 그 문을 열어 주고, 음흉한 사람은 재앙을 피하려고만 애쓰는지라 하늘은 그 애쓰는 마음에 재앙을 내려 그 넋을 빼앗는다. 가히 볼지라, 하늘 권능權能의 신묘神妙함이여! 사람의 지혜계교智慧計巧가 무슨 보람이 있으랴.

〔原文〕— 前 91

貞士는 無心徼福이라 天卽就無心處牖其衷하며 憸人은 著意避禍라 天卽就著意中奪其魄하나니 可見天之機權이 最神이라 人之智巧何益이리오.

〔解義〕

정절을 지키는 선비는 행복을 지키는 마음이 없기 때문에 하늘은 그 구하는 마음 없는 것을 향하여 그 마음을 열어 준다. 엉큼한 사람은 항상 재앙을 피하는 데 뜻을 두기 때문에 하늘은 그 피하려고 애쓰는 마음에 혼바람을 내주는 것이다. 이로써 보면 하늘 권능權能의 신묘神妙함은 인간의 지혜로는 어쩔 수 없음을 알 것이다.

54

기녀妓女라도 늘그막에 양인良人을 좇으면 '한 세상 분 냄새'가 거리낌이 없을 것이요, 정부貞婦라도 머리털 센 다음에 정조貞操를 잃고 보면 반 생半生의 깨끗한 고절苦節이 아랑곳없으리라. 속담에 말하기를 "사람을 보려면 다만 그 후반을 보라" 하였으니 참으로 명언名言이다.

〔原文〕 — 前 92
聲妓가 晚景從良하면 一世之胭花無碍요 貞婦가 白頭失守하면 半生之清苦 俱非하나니라. 語에 云看人只看後半截하라하니 眞名言也로다.

〔解義〕
종량從良의 양良은 양인良人이니 남편이란 뜻이다. 창부娼婦라도 만년에 한 남편을 좇으면 한평생 화류계花柳界 연지분 냄새가 거리낌이 없을 것 이요, 수절守節하던 여자라도 백발의 즈음에 정조를 잃으면 일생의 고 절苦節이 수포로 돌아갈 것이다. 앞의 기생은 처음은 나빴으나 뒤가 좋 으니 좋고, 뒤의 정부貞婦는 처음은 좋았으나 뒤가 나빴으니 나쁘다는 말이다. 그러므로 사람을 보려거든 그의 후반생後半生을 보라는 것이 다. 죽을 때와 곳을 잘 고른 것 하나만으로 일생의 허물도 묻히고 훌륭 한 이름만이 남은 사람이 많다.

55

평민이라도 기꺼이 덕을 심고 은혜를 베풀면 문득 무위無位의 왕공재상
王公宰相이 되고 사부士夫라도 헛되이 권세를 탐내고 총애寵愛를 팔면 마
침내 작위爵位 있는 거지가 된다.

〔原文〕— 前 93

平民도 肯種德施惠하면 便是無位的公相이요 士夫도 徒貪權市寵하면 竟成
有爵的乞人이니라.

〔解義〕

마음 나라에서는 덕德 높은 사람이 가장 높고 권력 자랑하는 놈이 거지
이다. 평민이라도 덕을 쌓고 은혜를 베풀면 이는 곧 지위 없는 왕공재
상王公宰相이요 비록 벼슬 사는 사대부士大夫라도 권력이나 탐내고 총애
나 사고파는 놈은 작위爵位 있는 거지가 된다는 말이다.

56

군자로서 선善을 속인다면 소인小人이 악惡을 마음대로 하는 것과 다름이 없을 것이요, 군자로서 절개節介를 바꾼다면 소인이 잘못을 뉘우치는 것만도 못할 것이다.

〔原文〕— 前 95
君子而詐善은 無異小人之肆惡이요 君子而改節은 不及小人之自新이니라.

〔解義〕
군자가 위선僞善을 행하는 것은 소인이 악을 자행하는 것과 다른 것이 없다. 더구나 군자가 변절變節을 한다면 이것은 소인이 개과천선改過遷善하는 것만도 못하다.

57

역경에 있으면 그 몸의 주위周圍는 모두 약藥이라 모르는 사이에 절조節操와 행실을 닦게 되거니와, 순경順境에 있으면 눈앞이 모두 칼과 창이라 기름을 녹이고 뼈를 깎아도 알지 못한다.

〔原文〕— 前 99
居逆境中하면 周身이 皆鍼砭藥石이라 砥節礪行而不覺하며 處順境內하면
眼前이 盡兵刃戈矛라 銷膏靡骨而不知하나니라.

〔解義〕
사람은 불우할 때 참공부가 된다. 주위에 부닥치는 모든 괴롭고 아프고 서러운 것이 그대로 약석藥石이 되기 때문이니 모르는 동안에 자기를 반성하고 단련하고 온축蘊蓄하고 포부抱負하게 되는 것이다. 그 반면에 좋은 환경에 있으면 타락墮落하기 쉽다. 주위에 있는 모든 즐겁고 달콤하고 반가운 것이 그대로 칼과 창鎗이 되기 때문이니 알지 못하는 사이에 해이해지고 타태惰怠해지며 속이 비고 기절氣節을 잃게 되는 것이다.

58

부귀한 집에 생장生長한 사람은 욕심이 성낸 불길 같고 권세가 사나운
불꽃같다. 만일 조금이라도 맑고 서늘한 기운을 띠지 않으면 그 불꽃
이 남을 태움에 이르지는 않을지라도 반드시 스스로를 태우리라.

〔原文〕— 前100
生長富貴家中的은 嗜欲이 如猛火하며 權勢가 似烈焰하나니 若不帶些清冷
氣味하면 其火焰이 不至焚人이면 必將自爍矣리라.

〔解義〕
부귀가富貴家에 생장生長한 사람은 보고 듣는 것이 안일安逸과 탐욕貪慾과
사치와 권세라 그 기호욕망嗜好慾望이 사나운 불꽃같으니, 만일 물외物外
에 초연超然한 청량清凉의 취미를 조금이라도 지니지 않으면 그 불길은
사람을 상하게 하고 말 것이다. 비록 남을 태우진 않는다 하더라도 반
드시 제 몸은 태우고 말 것이다. 그러므로 부귀한 사람은 그 자손 기르
기를 남달리 애써야 하고 거기서 자라는 사람은 그 불길에 조심하여야
한다.

59

일념一念의 진심은 능히 '5월에 서리를 치게 하고', '울음으로 성城을 함락陷落하며', '금석金石도 능히 뚫을 수 있거니와', 위망僞妄한 사람은 형체만 갖추었을 뿐 참임자는 이미 망한지라 사람을 대하면 얼굴도 밉살스럽고 홀로 있으면 제 모습과 그림자를 대해서도 스스로 부끄러우니라.

〔原文〕— 前 101
人心一眞은 便霜可飛하며 城可隕하며 金石可貫이나 若僞妄之人은 形骸徒具하되 眞宰已亡하여 對人則面目이 可憎이니 獨居則形影이 自媿니라.

〔解義〕
사람의 진심眞心에서 나오는 일념一念은 천지신명天地神明도 감동感動케 하는 힘이 있으니 울음으로써 5월에 서리를 내리게 할 수 있고 견고한 성벽도 무너지게 할 수 있으며 금석金石도 가히 뚫을 수 있다.

'5월에 서리가 오게 한다'는 것은 추연鄒衍의 고사故事이니 《회남자》淮南子에 보면 "연衍이 연왕燕王을 섬기되 충성을 다하다. 좌우에서 이를 참讒하매 왕이 이를 옥獄에 계繫하다. 그가 하늘을 우러러 통곡하니 5월 하늘이 그것으로 인하여 서리를 내리다"라고 한다.

'성城이 무너졌다'는 것은 기양杞梁의 처妻의 고사이니 〈고금주〉古今注에 "기식杞植이 전사戰死하니 그 처 탄嘆하여 가로되 위로 어버이 없고 가운데 지아비 없고 아래로 자손 없으니 산 사람의 고경苦境이 극에 이르렀다 하고 방성장곡放聲長哭하니 그 울음소리에 감동되어 도성都城이 저절로 무너지다. 기양杞梁의 처妻는 드디어 물에 투신하여 죽으니 그 매妹가 그 저姐의 정조貞操를 슬퍼하여 이에 노래를 짓고 노래 이름을 기양처杞梁妻라 하다"라고 하는 것이 그것이다.

'금석金石도 가히 뚫는다'는 말은 주자朱子의 시詩 "양기陽氣의 발發하는 곳 금석金石도 또한 투透하나니 정신이 일도一到에 하사何事를 불성不成이랴"에서 나온 말이다.

그러나 허녕虛佞한 사람은 이와 반대로 사지오체四肢五體만 남과 같지 진심은 이미 망한 지 오래기 때문에 하늘을 감동시키기는커녕 사람을 대하여도 밉상스럽고 홀로 있을 때는 제 모습과 그림자를 대하여도 오히려 부끄러운 것이다. 진실이란 얼마나 고귀한 것이냐.

60

문장을 공부하여 그 구극究極에 이르면 별다른 기奇함이 있는 것이 아니다. 다만 알맞을 뿐이다. 인품을 도야陶冶하여 그 구극究極에 이르면 다른 기奇함이 있는 것이 아니다. 다만 본연本然일 뿐이다.

〔原文〕— 前 102
文章이 做到極處하면 無有他奇오 只是恰好하며 人品이 做到極處하면 無有他異오 只是本然이니라.

〔解義〕
문장 공부를 닦아 그 구극究極에 이르면 별다른 기묘奇妙한 재주가 필요 없음을 알 것이다. 다만 생각과 표현이 알맞으면 그만이기 때문이다. 인품도 수양하여 구경究境에 이르면 이상함이 없는 것이다. 오직 본래자연本來自然 그대로가 최고 경지이기 때문이다.

61

입에 맛있는 음식은 모두 다 창자를 짓무르게 하고 뼈를 썩게 하는 나쁜 약藥이다. 실컷 먹지 말고 오분五分쯤에 멈추면 재앙이 없으리라. 마음에 쾌한 일은 모두 다 몸을 망치고 덕을 잃게 하는 중매仲媒니라. 너무 탐닉耽溺하지 말고 오분五分쯤에 멈추면 뉘우침이 없으리라.

〔原文〕— 前 104

爽口之味는 皆爛腸腐骨之藥이로대 五分이면 便無殃하며 快心之事는 悉敗身喪德之媒로대 五分이면 便無悔니라.

〔解義〕

입에 달콤한 음식과 마음에 즐거운 일은 유혹되기 쉽고 탐닉되기 쉬워서 그 때문에 몸을 망치고 덕德을 상喪하게 하기 일쑤다. 그러나 배부르도록 잔뜩 먹지 않으면 탈이 없을 것이니 매양 이에 조심할 것이다. 맛있는 음식을 조금 먹고 즐거운 일을 반쯤에 그만두기란 쉬운 일이 아니다. 달콤한 음식, 심쾌心快한 일을 임약痲藥이라고 생각하라. 임약은 많이 먹으면 중독되고 몸을 망치지만 조금 쓰면 양약良藥이 되는 경우도 있다.

62

남의 조그만 허물을 꾸짖지 않고, 남의 비밀을 드러내지 않으며, 남의 지난날 잘못을 생각지 말라. 이 세 가지는 가히 써 덕德을 기를지며 또한 해害를 멀리할 것이다.

〔原文〕— 前 105
不責人小過하며 不發人陰私하며 不念人舊惡하면 三者는 可以養德이며 亦可以遠害니라.

〔解義〕
허물 없는 사람이 없으면서도 남의 흉 안 보는 사람도 없다. 남의 조그만 허물을 뒤져내어 꾸짖지 말라. 감추는 일 없는 사람이 없으면서도 남의 비밀 폭로하기 좋아하는 것은 무슨 못된 버릇이랴. 남의 사사로운 일을 뒤집어 내지 말라. 좋은 점이 한구석도 없으면 이 세상에 살 수 없다. 그 사람과 뭔가 좋아서 사귐을 계속하거든 그 사람의 옛날의 잘못을 다시 생각지 말라. 덕德이란 별것이 아니다. 이 세 가지만 지키면 스스로 덕을 심을 뿐 아니라 소인小人의 해害를 멀리할 것이다.

63

선비의 몸가짐은 가벼이 못 한다. 가벼이 하면 외계外界의 사물에 흔들리나니 유한悠閑하고 침착한 맛이 없어진다. 뜻을 쓰되 무거이 하지 말라. 무거우면 내부의 사물에 얽매이리니 시원하고 활발한 작용이 없어진다.

〔原文〕— 前 106

士君子持身不可輕이니 輕則物能撓我하여 而無悠閑鎭定之趣오 用意不可重이니 重則我爲物泥하여 而無瀟洒活潑之機니라.

〔解義〕

선비는 먼저 몸가짐을 신중히 해야 한다. 지신持身을 경솔히 하면 사물에 휘둘려서 안한진중安閑鎭重한 맛이 없을 것이다. 선비는 마음 씀이 항상 청신淸新해야 한다. 용의用意를 너무 무겁게 하면 뜻에 사로잡혀서 서늘하고 활발한 맛이 없기 때문이다.

64

원한이란 덕망德望을 인因하여 나타나나니 그러므로 사람이 나를 덕德으로 여기게 하기보다는 덕과 원怨을 둘 다 잊게 하는 것만 같지 못하며, 원수는 은혜로 인하여 생기나니 그러므로 사람으로 하여금 은혜를 알게 하기보다는 은혜와 구원仇怨을 다 없애는 것만 같지 못하다.

〔原文〕— 前 108

怨因德彰하나니 故로 使人德我로 不若德怨之兩忘이요 仇因恩立하나니 故로 使人知恩으론 不若恩仇之俱泯이니라.

〔解義〕

한쪽이 덕德을 심으면 한쪽에는 원한을 사는 것이 된다. 그러므로 원한은 덕으로 인因하여 나타난다고 하였으니 사람으로 하여금 나를 덕德 있는 사람이라고 고맙게 생각하게 하느니보다는 덕망德望과 원한怨恨 두 가지 다 잊어버리게 하는 것이 좋다. 원수怨讐는 은혜 때문에 생긴다는 말은 원한은 덕으로 인하여 나타난다는 것과 같은 뜻이다.

65

늘어서 나는 병은 이 모두 다 젊었을 때 불러온 것이며 쇠衰한 뒤의 재앙도 이 모두 다 성시盛時에 지은 것이니, 그러므로 '군자는 가장 성盛할 때에 더욱 조심하나니라.'

〔原文〕— 前 109

老來疾病은 都是壯時招的이요 衰後罪孽은 都是盛時作的이니 故로 持盈履滿을 君子尤兢兢焉하나니라.

〔解義〕

허약한 듯하던 사람이 오래 살고 노후에 강강剛强하며 강건强健한 듯하던 사람이 일찍 죽거나 만년에 신병으로 고생하는 일은 세상에서 흔히 보는 일이다. 약하기 때문에 소시부터 양생한 보람으로 깨끗이 늙는 것이요, 튼튼한 것만 믿고 젊을 때 몸을 함부로 쓰다가 늙어서 그 해를 입는 것이다. 건강만이 그런 것이 아니다. 잘살던 사람이 일조에 기울기 시작하여 걷잡을 수 없는 것은 그 까닭이 모두 잘살 때 지은 허물에서 말미암는다. 그러므로 사람은 기운이 왕성할 때나 가운家運이 융창隆昌할 때 가장 조심해야 한다.

66

사은私恩을 파는 것은 공의公議를 도우는 것만 같지 못하며, 새로이 지우知友를 만들기보다는 옛 친구의 정을 두터이 하는 것만 같지 못하다. 드날리는 명성名聲을 세우기보다는 숨은 공덕功德을 심는 것이 더 나으며, 어려운 절의節義를 숭상崇尙하느니보다는 행동에 더러운 허물이 없도록 삼가는 것이 더 낫다.

〔原文〕 — 前 110
市私恩은 不如扶公議요 結新知는 不如敦舊好요 立榮名은 不如種隱德이요
尙奇節은 不如謹庸行이니라.

〔解義〕
사은私恩을 팔아 자기편을 만들면 그때뿐이요 이利붙이가 끝나면 떠나갈 뿐 아니라 도리어 피해를 주기 쉽다. 공론公論을 붙잡고 서서 대의명분을 지키는 것은 만년불패萬年不敗의 길이다. 우정은 묵을수록 좋고 시련은 겪을수록 탄탄해지기 때문에 오랜 벗이라야 피차 그 장점 단점을 알아 그야말로 사랑하면서도 그 단점을 알고 미워하면서도 그 장점을 아는 지기심우知己心友가 될 것이다. 새로 친구를 삼으려면 시일이 걸리고 그 사람이 어떤 사람인지 알기가 어렵다. 영명榮名은 한때뿐이지만 음덕陰德은 오래간다. 뛰어난 일을 하려고 하지 말고 용렬庸劣한 행동이나 삼가는 것이 좋다.

67

쓸쓸한 모습은 무르익은 속에 있고 자라나는 움직임은 스러지는 가운데 있나니, 그러므로 군자는 편안할 때에 마땅히 한마음을 잡음으로써 후환後患을 생각할 것이요, 뒤숭숭한 때에 있으면 마땅히 백 번을 참더라도 일 이룸을 도모圖謀하라.

〔原文〕— 前 117
衰颯的景象은 就在盛滿中하고 發生的機緘은 卽在零落內하나니 故로 君子는 居安하여 宜操一心以慮患하며 處變하여 當堅百忍以圖成이니라.

〔解義〕
무성한 잎을 보고는 소슬한 낙엽을 생각하라. 눈 속에 얼어붙은 풀을 헤치면 봄소식이 먼저 깃드는 법이다. 쓸쓸한 기상氣象은 영락零落한 뒤에 비로소 나타나는 것이 아니라 번성할 때에 깃드는 것이요, 생생한 움직임은 도리어 영락한 속에서 자라기 때문이다. 그러므로 이 이치를 아는 이는 순경順境에 있을 때 한결 조심하여 환난患難을 멀리하며, 역경逆境에서는 백난百難을 견디고 참아서 최후의 성공을 도모하는 것이다.

68

진기한 것을 경탄驚嘆하고 이상한 것을 즐기는 자는 원대한 식견이 없으며, 괴로운 절개를 지키고 세상과 맞서서 홀로 행함은 영구한 지조志操가 아니다.

〔原文〕— 前 118
驚奇喜異者는 無遠大之識하고 苦節獨行者는 非恆久之操니라.

〔解義〕
진기한 것을 경탄驚歎하고 이상한 것을 좋아하는 자는 원대遠大한 견식見識이 없다. 위대한 것은 평범한 법이요, 따라서 우리가 좋아하고 존경해야 할 것은 기묘진이奇妙珍異한 데 있지 않기 때문이다. 괴로운 세상에 절의節義를 지키거나 세상과 등지고 홀로 도를 행함은 훌륭하지 않음이 아니나 이런 일이란 비상한 때에나 빛나는 교훈이 되지 영구히 지킬 수 있는 지조라 할 수 없다.

69

마음이 어둡고 산란할 때엔 '가다듬을 줄' 알아야 하고 마음이 긴장緊張하고 딱딱할 때는 놓아 버릴 줄 알아야 한다. 그렇지 못하면 어두운 마음을 고칠지라도 '흔들리는 마음'에 다시 병들기 쉽다.

〔原文〕 — 前 123

念頭昏散處는 要知提醒하며 念頭喫緊時는 要知放下하라. 不然이면 恐去昏昏之病하고 又來憧憧之擾矣리라.

〔解義〕

제성提醒은 끌어올려 깨어나게 한다는 뜻이니 정신을 차리게 함이요, 동동憧憧은 역易의 함괘咸卦에 나오는 말이니 '뜻을 정하지 못한 마음'이라고 해석한다. 마음이란 어두울 때는 밝게 하고 흐트러질 때는 가다듬으며 딱딱한 곳에서는 부드럽게 하고 팽팽한 자리에는 늦추어야 한다. 그렇지 않고 외곬으로만 가면 답답한 것을 바로잡는다는 것이 흔들리게 되고 흐트러진 것을 가다듬음이 딱딱함에 이르는 첩경이다.

70

사정私情을 이기고 욕념慾念을 억제함에는 그것이 무엇임을 빨리 알지 않으면 눌리는 힘이 쉽지 않다고 하는 이도 있고, 아무리 알았다 해도 참는 힘이 모자란다고 하는 이도 있으니, 대개 지식은 악마를 조파照破하는 한 알 명주明珠요, 의지는 심마心魔를 참살斬殺하는 한 자루 혜검慧劍이라, 두 가지 다 없지 못할 것이니라.

〔原文〕— 前 125
勝私制欲之功은 有曰識不早하면 力不易者며 有曰識得破라도 忍不過者니 蓋識是一顆照魔的明珠요 力是一把斬魔的慧劍이라 兩不可少也니라.

〔解義〕
'사정私情과 욕념慾念을 억제하기 위해서 사욕私慾이 무엇임을 아는 지식이 나으냐 그 사욕을 인내로써 극복하는 의지가 나으냐' 하는 문제는 우리의 생활에 물이 나으냐 불이 나으냐 식의 좋은 토론 제목이다. 의지력을 칼에 비하면 그 칼은 지식의 빛이 없이는 적을 구별하지 못할 것이요, 지식의 빛은 의지의 칼이 없으면 알고도 모르는 체하는 비겁이 있을 뿐이다.

71

사람을 괴롭히는 역경逆境은 호걸豪傑을 단련鍛鍊하는 하나의 도가니와
망치로다. 능히 그 단련을 받으면 몸과 마음이 함께 이로울 것이요, 그
단련을 못 받으면 몸과 마음이 함께 해害를 보리라.

〔原文〕— 前 127
橫逆困窮은 是煉豪傑的一副鑪錘니 能受其煅煉하면 則身心交益하고 不受
其煅煉하면 則身心交損하나니라.

〔解義〕
하늘이 큰일 맡길 때는 반드시 먼저 그 몸을 수고롭게 하고 배를 굶주
리게 한다는 말이 있다. 또 사람은 어지러움을 겪지 않으면 지혜가 밝
아지지 않는다든가, 영웅이 곤궁困窮한 속에서 나온다는 말은 그 근본
된 뜻이 같은 것이다. 재난과 역경이 사람을 단련하여 대성시킨다는
말이다. 만일 이러한 단련을 받지 못하면 몸이 어려움을 감당하지 못
할 것이요, 마음과 지모사려智謀思慮가 다 대임大任을 견디지 못할 것이
다. 그러므로 선비는 곤궁한 것을 부끄러워하지 않으며 또한 남의 앞
에 짐짓 늘어놓지 않는다.

72

청천백일靑天白日 같은 빛나는 절의節義도 본래는 어두운 방 한편 구석에서 길러 온 것이요, 건곤乾坤을 휘두르는 뛰어난 경륜經綸도 실상은 깊은 못에 들듯이 살얼음 밟듯이 조심스레 마련한 재주다.

〔原文〕 — 前 132
靑天白日的節義는 自暗室屋漏中培來하며 旋乾轉坤的經綸은 自臨深履薄處操出하나니라.

〔解義〕
훌륭한 행동과 사업은 모두 다 그 이면에 피어린 고심苦心을 바탕으로 하고 나타난 것임을 알 수 있다. 민족과 국가를 위한 의거義擧 끝에 고귀한 희생으로 순殉한 의열義烈의 사士들을 봐도 그렇다. 그 청천백일靑天白日, 추상열일秋霜烈日 같은 행동은 겉으로는 폭발적이나 그들의 가슴 속에서는 몇십 년을 두고 길러 온 싹이 아니던가. 웅대한 포부도 그렇다. 물가에 가듯이 살얼음 밟듯이 조심스러운 마음, 치밀한 관찰, 명석한 판단이 그 바탕에 있다.

'임심리박'臨深履薄은 《시경》詩經의 '전전긍긍戰戰兢兢 여임심연如臨深淵 여리박빙如履薄氷'에서 온 것이다.

73

'염량炎涼의 변덕'은 부귀한 사람이 빈천한 사람보다 더 심하며, 질투하고 시기하는 마음은 육친肉親이 남보다 더욱 질기다. 이러한 가운데 만약 '냉철한 마음'으로써 당하지 않고 '평정한 기운'으로써 조절하지 않는다면, 날로 번뇌장煩惱障 속에 앉지 않음이 적으리라.

〔原文〕— 前 135
炎涼之態는 富貴更甚於貧賤하며 妬忌之心은 骨肉이 尤狠於外人하나니 此處에 若不當以冷腸하며 御以平氣하면 鮮不日坐煩惱障中矣니라.

〔解義〕
염량炎涼은 염열한량炎熱寒涼이니 인정人情이 때와 자리를 따라 따뜻하기도 하고 차디차기도 한 것을 가리키는 말이다. 이러한 요사스러운 변덕은 가난한 사람보다도 부귀한 사람이 더 심하며 질투하고 시기하는 마음은 남남보다도 골육骨肉이 더 심하다. 빈천貧賤한 사람은 인정의 순박함이 있지만 부귀富貴한 사람은 염량炎涼의 작태가 아니면 그 자리를 못 얻었을 것이 아닌가. 속담에 사촌이 논을 사면 배 아프다는 말도 있다. 이 염량炎涼과 투기妬忌에는 오직 냉정한 사려思慮와 평순平順한 기운으로써 대하지 않으면 안 된다. 흥분하고 과격하면 반드시 뉘우칠 일을 저지르거나 스스로의 마음이 번거로워지리라.

74

덕德은 재주의 주인이요, 재주는 덕德의 종이다. 재주는 있어도 덕德이
없으면, 집에 주인 없고 종이 용사用事함과 같으니 어찌 도깨비가 놀아
나지 않으리요.

〔原文〕 — 前 139
德者는 才之主요 才者는 德之奴니 有才無德이면 如家無主而奴用事矣라 幾
何不魍魎而猖狂이리오.

〔解義〕
재주가 많은 사람은 가볍기가 첩경 쉽다. 덕德이 없으면 그까짓 재주만
가진 것이 무슨 대수란 말인가. 재승덕박才勝德薄이란 말은 칭찬보다 조
소嘲笑가 많이 들어 있는 말이다. 덕德이 있어도 재주를 못 가지면 이는
천진天眞이니 높기는 높아도 바보의 경지境地다. 재덕才德을 겸비하기란
얼마나 어려운 일인가. 덕이 없고 재주가 그 자리에 앉으면 그 집은 이
내 망하게 될 것이다.

75

군자는 마땅히 '슬기로운 눈'을 깨끗이 닦을 것이요, 삼가 '굳은 마음'을 가볍게 움직이지 말지니라.

〔原文〕— 前 144
君子는 宜淨拭冷眼이요 愼勿輕動剛腸이니라.

〔解義〕
군자君子는 감정에 휘둘려서 충혈된 눈으로 사물을 봐서는 안 된다. 깨끗이 눈을 닦고 냉정한 마음으로 봐야 하는 것이다. 군자는 의지에 사로잡혀서 철석같은 심장으로만 사물을 대해서는 안 된다. 항상 기氣를 평순平順히 하고 확고한 마음을 가벼이 드러내지 말아야 한다.

76

덕德은 도량度量을 따라서 늘어가고 도량은 식견識見으로 말미암아 커간다. 그러므로 그 덕德을 두터이 하고자 하면 그 도량을 넓혀야 하고, 그 도량을 넓히고자 하면 그 식견을 크게 해야 한다.

〔原文〕— 前 145
德隨量進하며 量由識長하나니 故로 欲厚其德인댄 不可不弘其量이라, 欲弘其量인댄 不可不大其識이니라.

〔解義〕
지식이 깊어야 수양이 높아지며 수양이 높아야 인격이 은은한 향기를 지닌다. 마찬가지로 식견을 넓힘으로써 도량이 커지고 도량이 커짐에 따라서 덕德이 높아 간다. 지식으로써 교양이 높아지지만 많이 아는 것만으로 교양은 서지를 않는다. 그 지식이 하나의 체계를 가지고 자기를 율律할 수 있어야 비로소 교양이라 할 수 있다. 도량이 또한 그러하다.

77

저를 반성하는 이는 닥치는 일마다 이^利로운 약석^{藥石}을 이루거니와 남을 허물하는 이는 생각이 움직일 때마다 스스로를 해^害하는 창과 칼이 된다. 앞의 것은 선행의 길을 열고 뒤의 것은 악사^{惡事}의 근원이 되나니 이 두 가지 사이가 하늘과 땅 사이다.

〔原文〕— 前 147
反己者는 觸事에 皆成藥石하며 尤人者는 動念하면 卽是戈矛니 一以闢衆善之路하며 一以濬諸惡之源이라 相去霄壤이니라.

〔解義〕
항상 자기를 반성하는 사람은 매사에 큰 공부가 된다. 허물을 자기에게 돌려 뉘우치고 바로잡으면 어찌 모든 것이 저를 위한 약^藥이 되지 않으리요. 제 허물은 모르고 남만 원망하고 꾸짖는 사람은 일마다 제 손으로 실패의 길을 닦는다. 허물을 남에게 돌림은 겉으로 한때는 편할지 모르지만 알고 보면 제 몸을 함부로 찌르는 창이요 칼이다. 선^善을 여는 길과 악^惡을 여는 길은 이렇게 하늘과 땅처럼 서로 멀다.

78

사업과 문장은 몸을 따라 사라지되 정신은 만고에 항상 새로우며, 공
명功名과 부귀는 세상과 함께 옮겨 바뀌건만 기절氣節은 천재千載가 하루
같다. 군자는 진실로 마땅히 저것으로 이것을 바꾸지 말지니라.

〔原文〕 — 前 148
事業文章은 隨身銷毀하되 而精神은 萬古如新하며 功名富貴는 逐世轉移하
되 而氣節은 千載一日하나니 君子는 信不當以彼易此也니라.

〔解義〕
좋은 글 좋은 사업이 만고萬古에 항상 새로운 것은 그 정신이 길이 살아
사람을 움직이는 까닭이니 고귀한 정신이 없으면 일체一切의 사업事業
문장文章도 몸과 함께 죽어서 사라진다. 부귀와 공명은 때를 따라 돌고
돌지만 오직 기절氣節만은 천년이 하루 같다. 군자가 어찌 만고萬古의
새로움을 버리고 한때의 환락을 취하며, 천년을 일관하는 자를 때에
따라 바뀌는 무상無常한 자와 바꾸리요.

79

사람됨에 한 점點의 참다운 생각이 없으면 이는 곧 인형이니 일마다 헛되리라. 세상 건넘에 일단一段의 원활한 맛이 없으면 이는 곧 장승이라, 곳곳마다 거리낌이 있으리라.

〔原文〕 — 前 150

作人에 無點眞懇念頭하면 便成個花子하여 事事皆虛하며 涉世에 無段圓活機趣하면 便是個木人이라 處處有碍니라.

〔解義〕

사람으로서 일점一點의 진지한 마음이 없다면 그것은 하나의 인형과 같으니 그런 것들이 하는 언동은 다 허망하여 믿을 것이 못 된다. 세상을 살아가는 데 한 조각의 원전활달圓轉活達한 기지機智가 없으면 이는 곧 나무로 만든 사람이라, 가는 곳마다 장애가 있을 것이다.

80

절의節義는 '청운靑雲의 자리'라도 내려 볼 만하고 문장文章은 '백설白雪의 곡曲'보다 높을지라도 만약 그것이 덕성德性으로 도야陶冶된 것이 아니면, 이는 마침내 혈기血氣의 사행私行과 기예技藝의 말末이 되고 마느니라.

〔原文〕— 前 154
節義傲靑雲하며 文章이 高白雪이라도 若不以德性陶鎔之면 終爲血氣之私요 技能之末이니라.

〔解義〕
청운靑雲은 여러 가지 뜻이 있으나 여기서는 고위高位 고관高官의 자리를 지칭한다. 백설은 시사詩詞의 이취理趣가 높은 것을 말함이니 문선文選에 실린 송옥宋玉의 〈대초왕문〉對楚王問 중에서 나온 것이다. "객客이 야중野中에서 노래하는 자 있으니 그 처음은 하리파인下里巴人이라 한다. 국중國中에 속하여 화창和唱하는 자 수천인, 그 양아해로陽阿薤露를 이루자 국중에 속하여 화창하는 자 수백인, 그 양춘백설陽春白雪을 부르자 국중에 속하여 화창하는 자 수십인, 상商을 인引하고 우羽를 각刻하여 유징流徵을 섞으매 국중에 속하여 화창하는 자 수인일 뿐, 이는 그 곡曲이 더 높을수록 그 화창하는 자 더욱 적어짐이라"가 그것이다.

절의節義는 고관高官을 깔보고 문장文章은 백설의 곡曲보다 높아도 그것이 도덕道德의 도가니에서 망치로 십분단련十分鍛煉된 뒤의 것이 아니면,

294

이는 혈기의 사행私行, 기예技藝의 말기末技에 지나지 않는다. 도용陶鎔은
도주陶鑄와 같은 뜻이니 녹이고 두드리고 부어서 깎아 내는 것을 이른다.

81

덕德은 사업事業의 기초基礎니, 기초가 견고堅固하지 않고서 그 집이 오래가는 법이 없다.

〔原文〕— 前 158
德者는 事業之基니 未有基不固而棟宇堅久者니라.

〔解義〕
터가 견고堅固하지 않고 그 위에 짓는 집이 오래갈 수 없다. 이내 기울고 일그러지고 엎어지기 마련이다. 덕德은 사업事業의 터전이니 덕을 닦아서 그 터를 굳게 하지 않으면 그 위에 세우는 어떠한 사업도 오래가지를 못할 것이다.

82

마음은 자손子孫의 뿌리다. 뿌리를 심지 않고 가지와 잎이 무성한 자者
없다.

〔原文〕 — 前 159

心者는 後裔之根이니 未有根不植而枝葉榮茂者니라.

〔解義〕

마음을 바로 쓰라. 이는 후예자손後裔子孫의 뿌리가 되기 때문이다. 뿌
리를 옳고 바르게 박지 않고 가지와 잎이 무성할 수 없듯이 마음을 바
로 쓰지 않고 자손이 번영할 수가 없다. 덕을 쌓은 집에는 반드시 뒷날
의 경사가 있고 악惡을 쌓은 집에는 반드시 재앙이 있다는 말이 모두 이
와 같은 뜻이다.

83

사람을 믿는다는 것은 사람이 반드시 모두 성실하지 못할지라도 저만은 홀로 성실하기 때문이요, 사람을 의심한다는 것은 사람이 반드시모두 속이는 게 아닐지라도 저는 먼저 속이기 때문이다.

〔原文〕— 前 162

信人者는 人未必盡誠이나 己則獨誠矣요 疑人者는 人未必皆詐나 己則先詐矣니라.

〔解義〕

남을 믿는 사람은 먼저 제 자신을 믿나니, 제 마음 믿어 남의 마음이라 남이야 모두 참되지 않아도 저는 홀로 참된 까닭이다. 남을 의심하는 사람은 제 자신을 속이나니 제 마음 짚어 남의 마음이라, 남이야 반드시 거짓 아니어도 제 마음에 거짓이 있기 때문이다. 저를 믿기는 어려워도 남을 믿기는 쉬우며 남을 속이기는 쉬워도 저 자신을 속이기는 어려운 법이다.

84

생각이 너그럽고 두터운 사람은 봄바람이 만물을 따뜻하게 기르는 것과 같으니 모든 것이 이를 만나면 살아난다. 생각이 각박하고 냉혹한 사람은 삭북朔北의 한설寒雪이 모든 것을 얼게 함과 같아서 만물이 이를 만나면 곧 죽게 된다.

〔原文〕— 前 163

念頭寬厚的은 如春風煦育하여 萬物이 遭之而生하며 念頭忌刻的은 如朔雪陰凝하여 萬物이 遭之而死하나니라.

〔解義〕

마음이 너그럽고 두터우면 마치 봄바람이 만물萬物을 화육化育함과 같다. 그 마음을 만나면 모든 것이 살아날 것이다. 마음이 각박刻薄하면 흡사 북풍한설北風寒雪이 만물을 얼어붙게 함과 같다. 그 마음을 만나면 모든 것이 죽게 될 것이다.

85

착한 일 하여 그 이익을 보지 않음은 마치 풀 속에 난 동과冬瓜와 같으니 모르는 중에 절로 자라고, 몹쓸 일 하고도 그 손해를 보지 않음은 뜰 앞의 봄눈과 같아서 반드시 모르는 가운데 녹게 된다.

〔原文〕— 前 164
爲善에 不見其益은 如草裡冬瓜하여 自應暗長하며 爲惡에 不見其損은 如庭前春雪하여 當必潛消니라.

〔解義〕
선善을 행하여 그 이익을 보지 못하여도 이는 그 숨은 덕德이 쌓임이니 마치 풀 속에 동과가 모르는 동안에 자라는 것과 같다. 악惡을 행하여 그 손해를 보지 않아도 이는 숨은 재앙이 됨이니 흡사 뜰 앞의 봄눈이 모르는 동안에 녹아지는 것과 같다.

86

남의 허물은 마땅히 용서할 것이로되 자기의 허물은 용서하지 못할 것
이요, 나의 곤욕困辱은 마땅히 참을 것이로되 남의 곤욕은 참지 못할지
니라.

〔原文〕— 前 168

人之過誤는 宜恕하되 而在己則不可恕하며 己之困辱은 當忍하되 而在人則
不可忍이니라.

〔解義〕

남의 허물에 대해서는 관대해야 하나니 대단치 않은 것은 모르는 체하
고 알아도 용서해 주는 것이 좋지만, 자기의 과오過誤에 대해서는 결코
관대해서는 안 된다. 사소한 것이라도 엄중히 반성하여 다시 그런 일
을 되풀이하지 않도록 하지 않으면 안 된다. 자기의 곤욕은 마땅히 참
고 견디어야 하지만 남의 곤욕에 대해서는 결코 그냥 지나쳐서는 안 된
다. 내 몸이 어려움을 무릅쓰고 구원의 손길을 뻗쳐 줘야 한다.

　곤욕困辱은 곤궁困窮과 굴욕屈辱을 이름이다.

87

내가 귀貴하여 사람들이 받듦은 '높은 관冠과 큰 띠'를 받듦이요, 내가
천賤하여 사람이 업신여김은 '베옷과 짚신'을 업신여김이라, 그렇다면
본디 나를 받든 것이 아니니 내 어이 기쁨으로 삼으리요. 본디 나를 업
신여김이 아니니 내 어찌 성내리요.

〔原文〕— 前 172
我貴而人奉之는 奉此峩冠大帶也오 我賤而人侮之는 侮此布衣草履也니 然
則原非奉我라 我胡爲喜하며 原非侮我라 我胡爲怒리오.

〔解義〕
내가 높은 자리에 있을 때 사람들이 받드는 것은 나를 받듦이 아니요,
나의 높은 관冠과 큰 띠, 곧 지위를 받듦이니 내 어찌 이로써 기쁨을 삼
으리요. 내가 가난하고 천하매 사람들이 깔보는 것은 나를 깔봄이 아
니요 나의 포의布衣와 짚신을 깔봄이니 내 어찌 이로써 노여워하리요.

88

한 생각 자상스런 마음은 가히 써 천지간의 화기和氣를 빚을 것이요, 촌심寸心의 결백潔白은 가히 써 맑고 향기로운 이름을 백대百代에 밝히 드리우리라.

〔原文〕— 前 180

一念慈祥하면 可以醞釀兩間和氣하며 寸心潔白하면 可以昭垂百代淸芬하나니라.

〔解義〕

한 생각 자비로운 마음은 가히 천지간天地間의 화기和氣를 기른다 하니 하물며 사람과 사람 사이야 말할 것도 없다. 마음만 결백하면 백대의 뒤에까지도 청향淸香을 풍긴다 하니 하물며 그 당대에는 어떨 것이랴. 자비慈悲와 결백潔白 이 두 가지를 두고 사람살이의 마음의 보배는 다시 없을 것이다.

89

공업功業을 뽐내고 문장文章을 자랑함은 이 모두가 외물外物에 기대어 이루어진 사람이다. 마음 바탕이 절로 밝아 근본을 잃지 않으면, 비록 작은 공功이 없고 한 자 글을 모를지라도 절로 당당한 사람이 되는 것이다.

〔原文〕— 前 183
誇逞功業하며 炫燿文章은 皆是靠外物做人이라 不知心體瑩然하되 本來不失하면 卽無寸功隻字라도 亦自有堂堂正正做處人이니라.

〔解義〕
공업功業을 자랑하고 문장文章을 뽐내는 것은 이 모두 다 외물外物로써 저를 만든 것에 지나지 않는다. 본디 마음은 밝아서 흐리지 않나니 그 마음을 잃지 않으면 비록 조그마한 공업功業이 없고 글자 한 자를 몰라도 정정당당한 훌륭한 사람인 것이다. 공업을 자랑하고 문장을 뽐내는 사람은 이 소식消息을 모른다.

90

수양修養은 마땅히 '백련百煉의 금金'과 같이 하라. 손쉽게 이룬 것은 깊은 수양이 아니다. 실행實行은 마땅히 '천균千鈞의 노弩'와 같이 하라. 가벼이 쏘는 자는 큰 공功이 아니다.

〔原文〕— 前 191

磨礪는 當如百煉之金이니 急就者는 非邃養하며 施爲는 宜似千鈞之弩이니 輕發者는 無宏功이니라.

〔解義〕

수양修養은 오래고 깊을수록 좋다. 많이 단련해야 하나니 갑자기 이룬 자는 깊은 수양이라 할 수 없다. 거사擧事는 마땅히 힘을 기르고 과녁을 바로 겨눈 다음에 해야 한다. 천균千鈞의 쇠노를 다루듯이 혼신의 힘을 다하지 않고 가벼이 쏘는 자는 큰 공을 이루지 못하는 법이다.

91

이利붙이를 좋아하는 자는 도의道義의 밖에 벗어나므로 그 해害가 나타나지만 얕고, 명성名聲을 즐기는 자는 도의道義의 안에 숨어들므로 그 해害가 보이진 않으나 깊은 법이다.

〔原文〕— 前 193
好利者는 逸出於道義之外하여 其害顯而淺하나 好名者는 竄入於道義之中하니 其害隱而深하니라.

〔解義〕
재리財利를 좇아 광분狂奔하는 소인小人은 애초부터 도의道義의 밖에 벗어나 공공연히 불의不義의 짓을 하기 때문에 그 해독害毒은 바깥에 나타날 뿐 아니라 또한 얕지만 명리名利를 즐기는 거짓 군자는 처음부터 도의道義의 안에 숨어서 암암리에 불의를 범하기 때문에 그 해독害毒은 숨겨짐으로써 더욱 깊어진다.

92

참언讒言하고 욕하는 사람은 조각구름이 햇빛을 가림과 같으니 오래지
않아 절로 밝아진다. 아양 떨고 아첨하는 사람은 틈바람이 살결을 스
며듦과 같아 그 손損을 깨닫지 못한다.

〔原文〕— 前 195

讒夫毁士는 如寸雲蔽日하여 不久自明하며 媚子阿人은 似隙風侵肌하여 不
覺其損이니라.

〔解義〕

참언讒言하고 험구險口하는 사람을 너무 근심하지 말라. 터무니없는 말
은 조각구름이 햇빛을 가리는 것과 같으니 오래지 않아 절로 밝아지리
라. 아유阿諛하고 살살거리는 사람을 아주 경계하라. 귀에 달콤한 말은
마치 바늘구멍으로 황소바람이 들어오듯이 창틈으로 새어 드는 바람이
살에 스며들어 감기 들기 쉽다. 모르는 동안에 너의 덕성德性이 아첨 때
문에 손損을 보리라.

93

산이 높고 험한 곳은 나무가 없으나 골짜기 감도는 곳엔 초목이 총생叢
生한다. 물살이 급한 곳은 고기가 없건마는 못물이 고이면 어별魚鼈이
모여든다. 이로써 보면 너무 고상한 행동과 급격한 마음이란 군자가
깊이 경계할 바이다.

〔原文〕― 前 196
山之高峻處엔 無木이로되 而谿谷廻環則草木이 叢生하며 水之湍急處엔 無
魚로되 而淵潭停蓄則魚鼈이 聚集하나니 此高絶之行과 褊急之衷은 君子는
重有戒焉하라.

〔解義〕
절개節介는 자칫하면 거만倨傲해지기 쉽고 강직剛直은 자칫하면 과격하
기 쉽다. 깨끗함을 지키면서 능히 속세를 따뜻이 교화하고 곧음을 지
키면서 능히 관대함이 좋다. 산이 너무 높고 험하면 잘 살지 못하지만
골짜기가 감돌고 포근하면 초목이 다욱히 자라지 않는가. 물도 여울이
너무 급하면 고기가 적지만 깊은 못물에 어별魚鼈이 살지 않는가. 그러
므로 군자는 너무 고고孤高한 행동과 과격過激한 감정을 경계한다.

94

공功을 세우고 업業을 이루는 사람은 허심원만虛心圓滿의 사람에 많고, 일에 패敗하고 기機를 잃는 사람은 반드시 집착강정執著剛情의 사람이다.

〔原文〕— 前 197
建功立業者는 多虛圓之士하며 僨事失機者는 必執拗之人이니라.

〔解義〕
욕심慾心이 마음눈을 흐리게 하고 허심虛心이 마음눈을 열어 준다. 그러므로 큰 공과 큰 사업을 성취하는 사람은 대개 사욕私慾이 없고 오직 허심虛心하여 원전활탈圓轉活脫의 재才를 가진 사람이다. 사업에 실패하고 좋은 기회를 놓치는 사람은 모두 반드시 허욕虛慾이 앞을 가리고 염치 없이 덤비는 자임을 알 것이다.

95

하루해가 벌써 저물었으되 오히려 노을이 아름답고 한 해가 장차 저물려 해도 귤 향기가 더욱 꽃다웁다. 이러므로, 일생의 말로末路인 만년晩年은 군자가 마땅히 정신을 다시 백배百倍할 때이다.

〔原文〕— 前 199

日旣暮而猶烟霞絢爛하며 歲將晩而更橙橘芳馨하나니 故로 末路晩年을 君子更宜精神百倍니라.

〔解義〕

인생의 황혼黃昏, 인생의 가을을 아름답게 장식하고 뜻있게 누리려면 젊었을 때 미리 준비가 있어야 하지만 사람은 다른 것과 달라 만년의 좋은 사업과 훌륭한 죽음으로써 무위의 일생을 돌려서 광망光芒의 일생으로 만들 수도 있다. 그러므로 군자는 말로만년末路晩年을 위하여 그 정신을 마땅히 평상平常의 백배百倍를 기울여야 할 것이다. 해 진 뒤에 그늘의 아름다움, 잎 진 뒤 귤의 향기로움, 노년의 미美를 여기서 배울 수 있다.

96

매는 선 것이 조는 것 같고 범의 걸음은 병든 것 같으니 바로 이것이 저가 사람을 움켜잡고 사람을 무는 수단이다. 그러므로 군자는 총명을 나타내지 말며 재주 빛남을 뚜렷이 하지 말아야 하나니 이것이 큰일을 두 어깨에 멜 역량力量이 된다.

〔原文〕— 前 200

鷹立如睡하며 虎行似病은 正是他攫人噬人手段處니 故로 君子는 要聰明不露하며 才華不逞이라야 纔有肩鴻任鉅的力量하리라.

〔解義〕

매는 서 있을 때 꼭 자는 놈처럼 멍하니 서 있지만 뱀이 꼬리로 그 발을 감으면 모른 척하고 있다가 다 감고 나서 뱀이 머리를 들고 덤빌 때 다른 한쪽 발로 번개같이 움켜잡고 구만리장천九萬里長天에 날아오른다. 범이 병든 놈처럼 힘없이 걷는 것은 가랑잎을 밟는 소리조차 내지 않기 위함이나 비호飛虎의 날램이 이 힘없는 듯한 발걸음에 있는 것이다. 그러므로 군자는 총명을 드러내지 않으며 재주를 자랑하지 않나니, 이래야만 겨우 거대한 책임을 질 수 있는 것이다.

97

뜻대로 안 되는 일을 근심하지 말며, 마음에 쾌快한 일을 기뻐하지 말라. 오랫동안 무사함을 믿지 말며, 처음 맞는 어려움을 꺼리지 말라.

〔原文〕 ― 前 202

母憂拂意하며 母喜快心하며 母恃久安하며 母憚初難하라.

〔解義〕

뜻대로 안 된다 하여 걱정하지 말라. 정성만 다하면 언제든지 반드시 성공할 날이 있을 것이다. 마음이 쾌快하다고 기뻐하지 말라. 그 마음이 실패의 싹이니 즐거움이야 몇 날을 갈 것이랴. 오랫동안 무사하다고 너무 믿지 말라. 언제 이변이 생겨 당황할 때가 오지 않는다고 장담할 수가 없지 않은가. 일을 시작함에 있어 처음 부닥치는 난관에 겁을 먹고 주저앉지 말라. 그 난관만 돌파하면 뒤는 의외로 쉬워지는 법이다.

98

세상 사람은 마음에 맞는 것으로 즐거움을 삼는지라, 도리어 즐거운 마음에 이끌려 괴로운 곳에 있거니와, 통달한 선비는 마음과 어긋나는 것으로 즐거움을 삼는지라, 마침내 괴로운 마음 때문에 즐거움을 바꾸어 온다.

〔原文〕— 前 204
世人은 以心肯處爲樂하여 却被樂心引在苦處하며 達士는 以心拂處爲樂하여 終爲苦心換得樂來하나니라.

〔解義〕
세상 사람은 마음이 맞는 것, 즉 욕정欲情이 만족할 수 있는 것으로써 즐거움을 삼기 때문에 즐거움을 찾으려고 마음이 도리어 괴로운 곳에 매여 있지만, 통달한 선비는 마음과 어긋나는 것, 즉 욕정이 만족할 수 없는 것으로써 낙樂을 삼기 때문에 마침내 괴로운 마음이 즐거움을 바꾸어 온다. 행복을 찾으면 찾는 마음이 괴롭고 고심苦心을 벗하면 벗하는 그 마음이 즐거워진다는 말이다.

99

가득 차 있는 이는 물이 장차 넘으려 하여 아직 넘치지 않음과 같으니
한 방울 물이라도 더하는 것을 꺼린다. 위태하고 급한 곳에 있는 이는
나무가 장차 꺾이려 하면서 아직 꺾이지 않음과 같으니 조금이라도 더
눌리는 것을 아주 싫어한다.

〔原文〕─ 前 205
居盈滿者는 如水之將溢未溢하여 切忌再加一滴하며, 處危急者는 如木之
將折未折하여 切忌再加一搦이니라.

〔解義〕
가득 찬 자리에 있는 사람은 마치 물이 장차 넘으려 하여 아직 넘치지
않음과 같으니 만일 거기에다 한 방울만 더해도 곧 물이 넘을 지경이므
로 한 방울 물도 더하는 것을 싫어한다. 위태로운 자리에 있는 사람은
흡사 나무가 꺾어지려 하면서 아직 꺾어지지 않음과 같으니 만일 조금
이라도 그것을 휘이면 당장 꺾어지고 말 것이니 손대는 것을 아주 두려
워한다. 가득 차고 위태한 자리에 있음은 이같이 위험하니 군자 어찌
그 위태한 자리를 미리 막지 않아서 되랴.

100

성질이 조급하고 마음이 거친 자는 한 가지 일도 이룰 수 없거니와, 마음이 화평하고 기상이 평순平順한 이는 백복百福이 절로 모이게 된다.

〔原文〕— 前 209
性燥心粗者는 一事無成하며 心和氣平者는 百福自集하나니라.

〔解義〕
성질이 조급하면 당황하기 쉽고 마음이 소홀하면 엄밀하지 못한 법이니 당황하고 소홀하고서 어찌 일의 성취를 바랄 수 있으랴. 심기心氣가 화평하면 침착하고 신중하여 용의가 주도하여 일의 선후를 헤아릴 줄 알기 때문에 실패하는 일이 적을 뿐 아니라 백복百福을 모으는 바탕을 이룬다.

101

어린이는 어른의 싹이요, '수재'秀才는 사부士夫의 알이니, 이때 만일 화력火力이 모자라고 단련이 서투르면 뒷날 세상에 나아가 조정朝廷에 설 때 마침내 훌륭한 그릇 이루기가 어려우리라.

〔原文〕— 前 222

子弟者는 大人之胚胎요 秀才者는 士夫之胚胎니 此時에 若火力不到하여 陶鑄不純하면 他日에 涉世立朝하여 終難成個令器니라.

〔解義〕

어릴 때의 훈육薰育은 일생一生에 가장 중요한 시기이다. 이때에 단련하여 틀을 바로잡고 탁마琢磨하지 않으면 뒷날 사회인으로서 처세處世의 자리나 조정朝廷에 서서 벼슬자리에 있을 때 훌륭한 그릇이 될 수 없을 것이다. 다 큰 뒤에 자리에 앉은 다음에는 고치려야 고칠 수 없고 다시 도주陶鑄하려야 이미 때가 지난 뒤라 어쩔 수 없는 것이다.

'수재'秀才는 중국에서 과거科擧에 급제한 사람을 부르는 말이요, '영기'令器는 훌륭한 그릇이다.

102

앞을 다투는 길은 좁으니 한 걸음을 뒤로 물러서면 절로 한 걸음이 넓어진다. 곱고 진한 재미는 짧으니 일분一分을 맑고 담백淡白하게 하면 절로 일분一分이 유장悠長해진다.

〔原文〕 — 後 25
爭先的徑路는 窄하나니 退後一步하면 自寬平一步하여 濃艷的滋味는 短하나니 淸淡一分하면 自悠長一分하나니라.

〔解義〕
모든 사람이 앞을 다투는 길은 매우 좁다. 제각기 공명이익功名利益을 먼저 잡으려 하니 그 길이 어찌 혼란하지 않으리요. 이런 때는 한 걸음만 처져서 남보다 늦게 가면 그만큼 길이 넓어져서 밀지도 밀리지도 않고 편하게 갈 수 있다. 달콤한 맛은 한때뿐이다. 너무 달면 곧 싫어지지만 청담淸淡한 것은 어느 때나 싫어지는 법이 없다. 그러므로 일분一分을 담박淡泊하게 하면 그 일분一分만은 오래도록 맛볼 수 있는 것이다. 명리名利의 맛도 남보다 약간 덜 단 것을 취하여 그 맑음을 길이 지켜야 한다.

103

바쁠 때 자기의 성정(性情)을 어지럽히지 않으려면 모름지기 한가한 때에 심신(心神)을 맑게 기를 것이요, 죽을 때 마음이 흔들리지 않으려면 모름지기 생시(生時)에 사물의 진상(眞相)을 간파해야 할 것이다.

〔原文〕— 後 26

忙處에 不亂性인댄 須閒處에 心神을 養得淸하며 死時에 不動心인댄 須生時에 事物을 看得破하라.

〔解義〕

일 많고 바쁜 때에 자기의 본성을 어지럽히는 일이 없고자 하거든 모름지기 여유 있고 한가할 때 수양하여 청정(淸淨)한 기운을 기름으로써 혼미(昏迷)에 대비하라. 죽을 때를 당하여 마음이 조금도 흔들리지 않고 안심하고 죽는 것을 원하거든 모름지기 평소에 사물의 진상(眞相)을 간파하여 두지 않으면 안 된다.

104

엎드림이 오랜 새는 나는 것이 반드시 높고, 먼저 핀 꽃은 지는 것도 또
한 빠르다. 이를 알면 발 잘못 디딜 근심이 없을 것이요, 조급한 마음
이 사라지리라.

〔原文〕— 後 76
伏久者는 飛必高하며 開先者는 謝獨早하나니 知此하면 可以免蹭蹬之憂하며
可以消躁急之念하니라.

〔解義〕
엎드려 있기를 오래한 매나 독수리 같은 새는 그동안에 힘을 충분히 길
렀기 때문에 날면 반드시 높이 날고, 일찍이 핀 꽃은 지기도 남 먼저 한
다. 이 이치를 알면 불우한 한탄과 초조한 마음이 사라질 것이다.

105

나무는 가을 되어 뿌리만 남은 뒤라야 꽃 피던 가지 무성하던 잎새가
다 헛된 영화榮華였음을 알 것이요, 사람은 죽어서 관棺 뚜껑 닫음에 이
르러야 자손과 재화財貨가 쓸데없음을 아는도다.

〔原文〕— 後 77
樹木은 至歸根而後에 知華萼枝葉之徒榮하며 人事는 至蓋棺而後에 知子女
玉帛之無益이니라.

〔解義〕
가을이 되어 나뭇잎은 다 떨어지고 줄기만 남았을 때에 비로소 봄여름
두 철을 그처럼 무성하던 꽃이나 잎새가 한갓 헛된 영화에 지나지 않음
을 알 것이요, 사람도 죽어 관棺 뚜껑에 못을 쩡쩡 친 다음에 비로소 사
랑하는 자녀와 옥백玉帛의 재보財寶도 다 쓸 곳 없는 줄을 안다. 잎이 있
을 때 그 가을을 보고, 살아 있는 때 마땅히 관棺 뚜껑 속의 일을 생각하
고 알아야 할 것이 아닌가.

涉世篇

1

'세상 물결에 부대낌이 얕으면' 그 더러움에 물듦도 또한 얕을 것이요, '세상일을 겪음이 깊으면 그 속임수의 재주'도 또한 깊어질 것이니, 이러므로 군자는 '능란'能爛한 것이 '질박'質朴함만 같지 못하고 '곡진'曲盡한 것이 '소탈'疎脫함만 같지 못하다.

〔原文〕— 前 2
涉世淺하면 點染도 亦淺하며 歷事深하면 機械도 亦深이라 故로 君子는 與其練達론 不若朴魯하며 與其曲謹으론 不若疎狂이니라.

〔解義〕
세상살이에 시달리지 않은 이는 세상의 악습惡習에 물들기도 덜하여 그만큼 천진난만하지만, 별별 일을 다 경험한 사람은 영리한 꾀가 늘어 권모술수權謀術數만 쓰려 한다. 세상의 더러움에 물들지 않은 이는 비록 어리석으나 그 인품이 질박質朴하고 착하지만 세상일에 경험 많은 사람은 비록 똑똑하며 쓸모가 있다 하나 인품이 간교하고 악기惡氣가 있다. 그러므로 군자는 어리숙하고 질박質朴하고 정직한 것을 취할지언정 약삭빠르고 매끄럽고 능란한 것을 취하지 않는다. 지나치게 겸손하고 공손한 것도 남의 이목을 속이는 능란함에서 오는 것이니 군자는 차라리 세상일에 소활疎闊하여 꾀죄죄한 형식에 매이지 않는다. 세사世事에 거리낌이 없는 소광疎狂이 도리어 과공過恭의 비례非禮보다 낫다는 말이다.

2

군자의 마음 바탕이여, 하늘 푸르고 날빛이 흼과 같도다. 사람으로 하여금 모르게 하여서는 안 되느니. 군자의 재주여, 옥이 바위에 싸이고 구슬이 바다 속에 잠김과 같도다. 사람으로 하여금 쉬이 알게 하여서는 못쓰느니.

〔原文〕— 前 3
君子之心事는 天靑日白하여 不可使人不知요 君子之才華는 玉韞珠藏하여
不可使人易知니라.

〔解義〕
군자의 마음은 항상 청천백일靑天白日과 같이 한 점의 구름에도 가리어지지 않아야 한다. 마음이 이미 공명정대한지라 간담을 헤쳐 놓으면 사람이 무엇을 다시 의심할 것인가. 마음을 마땅히 사람으로 하여금 알지 못하게 하지 말라는 말이 바로 이 뜻이다. 그러나 재주는 이와 반대로 감춰야 하는 법이다. 구슬이 광석鑛石 중에 묻히어 보이지 않는 것과 같은 것이 좋다. 재주가 높되 깊이 감추어 둘 뿐 세상에 드날리고 시장에 팔지 않는 것이 참재주란 말이다. 감추어 놓은 재주는 그대로 덕이 되어 모르는 사이에 사람을 교화하는 까닭이다. 소인小人은 제 마음을 내어 보이는 법이 없으면서도 옅은 재주는 남에게 자랑하려 애쓴다. 그러므로 소인은 사귀면 사귈수록 싫어지고 모르는 동안에 해독을 입는다. 이로써 군자와 소인의 근본적인 차이를 알 것이다.

3

권세와 명리의 번화함은 가까이하지 않는 이가 깨끗하고, 가까이할지
라도 물들지 않는 이가 더욱 깨끗하다. 권모와 술수는 모르는 이를 높
다고 하나 알아도 쓰지 않는 이를 더욱 높다 할 것이다.

〔原文〕— 前 10

勢利紛華는 不近者가 爲潔이요 近之而不染者가 爲尤潔이며 智械機巧는 不
知者가 爲高요 知之而不用者가 爲尤高하니라.

〔解義〕

권세와 명리名利란 것은 겉보기에는 화려하나 알고 보면 더러운 것이니
이를 가까이하지 않는 이를 깨끗하다고 한다. 더러움을 멀리함으로써
깨끗하기는 차라리 쉬우나 그 더러움을 가까이하면서도 그 더러움에
물들지 않는 이가 더욱 깨끗하다. 지략과 술수는 조화가 무궁하나 알
고 보면 이 모두 다 사도邪道이니 이를 모르는 이를 높다고 한다. 모르
고 안 쓰는 것이야 어렵지 않지만 알고도 안 쓰는 이를 더욱 높다고 하
지 않을 수 없다. 사군자士君子가 혹 권세와 명리의 자리에 가까이할 수
도 있으나 그 더러움에 물들지 말고, 권모와 술수는 알아 두는 것은 좋
으나 쓰지는 말라는 것이다.

4

예로부터 재앙은 총애寵愛 속에서 자라나니 득의得意한 때에 모름지기 빨리 머리를 돌리라. 세상에는 혹시 실패 뒤에 공功을 이루는 수도 있나니 뜻대로 안 되는 곳에 이내 손을 놓지 말라.

〔原文〕— 前 10
恩裡에는 由來生害라 故로 快意時에 須早回首하며 敗後에는 或反成功이라 故로 拂心處에 莫便放手하라.

〔解義〕
총애寵愛의 자리가 곧 재해災害의 자리니 군주나 주인으로부터 은총을 입어 득의得意하고 만족한 때에 좌우를 살피고 충분히 조심하지 않은 탓으로 환난을 당한 일은 자고로 많이 보는 일이다. 은총이 뒤집혀서 재해가 오지 않도록 할 것이요 그 자리를 피하여 물러나는 것은 은총이 무르익기 직전이 좋다. 실패는 성공의 어머니라 할 수 있으니 실패를 맛봄으로써 고심苦心하는 데서 큰 성공成功이 이루어지는 법이다. 그러므로 일이 마음대로 안 된다 해서 실망하거나 중지〔放手〕해서는 안 된다. 실패가 성공의 밑천이 되도록 정신을 가다듬는 것이 좋다.

5

벼랑길 좁은 곳은 한 걸음을 멈추어 다른 사람으로 하여금 먼저 가게
하라. 맛 좋은 음식은 삼분三分을 감하여 다른 사람의 기호嗜好에 사양
하라. 이는 곧 세상 건너는 가장 안락安樂한 법의 하나이다.

〔原文〕 ― 前 13
徑路窄處는 留一步하여 與人行하며 滋味濃的은 減三分하여 讓人嗜하라. 此
是涉世의 一極安樂法이니라.

〔解義〕
좁은 길을 갈 때는 먼저 가려고 다투지 말고 한 걸음을 멈추어 다른 사
람으로 하여금 먼저 가게 하라. 맛 좋은 음식과 자미가 무르익은 일은
혼자 하고 싶은 마음을 줄이어 다른 사람에게 조금 사양辭讓하라. 이것
이 어려운 세상을 건너는 가장 편안한 방법이다. 이를 공자는 말하기
를 "제가 하고 싶지 않은 바를 남에게 주지 말라"고 했고 예수는 "내가
하고 싶은 바를 남에게 베풀라"고 하였다.

6

벗을 사귐에는 모름지기 삼분三分의 협기俠氣를 띠어야 하고, 사람이 됨에는 마땅히 일점一點의 본마음을 지녀야 한다.

〔原文〕— 前 15
交友에 須帶三分俠氣하고 作人엔 要存一點素心이니라.

〔解義〕
벗과 사귐에는 서로 편지를 주고받으며 음식을 함께 나눈다든가 또는 만나서 담소〔和樂〕하는 것만으로 충분한 것은 아니다. 서로 돕고 격려하며 길흉화복吉凶禍福을 함께할 줄 알아야 한다. 그러므로 교우交友에는 희생의 마음이 있어야 하나니 그 마음이 곧 의협심義俠心이다. 또 훌륭한 인물이 되려면 다른 모든 공부가 훌륭해도 한 점의 순결한 마음〔素心〕이 없어서는 안 된다. 이 순결의 마음만이 외계外界의 사물에 이름이 더럽혀지고 또 사로잡히는 것을 막아 내는 힘이 되기 때문이다.

7

은총恩寵과 명리名利의 마당에는 남의 앞에 서지 말고 덕행德行과 사업事業의 자리에는 남의 뒤에 떨어지지 말라. 받아서 누림에는 분수를 넘어서는 안 되고 닦아서 행함에는 분수를 줄여서는 안 된다.

〔原文〕— 前 16

寵利는 毋居人前하며 德業은 毋落人後하며 受享은 毋踰分外하며 修爲는 毋減分中하라.

〔解義〕

은총과 이익을 다투는 자리에는 남의 앞에 서려고 해서는 못쓰지만 세상을 위한 사업에서는 남의 뒤에 떨어져서는 안 된다. 사욕私慾에는 앞서기를 다투지 말고 공리公利에는 꽁무니 빼기를 다투지 말아야 한다. 남에게서 받아서 누릴 때는 분수 밖의 것을 탐내서는 안 되고 수양과 실행實行에서는 자기 능력과 분한分限에서 감減해서는 안 된다.

8

세상에 처處함에는 한 발자국 사양함을 높다 하나니 물러서는 것은 곧
나아갈 밑천이요, 사람을 대접함에는 일분一分의 너그러움을 복福이라
하나니 남을 이롭게 하는 것은 실로 저를 이利하게 하는 바탕이다.

〔原文〕 ― 前 17
處世엔 讓一步爲高이니 退步는 卽進步的張本也이요 待人엔 寬一分이 是福
이니 利人은 實利己的根基니라.

〔解義〕
세상을 살아 나가는 데는 항상 한 걸음 물러설 줄 아는 것을 높다 한다.
물러서는 것은 곧 나아가는 밑천이요 힘이기 때문이다. 사람을 대우함
에는 항상 너그러워야 복이 된다. 사람을 이롭게 하는 것은 저를 이롭
게 하는 바탕이 되는 까닭이다.

9

'오롯한 이름', 아름다운 절개는 홀로 차지해서는 안 된다. 그 조금을
나누어 남을 줌으로써 해害를 멀리하고 몸을 온전히 하라. 욕된 행실,
더러운 이름은 온전히 남에게 미루어서는 못쓴다. 그 조금을 이끌어
나에게 돌림으로써 빛을 숨기고 덕德을 기르라.

〔原文〕— 前 19
完名美節은 不宜獨任이니 分些與人이라야 可以遠害全身이요 辱行汚名은
不宜全推니 引些歸己하야 可以韜光養德하리라.

〔解義〕
큰 명예와 훌륭한 지조는 사람마다 가지고 싶어 한다. 이것을 독점하
면 원한이 오고 재해가 일어나게 되나니 좋은 것 가지려다가 온 몸을
잃는 셈이 되리라. 그러므로 그 얼마쯤을 사람에게 나누어 주어 불평
으로부터 오는 해害를 피해야 한다. 치욕과 불명예는 사람마다 싫어한
다. 그것을 모조리 남에게만 밀어 넘기면 또한 원망과 재해가 오는 법
이다. 그러므로 그 얼마쯤을 스스로 인수引受하여 빛을 안으로 감추고
마음의 덕을 길러야 한다.

10

집안에 하나의 참부처 있고 일상 속에 하나의 참 도道가 있나니, 사람
이 능히 정성스러운 마음 화한 기운을 지녀 즐거운 얼굴과 부드러운 말
씨로 '부모형제가 한 몸같이 뜻이 통하게 하면', 이는 '숨을 고르고 마음
을 관觀하기'보다 그 공덕이 만 배나 더하리라.

〔原文〕— 前 21

家庭에 有個眞佛하며 日用에 有種眞道라 人能誠心和氣하여 愉色婉言하여
使父母兄弟間으로 形骸兩釋하며 意氣交流하면 勝於調息觀心萬倍矣리라.

〔解義〕

참의 불도佛道는 먼 절간에 있지 않고 바로 집 안에 있으며 우주의 대도
는 딴 곳에 있는 것이 아니고 우리의 일상생활 안에 있다. 오직 정성스
러운 마음과 화한 기운으로 낯빛을 부드럽게 하고 말을 간곡히 하며 부
모형제 사이의 마음에 틈이 없이 혼연渾然히 한 덩어리가 되게 하면 거
기에 절로 안락세계가 있으니, 이것만 얻을 양이면 부질없이 참선을
하느니 경經을 읽느니 하는 것보다 몇만 배나 나을 것이다.

11

남의 나쁜 점 꾸짖음을 너무 엄하게 하지 말라. 그 말을 받아서 감당할 수 있는가를 생각해야 한다. 남을 가르침에 좋은 일 들기를 너무 높은 것으로 하지 말라. 그 사람이 들어서 행할 수 있는 것으로 해야 한다.

〔原文〕 — 前 23

攻人之惡에 毋太嚴하여 要思其堪受하며 敎人以善엔 毋過高하여 當使其可從하라.

〔解義〕

불타의 가르침을 가리켜 병에 따라 약을 주고 근기根機를 봐서 설법한 것이라고 하였다. 사람의 나쁜 점을 지적하고 꾸짖을 때 너무 지나치게 엄격하지 말고 그 사람이 들어서 뉘우칠 줄 알고 고쳐서 행할 수 있는가를 고려해야만 한다. 사람에게 좋은 일을 가르치는 데도 너무 지나치게 높은 것으로 하지 말고 배워서 이해하며 실행할 수 있는 정도 안에서 가르쳐야 한다. 그렇지 않으면 병에 맞는 약藥이 못 될 것이요 실력에 맞는 교육이 안 될 것이다.

12

'헌면'軒冕 속의 삶에는 '산림'山林의 맛이 없어서는 안 될 것이요, 임천林泉 아래 삶에는 모름지기 조정朝廷의 경륜經綸을 품어야 하리로다.

〔原文〕— 前 27

居軒冕之中하면 不可無山林的氣味요 處林泉之下하연 須要懷廊廟的經綸이니라.

〔解義〕

입신출세하여 고위고관의 자리에 있는 사람은 마땅히 산림에 한거閑居하여 명리名利를 구하지 않는 은사隱士의 취미가 있어야 하나니, 이것이 없으면 몸을 바쳐서 국가에 봉사할 수 없을 뿐 아니라 마땅히 은퇴할 시기를 놓치고 욕辱을 보는 수가 있다. 이와 반대로 산림에 숨어 있는 처사處士는 뜻을 천하국가天下國家의 치란治亂에 두어 고위고관의 경륜經綸이 있어야 하나니, 이것이 없으면 진실로 도를 체득한 높은 선비라 일컫지 않는다.

13

세상에 처함에는 반드시 공功만을 찾지 말라. 허물 없는 것이 곧 공功이로다. 사람에게 베풀되 그 덕德에 감동할 것을 바라지 말라. 원망 듣지 않음이 곧 덕德이로다.

〔原文〕— 前 28

處世엔 不必邀功하라 無過면 便是功이요 與人엔 不求感德하라 無怨이면 便是德이니라.

〔解義〕

세상을 살아 나가는 데는 일마다 공功을 바라고 자랑해서는 안 된다. 공이 따로 있는가, 허물이 없으면 그것이 곧 공功인 것이다. 사람에게 무엇을 베풀 때는 자신의 덕德에 감동할 것을 바라지 말아야 한다. 덕德이 따로 있는가, 원망 듣지 않으면 곧 큰 덕이라고 할 것이다.

14

'일은 막히고 세월 답답한 사람'아, 마땅히 너 첫 마음자리를 다시 살펴라. '공功을 이루어 세상에 우쭐한 사람'아, 마땅히 너 마지막 길을 미리 보아라.

〔原文〕— 前 30

事窮勢蹙之人은 當原其初心하며 功成行滿之士는 要觀其末路니라.

〔解義〕

하는 일 경영하는 사업이 모조리 어긋나서 곤경에 빠지게 되거든 고요한 마음으로 처음 그 일을 시작할 때의 일을 반성하는 것이 좋다. 그러면 나아가야 할 것인가 그만둘 것인가에 대한 자연한 길이 열릴 것이다. 성공하여 사업을 충분히 끝마칠 무렵에 도달한 사람은 그 앞날의 말로가 어떻게 될 것인가를 깊이 생각해 보는 것이 좋다. 가득 차면 이지러지고 활짝 피면 떨어지는 것이 세사世事의 상례常例이니 출입과 진퇴에 유심留心하여 자기의 처할 길을 알아야 공명功名과 성명性命을 완수할 수 있기 때문이다.

15

인정人情은 반복하고 세상길은 기구崎嶇하다. 쉽게 갈 수 없는 곳은 모름지기 한 걸음 물러서는 법을 알 것이요, 쉽게 갈 수 있는 곳은 힘써 삼분三分의 공功을 사양함을 잊지 말라.

〔原文〕— 前 35

人情은 反復하며 世路는 崎嶇로다. 行不去處면 須知退一步之法하며 行得去 處면 務加讓三分之功하라.

〔解義〕

인정人情은 변하기 쉬운 것이어서 어제의 친우親友가 오늘의 원수가 되는 형편이니 참으로 반복이 무상한 것이다. 세상을 지나가는 길은 험하기가 태산준령泰山峻嶺보다 더하고 파도 높은 바다보다도 더하다. 그러므로 이 인정세파人情世波를 무사히 건너자면 어려운 곳엔 언제든지 한 걸음 뒤로 물러설 만한 여지를 남겨야 하고 쉬운 일에는 남에게 공功을 사양할 덕德을 닦는 것이 좋다.

16

소인小人을 대접함에는 엄하기가 어려운 것이 아니라 미워하지 않기가
어려우며, 군자를 대접함에는 공손하기가 어려운 것이 아니요 예禮를
지키기가 어려우니라.

〔原文〕— 前 36
待小人은 不難於嚴이요 而難於不惡하며, 待君子는 不難於恭이요 而難於有
禮니라.

〔解義〕
소인을 대우함에는 엄정嚴正해야 한다. 소인을 엄정하게 대하는 것은
어려운 일이 아니지만 그를 증오하지 않는다는 것은 참으로 어려운 일
이다. 죄를 미워하고 그 사람을 미워하지 않는다는 것은 성인聖人의 가
르침이다. 군자는 공손하게 대접해야 한다. 군자를 공대恭待함은 어렵
지 않으나 그 공대가 예절에 벗어나지 않도록 하기는 진실로 어렵다.
지나치게 공근恭謹하면 아첨阿諂이 되고 아첨하는 것은 예禮가 아니다.

17

제자를 가르침은 규중閨中의 처녀를 기르는 것과 같도다. 출입을 엄하게 하고 교유交遊를 삼가게 하여야 하나니 만일 한번 나쁜 사람과 가까이 접하게 되면 이는 곧 청정淸淨한 논밭에 부정不淨한 종자種子를 뿌림이라, 종신토록 좋은 곡식 심기가 어려우니라.

〔原文〕― 前 39
教弟子는 如養閨女하여 最要嚴出入謹交友하나니 若一接近匪人하면 是淸淨田中에 下一不淨種子라 便終身難植嘉禾矣니라.

〔解義〕
제자를 가르치는 것은 마치 규중閨中의 처녀를 기르는 것과 같아서 그 출입을 엄중히 하고 교유交遊를 삼가게 해야 한다. 왜 그런가 하면 만일 한번 성행性行이 좋지 못한 사람匪人과 교제하면 이는 청정한 밭 가운데 더러운 종자 즉 잡초를 뿌리는 것과 같으니 좋은 밭이 거칠어지면 좋은 곡식은 심기 어려운 까닭이다. 아무리 잘 가르쳐도 출입과 교유交遊를 잘 보살피지 않으면 교육의 효과는 오르지 않는다.

18

몸을 세움에는 남보다 한 걸음을 높이 서지 않으면 마치 '티끌 속에서 옷을 터는 것'과 같고 '진흙 속에 발을 씻음'과 같다. 어찌 그 초탈超脫함을 바라랴. 세상에 처함에는 남보다 한 걸음 물러서지 않으면 이는 부나비가 촛불에 뛰어듦과 같고 '숫양羊이 울타리에 뿔이 걸린 것'과 같다. 어찌 그 안락함을 바라랴.

〔原文〕— 前 43
立身에 不高一步立하면 如塵裡振衣하며 泥中濯足이라 如何超達이리오. 處世에 不退一步處하면 如飛蛾投燭하며 羝羊觸藩이라 如何安樂이리오.

〔解義〕
입신출세立身出世에는 보통 사람보다 한 걸음 높은 곳에 서지 않으면 이는 마치 티끌 속에서 의복의 먼지를 털고 진흙 속에서 발을 씻음과 같아서, 아무리 털고 씻어도 먼지와 진흙은 더욱 묻을 따름이다. 처세에는 보통 사람보다 한 걸음 물러서지 않으면 이는 흡사 부나비가 등불에 뛰어들고 염소가 울타리에 뿔이 걸림과 같다. 입신에는 고매高邁, 처세에는 겸양謙讓. 이것이 초탈안락超脫安樂의 비법秘法이다.

19

태평한 세상을 당하여서는 몸가짐을 마땅히 방정方正하게 할 것이요, 어지러운 세상을 당하여서는 몸가짐을 원만圓滿하게 할 것이며 말세를 당하여서는 마땅히 방方과 원圓을 아울러 써야 하리로다. 착한 사람을 대待함에는 너그럽게 하고 몹쓸 사람을 대함에는 엄하게 하며 범용凡庸한 사람을 대함에는 마땅히 너그러움과 엄함을 아울러 지녀야 한다.

〔原文〕— 前 50

處治世엔 宜方하고 處亂世엔 宜圓하고 處叔季之世엔 當方圓竝用하며 待善人엔 宜寬하고 待惡人엔 宜嚴하고 待庸衆之人엔 當寬嚴竝存이니라.

〔解義〕

평화한 시대에는 몸가짐을 마땅히 모나게 할 것이요 어지러운 세상에는 둥글게 살 것이며 말세에는 마땅히 모날 때는 모나고 둥글 때는 둥글어 물이 그릇을 따르듯 해야 한다. 착한 사람을 대함에는 너그러워야 하고 몹쓸 사람 대함에는 엄해야 하며 범상한 사람들을 대할 때는 너그러움과 엄격함을 아울러 써야 하나니 그 자리와 곳을 따라서 바꿔야 한다.

20

내가 남에게 공功이 있거든 그것은 생각하지 말고 허물이 있거든 그것을 생각하라. 사람이 나에게 은혜 있거든 그것을 잊지 말고 원망이 있거든 그것을 잊어버리라.

〔原文〕— 前 51

我 有功於人은 不可念이로되 而過는 則不可不念이요 人이 有恩於我는 不可忘이로되 而怨은 則不可不忘이니라.

〔解義〕

내가 만일 타인에게 공로功勞 있으면 그것을 염두에 두어 보수報酬 있기를 바라지 말 것이지만, 이와 반대로 내가 타인에게 과실이 있거든 항상 이를 염두에 두어 언제든지 그 잘못을 갚도록 힘쓰지 않으면 안 된다. 또 타인이 나에게 은혜를 베풀면 그것을 잊어서는 안 되지만 내가 타인에 대한 원한이 있거든 그것만은 깨끗이 잊어버리도록 해야 한다. 항상 자기를 다스림에 엄격하고 남을 대함에는 관대해야 한다는 말이다.

21

은혜를 베푸는 이가 안으로 저를 헤아리지 않고 밖으로 남을 헤아리지 않으면 두속斗粟도 가히 만종萬鍾의 베풂을 당할 것이요, 남을 이롭게 하는 이가 저의 베풂을 계교計較하고 그 갚음을 바라면 비록 백일百鎰이라도 한 푼의 공功을 이루기 어려우리라.

〔原文〕— 前 52

施恩者가 內不見己하고 外不見人하면 則斗粟도 可當萬鍾之惠하며 利物者가 計己之施하고 責人之報하면 雖百鎰이라도 難成一文之功이니라.

〔解義〕

남에게 은혜를 베풀어도 자기가 남에게 좋은 일을 한다는 자랑이 없고 밖으로 남이 나의 은혜를 받는다는 데 대하여 고만高慢함이 없다면, 비록 한 말의 좁쌀斗粟을 남에게 주었다 할지라도 그것은 만종萬鍾의 미곡米穀을 준 것과 같을 것이다. 만종萬鍾의 종鍾은 육곡사두六斛四斗이다. 그러나 남을 이롭게 하는 자가 속으로 자기의 베푼 바를 계산하여 거기에 상당한 보답 있기를 재촉한다면 그것은 상인이 물건을 파는 것과 다름이 없으니 비록 백일百鎰의 대금大金을 베풀었다 할지라도 한 푼의 공功도 이루기 어려울 것이다. 백일百鎰의 일鎰은 여러 가지 설이 있으니 20양兩이라고도 하고 30양兩이라고도 하며 또는 24양兩이라 하는 설도 있다.

22

사람의 경우란 모든 것을 가질 수도 있고 갖지 못할 수도 있나니 어찌
능히 제 홀로만 갖추려 할 수 있으랴. 스스로의 정리情理를 보아도 순順
할 적도 있고 불순할 적도 있거든 어찌 능히 사람으로 하여금 모두 순
케 할 수 있으랴. 이와 같이 저와 남을 견주어 보고 다스리면 또한 하나
의 좋은 방법이 될 것이다.

〔原文〕 — 前 53
人之際遇는 有齊有不齊어늘 而能使己獨齊乎며 己之情理는 有順有不順이
어늘 而能使人皆順乎아 以此相觀對治하면 亦是一方便法門이니라.

〔解義〕
사람들의 경우를 볼진댄 부귀와 수명과 건강과 자손을 다 갖춘 사람도
있고 그렇지 못한 사람도 있다. 모든 것이 구족具足한 것은 천 명에 하
나가 있을까 말까 한 정도다. 그러니 어찌 저 혼자 구족하기를 바랄 수
있겠는가. 될 수 없는 일은 미리 단념할 줄 알아야 한다. 자기의 정신
상태를 반성해 보면 어떤 때는 순조로울 수도 있고 어떤 때는 순조롭지
못할 수도 있다. 일마다 다 순조롭게 도리에 맞을 수는 없는 것이다.
어찌 타인으로 하여금 모두 순조롭게 할 수 있으랴. 남을 너무 엄하게
꾸짖지 말라. 이러한 도리를 깨달아 자타自他의 일을 상대적으로 관찰
하여 조화를 취하는 것도 하나의 수단 방법이다.

방편법문方便法門이란 불교의 진실법문眞實法門에 대한 말로, 수단 곧 가설적假設的 편법便法이란 뜻이다.

23

도道를 배우는 이는 마땅히 한결 '조심조심하는 마음'으로 일에 힘쓸 것이요 또 마땅히 한결 '서근서근한 멋'으로 살아갈 것이라, 만일 '한 곬으로 졸라매기만 하면' 이는 소슬蕭瑟한 가을 기운은 있어도 온화한 봄 기상은 없으리니 무엇으로써 만물을 발육發育하랴.

〔原文〕— 前 61

學者는 有段兢業的心思하며 又要有段瀟洒的趣味니 若一味斂束淸苦하면 是는 有秋殺無春生이니 何以發育萬物이리오.

〔解義〕

학자는 반드시 일단 전전긍긍戰戰兢兢하여 조심하고 두려워하는 마음이 있어야 하며 그 반면에 소사小事에 구애拘礙됨이 없는 소탈할 취미를 갖지 않으면 안 된다. 만일 오직 엄격하기만 하고 지나치게 청결하여 여유가 없다면 이는 만물을 말리며 죽이는 가을의 기운氣運뿐이요 만물을 생장生長케 하는 봄기운은 없으므로 발육양성發育養成하고 제세이민濟世利民하는 공로를 세울 수 없다.

24

열 마디 말에 아홉 마디가 맞아도 반드시 대단하다 칭찬하지는 않되,
한 마디만이라도 어긋나면 곧 허물하는 소리가 사방에서 모여든다. 열
가지 계략에 아홉 가지가 성공하여도 반드시 그 공功을 돌리려 하지 않
으면서 한 계략만 이루지 못하면 비방誹謗하는 소리가 사면에서 일어난
다. 이것이 군자가 침묵할지언정 떠들지 않으며 졸렬할지언정 교묘함
을 보이지 않는 까닭이다.

〔原文〕 ― 前 71

十語九中하여도 未必稱奇나 一語不中하면 則愆尤騈集하며 十謀九成하여도
未必歸功이나 一謀不成하면 則訾議叢興하나니 君子는 所以寧黙이언정 毋躁
하며 寧拙이언정 毋巧니라.

〔解義〕

열 마디 말 중에 아홉 가지가 적중하여도 그다지 칭찬하지 않다가도 한
마디만 어긋나면 그 때문에 사방에서 허물이 모여드는 것이 세상인심
이다. 열 가지 모사謀事 중에 아홉 가지가 이루어져도 아직 공功을 그 사
람에게 돌려서 기리지 않나니, 나머지 한 계략이 성취되지 않으면 험
구險口가 일시一時에 일어나는 법이다. 그러므로 군자는 차라리 침묵을
지킬지언정 사람들 앞에 서서 떠들지 않으며, 졸렬拙劣을 지킬지언정
교묘함을 자랑하지 않는다.

25

땅이 더러우면 초목도 많이 나되 물이 너무 맑으면 고기가 항상 없는 법이다. 그러므로 군자는 마땅히 때 묻고 더러운 것을 받아들여 품을 것이요, 깨끗한 것을 좋아하고 홀로 행하려는 뜻을 가지지 말 것이다.

〔原文〕— 前 76

地之穢者는 多生物하고 水之淸者는 常無魚라 故로 君子는 當存含垢納汚之量하며 不可持好潔獨行之操니라.

〔解義〕

거름이 쌓인 더러운 땅은 초목도 무성하고 벌레도 많이 살지만 물이 너무 맑으면 도리어 고기가 없는 법이다. 군자는 청탁淸濁을 함께 삼키는 도량度量을 가질 것이요 결백潔白만을 좋아하고 독행獨行하려는 작은 절조節操를 가지지 말 일이다.

'水之淸者常無魚'의 구句는 《문선》文選에 나오는 동방삭東方朔의 〈답객난문〉答客難文에 "水至淸則無魚 人至察則無徒"라는 글에서 나온 것이요, 함구납오含垢納汚는 더러운 것을 받아들인다는 말이니 청탁淸濁을 아울러 삼킨다는 뜻이다.

26

아직 이루지 못한 공功을 꾀함은 이미 이룬 업業을 보전함만 같지 못하고, 지나간 허물을 뉘우침은 다가올 잘못을 막음만 같지 못하니라.

〔原文〕— 前 80
圖未就之功은 不如保已成之業이요 悔旣往之失은 不如防將來之非니라.

〔解義〕
아직 착수하지도 않은 사업을 계획하기보다는 이미 이루어 놓은 사업을 힘써 지켜 나가는 것이 낫고, 지나간 과실을 지나치게 후회하는 것보다는 그것을 거울삼아 장래에 다시 그런 과실을 거듭하지 않도록 조심하는 것이 더 나은 일이다.

27

조상의 덕택德澤이 무엇이뇨. 내 몸 있어 누리는 바가 그것이라, 쌓기 위해 겪은 그 어려움을 생각하라. 자손의 복지福祉가 무엇이뇨. 내 몸이 끼치는 바가 그것이라, 기울기 쉬운 가운家運을 염려하라.

〔原文〕 — 前 94

問祖宗之德澤하면 吾身의 所享者是니 當念其積累之難하고 問子孫之福祉하면 吾身의 所貽者是니 要思其傾覆在易하라.

〔解義〕

이 몸이 오늘 이 세상에서 받아 누리는 것이 모두 다 조상의 덕택이니 자손을 위하여 조상들이 무릅쓴 그 곤란을 생각하여 감사해야 할 것이요, 결코 모자람을 원망해서는 안 된다. 자손의 받아 누리는 복지가 무엇인가 하면 이 몸이 자손에게 끼쳐 주는 바가 그것이다. 가운家運이 기울고 엎어지기 쉬움을 알아서 여경餘慶을 위한 적선積善에 힘써야 할 것이다. 운이 기울어짐을 원망하지 말고 내 자신의 덕을 쌓기에 힘쓰라.

28

집안사람이 허물 있거든 마땅히 몹시 성내지 말 것이며 가볍게 버리지 말 것이니, 그 일을 말하기 어렵거든 다른 일을 빌려 은근히 교회敎誨하라. 오늘에 깨닫지 못하거든 내일을 기다려 두 번 경계하라. 봄바람이 언 것을 풀듯이 화기和氣가 얼음을 녹이듯이 하라. 이것이 바로 가정家庭의 규범規範이니라.

〔原文〕 — 前 96
家人有過어든 不宜暴怒하며 不宜輕棄니 此事를 難言이어든 借他事隱諷之하되 今日不悟어든 俟來日再警之하여 如春風解凍하며 如和氣消氷하면 纔是 家庭的型範이니라.

〔解義〕
집안사람이 허물이 있으면 너무 지나치게 성내어도 안 되고 그냥 본체만체 버려두어도 안 된다. 바로 말하기가 어렵거든 다른 일을 비유하여 깨우쳐 주되 오늘에 그 허물을 못 깨닫거든 다음날을 기다려 다시 경각警覺케 하라. 봄바람이 얼음을 녹이듯이 화기로써 하는 것이 집을 다스리는 가장 좋은 일이다.

29

마음을 보아 항상 원만함을 체득하면 천하가 저절로 결함缺陷의 세계가 없을 것이요, 마음을 놓아 항상 관평寬平함을 알면 천하에 저절로 험악한 인정이 없을 것이다.

〔原文〕— 前 97

此心이 常看得圓滿하면 天下自無缺陷之世界오 此心이 常放得寬平하면 天下自無險側之人情이니라.

〔解義〕

자기의 본심을 밝혀 보아 안심입명安心立命한 사람은 천하에 부족불만不足不滿이란 것이 없다. 또 자기의 마음이 항상 관대평온寬大平穩하면 어디를 가도 험악한 인간이 없는 것이다.

30

담박澹泊한 선비는 반드시 농염濃艶한 사람의 의심하는 바가 되며 엄격한 사람은 흔히 방종한 이의 꺼리는 바가 된다. 군자가 이에 처하여서 조금이라도 그 지조를 변하게 하지 말 것이며 또 지나치게 그 서슬을 나타내지도 말 것이다.

〔原文〕— 前 98
澹泊之士는 必爲濃艶者所疑하며 檢飭之人은 多爲放肆者所忌하나니 君子處此하여 固不可少變其操履며 亦不可太露其鋒芒이니라.

〔解義〕
담박澹泊한 것을 좋아하는 사람은 반드시 호화로운 것을 즐기는 사람의 의심을 받는 법이요, 엄격한 사람은 방자放恣한 사람의 미워하는 바가 되기 쉽다. 그러므로 군자는 이 점에서는 그 조행操行을 조금도 변하게 해서는 안 되지만 또한 저의 지조를 위하여 그 칼날을 너무 드러내지도 말아야 한다.

31

공평한 정론正論은 손을 대지 말 것이니 한번 범하면 수치羞恥를 만세에
남긴다. 권세와 사리私利에는 발을 붙이지 말 것이니 한번 붙이기만 하
면 종신토록 씻을 수 없는 오점汚點이 된다.

〔原文〕 ― 前 111
公平正論은 不可犯手니 一犯則貽羞萬世하며 權門私竇는 不可著脚이니 一
著則點汚終身하나니라.

〔解義〕
공평한 의견과 이치에 맞는 의논을 반대하지 말라. 구구한 사정私情과
고의故意의 반항이 한번 정론正論을 범하면 이는 일에 임하여 사심私心
있음을 나타냄이니 그 수치를 만세에 남길 것이다. 권세 있는 집과 사
리私利를 경영하는 사람 집에는 발을 들여놓지 말라. 만약 한번 발을 붙
이면 그 더러움을 종생終生토록 씻지 못할 것이다.

32

뜻을 굽혀서 남에게 기쁨을 얻기보다는 내 몸의 행실을 곧게 하여 사람의 미움을 받음이 더 나으며, 좋은 일 한 것도 없이 사람들의 기림을 받기보다는 나쁜 일을 하지 않고 남의 흉을 받는 것이 더욱 낫다.

〔原文〕 ― 前 112

曲意而使人喜는 不若直躬而使人忌하며 無善而致人譽는 不若無惡而致人毁니라.

〔解義〕

남의 환심을 사기 위하여 제 뜻을 굽힘으로써 마음에 없는 행동을 하기보다는 자기의 행실을 바르게 함으로써 사람의 미움을 받는 것이 나으며 아무런 좋은 일 한 것도 없이 사람들의 칭찬을 받는 것보다는 나쁜 일 한 것 없이 사람들의 비방을 받는 것이 더 낫다는 것이다. 소인의 칭찬보다는 소인의 미움이 더 좋고 무실無實한 명예보다는 무위의 기롱譏弄이 차라리 약藥이란 뜻이다.

33

부모동기父母同氣의 변變을 당하거든 마땅히 종용從容할 것이요 격렬하지 말라. 붕우교유朋友交遊의 과실過失을 보거든 마땅히 충고할 것이요 주저하지 말라.

〔原文〕 — 前 113

處父兄骨肉之變하면 宜從容不宜激烈이며 遇朋友交遊之失하면 宜剴切不宜優遊니라.

〔解義〕

골육의 친親이 죽거나 무슨 변을 당할 때는 마음을 종용從容히 할 것이요 격렬하지 말아야 한다. 감정이야 남들에 비하여 더 격렬한 것이지만 그것을 자제해야 한다는 말이다. 친구라든가 평소에 사귄 사람이 과실이 있거든 성심으로 깨우쳐 줄 것이요 그냥 어물어물 넘겨 버리지 말아야 한다. 남의 일에 내가 무슨 참견이냐는 생각이 나기 쉽지만 사람을 진실로 사귀는 도리는 그럴 수가 없는 것이다.

34

작은 일에 허수히 하지 않으며, 남이 안 보는 곳에 속이고 숨기지 않으며, 실패한 경우에도 자기自棄하지 않으면, 비로소 하나의 진정한 대장부로다.

〔原文〕— 前 114

小處에 不滲漏하며 暗中에 不欺隱하며 末終에 不怠荒하면 纔是個眞正英雄이니라.

〔解義〕

작은 일이라 하여 만만히 생각지 않고 대사에 임하듯이 용의주도하고, 남이 모르는 어두운 일이라 하여 사람을 속이지 않고 먼저 저 자신을 혼자서도 삼가며 실의失意의 경우를 당하여 안일安逸과 방종放縱에 흐르지 않고 성실하게 힘을 기르는 것, 이 세 가지를 능히 행할 수 있으면이야말로 그대로 영웅이다.

35

천금을 주고도 일시의 환심歡心을 맺기 어려우나 한 그릇 밥으로도 평생의 감심感心을 이루나니, 대개 사랑이 지나치면 은혜가 도리어 원수되고, 괴로움이 지극하면 박薄한 것이 도리어 기쁨이 된다.

〔原文〕— 前 115
千金도 難結一時之歡이요 一飯도 竟致終身之感하나니 蓋愛重反爲仇오 薄極翻成喜也니라.

〔解義〕
대금大金을 아낌없이 주어도 한때의 환심조차 못 얻는 수도 있고 한 그릇 밥을 주고도 일생을 그 은혜에 감격하게 하는 수도 있다. 너무 사랑이 지나치면 아무리 주어도 고마운 생각은 없고 당장 부족하게 생각되어 은혜가 도리어 원수가 되지만, 아무리 박薄한 것일지라도 그것이 아주 필요할 때에 주면 작은 것이 도리어 큰 즐거움을 이루는 까닭이다.

36

교묘함을 졸렬함으로 싸서 감추고, 어둠을 써서 밝게 하며, 청백淸白을 오탁汚濁 속에 깃들게 하고, 굽힘으로써 펴는 장본張本을 삼는 것은, 참 으로 세상 건너는 '구조선'救助船이요 몸을 감추는 '안전지대'安全地帶니라.

〔原文〕─ 前 116

藏巧於拙하며 用晦而明하며 寓淸于濁하며 以屈爲伸은 眞涉世之一壺요 藏 身之三窟也니라.

〔解義〕

교묘하면서도 표면에는 졸렬한 것처럼 보이게 하고 재능을 감춤으로써 절로 밝혀지게 하며, 청백淸白한 절개節介 있을지라도 오탁汚濁 속에 살 아가며 중인衆人 앞에 굽힘으로써 놀라운 힘을 펼 줄 알면 참으로 세상 건너는 일호─壺와 같고 몸을 감추는 삼굴三窟과 같은 것이다.

　어둠을 써서 밝게 한다는 '用晦而明'은 《주역》명이明夷의 〈단전〉彖傳 에 있는 글로, 그 뜻은 재능을 감추어서 남에게 알리지 않으려는 것이 도리어 세상에 밝혀지는 것이 된다는 뜻이다.

　'일호'─壺는 《골관자》鶡冠子에 "중류中流에서 배를 잃으면 일호천금─壺 千金이다"라는 글이 있으니 강 한가운데서 배를 잃고 보면 무엇이든지 붙 들고 살지 않으면 안 되니까 항아리 하나도 천금의 값이 있다는 것이다.

　'삼굴'三窟은 《전국책》戰國策에 "풍난馮煖이 가로되 교토狡兔는 삼굴三窟

이 있어 겨우 그 죽음을 면할 따름이다. 이제 일굴一窟만으로는 아직 베개를 높이 하고 잘 수 없다. 청하노니 그대 이굴二窟을 더 파도록 하라"는 글에서 나온 말이다. 토영삼굴兎營三窟이라 해서 안전한 계교計較의 비유로 쓴다.

일호一壺 구조선救助船, 삼굴三窟은 안전지대라고 각기 의역意譯하였다.

37

한쪽에 치우침으로써 간사한 사람에게 속지 말 것이요, 제 힘을 너무 믿어 객기客氣 부리는 바가 되지 말 것이며, 저의 장점으로써 남의 단처短處를 드러내지 말 것이요, 나의 졸拙함을 인하여 남의 능能함을 미워하지 말 것이니라.

〔原文〕— 前 120

毋偏信而爲奸所欺하며 毋自任而爲氣所使하며 毋以己之長而形人之短하며 毋因己之拙而忌人之能하라.

〔解義〕

사물의 진상을 알려고 하지 않고 한쪽 말만을 편벽偏僻하게 신용하여서 간사한 사람의 속임수에 넘어가지 말라. 또 자기의 역량을 너무 믿어서 힘에 겨운 일을 맡는 것 같은 객기의 심부름을 하지 말라. 사람에게는 제각기 장단이 있나니 자기의 장점으로써 남의 단점을 지적하여 드러내지 말 것이요 자기가 그 일에 졸렬하다 해서 타인의 능력을 시기해서는 안 된다.

38

남의 단처短處는 힘써 덮어 줘야 한다. 만일 폭로하여 드날리면 이는 단
短으로써 단短을 공격함이다. 사람이 완고함이 있거든 잘 타일러 줘야
한다. 만일 성내고 미워한다면 이는 완頑으로써 완頑을 제도濟度함이다.

〔原文〕— 前 121
人之短處는 要曲爲彌縫이니 如暴而揚之하면 是는 以短攻短이요 人有頑的
이어든 要善爲化誨니 如忿而疾之면 是는 以頑濟頑이니라.

〔解義〕
사람의 단처短處를 꼬집어 흉보기 좋아하는 것은 세상인심이지만 그것
은 좋은 일이 아니다. 마땅히 정성스런 마음으로 그 단처短處를 덮어 줄
것이니 만일 드러내어 흉보면 이는 덕德이 모자라는 탓이라. 자기의 단
점으로써 남의 단점을 공격하는 격이 된다. 사물의 도리를 모르는 완
미頑迷한 사람이 있거든 친절하게 교회敎誨하여 줄 것이요 만일 그것을
노怒하거나 미워한다면 이는 노怒하는 사람이 또한 완고한 사람이니 자
기의 완고로써 남의 완고를 구하려는 것이 된다.

39

음침하게 말 없는 선비를 만나거든 아직 마음속을 헤쳐서 말하지 말라. 발끈하여 성 잘 내는 사람이 스스로 좋아함을 보거든 모름지기 입을 막으라.

〔原文〕— 前 122

遇沈沈不語之士하면 且莫輸心하며 見悻悻自好之人하면 應須防口하라.

〔解義〕

음침한 태도로 말없이 있는 사람은 그 마음속이 음험陰險한 인물이니 그 사람으로 더불어 간담을 헤쳐 놓고 심중의 일을 말하지 말라. 발끈하고 성내기 쉬운 성질로서 호언장담으로 득의연得意然하는 사람은 그 마음이 올바르지 않은 법이니 그러한 사람은 경원敬遠할 것이요 찬성하거나 충돌하지 말 것이니라.

40

남의 속임수를 알지라도 말로써 나타내지 않으며 남의 모욕을 받더라
도 얼굴빛이 변하지 않으면 이 속에 무궁한 뜻이 있으며 또 무궁한 덕
이 있다.

〔原文〕 — 前 126

覺人之詐하여도 不形於言하며 受人之侮하여도 不動於色하면 此中에 有無窮
意味하며 亦有無窮受用하니라.

〔解義〕

알면서 속는 것은 속는 것이 아니다. 남이 나를 속이는 줄 알아도 모르
는 체하고 말로 나타내지 않는 것이 좋다. 타인의 모욕을 받아도 성내
지 않으면 내가 도리어 모욕하는 사람을 낮추보는 것이니 모욕을 받아
도 성내지 않고 안색을 공평히 가지는 것이 좋다. 이 두 가지는 알고도
행하기는 어려운 바이지만 이 속에 무궁한 뜻과 무한한 공덕이 있다.

41

사람을 해^害하고자 하는 마음을 두지 말 것이며 사람의 해^害를 막는 마음은 없지 못할 것이니 이는 생각이 소홀함을 경계함이다. 차라리 사람의 속임을 받을지라도 사람의 속임수를 거스르지 말 것이니 이는 미루어 살피는 도^度가 지나칠 것을 경계함이다. 이 두 가지 말을 아울러 가진다면 생각이 주밀^{周密}하고 덕행^{德行}이 두터워질 것이다.

〔原文〕— 前 129
害人之心은 不可有요 防人之心은 不可無니 此戒疎於慮也오 寧受人之欺나 毋逆人之詐니 此警傷於察也라 二語竝存하면 精明而渾厚矣리라.

〔解義〕
스스로 남을 해^害하려는 마음을 가져서는 못쓰지만 세상에는 까닭 없이 남을 해치려는 사람도 있나니 그것을 방비하는 마음을 가져야 한다. 이는 마음은 착하나 사려가 옅은 사람을 경계하는 말이다. 차라리 우직하여 사람의 속임을 받을지언정 남의 속임수를 거스르지 말 것이니, 이는 너무 영리하여 사람의 속임수를 미리 간파함으로써 추찰^{推察}을 과^過히 하여 자기의 덕을 상하게 하지 말라는 경계이다. 절도^{竊盜}가 미리 발각됨으로써 강도로 변하는 수도 있나니 알고도 모르는 체하다가 도적이 물건을 담 위에 놓고 담을 넘은 뒤에 외쳐야 하는 것이 이와 같은 이치이다. 이 두 가지 경계는 상반되는 것 같지만 함께 명심하면 정명^{精明}과 혼후^{渾厚}함이 함께 갖추어질 것이다.

42

많은 사람이 의심한다 하여 저가 굳게 믿는 바를 굽히지 말며, 저 혼자만의 뜻에 맡겨 남의 말을 물리치지 말라. 사정私情의 작은 은혜에 붙들려서 대국大局의 공의公議를 상하게 말며 공론公論을 이용함으로써 사정私情을 만족하게 하지 말라.

〔原文〕— 前 130

毋因群疑而阻獨見하며 毋任己意而廢人言하며 毋私小惠而傷大體하며 毋借公論而快私情하라.

〔解義〕

진실로 옳은 일을 행하는 사람은 온 세상이 그르다고 해도 그 말에 흔들리지 않는다. 다수인의 의심을 두려워하여 자기의 신념을 꺾어서는 안 된다. 그러나 자기의 뜻에 거슬린다 해서 도리에 합당한 남의 말을 처음부터 막아 버려서는 안 된다. 사사로운 작은 은의恩誼에 붙잡혀서 대국大局의 공론을 반대해서는 안 되며 또한 허황한 여론을 이용함으로써 사정私情을 만족시키기 위하여 남을 공격해서는 안 된다. 공사를 분별하고 신념과 감정을 헤아릴 줄 알아야 바야흐로 대사大事에 참여할 수 있으리라.

43

착한 사람이라도 급히 친할 수 없거든 마땅히 미리 칭양稱揚하지 말라. 간사奸邪한 사람의 이간離間이 올까 두렵다. 몹쓸 사람일지라도 쉽게 내칠 수 없거든 미리 발설하지 말라. 뜻 아닌 재앙을 부를까 두렵다.

〔原文〕— 前 131

善人은 未能急親이어든 不宜預揚이니 恐來讒譖之奸이며 惡人을 未能輕去어든 不宜先發이니 恐招媒孼之禍니라.

〔解義〕

이는 보필輔弼의 자리에 있는 대신재상大臣宰相이 현자賢者를 거용擧用하고 간인奸人을 물리치는 대경大經을 가르친 것이다. 선인善人인 줄 알았더라도 급히 친교를 맺을 수 없는 사정이 있을 때는 미리 그 사람을 칭찬하는 말을 발표해서는 안 된다. 미리 칭찬하면 그 중간에 참언讒言과 모함으로써 이간질하는 간인奸人이 나타나는 법이요, 이렇게 되면 그 선인이 장차 거용擧用될 길을 미리 막는 셈이 된다. 악인惡人인 줄 알아도 아직 몰아낼 수 없는 사정이 있으면 결코 미리 그 사람을 쫓아내리라는 뜻을 발설해서는 안 된다. 만일 그 악인이 이를 들으면 이쪽을 향하여 무슨 모함謀陷을 감행하고 어떤 화를 끼칠지 모르기 때문이다. 그렇게 되면 그 악인은 몰아내지 못하고 도리어 자기가 밀림으로써 소인의 번성을 부채질하게 될 것이다.

44

어버이가 자식을 사랑하고 자식이 어버이께 효도하며 형이 아우를 아끼고 아우가 형을 공경하여 비록 지극한 곳에 이르렀다 할지라도 이 모두 다 당연할 따름이요 조금도 감격한 생각을 두지 말 것이니, 베푸는 이가 덕으로 자처하고 받는 이가 은혜라 생각한다면 이는 곧 모르는 행인과 다름이 없는지라 문득 장사꾼 마음에 떨어질 것이다.

〔原文〕— 前 133

父慈子孝하며 兄友弟恭하여 縱做到極處라도 俱是合當如此오 著不得一毫 感激的念頭니 如施者任德하며 受者懷恩하면 便是路人이라 便成市道矣니라.

〔解義〕

자애와 효도와 우애는 이 모두 다 천륜의 시키는 바이니 아무리 어려운 일을 해도 당연한 일일 따름이요 조금도 감격과 자랑하는 마음을 가져서는 안 된다. 만일 천륜까지도 베푸는 자가 덕을 자랑하고 받는 자가 은혜를 느끼면 이 어찌 오다가다 만난 행인과 팔고 사는 장사꾼으로 더불어 다름이 있다 하겠는가.

45

고움이 있으면 반드시 추함이 있어 서로 대對가 되나니 내가 고움을 자랑하지 않으면 누가 능히 나를 추하다 하랴. 깨끗함이 있으면 반드시 더러움이 있어 서로 대對가 되나니 내가 깨끗함을 좋아하지 않으면 누가 능히 나를 더럽다 하랴.

〔原文〕 — 前 134

有妍이면 必有醜爲之對니 我不誇妍하면 誰能醜我하며 有潔이면 必有汚爲之仇니 我不好潔하면 誰能汚我하리오.

〔解義〕

고움이 있으면 반드시 미움이 있고 깨끗함이 있으면 반드시 더러움이 있으니 세상의 사물은 모두 다 상대적이다. 그것이 짝이 되고 원수가 된다. 선악善惡이 그렇고 장단長短과 고하高下가 모두 그렇다. 사람이 만일 이 상대적인 것을 초월하여 스스로 고움을 자랑하지 않으면 누가 그 사람을 추醜하다고 하랴. 스스로 깨끗하려 하지 않으면 누가 그 사람을 더럽게 하랴. 선악과 장단과 고하가 모두 이와 같으니 스스로 분별하고 집착함으로써 도리어 자기가 뜻하는 반대의 경우에 떨어지는 것이다.

46

공로功勞와 과실過失은 조금도 혼동하지 말라. 혼동하면 사람들이 타태惰怠한 마음을 품으리라. 은의恩義와 구원仇怨은 크게 밝히지 말라. 밝히면 사람들이 배반의 뜻을 일으키리라.

〔原文〕 — 前 136
功過는 不容少混이니 混則人懷惰墮之心하며 恩仇는 不可大明이니 明則人起携貳之志하나니라.

〔解義〕
공로는 상 주고 과실은 벌해야 한다. 신상필벌信賞必罰이 이것이다. 공功과 과過는 조금도 혼동해서는 안 된다. 만일 이를 혼동하면 사람으로하여금 게으른 마음을 일으켜 맡은 바 직무에 면려勉勵하지 않게 하고말 것이다. 그러나 은의恩義와 구원仇怨은 크게 밝혀서는 안 된다. 만일이를 밝혀서 어떤 사람에게는 은혜를 베풂이 두텁고 어떤 사람에게는원수와 같이 봐서 미워하면 사람들이 모두 배반하고 떠나갈 것이다.
　'휴이'携貳의 휴携는 이離와 같고 이貳는 의疑와 같으니 믿지 않고 딴마음을 가져서 떠난다는 뜻이다.

47

벼슬자리는 마땅히 너무 높지 말 것이니 너무 높으면 위태하며, 능한 일은 마땅히 있는 힘을 다 쓰지 말 것이니 다 쓰면 쇠퇴하며, 행실은 마땅히 너무 고상高尙하지 말 것이니 너무 고상하면 비방誹謗이 일어나고 욕이 온다.

〔原文〕— 前 137

爵位는 不宜太盛이니 太盛則危하며 能事는 不宜盡畢이니 盡畢則衰하며 行誼는 不宜過高니 過高則謗興而毀來하나니라.

〔解義〕

작록爵祿과 관위官位는 너무 높이 오르지 않는 것이 좋다. 너무 높이 오르면 이내 위해危害가 다가오는 까닭이다. 자기가 능력 있어 훌륭하게 할 수 있는 일도 아주 끝까지 다 하지 말 것이니 그 재주가 다하면 쇠함이 오기 때문이다. 행실은 너무 고상하게 하지 말 것이니 타인의 비방이 일어날 것이기 때문이다. 지위는 아주 높기 조금 전이 좋고, 지닌 재주는 바닥을 드러내기 조금 전이 좋고, 몸가짐은 진속塵俗에 어울리면서 은근히 깨끗함이 좋으리라.

48

간악奸惡한 사람을 제除하고 망령된 무리를 막으려면 한 가닥 달아날 길을 열어 줘야 한다. 만일 그들로 하여금 한 곳도 틈 둘 곳이 없게 하면 이는 쥐구멍을 막음과 같으니 달아날 길을 모조리 막아 버리면 소중한 기물器物을 다 물어뜯으리라.

〔原文〕 ― 前 140

鋤奸杜倖엔 要放他一條去路니 若使之一無所容하면 譬如塞鼠穴者하여 一切去路를 都塞盡하면 則一切好物을 俱咬破矣리라.

〔解義〕

도망갈 틈을 주지 않고 소리치면 좀도둑이 갑자기 강도가 되는 수도 있다. 길이 막힌 쥐가 도리어 고양이를 문다는 말과 같은 뜻이다. 그러므로 간악하고 요망한 무리를 쫓으려면 먼저 그 도망갈 길을 마련해 놓고 쫓아야 한다. 만일 길을 두지 않고 그들을 몰면 마지막 발악으로 도리어 쫓는 자를 해칠 것이니 구멍을 잃은 쥐가 함부로 기물을 물어뜯고 깨뜨림과 같다는 말이다.

49

마땅히 사람으로 더불어 허물을 같이할지언정 공功을 같이하지 말라. 공을 같이하면 서로 시기猜忌하리라. 사람으로 더불어 환난患難을 함께 할지언정 안락安樂을 같이하지 말라. 안락하면 곧 원수처럼 맞서리라.

〔原文〕— 前 141

當與人同過로되 不當與人同功이니 同功則相忌하며 可與人共患難이로되 不可與人共安樂이니 安樂則相仇하나니라.

〔解義〕

사람으로 더불어 허물을 같이하면 허물을 덮기 위하여 해를 끼치지 않지만, 공 세우는 일을 같이하면 그 공을 더 차지하기 위하여 시기하고 깎으려 하는 것이 세상인심이다. 사람으로 더불어 환난을 함께하면 서로 도와서 정이 두터워지지만 안락한 일을 같이하면 그 안락이 탐이 나서 서로 원수가 되는 법이다. 그러므로 이를 아는 사람은 허물을 함께 할지언정 공을 함께하지 아니하고 환난을 같이할지언정 안락을 같이하지 않는다는 말이다. 공을 다투어 몸을 망치고 안락을 탐하여 환난에 빠지는 일이 많으니 어찌 경계하지 않으랴.

50

군자가 가난하여 물질로써 사람을 구할 수 없을지라도 어리석게 방황
하는 사람을 보거든 일언一言으로써 끌어올려 깨어나게 하고, 위급곤란
한 사람을 만나면 일언으로써 풀어 놓아 구해 준다면 이 또한 무량無量
의 공덕功德이니라.

〔原文〕— 前 142
士君子로 貧不能濟物者는 遇人癡迷處하면 出一言提醒之하며 遇人急難處
하면 出一言解救之하나니 亦是無量功德이니라.

〔解義〕
선비가 비록 가난하여 물질로써 사람을 구하지 못할망정 남이 어리석
음으로 말미암아 방황하거나 위급한 자리에 허덕임을 그냥 보고 있을
수는 없으니 한마디 말로써 이를 깨우쳐 주고 이끌어 주면 또한 큰 공
덕이 될 것이다.

51

굶주리면 붙고 배부르면 드날리며, 따뜻하면 몰려들고 추우면 버리나니, 슬프다 인정人情의 똑같은 병폐여라.

〔原文〕— 前 143

饑則附하며 飽則颺하며 燠則趨하며 寒則棄는 人情通患也니라.

〔解義〕

세상인심이란 것이 굶주리면 먹이는 자에게 붙고 배가 부르면 바람이 들어 좀더 잘되려고 쌀쌀하게 떠나가는 법이다. 따뜻한 곳에는 우우하고 몰려들었다가도 추워지면 팽개치고 돌아보지 않는다. 이것이 고금동서古今東西에 다름없는 인정人情의 공통된 병이다.

52

일은 급하게 함으로써 명백하지 않은 자 있으되 너그럽게 하면 혹 절로 밝아지나니, 조급躁急하게 함으로써 그 분忿을 빠르게 하지 말라. 사람을 부림에 잘 좇지 않는 자 있으되 놓아두면 혹 절로 따르나니 너무 엄하게 부림으로써 그 완頑함을 더 하게 하지 말라.

〔原文〕— 前 153
事有急之不白者하되 寬之或自明하나니 毋躁急以速其忿하며 人有操之不從者하되 縱之或自化하나니 毋操切以益其頑하라.

〔解義〕
아무리 급하게 조사調査해도 명백해지지 않는 일이 너그럽게 내버려 두면 절로 밝아지는 수가 있다. 그러므로 너무 조급히 굴어서 남의 분忿을 초래하도록 해서는 못쓴다. 시키면 잘 복종하지 않던 자도 잔소리를 말고 내버려 두면 저절로 잘못을 깨닫고 유순하게 된다. 그러므로 지나치게 꾸짖어서 비뚤어진 마음이 더욱 굳어지게 해서는 안 된다.

53

일을 사양하고 물러서려거든 마땅히 그 전성소盛의 때를 고르라. 몸 둘 곳을 고르려거든 마땅히 홀로 뒤떨어진 자리를 잡으라.

〔原文〕 — 前 155

謝事는 當謝於正盛之時하며 居身은 宜居於獨後之地하라.

〔解義〕

모든 일에서 물러나려거든 마땅히 그 전성소盛한 때를 고를 것이니 제 마음에 쾌快하고 세인世人이 아까워할 때가 좋다는 말이다. 만일 그렇지 않고 일이 쇠미衰微하거나 실패한 경우에 홀로 물러나면 의리에 벗어나고 오해와 아울러 미움을 사게 되는 까닭이다. 자기의 몸 둘 자리는 항상 홀로 뒤떨어진 자리를 고르라. 낮은 자리는 남이 다투지 않나니 항상 안전하고 여유가 있을 것이다.

54

덕德을 삼가려면 모름지기 아주 미세한 일을 삼갈 것이요, 은혜를 베풂
에는 갚지 않을 사람에게 힘써 베풀라.

〔原文〕— 前 156
謹德은 須謹於至微之事하며 施恩은 務施於不報之人하라.

〔解義〕
덕행을 존중하며 허물이 없고자 하면 마땅히 아주 미세한 일을 조심해
야 하고 남에게 은혜를 베풀려면 은혜를 갚지 않을 사람에게 베푸는 것
이 좋다. 만일 은혜를 베푸는 데 반드시 갚음이 있을 사람을 찾으면 이
는 이익을 바꾸는 상인과 다름이 없으니 은혜를 베푼다는 본의本義에
벗어나기 때문이다.

55

도道는 공중公衆의 것이니 마땅히 사람을 가리지 말고 보는 대로 이끌어 이행하게 하라. 학문學問은 날마다 먹는 끼니이니 마땅히 일에 따라 조심하며 깨우치라.

〔原文〕— 前 161
道是一種公衆物事이라 當隨人而接引하여 學是一個尋常家飯이라 當隨事而警惕이니라.

〔解義〕
도道란 것은 성현聖賢의 전용물專用物이 아니고 일종의 공공물公共物이다. 사람을 가리지 말고 이끌어서 이행하게 하라. 학문이란 것은 우리들이 날마다 먹는 끼니와 같으니 공경하고 깨우침이 있어 일상실용日常實用에 이바지하여야 한다.

심상가반尋常家飯은 특별한 요리가 아니요 항상 집에서 먹는 밥이며, 경척警惕은 깨우쳐 주는 것을 말한다.

56

옛날의 친구를 만나거든 마땅히 의기意氣를 더욱 새롭게 하라. 비밀한 일에 처하거든 마음자리를 마땅히 더욱 나타나게 하라. 노쇠한 사람을 대함에는 마땅히 은례恩禮를 더욱 융숭하게 하라.

〔原文〕 — 前 165

遇故舊之交하연 意氣要愈新하며 處隱微之事하연 心迹宜愈顯하며 待衰朽 之人엔 恩禮當愈隆하라.

〔解義〕

옛 친구를 만나거든 친밀의 정을 다시 새로이 하라. 심심하게 대하면 옛정이 서운해진다. 비밀한 일을 당할 때는 자기의 심적心迹을 공명公明하게 밝히는 태도를 가지라. 어물어물하면 세상의 오해를 받는다. 쇠운衰運에 든 노폐老廢의 사람을 대하거든 이전에 번성할 때 만날 적보다 더 정중히 대접해야 한다. 불운한 사람을 허술하게 대접하는 것은 덕德을 상喪하게 하고 복福을 깎는다.

57

부지런함이란 덕의德義에 민첩함이어늘, 세상 사람들은 부지런을 빌림으로써 그 가난함을 건진다. 검박儉朴함이란 재물붙이에 담박淡泊함이어늘, 세상 사람은 검박을 빌림으로써 그 인색함을 꾸민다. 군자의 몸을 지키는 신조가 도리어 소인들의 사리私利를 영위하는 연장이 되니 아까운 일이다.

〔原文〕 — 前 166

勤者는 敏於德義어늘 而世人은 借勤以濟其貧하며 儉者는 淡於貨利어늘 而世人은 假儉以飾其吝하나니 君子持身之符가 反爲小人營私之具矣라 惜哉로다.

〔解義〕

부지런하다는 것은 덕의德義를 실행함에 민활함을 가리키는 말이건만 세상 사람들은 부지런하다는 말을 가난을 극복하기 위하여 꾸준히 돈을 모으는 뜻으로 오해하고 있다. 또 검약儉約이라는 말도 그 뜻은 재화財貨의 이익에 담박淡泊하다는 말이거늘 세인은 이를 오해하여 검약이란 말로써 인색을 변명하는 구실로 삼고 있다. 이와 같이 근면과 검약이라는 두 말이 군자의 몸을 지키는 계명에서 도리어 소인의 사리경영私利經營의 도구로 바뀌고 말았으니 어찌 탄식할 일이 아니랴.

58

은혜恩惠는 마땅히 옅음으로부터 짙음에로 나아가라. 먼저 짙고 뒤에
옅으면 사람이 그 은혜를 잊어버린다. 위엄威嚴은 마땅히 엄격함으로부
터 관대함에로 나아가라. 먼저 너그럽고 뒤에 엄하면 사람이 그 혹독
함을 원망한다.

〔原文〕― 前 170

恩宜自淡而濃이니 先濃後淡者는 人忘其惠하며, 威宜自嚴而寬이니 先寬後
嚴者는 人怨其酷하나니라.

〔解義〕

은혜를 베풀려면 마땅히 적은 데서부터 시작하여 차츰 많아져야 하나
니 만일 처음에 많이 베풀고 나중에 적게 베풀면 받는 사람이 그 은혜
를 잊어버리고 말 것이다. 위엄은 마땅히 엄격한 데서부터 시작하여
차츰 관대해지는 것이 좋다. 만일 먼저 관대하고 나중에 엄격하면 사
람이 그것을 혹독하다고 원망할 것이다.

59

일을 상의하는 이는 몸을 일 밖에 둠으로써 마땅히 이해利害의 정을 다 살피라. 일을 맡은 이는 몸이 일 안에 있어서 마땅히 이해의 생각을 잊을지니라.

〔原文〕— 前 176

議事者는 身在事外하여 宜悉利害之情하며 任事者는 身居事中하여 當忘利害之慮하라.

〔解義〕

무슨 일을 의논하는 이는 자기의 입지를 그 일 밖에 두어 객관적으로 냉정히 관찰하여 그 이해利害의 정情을 세밀히 생각하라. 만일 자신이 일 안에 사로잡히면 흥분하여 사리事理를 보는 눈이 흐려질 것이다. 자기가 일을 맡은 당사자일 때는 자신을 그 일 안에 두어 이해利害의 염려를 잊어버리고 일심불란一心不亂의 태도로 실행해야 한다. 일 안에서 이해에 사로잡히면 일이 바로 되지 않을 것이다.

60

선비가 권문權門과 요로要路에 있을 때는 몸가짐은 엄정嚴正하고 명백해야 하며 마음은 항상 온화하고 평이해야 하나니, 조금이라도 '비린내 나는 무리'를 따라 가까이하지 말 것이며 또한 너무 격렬하여 독침毒針 가진 자를 범하지 말지니라.

〔原文〕— 前 177
士君子가 處權門要路어든 操身要嚴明하며 心氣要和易하고 毋少隨而近腥羶之黨하며 亦毋過激而犯蜂蠆之毒하라.

〔解義〕
선비가 천하에 뜻을 얻어 권문요로權門要路에 있게 되면 그 조신操身과 행실은 엄격하고 명백하게 해야 하고 심기心氣는 항상 온화하고 평이해야 하나니, 조금이라도 방종放縱하거나 사리私利에 급급汲汲한 무리를 가까이해서는 안 되며, 또 너무 격렬하여 벌 떼 같은 소인들의 반항을 초래하여 그들의 독침에 쏘여서는 안 된다.

'성전'腥羶은 피비린 냄새이니 성腥은 어육魚肉의 냄새, 전羶은 수육獸肉의 냄새를 말한다.

61

절의節義를 내세우는 이는 반드시 절의 때문에 비방받고, 도학道學을 내세우는 이는 항상 도학으로 인하여 허물을 부른다. 그러므로 군자는 나쁜 일에 가까이하지 않을 뿐 아니라, 또한 좋은 이름도 세우지 않나니, 다만 혼연渾然한 화기和氣만이 몸을 보전하는 보배가 된다.

〔原文〕— 前178
標節義者는 必以節義受謗하며 榜道學者는 常因道學招尤하나니 故로 君子는 不近惡事하며 亦不立善名이요 只渾然和氣하야 纔是居身之珍이니라.

〔解義〕
모든 일이 다 체하거나 냄새를 피우면 그 근본 뜻은 잃어버리고 허물만이 남는다. 더구나 좋은 일이란 남의 미움을 받기 쉬우니 모난 돌이 정을 맞는다는 격이다. 이를 아는 군자는 악사惡事에는 물론 가까이하지 않으려니와 명예名譽의 일에도 함부로 뛰어들지 않는다. 절의節義를 표방標榜하는 곳에 절의는 없고, 도학道學을 자랑하는 곳에 도학은 없는 법이다. 좋은 된장은 된장 냄새가 나지 않는 것이다. 그러므로 군자는 냄새피우지 않고 모나지 않으며 오직 혼연渾然히 온화한 기운으로써 그 몸 둘 자리를 삼는 것이다.

62

속임수만 부리는 사람을 만나거든 성심誠心으로써 감동시키고, 포악한
사람을 만나거든 화기和氣로써 훈화薰化하며, 사도邪道에 기울어져 사리
私利만 아는 사람과 만나거든 대의명분과 기개절조氣槪節操로써 격려하
고 탁마琢磨하면, 천하가 내 도야陶冶 안에 들지 않음이 없으리라.

〔原文〕— 前 179

遇欺詐的人하연 以誠心感動之하며 遇暴戾的人하연 以和氣薰蒸之하며 遇
傾邪私曲的人하연 以名義氣節激礪之하면 天下無不入我陶冶中矣라.

〔解義〕

속임수만 부리는 사람을 만나거든 성심으로 감동시키고 포악한 사람을
만나거든 온화한 기운으로 훈도薰陶하며, 마음이 비틀어져 사리私利만
아는 사람은 명예名譽, 의리義理, 기개氣槪, 절조節操로써 격려하면 모든
사람이 나의 훈화訓化 속에 들어오지 않을 자 없을 것이다.

386

63

비밀한 계책計策, 괴상한 습속習俗과 이상한 행동, 기괴奇怪한 재조才操는 이 모두 다 세상 건너는 데 재앙의 씨가 된다. 다만 하나의 평범한 덕행德行만이 혼돈混沌을 완전히 하여 화평和平을 부르리라.

〔原文〕 ― 前 181

陰謀怪習과 異行奇能은 俱是涉世的禍胎라 只一個庸德庸行이라야 便可以 完混沌而召和平하리라.

〔解義〕

남모르는 음모와 책략策略, 남과 다른 기행奇行과 이습異習은 세상을 건너는 데 있어 몸을 망치는 재앙의 씨가 된다. 다만 평범한 덕행德行 이것만이 몸을 온전히 하고 이 세상을 무사히 보내는 근본이 된다.

'혼돈'混沌은 《장자》莊子에 나오는 고사故事로서 '혼돈'이라 부르는 생물이 있었는데 눈도 코도 입도 귀도 항문도 음문陰門도 없었으므로 이래서는 불편하겠다고 해서 이 여섯 가지 구멍을 뚫어 주었더니 그만 죽어 버렸다는 이야기가 있다. 너무 재지才智에 넘쳐서 본성本性에 어긋나는 일을 하면 몸을 망친다는 우언寓言이다. 여기서 혼돈이라 함은 이 비유를 이끌어 타고난 것 그 자체를 가리키는 말이다.

64

옛날에 이르기를 "산에 오르는 데 비탈길을 견디어 내고 눈을 밟는 데
위태한 다리를 견딘다" 하였으니, 이 견딜 내耐 자字는 아주 깊은 뜻이
있다. 위험한 인정人情과 곤란한 세상길도 이 하나의 내耐 자로 지탱하
여 지나가지 않으면 어찌 가시덤불이나 구렁텅이에 빠지지 않으리요.

〔原文〕— 前 182
語에 云 登山耐側路하고 踏雪耐危橋라하니 一耐字極有意味로다. 如傾險之
人情과 坎坷之世道에 若不得一耐字撑待過去하면 幾何不墮入榛莽坑塹哉
리오.

〔解義〕
사곡음험邪曲陰險한 인정人情과 고저기복高低起伏이 많은 세상을 무사히
지나자면 만사에 오직 '내'耐 자 하나로써 몸과 마음을 지탱해야 한다는
것이니, 만일 이를 지니지 못하면 가시밭과 구렁텅이에 빠지고 말 것
이라는 것을 옛말의 등산답설登山踏雪에 비하여 설명한 것이다.

65

바쁜 중에 한가로움을 얻으려 하면 모름지기 먼저 한가한 때에 '그 자루'를 잡아 두라. 시끄러운 가운데 고요함을 취하려면 모름지기 먼저 고요한 때에 그 '줏대'를 세우라. 그렇지 않으면 환경을 인因하여 움직이고 사물에 따라 흔들리지 않을 수가 없으리라.

〔原文〕— 前 184

忙裡에 要偸閒거든 須先向閒時討個欛柄하며 鬧中에 要取靜거든 須先從靜處立個主宰하라. 不然이면 未有不因境而遷하며 隨事而靡者리라.

〔解義〕

한가로움의 참맛을 알려면 일 없을 때 미리 그 자루를 잡아 두어야 바쁠 때 그것을 얻을 수 있으니 자루를 잡는다는 것은 마음 바탕을 마련한다는 말이다. 시끄러운 곳에서 정적靜寂의 경계를 맛보려면 고요한 곳에 있을 때 그 고요함의 본질을 체득해 두어야 하는 것이니 마음은 때와 곳을 따라 흔들리는지라 그 중핵中核을 잡을 줄 알아야 비로소 자재自在하리라.

66

저의 마음을 어둡게 하지 말며 남의 고초苦楚를 너무 심하게 하지 않으며, 사물의 능력을 다 긁어 쓰지 않으면 이 세 가지는 가히 써 천지를 위하여 마음을 세우며, 생민生民을 위하여 목숨을 세우며, 자손을 위하여 복을 짓는 것이 된다.

〔原文〕— 前 185

不昧己心하며 不盡人情하며 不竭物力하라. 三者可以爲天地立心하며 爲生民立命하며 爲子孫造福하나니라.

〔解義〕

외계外界의 사물로 말미암아 제 마음을 어둡게 하지 말며 사람을 부려도 너무 가혹히 부려서 그 고초의 정을 다하는 일이 없이 하며 사람과 우마牛馬와 금전金錢은 물론 모든 능력을 밑바닥까지 다 긁어 쓰지 않으면 이 세 가지가 곧 천지의 마음을 체득體得함이요 생민生民의 안온安穩을 도모함이며 자손의 행복을 마련함이 된다.

67

관직官職에 있는 이를 위하여 두 마디 말이 있으니, 가로되 "오직 공정公
正하면 명지明智가 생기고 오직 청렴淸廉하면 위엄威嚴이 생긴다" 함이 그
것이요, 집에 있는 이를 위하여 두 마디 말이 있으니, "오직 너그러우
면 불평이 없으며 오직 검소하면 모자람이 없다" 함이 그것이다.

〔原文〕 ─ 前 186
居官에 有二語하니 曰惟公則生明하고 惟廉則生威하며 居家에 有二語하니
曰惟恕則情平하고 惟儉則用足하니라.

〔解義〕
벼슬자리에 있는 이를 위하여 두 마디 훈계訓戒가 있다. "오직 공정公正
하라, 명지明智가 생길 것이요, 오직 청렴淸廉하라, 위엄이 생길 것이
다." 사심私心이 들면 명지明智가 흐리고 물욕物慾에 어두우면 위엄을 잃
기 때문이다. 치가治家하는 사람을 위해서도 두 가지 훈계訓戒가 있다.
"오직 너그러우라, 불평이 없을 것이요, 오직 검약儉約하라, 부족함이
없을 것이다." 까다로우면 가족이 불평하고 낭비하면 항상 모자라는
까닭이다.

68

부귀富貴의 자리에서는 마땅히 빈천함의 고통苦痛을 알아야 하고 소장少
壯의 때를 당해서는 모름지기 노쇠老衰의 신산辛酸함을 생각해야 한다.

〔原文〕— 前 187
處富貴之地하여 要知貧賤的痛癢하며, 當少壯之時하여 須念衰老的辛酸하라.

〔解義〕
세상일이란 오늘은 남의 일 같던 것이 내일이면 나에게 닥쳐오는 수가
많다. 그러므로 부귀한 자리에서는 빈천한 사람의 고통을 알아야 한
다. 그래야만 세정世情을 알아 까불지 않고 덕을 쌓을 수 있다. 소장少壯
의 시절에는 마땅히 노쇠老衰한 때의 신산辛酸스러움을 생각해야 한다.
그래야만 젊음을 너무 믿지 않고 양생養生의 참뜻을 알 것이다.

69

몸가짐은 지나치게 깨끗하지 말 것이니 때 묻고 더러움을 다 용납할 것이요, 사람과 사귐에는 너무 분명하지 말 것이니 선악善惡과 현우賢愚를 함께 포용해야 한다.

〔原文〕— 前 188
持身엔 不可太皎潔이니 一切汚辱垢穢를 要茹納得하며 與人엔 不可太分明이니 一切善惡賢愚를 要包容得하나니라.

〔解義〕
몸가짐은 지나치게 결백하지 말라. 모든 더러움을 다 용납하여 삼킬 수 있어야 한다. 사람으로 더불어 교제함에는 좋아하고 싫어함을 너무 분명히 하지 말 것이니 선인善人, 악인惡人, 현인賢人, 우인愚人을 다 포용해야 한다.

70

소인小人으로 더불어 원수를 맺지 말라. 소인은 제대로 상대가 있다. 군자君子를 향하여 아첨하지 말라. 군자는 본디 사사로운 은혜를 베풀지 않는다.

〔原文〕— 前189

休與小人仇讐하라 小人은 自有對頭하며 休向君子諂媚하라 君子는 原無私惠니라.

〔解義〕

소인을 상대로 해서 원수를 맺어서는 안 된다. 그들의 상대는 따로 있기 때문이다. 대두對頭는 상대相對한다는 말이다. 군자를 대對하여 아첨해서는 안 된다. 군자의 마음은 공평무사公平無私하기 때문에 아무리 아첨하여도 특별한 은혜를 베풀어 주지 않는다.

71

차라리 소인小人의 미워하고 욕하는 바 될지언정 소인의 아양 떨고 찬양하는 바 되지 말며, 차라리 군자君子의 꾸짖고 깨우치는 바 될지언정 군자의 포용하는 바가 되지 말라.

〔原文〕— 前 192

寧爲小人所忌毁언정 毋爲小人所媚悅하며 寧爲君子所責脩언정 毋爲君子所包容하라.

〔解義〕

소인의 미움을 받을지언정 소인의 아첨하고 즐거워하는 바 되어서는 안 되나니, 이는 소인이 달라붙을 틈을 주지 않기 위함이다. 군자의 꾸짖음을 받을지언정 군자의 포용하는 바 되어서는 안 되나니, 꾸짖음도 못 받은 존재存在란 얼마나 가련可憐한가. 포용은 나쁘거나 모자라서 마음에 맞지 않은 것을 너그러이 보아 줌이니 포용된다는 것은 일종의 치욕이기 때문이다.

72

사람의 은혜는 받은 것이 비록 깊을지라도 갚지 않고 원망은 얕을지라도 이를 갚으며, 사람의 악惡을 들으면 비록 명백明白하지 않아도 의심하지 않고 선善은 나타나도 또한 의심하나니, 이는 각박함의 가장 심함이라 마땅히 간절히 경계할 일이다.

〔原文〕— 前 194

受人之恩하연 雖深이나 不報하고 怨則淺亦報之하며 聞人之惡하연 雖隱이나 不疑하고 善則顯亦疑之하나니 此刻之極이요 薄之尤也니 宜切戒之하라.

〔解義〕

남에게서 받은 은혜는 큰 것이라도 갚으려 하지 않으면서 남에 대한 원한은 조그만 것이라도 곧 갚으려 하며 남의 나쁜 소문을 들으면 아직그것이 확실하지 않아도 의심하지 않으면서 남의 좋은 행실을 들으면명백한 일이라도 믿지 않으려는 것이 보통 인정이요 또한 폐단이다.얼마나 경박輕薄하고 잔인殘忍한 일인가. 마음 있는 사람은 자계自戒하여이런 일이 없도록 해야 할 것이다.

73

세상에 처處함에는 마땅히 세속世俗과 같이하지 말 것이요, 또한 세속과
더불어 다르게 하지도 말 것이며, 일을 함에 있어서는 마땅히 사람으
로 하여금 싫어하게 하지 말 것이요, 또한 사람으로 하여금 기쁘게 하
지도 말 것이다.

〔原文〕 — 前 198
處世하연 不宜與俗同하며 亦不宜與俗異요 作事엔 不宜令人厭하며 亦不宜
令人喜니라.

〔解義〕
세상을 살아 나가는 데는 세속에 너무 휩싸여도 못쓰고 그렇다 해서 전
연 세속과 담을 쌓는 것도 좋지 않다. 세속 안에 있으면서 세속을 떠나
는 것 그것이 좋다. 무슨 사업을 함에 있어서는 사람들이 싫어하도록
해서도 못쓰고 그렇다 해서 즐겁게 하려고만 해도 안 된다. 왜 그러냐
하면 모든 사업은 많은 사람을 상대하는 것이요 제 혼자 힘으로만 이룰
수 없기 때문에 사람의 미움을 받아서는 안 된다. 이 반면反面에 모든
사람을 다 즐겁게 하려다가는 일의 줏대가 없어서 성사成事하기가 어렵
기 때문이다.

74

검약儉約은 아름다운 미덕美德이로되 지나치면 모질고 더러운 인색吝嗇이
되어 도리어 정도正道를 상상傷한다. 겸양謙讓은 아름다운 행실이거니와 지
나치면 공손하고 삼감이 비굴卑屈이 되어 '본마음을 의심하게 한다.'

〔原文〕 ── 前 201

儉은 美德也나 過則爲慳吝하여 爲鄙嗇하여 反傷雅道하며 讓은 懿行也나 過
則爲足恭하며 爲曲謹하여 多出機心이니라.

〔解義〕

절약하고 검소한 것은 미덕이지만 너무 지나치면 더러운 인색이 되어
도리어 정도正道를 상상傷하게 하나니 절검節儉이란 이름을 쓰고 인색이 웃
는 수가 많다. 겸양은 아름다운 행실임에 틀림없지만 지나치면 비굴한
태도가 된다. 그러한 행동의 바탕에는 무엇을 바라는 마음 무슨 계획
이 있는 법이다.

　족공足恭은 공손함이 지나친다는 뜻이니 《논어》論語에 나오는 말이
다. "교언영색족공巧言令色足恭을 좌구명左丘明이 부끄러워하다"라고 되어
있다. 곡근曲謹은 지나치게 삼간다는 뜻이니 여기서는 곡曲은 곡진曲盡
하다는 곡曲이다. 기심機心은 무엇을 기획企劃하는 마음이다.

75

술잔치의 즐거움이 잦은 집은 훌륭한 집이 아니요, 명성을 좋아하고 화려한 것을 즐기는 이는 훌륭한 선비가 아니며, 높은 자리 성盛한 이름을 중重하게 생각함은 훌륭한 신하가 아니다.

〔原文〕— 前 203

飲宴之樂이 多하면 不是個好人家요 聲華之習이 勝하면 不是個好士子요 名位之念이 重하면 不是個好臣士니라.

〔解義〕

자주 잔치를 열어 질탕하게 놀기 좋아하는 집은 좋은 집이 아니요, 명성과 화사華奢에 정신이 팔린 사람은 훌륭한 선비가 아니며, 높은 자리 빛나는 이름을 얻고 싶은 마음이 강한 신하臣下는 좋은 신하가 아니다.

76

냉정한 눈으로 사람을 관찰하며 냉정한 귀로 말을 들으며 냉정한 정情으로 느낌에 당當하며 냉정한 마음으로 도리를 생각하라.

〔原文〕— 前 206

冷眼觀人하며 冷耳聽語하며 冷情當感하며 冷心思理하라.

〔解義〕

상기上氣하고 흥분하고 이욕利欲에 가리면 마음이 어두워지나니 무엇을 보아도 바로 보지 못하며 들어도 바로 듣지 못하며 느껴도 바로 느끼지 못한다. 그러므로 냉정한 눈 냉정한 귀 냉정한 마음으로 사물을 대하라. 그러지 않고는 정사正邪와 선악을 변별하지 못할 것이다.

77

어진 사람은 마음 바탕이 너그럽고 편안한지라, 복이 두텁고 집안의 길경吉慶도 오래가나니 일마다 너그럽고 기상氣象이 펴일 것이요, 마음이 천한 사람은 생각 머리가 편협偏狹하고 비좁은지라, 받은바 녹祿이 박薄하고 자손에게 끼치는 은택恩澤도 짧을 것이니 일마다 좁고 규모規模가 오그라지리라.

〔原文〕— 前 207
仁人은 心地寬舒라 便福厚而慶長하여 事事成個寬舒氣象하며 鄙夫는 念頭迫促이라 便祿薄而澤短하여 事事得個迫促規模하나니라.

〔解義〕
어진 사람은 모든 일에 너그럽고 초조하지 않다. 그 마음이 너그러운지라 그 받는바 복이 두텁고도 오래갈 뿐 아니라 일마다 펴지는 법이다. 이에 반해서 마음이 천한 사람은 생각 머리가 좁고 가벼워서 항상 초조하므로 그 받는바 천록天祿도 박薄하고 자손에게 끼치는 은택恩澤도 짧아서 자꾸 그 규모가 오그라드는 것이다.

78

악한 일을 들을지라도 곧 미워하지 말 것이니 고자질하는 자가 저의 분忿을 풀까 두렵도다. 선한 일을 들을지라도 급히 친하지 말 것이니 간악한 자의 출세出世를 이끌어 줄까 두렵도다.

〔原文〕— 前 208
聞惡이라도 不可就惡이니 恐爲讒夫洩怒요 聞善이라도 不可急親이니 恐引奸人進身이니라.

〔解義〕
이 장章은 사람들을 천거하는 사람을 위하여 경계警戒한 것이니 또한 사람을 쓰는 사람의 계명戒銘이 될 것이다. 남의 나쁜 일을 고告하는 사람이 있더라도 이를 가벼이 믿고서 그 죄를 미워해서는 안 된다. 만일 이러한 눈치를 알면 남을 모함하기 좋아하는 자가 저의 분노와 원한을 갚기 위하여 타인의 악사惡事를 거짓 만들어서 고告할 것이다. 이와 마찬가지로 남의 선사善事를 고告하는 자가 있어도 당장 그것을 믿어 친히 하여서는 안 된다. 만일 곧 신용해서 친하는 줄 알면 간악한 자가 조그마한 선사善事로써 나의 뜻에 맞추어 입신출세立身出世를 기도할 것이기 때문이다. 사람을 보고 믿고 쓰는 데는 한결같이 신중하고 치밀하여야 한다는 말이다.

79

사람을 씀에는 마땅히 각박刻薄하지 말 것이니 각박하면 실효實效를 생각하던 자 떠나리라. 벗을 사귐에는 마땅히 넘치지 말 것이니 넘치면 아첨을 바치는 자가 오리라.

〔原文〕 ― 前 210
用人엔 不宜刻이니 刻則思效者去하며 交友엔 不宜濫이니 濫則貢諛者來하나니라.

〔解義〕
사람을 쓰는 데는 너무 각박하면 안 된다. 너무 각박하면 생명을 걸고 충분한 효과를 내려고 생각하던 사람들도 그 각박을 못 견디어 떠날 것이다. 사람을 사귀는 데는 너무 함부로 하지 말 것이다. 너무 함부로 사귀면 아첨하고 추종追從하는 자가 모여들 것이다.

사효자思效者는 충실히 일하려고 생각하는 사람을 이름이다.

80

바람 비껴 불고 빗발 급한 곳에서는 다리를 꿋꿋이 세워야 하고, 꽃향기 무르녹고 버들빛 짙은 곳에서는 눈을 높은 데 두어야 하며, 위태하고 험한 길에서는 머리를 돌려서 돌아서야 한다.

〔原文〕— 前 211
風斜雨急處는 要立得脚定하며 花濃柳艶處는 要著得眼高하며 路危徑險處는 要回得頭早니라.

〔解義〕
비바람 세찬 날은 다리 힘을 부쩍 주어서 움직이지 않도록 조심해야 한다. 이와 마찬가지로 어려운 세상길에 꿋꿋이 서야 한다. 꽃향기 무르녹고 버들빛 푸른 곳에서는 눈을 높이 두어 눈 아래의 더러운 것을 보지 말아야 한다. 여색女色 따위에 마음을 어지럽게 해서는 안 된다. 길이 위태하고 험한 곳을 만나거든 곧 평탄한 길로 발길을 돌려야 한다. 위험한 곳을 가까이해서는 안 된다.

81

절의節義가 높은 사람은 화和한 마음으로 처세하면 남과 다투는 길을 열지 않을 것이요, 공명功名 있는 사람은 겸손한 덕德으로 사람을 대하면 질투嫉妬의 문을 열지 않을 것이다.

〔原文〕— 前 212
節義之人은 濟以和衷하면 纔不啓忿爭之路하며 功名之士는 承以謙德하면 方不開嫉妬之門이니라.

〔解義〕
절의를 숭상崇尙하는 사람은 기상이 격렬한 법이다. 이런 때는 그 결점을 보충하기 위하여 스스로 마음을 온화하게 가지는 것이 좋다. 이럼으로써 남과 다투는 일이 없을 것이다. 공명이 있는 사람은 남에게 질투를 받기 쉬운 법이다. 이런 이는 겸양의 덕을 체득하여 이것을 막으면 미움을 받지 않을 것이다.

82

벼슬자리에 있을 때는 편지 한 장이라도 절도가 있어야 한다. 이로써 요행僥倖을 바라고 모여드는 무리에게 틈을 주지 않으며, 물러나 시골에 살 때는 지나치게 높이 굴지 말 것이니 스스로의 마음을 헤쳐 놓아 옛날의 정을 두텁게 해야 한다.

〔原文〕— 前 213
士大夫居官하면 不可竿牘無節이니 要使人難見하여 以杜倖端하며 居鄕하연 不可崖岸太高니 要使人易見하여 以敦舊好니라.

〔解義〕
사대부가 관직에 있을 때는 편지 한 장이라도 절도가 있어야 한다. 자기의 본심을 드러내지 않아 요행을 구하는 소인들을 막지 않으면 안 된다. 물러나 시골에 있을 때는 너무 높이 굴지 말 것이니 스스로의 마음을 헤쳐 누구나 알게 하여 옛정을 두텁게 해야 한다.

83

대인大人을 가히 두려워할 것이니 대인을 두려워하면 방종한 마음이 없어질 것이요, 백성도 또한 두려워할 것이니 백성을 두려워하면 횡포橫暴하다는 이름을 듣지 않으리라.

〔原文〕— 前214
大人은 不可不畏니 畏大人則無放逸之心이요 小民도 亦不可不畏니 畏小民則無豪橫之名이니라.

〔解義〕
덕망德望 높은 사람은 두려워하고 공경해야 한다. 덕망 있는 사람을 외경畏敬하면 방종한 마음이 절로 없어진다. 세민細民도 두려워하고 공경해야 한다. 세민을 외경하면 자연히 횡포橫暴한 일을 하지 않게 된다.
  소민小民은 세민細民이니 천민賤民의 뜻이다.

84

일이 뜻대로 되지 않을 때는 나보다 못한 사람을 생각하라. 원망하고 탓하는 마음이 절로 꺼지리라. 마음이 게을러지거든 나보다 나은 사람을 생각하라. 정신이 절로 분발하리라.

〔原文〕 — 前 215
事稍拂逆이어든 便思不如我的人하면 則怨尤自消하며 心稍怠荒이어든 便思勝似我的人하면 則精神自奮하나니라.

〔解義〕
무슨 일이든지 뜻대로 되지 않고 곤경에 빠지게 되거든 아직도 나만 못한 사람이 있는 것을 생각하면 원망하고 허물하는 마음이 절로 사라질 것이다. 마음이 게을러지거든 곧 이 세상에는 나보다 나은 사람이 많음을 생각하면 자연히 정신이 분발하게 될 것이다.

85

마음의 기쁨에 들떠서 일을 가벼이 맡지 말고, 취醉함을 인연因緣하여 화를 내지 말라. 마음의 즐거움에 팔려서 일을 많이 하지 말고, 곤困함을 핑계하여 끝마침을 적게 말라.

〔原文〕— 前 216

不可乘喜而輕諾하며 不可因醉而生嗔하며 不可乘快而多事하며 不可因倦而鮮終이니라.

〔解義〕

마음이 기쁠 때는 일의 쉽고 어려움을 생각지도 않고 가벼이 승낙해서는 안 되며, 술에 취하였을 때는 감정은 날카로워지고 이성理性은 마비되므로 함부로 성내기가 쉬우니 조심해야 한다. 마음이 쾌하다 해서 너무 일을 많이 맡아서는 안 되며 피곤하다 해서 일을 끝냄이 드물어서는 안 된다.

86

하늘은 한 사람의 어진 이를 내어 뭇사람의 어리석음을 가르치거늘,
세상은 도리어 잘난 것을 뽐냄으로써 남의 모자라는 곳만 들춰내고 있
다. 하늘은 한 사람에게 부富를 주어 여러 사람의 곤困함을 건지게 함이
언만, 세상은 도리어 저 있는 바를 믿고 사람의 가난함을 깔보나니 진
실로 하늘의 무찌름을 받을진저.

〔原文〕 — 前 218

天賢一人하여 以誨衆人之愚어늘 而世反逞所長하여 以形人之短하며 天富
一人하여 以濟衆人之困이어늘 而世反挾所有하여 以凌人之貧하나니 眞天之
戮民哉진저.

〔解義〕

하늘이 어진 사람 하나를 보내는 것은 중인의 어리석음을 깨우치기 위
함이어늘, 세상인심은 제가 조금 장처長處가 있다 해서 도리어 남의 단
점을 꼬집어 낸다. 하늘이 부자 한 사람을 내는 것은 그로써 중인衆人의
곤궁을 구제하기 위하여 보낸 것이언만, 세상 사람들은 제가 조금 돈
이 있다 해서 도리어 남의 가난함을 업신여기나니 참으로 천벌 받을 백
성이라 할 것이다.

　육민戮民은 《장자》莊子에 "구丘는 천天의 육민戮民이라"는 말이 있으니
천벌 받은 백성이란 뜻이다.

87

입은 마음의 문이니 입을 지킴이 엄밀하지 못하면 마음의 참기틀을 다
누설漏洩할 것이요, 뜻은 마음의 발이니 뜻을 막음이 엄격하지 않으면
마음이 옳지 못한 길로 달리리라.

〔原文〕 ― 前 220
口乃心之門이니 守口不密하면 洩盡眞機하며 意乃心之足이니 防意不嚴하면
走盡邪蹊하나니라.

〔解義〕
마음속에 생각하는 것을 나타내는 것이 입이니 그러므로 입을 마음의
문이라 한다. 입을 지키기를 엄밀하게 하지 않으면 마음의 밑바닥을
드러내고 만다. 뜻은 곧 마음의 발이니 뜻의 달리는 것을 엄밀히 막지
않으면 옆길로 달릴 것이다.
　사혜邪蹊의 혜蹊는 좁은 길이니 사혜邪蹊는 길 아닌 길 곧 옳지 못한 길
이다.

88

사람을 꾸짖는 이는 허물 있는 속에 허물 없음을 살피면 정情이 평온할 것이요, 자기를 꾸짖는 이는 허물 없는 가운데 허물 있음을 찾으면 덕이 나아가리라.

〔原文〕— 前 222

責人者는 原無過於有過之中하면 則情平하며 責己者는 求有過於無過之內하면 則德進하나니라.

〔解義〕

사람을 꾸짖을 때는 과실만을 혹독히 꾸짖지 말고 과실로써 다시 과실 없도록 하는 방법을 가르쳐 주면 그 사람도 별로 불평하게 생각지 않을 것이다. 자기를 꾸짖을 때는 과실 없을 때에 혹시 과실이 없나 하고 스스로 반성하면 덕이 점점 나아갈 것이다.

89

군자君子는 환난患難에 처하여 근심하지 않고 즐거운 때를 당하여 근심하며, 권세 있는 사람을 만나 두려워하지 않고 의지依支 없는 사람을 대하여 안타까워하나니라.

〔原文〕— 前 223
君子는 處患難而不憂하고 當宴遊而惕慮하며 遇權豪而不懼하고 對惸獨而驚心하나니라.

〔解義〕
군자는 환난 속에서는 근심하지 않고 즐거운 때에 근심하며, 권세 가진 사람을 겁내지 않고 고독한 사람을 대하여 안타까워한다. 환난 속에는 빛이 있으나 쾌락에는 어둠이 따르는 법이요, 권세는 한때의 가태假態이니 마음으로 겁낼 것이 없으나 의지 없는 사람을 아끼는 것은 진심眞心의 우러남이기 때문이다.

제사題詞

축객고종逐客孤踪이 봉사蓬舍에 병거屛居하여 방이내方以內의 사람과 유遊함을 즐거워하고 방이외方以外의 사람과 유遊함을 즐겨하지 않았도다. 망령되이 천고千古의 성현聖賢과 오경동이五經同異의 사이에 치변置辯하되 부질없이 23의 소자小子와 운산변환雲山變幻의 기슭에 낭적浪跡하지 않음이요, 날로 어부전부漁父田夫와 오호五湖의 빈濱 녹야綠野의 요坳에 낭음창화朗吟唱和하되 도끼를 경競하고 승두升斗를 영榮하는 자와 냉열冷熱의 장場, 성전腥羶의 굴窟에 교비서정交臂抒情하지 않음이라. 간혹 염락濂洛의 설說을 습習하는 자 있으면 목牧하고, 축건竺乾의 업業을 습習하는 자는 벽闢하고, 담천조룡譚天彫龍의 변辯을 하는 자는 원遠하였나니, 이로써 내 산중의 기량을 마치기에 족하였도다.

마침 우인友人 홍자성洪自誠이란 이 있어 《채근담》菜根譚을 가지고 나에게 보이며 또한 서序를 청하는지라 내 처음엔 이이연訑訑然히 이를 봤을 따름이러니 이윽고 궤상几上의 진편陳編을 철徹하고 흉중의 잡려雜慮를 병屛하여 손수 읽고서야 깨달았노라. 그 성명을 담譚하여 현철玄徹에 직입直入하고 인정人情을 말하여 암험喦險을 곡진曲盡함이여 천지에 부앙俯仰하여 흉차胸次의 이유夷猶를 보고 공명功名을 진개塵芥로 하여 식취識趣의 고원高遠함을 알 수 있었도다. 필저筆底의 도주陶鑄, 녹수청산綠樹靑山

414

아님이 없고 구문口吻의 화공化工, 모두 이 연비어약鳶飛魚躍이라 이 그의 자득自得이 하여何如오. 아직 심신深信하지 못하였을지라도 지은 바 글을 보면 다 세상을 폄砭하고 사람을 성醒하는 끽긴喫緊이요, 귀로 들어가 입으로 나오는 부화浮華가 아니로다. 담譚을 채근菜根으로써 명名함은 본디 청고역련淸苦歷練 중에서 와서 또한 재배관개栽培灌漑의 속에서 득得함이니 그 풍파風波에 전돈顚頓하고 험조險阻를 비상備嘗하였음을 가히 알지니라.

홍자洪子 이르기를 천天이 아我를 노勞하되 형形으로써 하면 내 나의 마음을 일逸하여 써 이를 보補하고, 천天이 아我를 액阨하되 우遇로써 한다면 내 나의 도道를 형亨하여 써 이를 통하리라 하였으니 그 스스로 경警하고 스스로 역力한 바를 또한 알 수 있도다. 이로 말미암아 수어數語로써 변辨하고 인인人人에게 공公하여 채근菜根중에 진미眞味 있음을 알리고자 하노라.

三峰主人 于孔兼 題

415

해제 解題

《채근담》菜根譚은 두 가지 종류가 있다. 그 하나는 명明나라 만력년간 萬曆年間의 사람 홍자성洪自誠의 저著요 다른 하나는 청淸나라 건륭년간乾 隆年間의 저著인 홍응명洪應明 본本이다. 앞의 책을 만력본萬曆本, 뒤의 책 을 건륭본乾隆本이라고 부른다.

이 두 가지를 비교해 보면 전자前者 홍자성 본은 전편全篇을 이분二分 하여 전집前集, 후집後集으로 나누었는데, 후자後者 홍응명 본은 수성修 省, 응수應酬, 평의評議, 한적閒適, 개론槪論의 5종목으로 분류되어 있으 며 그 내용은 양자兩者가 공통된 장章도 많으나 후자가 전자보다 장수章 數가 훨씬 많다. 그러므로 전자를 약본略本, 후자를 광본廣本이라고 부 른다. 특히 주목되는 것은 후자의 제5편 개론槪論이 대체로 전자의 전 문全文으로 성립되었고 이여爾餘는 증보增補된 것이라는 점이다. 또 홍자 성 본에는 삼봉주인三峰主人 우공겸于孔兼의 제사題詞가 있는데 홍응명 본 에는 우于 씨氏의 글이 없고 환초당주인還初堂主人의 지어識語가 붙어 있는 바 그 지어 중에 구舊에는 서문이 있었으나 아순雅馴하지 못하며 또 이 책과 관섭關涉됨이 없는 말이므로 빼버렸다는 구절句節이 있다. 이상의 사실에서 우리는 먼저 다음 몇 가지 중요한 사실을 간득看得할 수 있다.

첫째, 《채근담》菜根譚의 원본原本은 홍자성의 자저自著인 만력본이요,

416

홍응명의 건륭본은 그것을 저본底本으로 하여 후인後人이 편저編著한 증보본增補本이라는 점이다. 이 양본兩本의 내용과 편서編序가 불일치한 것은 후인이 수의간행隨意刊行할 때 원본인 만력본에다 《채근담》과 같은 의취意趣의 제가諸家의 청언淸言을 증보增補한 까닭일 것이니 건륭본에는 청淸의 석성재石惺齋의 손으로 된 '속채근담'續菜根譚의 어구가 산견散見되는 것도 그 일례一例다.

둘째, 홍자성과 홍응명은 동일인이 아니면 홍응명은 후세가탁後世假托의 사람일 것이라는 점이다. 이 양인은 공히 그 생졸연대生卒年代와 열력閱歷을 고거考據할 길이 없으므로 동일인이라는 확증도 개별인이라는 확증도 없어 제가諸家의 설說이 분분하지만 이러한 견해를 가지는 것은 다음과 같은 이유에서다.

홍자성 본에 제사題詞를 쓴 우공겸于孔兼은 명사明史에 그 본전本傳이 있어 그가 만력萬曆 8년에 급제及第한 후 여러 가지 관직을 지나고 나중에 묘당廟堂의 실정失政을 논하는 상소上疏로 말미암아 신종神宗의 축척黜斥을 당하여 칩거하여 만년을 보낸 명사임을 알 수 있다. 그 제사題詞중에 "우인友人 홍자성이라는 이 있어 《채근담》을 가지고 와 나에게 보이고 또한 나에게 서序를 빌었다"는 구절이 있으니 이로써 보면 홍자성이 우공겸于孔兼과 동시대인 만력년간萬曆年間의 사람임을 알 수 있으니 《채근담》이 홍자성의 자저自著였다는 것만은 확실하다. 그러나 홍응명 본에는 우 씨의 제사題詞가 없을 뿐 아니라 그것이 없게 된 까닭을 무관섭어無關涉語이기 때문에 일부러 빼버렸다는 말이 환초당주인還初堂主人의 지어識語에 나타나 있는바 그 지어識語는 건륭乾隆 59년에 된 것이 밝혀져 있다. 이로써 보면 우공겸于孔兼의 제사題詞를 빼버린 사람은 건륭본의 편자編者요, 건륭본의 편자는 지어識語를 쓴 환초당주인일 것이다. 이 환초당주인과 홍응명이 동일인이라거나 혹은 동시대인이라는 관계가 밝혀졌다면 홍자성과 홍응명은 별개인이라는 증거가 되지만 이것도 명료하지를 않다.

여기서 우리가 한번 추리해 볼 수 있는 것은 건륭본의 편자는 홍응명이 아닌 별개의 제 3 자요, 그것이 환초당주인還初堂主人이라는 것과 그 환초당주인이 자가自家의 취미대로 증보개산增補改刪하며 원저자原著者의 본명을 모冒한 것이 아닌가 하는 점이니 혹은 건륭년간까지는 홍자성의 본명이 홍응명이라는 증거가 확실하였는지도 모른다는 점이다. 만일 홍응명이 홍자성의 본명이 아니라면 홍응명은 건륭본 편자編者 환초당주인의 본명이거나 환초당주인이 저자명著者名으로 가탁假託한 이름이거나 두 가지 중의 하나일 것이다. 그러나 환초당주인이라고 자호自號한 것을 보면 그가 홍자성을 사숙私淑한 것을 알 수 있고 또 그 지어識語에서 "구舊에는 서문序文이 있었으나" 운운한 것을 보면 《채근담》의 저자가 홍자성임을 밝힌 것인 줄 알 것이니 이로써 홍응명이란 이름이 건륭본의 편자인 환초당주인의 본명이 아님을 알 것이요, 환초당주인이 자의自意로 가탁假託한 가공의 이름이기보다는 원저자 홍자성의 이름이리라는 가능성이 많다 할 것이다. 환초당주인이 《채근담》 원저자인 환초도인還初道人 홍자성이 아님은 환초당주인 지어識語가 쓰여진 건륭 59년(서기 1794년)은 만력말년萬曆末年인 신종神宗 47년(서기 1619년)에서도 170여 년 뒤임을 보아서 명백하다.

서상敍上한 바로써 우리는 홍자성과 홍응명이 동인이명同人異名일 수 있다는 가능성에 대하여 살펴보았거니와 한용운韓龍雲 선생도 그의 역편譯編인 《채근담》袖珍版의 범례에서 "차가서此價書는 명明의 만력중인萬曆中人 홍응명洪應明(字는 自誠, 호는 還初道人)의 저작著作이다"라고 명언하여 동인이명설同人異名說을 취하였다. 홍자성 본과 홍응명 본의 내용의 상위相違, 편서編序의 부동不同, 간행연대의 현격懸隔으로써 이를 별개인

418

이라고 주장하는 사람도 있으나 이것만으로는 매우 박약薄弱한 논거라고 할 수밖에 없으니, 만일 건륭본의 편찬자가 환초당주인이요, 그가 또 홍자성도 홍응명도 아닌 전연 딴 사람일 경우에는 홍자성과 홍응명은 반드시 별개인이 아니고 한 사람일 수도 있기 때문이다.

앞에서 우리는 홍응명 본의 편자를 거기에 지어識語를 붙인 환초당주인이라고 추정하였다. 서상敍上한 바와 같은 우리의 근본입지에서 나아가 우리는 몇 가지 중요한 사실을 더 지적할 수가 있다.

첫째, 건륭본(홍응명 본)의 편찬자는 승려이리라는 것이다. 환초당주인 지어識語에 "구舊엔 서문이 있었으나 아순雅馴치 못하며 또 이 책과 관섭關涉됨이 없는 말이므로 빼버렸다"는 말이 있다. 그 빼버린 서문은 우공겸于孔兼의 제사題詞일 것이니 우 씨의 글이 아순雅馴치 못하다는 것은 만력본에 실려 있는 그 글을 보아도 당치 않은 말이요, 또 이 책의 내용과 무관섭어無關涉語이기 때문에 뺐다는 것도 거기 비록 우 씨 자신의 얘기가 많긴 하나 그것이 모두 그 저서와 저자 홍 씨의 위인爲人에 언급하기 위함이니 무관섭어無關涉語랄 수가 없는 것이다. 생각건댄 그 제사題詞를 뺀 까닭은 이런 데 이유가 있는 것이 아니고 우 씨 제사題詞에 나타난 숭유척불崇儒斥佛의 언사가 편자編者인 환초당주인의 비위에 거슬린 때문이라도 보는 것이 타당하다. 우 씨의 제사題詞중에는 "염락濂洛의 설說을 습習하는 자 있으면 목牧하고 축건竺乾의 업業을 습習하는 자 있으면 벽闢한다"는 말이 있으니 '축건竺乾의 업業'은 불교를 가리키는 말이므로, 이는 매우 불교적인 《채근담》의 내용에 어울리지 않는 말이라고 볼 수 있는 까닭이다.

그러나 홍자성 자신도 《채근담후집》菜根譚後集 134에서 '석씨수록 오유소위'釋氏隨緣 吾儒素位라 하여 스스로 유가의 사람임을 밝혔던 것이다. 그런데도 불구하고 우 씨의 제사題詞를 빼 버린 저의에는 편자編者 환초당주인이 불가의 사람임을 암시하는 바가 있다. 한용운 선생은 그의 역편譯編 《채근담》菜根譚의 범례에서 그 저본底本이 승僧 내림來琳의 중국 광본廣本과 일역약본日譯略本(홍자성 본)을 종합정선綜合精選한 것임을 밝힌 바 있는데 한용운 선생의 《채근담》의 구조는 홍응명 본의 5종목 구분을 좇은 것이다. 이로써 승僧 내림來琳의 광본廣本이란 것이 만력본萬曆本의 증보본인 건륭본乾隆本 곧 홍응명 본과 같은 것을 또한 추측할 수 있다. 한용운 선생이 내림來琳의 광본廣本에 좇은 것은 그가 또한 불가의 입지에서 내림來琳의 의취意趣와 통하는 바 있었을 것은 자못 당연한 사세事勢였을 것이다.

둘째, 이로써 우리는 건륭본인 홍응명 본과 내림본來琳本은 동일한 것이리라는 것과 홍응명 본의 편찬자는 내림來琳이 아닌가 하는 것에까지 생각이 미치게 된다. 따라서 환초당주인 지어識語의 찬자撰者도 내림이요 환초당주인도 내림인 듯하다는 말이다. 그러므로 우리는 《채근담》의 양대저본兩大底本의 관계를 다음과 같은 것이라고 본다.

洪自誠 本 = 만력본萬曆本 = 약본略本 = 원본原本
洪應明 本 = 건륭본乾隆本 = 광본廣本 = 합찬본合纂本
　‖
내림본來琳本

다만 우리는 내림來琳에 대해서도 홍자성이나 홍응명과 마찬가지로 상세한 것을 알지 못한다. 《채근담》菜根譚의 각종 원판본原板本을 비교 검토할 자료가 현재 수중에 없는 우리로서는 이 이상 더 추정推定과 천착穿鑿을 시試할 수는 없다. 후일의 재고再考를 기다리기로 한다.

중국 《인명대사전》商務印書館版에는 "洪應明(明), 字 自誠, 號 還初 道人 有仙佛奇蹤"이라고 간략히 씌어 있었다. 명확한 논증은 역시 알 수 없으나 나의 추단推斷과 일치되므로 참고삼아 적어 둔다.

'채근담'菜根譚이란 이름은 물론 저자 홍자성洪自誠이 붙인 것이겠으나 그 의의意義의 출처는 송대宋代의 유자儒者 왕신민汪信民에게 있는 듯하다. 왕신민은 "사람이 항상 채근菜根을 씹어 먹을 수 있으면 곧 백사百事를 가히 이루리라"고 하였으니, 사람이 일상 초근목피草根木皮와 같은 조식粗食을 달게 여겨 그 담담한 맛에서 참맛을 느끼고 모든 일을 참고 견디면 어떠한 어려운 일이라도 안 되는 일이 없을 것이라는 뜻이다.

홍자성이 《채근담》을 저술할 당시의 경우를 이 책 이름으로 우의寓意한 것이니, 《채근담》 전편의 내용이 난세지신亂世持身의 요결要訣이요 누항락도陋巷樂道의 묘체妙諦임을 볼 때 그 제명題名의 의의는 더욱 밝은 바 있다. 왕신민汪信民의 이 말을 송宋의 호강후胡康候가 듣고 격절탄상擊節歎賞하였다는 말이 〈소학외편〉小學外篇 선행善行 말미末尾에 있다. 주자朱子는 이 말을 이끌어 "이젯사람을 보매 채근菜根을 씹지 못하므로 그 본심本心에 어기는 자 많나니 가히 경계警戒하지 않을까 보냐"라고 하였다. 이 모두 다 선비는 항상 구학溝壑에 있음을 잊지 말아서 도의道義를 무거이 하고 계교사생計較死生의 마음을 가벼이 하라는 뜻이다.

채근菜根의 진미를 모르는 자는 기름진 고기 맛에 반하여 명리名利에 팔리고 눈앞의 이익에만 끌린다는 것이다. 그러므로 《채근담》菜根譚은 전편全篇이 담박淡泊함을 귀히 여기고 농후濃厚함을 싫어하며 화사華奢를 버리고 질박質朴을 취함으로써 주지主旨를 삼은 것이다.

"醴肥辛甘非眞味(예비행감비진미) 眞味只是淡(진미지시담)" 혹은 "藜口莧腸者(여구현장자) 多氷淸玉潔(다빙청옥결) 袞衣玉食者(곤의옥식자) 甘婢膝奴顔(감비슬노안) 蓋志以澹泊明(개지이담박명) 節從肥甘喪(절종

비감상)"이라는 구들이 모두 이 《채근담》菜根譚 제명題名의 진체眞諦를 나
타낸 말들이다.

趙芝薰

諸葛亮의 出師表

울며 바치는 글

선제先帝1)께오서 창업을 못다 이루신 채 중도에 돌아가시고 이제 천하는 삼분三分되어 익주益州2)가 피폐하니 이 진실로 나라의 흥망이 달린 위급한 때로소이다. 그러하오나 시위侍衛할 신하가 안에서 게으르지 않삽고 충성되고 뜻있는 선비가 밖에서 몸을 잊음은 다 선제先帝께 받자온 남다른 돌보심을 폐하陛下께 갚고자 함이로소이다.

진실로 마땅히 성청聖聽을 기울이시와 선제先帝의 유덕遺德을 빛나게 하시고 뜻있는 선비의 기운을 넓히실 것이요 함부로 스스로를 낮비여겨 부질없는 비유를 들며 의義를 잃음으로써 충간忠諫의 길을 막아서는 안 되리이다. 궁중宮中과 부중府中3)은 이 다 한 덩어리니 어진 이를 올리고 그른 사람을 벌함에 마땅히 같고 다름이 없게 하소서. 농간을 부리고 죄를 범하는 자가 있거나 충성되고 착한 일을 하는 이가 있을 때는 마땅히 유사有司에게 분부하사 그를 형벌刑罰하고 상 줌으로써 폐하의 평명平明한 다스림을 밝힐 것이요 편벽되어 한쪽에 기울어져 안팎의 법을 다르게 하여서는 안 되리이다.

시중侍中 곽유지郭攸之, 비위費褘와 시랑侍郞 동윤董允 들은 이 모두 어질고 실한 사람들이라 뜻이 밝고 생각이 순하므로 선제先帝께오서 이를 뽑으시와 폐하陛下께 끼치셨사오니 써 궁중의 일은 일의 크고 작음을 가릴 것 없이 물으신 다음에 행하시면 반드시 능히 모자람을 돕고 새는 것을 막아 실로 널리 이익됨이 있으리이다. 장군將軍 향총向寵은 성품이 맑고 행실이 바르며 군사軍事에 밝히 통하여 지난날 처음 쓰실 때 선제先帝께오서 일컬으시기를 능하다 하신지라, 이로써 중의衆議가 향총向寵을 천거하여 도독都督을 삼은 것이오니 영중營中의 일은 일이 크고

1) 선제(先帝) = 촉한(蜀漢) 소열제(昭烈帝) 유비(劉備).
2) 익주(益州) = 지명, 사천(四川) 운남(雲南) 귀주(貴州) 3성내(三省內).
3) 궁중부중(宮中府中) = 천자궁(天子宮)과 승상부(承相府).

작음을 가릴 것 없이 모두 물어 보오시면 반드시 능히 행진行陣을 화목케 하고 우열이 곳을 얻게 하리라 하나이다. 어진 신하를 가까이하고 소인을 멀리함은 이 곧 선한先漢의 흥융興隆한 바 까닭이요 소인을 가까이하고 어진 신하를 멀리함은 이 곧 후한後漢의 쇠잔衰殘한 까닭이오매 선제先帝 계실 때 매양 신臣으로 더불어 이 일을 말씀하실 새 일찍이 환제桓帝, 영제靈帝4)를 탄식嘆息, 통한痛恨하시지 않으신 적이 없었나이다. 시중상서侍中尙書 진진陳震 장사長史 장상張商, 참군參軍 장완蔣琬은 이 모두 곧고 바른 사절死節의 신臣이오니 원컨대 폐하는 이들을 믿고 가까이하시면 곧 한실漢室의 흥융興隆을 가히 손꼽아 기다릴 수 있으리이다.

신臣은 본대 한 포의布衣라 몸소 남양南陽5)에 밭 갈아 어지러운 세상에 성명性命이나 구차히 보전하려 했삽고 제후諸侯에게 알려져서 영달榮達함을 구하지 않았삽더니 선제先帝께오서 신臣의 낮고 더러움을 가리지 않으시고 황송하옵게도 스스로 길을 굽혀 초려草廬 속에 세 번이나 신臣을 찾으시와 당세當世의 일을 신臣에게 물으시니 이로 하여 감격한 나머지 드디어 선제先帝를 위하여 몸을 바치기로 마음한 것이로소이다. 기우는 세상 패군敗軍의 즈음에 맡김을 받고 위태롭고 어려운 사이에 명命을 받자옴이 이래爾來 스물 하고 또 한 해라 선제先帝께오서 신臣의 근신함을 아오시고 돌아가심에 미쳐 신臣에게 큰일을 부탁하시니 명命을 받자온 뒤로 밤낮을 근심하고 탄식하옴은 부탁하심을 보람 없이 하여 선제先帝의 밝으심을 상할까 저어하옴이라. 5월에 노수瀘水6)를 건너 깊이 불모不毛7)까지 들어갔삽더니 이제 남쪽이 이미 평정되고 병장개가 또

---

4) 환제(桓帝), 영제(靈帝) = 후한(後漢).
5) 남양(南陽) = 지명(地名), 하남성내(河南省內) 제갈량의 고향.
6) 노수(瀘水) = 운남성(雲南省)에서 사천성(四川省)으로 흘러 양자강(揚子江)에 드는 강(江).

한 족한지라 마땅히 삼군三軍을 이끌어 북北으로 중원中原을 평정할까 하나이다. 힘자라는 데까지 노둔鈍한 이 몸을 채찍질하여 간흉奸兇을 무찌르고 한실漢室을 다시 일으켜서 옛 도읍都邑에 돌아가고자 하오니 이는 신臣이 선제先帝의 은우恩遇를 갚고 폐하께 충성을 바치는 길이기 때문이로소이다. 손익損益을 짐작하고 충언忠言을 다 아뢰옴은 이 곧 유지攸之, 위禕, 윤允 들의 맡은 바이오니, 원컨대 폐하는 도적을 덜고 나라를 일으킴을 신에게 맡기사 이루지 못하옵거든 신臣의 죄를 다스려 써 선제先帝의 영靈 앞에 고하시고 유지攸之, 위禕, 윤允 들의 허물을 꾸짖으시와 써 그 게으름을 밝히시며 폐하께서도 또한 마땅히 착한 길을 물으시고 옳은 말을 들으시사 깊이 선제先帝의 유조遺詔 지키기를 꾀하사이다. 신臣은 은혜 받자온 감격을 이기지 못하옵노니 이제 멀리 떠남을 당해서 글을 올리려 하옴에 눈물이 앞을 가리어 이를 바를 알지 못하노이다.

---

7) 불모(不毛) = 지명(地名), 남방에는 불모지지(不毛之地)가 없으므로 버마 북(北) 쪽 도시(都市) 바모의 취음(取音)으로 추정함.

出師表 原文

臣亮言 先帝創業未半 而中道崩殂. 今天下三分 益州罷敝 此誠危急存亡
之秋也 然侍衛之臣 不懈於內 忠志之士 忘身於外者 蓋追先帝之殊遇 欲報
之于陛下也. 誠宜開張聖聽 以光先帝遺德 恢弘志士之氣 不宜妄自菲薄
引喩失義 以塞忠諫之路也 宮中府中 俱爲一體 陟罰臧否 不宜異同. 若有
作姦犯科 及爲忠善者 宜付有司 論其 刑賞 以昭陛下平明之治 不宜偏私
使內外異法也.

侍中侍郎郭攸之 費褘 董允等 此皆良實 志慮忠純 是以先帝簡拔 以遺陛
下. 愚以爲 宮中之事 事無大小 悉以咨之 然後施行 必能裨補闕漏 有所廣
益也. 將軍向寵 性行淑均 曉暢軍事 試用於昔日 先帝稱之曰 能 是以 衆
議擧寵以爲督. 愚以爲 營中之事 事無大小 悉以咨之 必能使行陣和穆 優
劣得所也. 親賢臣 遠小人 此先漢之所以興隆也 親小人 遠賢臣 此後漢之
所以頹敗也. 先帝在時 每與臣論此事 未嘗不歎息痛恨於桓靈也 侍中 尚
書 長史參軍 此悉貞亮死節之臣也 願陛下 親之信之 則漢室之隆 可計日而
待也.

臣本布衣 躬耕 於南陽 苟全性命於亂世 不求聞達於諸侯 先帝不以臣卑
鄙 猥自枉屈 三顧臣於草廬之中 諮臣以當世之事. 由是感激 遂許先帝以
馳驅. 後値傾覆 受任於敗軍之際 奉命於危難之間 爾來二十有一年矣 先
帝知臣謹慎 故 臨崩寄臣以大事也. 受命以來 夙夜憂歎 恐託付不效 以傷
先帝之明 故 五月渡瀘 深入不毛 今南方已定 甲兵已足 當獎帥三軍 北定
中原 庶竭駑鈍 攘除姦凶 以興復漢室 還於舊都. 此臣所以報先帝 而忠陛
下之職分也. 至於斟酌損益 進盡忠言 則攸之褘允之任也.

願陛下 託臣以討賊興復之效 不效則治臣之罪 以告先帝之靈. 若無興德
之言 則責攸之褘允等之咎 以彰其慢. 陛下 亦宜自謀 以諮諏善道 察納雅
言 深追先帝遺詔 臣不勝受恩感激 今當遠離 臨表涕泣 不知所云.

— 諸葛忠武侯集 —

牧牛子 修心訣

목우자소전牧牛子小傳 수심결修心訣

해제解題

목우자牧牛子(1159~1210)의 휘諱는 지눌知訥이요, 목우자牧牛子는 호號니, 고려高麗 명종조明宗朝의 고승이시다. 속성俗性은 조趙씨요 경서동주京西洞州:瑞興 사람이다. 8세에 조계운손종휘曹溪雲孫宗暉에 나아가 출가하고 25세에 창평昌平 청원사淸源寺에 주석住錫하사 육조단경六祖壇經을 열閱하시다가 "眞如自性起念(진여자성기념) 六根雖見聞覺知(육근수견문각지) 不染萬相而眞性常自在(불염만상이진성상자재)"의 구句에 이르러 느낀 바 있어 선문禪門에 투족投足하시다.

31세(명종 18년)에 팔공산八公山 거조암居祖庵에서 정혜결사문定慧結社文을 지어 습정균혜習定均慧의 숙지宿志를 발휘하시고 신종神宗 3년(1200년)에 송광산松廣山 길상사吉祥寺로 이치移置하시고 조계산曹溪山 수선사修禪社라 하여 위미萎靡한 선종禪宗의 부흥에 진력盡力하시어 중흥이라기보다 창조에 가까운 눈부신 빛을 나토셨다. 희종熙宗 6년 3월에 입적하시니 불일보조佛日普照는 그의 시호諡號요, 탑호塔號는 감로甘露며 또한 혜각존자慧覺尊子라고도 부른다.

목우자牧牛子는 정혜쌍수定慧雙修라는 해동독유海東獨有의 선문종지禪門宗旨를 창조하셨으니, 선禪으로써 교敎를 섭攝하는, 다시 말하면 불립문자不立文字의 선禪의 종지宗旨를 주로 하고 이의 보조로 교敎:文字經를 병

수幷修해야 할 것을 역설하신 것이다. 즉, 정혜불이定慧不二의 쌍수雙修로 돈오점수頓悟漸修할 것을 선禪의 방법론으로 삼으신 것이다. 〈수심결〉修心訣은 보조법어普照法語에 수록된 것이니, 이 정혜쌍수定慧雙修의 필요를 설說하고 돈오점수頓悟漸修의 이理를 밝힌 가장 간명簡明한 글이다. 짧은 글 속에 선禪의 온오蘊奧를 설진說盡했다 해도 과언은 아니니 1,700칙 공안公案이 다 이 속에 있다 할 수 있다. 신라의 도의국사道義國師가 입당入唐하여 지나육조혜능선사支那六祖慧能禪師의 증법손서당지장曾法孫西堂智藏의 전법傳法을 받아오신 뒤 1,150 여 년 동안에 허다한 고승석덕高僧碩德이 배출하였으나 해동선海東禪에 새로운 피를 주입한 이는 이 〈수심결〉修心訣의 저자인 목우자牧牛子 보조국사普照國師라 할 수 있다.

牧牛子 修心訣

삼계三界1)의 열뇌熱惱2)여 화택火宅과 같도다. 어찌타 여기에 머물러 있어 가없는 괴로움을 달게 받을 것이랴. 윤회輪廻3)를 벗고자 하면 부처를 찾음보다 나음은 없나니 부처를 찾고자 하면 이 마음이 곧 부처라, 마음을 어찌 멀리서 찾으리요, 나의 몸을 떠나지 않음이요, 색신色身4)은 다 거짓이라 남이 있고 멸滅함이 있으나 진심眞心은 공空함과 같아 끊어짐과 변함이 다 없나니 이런 전차로 이르사대 백해百骸는 흩어져서 불로 돌아가고 바람으로 돌아가나 일물一物5)은 길이 영靈하여 하늘과

---

1) 삼계(三界) : 불교에서는 세계를 미망계(迷妄界)와 이상계(理想界 ; 悟界)에 대분(大分)하나니 이 3계는 전자 즉 생사를 벗지 못한 미계(迷界)를 다시 나눈 것이다. 욕계(欲界), 색계(色界), 무색계(無色界)를 3계라 한다.

2) 열뇌(熱惱) : 큰 번뇌(煩惱). "令諸衆生熱惱消滅" ― 華嚴經.

3) 윤회(輪廻, 유뇌) : 인과의 응보로서 미망계(迷妄界)에 태어나고 죽는 것. "有情輪廻生六道猶如車輪無終始" ― 心地觀經.

4) 색신(色身) : 육신(肉身), 육체(肉體), 물체(物體).

5) 일물(一物) : 이는 물(物) 아닌 물(物)이니 무물(無物)이며 비물(非物)이다. 역(易)의 태극(太極), 노자(老子)의 도(道)가 그렇듯이 말로써 이르지 못하며 형상 없어 볼 수 없는 것. 이의 진상(眞相)을 체득함이 선(禪)의 구극(究極)이다. "有一物無頭無尾無名無字上柱天下柱地明如日黑似漆常在動用中動用中牧不得者是然雖如是一物之言亦强稱之而已" ― 六祖慧能.

땅을 덮는다 하시니라. 슬프다, 이젯사람의 길을 잃고 헤맴이여. 저의
마음이 이 참으로 부처인 줄 모르며 저의 성性이 참 법法인 줄 몰라 법을
구하되 멀리 여러 성인聖人을 찾고 부처를 구하되 저의 마음은 보지 않
는도다.

　만일 마음 밖에 부처가 있고 성性 밖에 법法이 있다 하여 여기에 굳이
집착하여 부첫길을 찾고자 하면 비록 진겁塵劫6)을 지나도록 몸을 태우
며 팔을 그을리고 뼈를 두드리며 살을 깎고 피를 뽑아 경經을 베끼며 길
이 앉아 눕지 아니하고 하루 한 끼를 묘시卯時에 먹으며7) 크나큰 대장
교大藏教를 다 읽으며 이렇듯이 가지가지의 고행苦行을 닦은들 어찌 얻음
이 있으리요. 마침내 모래로써 밥을 지음과 같이 다만 수고로움만 더
하리로다. 오로지 저의 마음을 알며 항사恒沙8)의 법문法門9)과 한없이
묘한 뜻을 찾지 않아도 얻으리라.

　그러므로 세존世尊10)이 이르사대 널리 일체의 중생衆生11)을 보노니
다 여래如來12)의 지혜덕상智慧德相을 갖추었다 하시고 또 이르사대 일체

"夫易無思也無爲也寂然不動感而遂通"―孔子.
　"道可道非常道名可名非常名 … 一者其上不曒其下不昧 … 無狀之狀無象之象 …
　迎之不見其首隨之不見其後"―老子.

6) 진겁(塵劫) : 긴 시간. 무한한 세월.
7) 일식묘재(一食卯齋) : 수선생활(修禪生活)에는 대개 오후불식(午後不食)하는데
　이는 하루 오전 7시 반경에 한 끼를 먹는 것이니 전심고행(專心苦行)의 하나다.
8) 항사(恒沙) : 항하사(恒河沙)의 약어이니 항사 즉 인도(印度)의 대하(大河) 갠지스
　하(河)의 모래라는 뜻으로 전하여 무량수(無量數)란 말이다.
9) 법문(法門) : 불법(佛法)에 들어가는 길. 그 길을 가르치는 설법(說法).
10) 세존(世尊) : 석가모니불(釋迦牟尼佛)의 별칭. 세간출세간인(世間出世間人)이 다
　존경한다는 뜻.
11) 중생(衆生) : 모든 사람. 일체의 생물. 삼라만상(森羅萬象).
12) 여래(如來) : 불(佛)의 존칭. "無所從來亦無所去故名如來"―金剛經.

중생一切衆生의 가지가지 환화幻化13)가 다 여래如來의 원각圓覺한 묘심妙心에서 난다 하시니 이로써 마음을 떠나 다시 부처를 이룰 수 없음을 알리로다. 지나간 날의 모든 여래如來도 다만 이 마음을 밝힌 사람이시며 이제 모든 어진 사람도 또한 이 마음을 닦은 사람이시며 오는 날의 배울 사람도 마땅히 다 이와 같아야 하리니 바라건댄 모든 도道 닦는 사람은 마음 밖에서 부처를 찾지 말지어다. 심성心性이 더러움이 없이 본디 절로 이루었으니 다만 망연妄緣14)만 여의면 곧 여여如如한 부처가 되리라.

어떤 이 있어 묻되 만약 부처성性이 이제 이 몸에 있을진댄 하마 몸 가운데 있으리나 범부凡夫를 여의지 못하노니 어째서 저는 이제 불성佛性을 보지 못하나닛고. 말씀 베풀어 어리석은 이로 하여금 깨달음을 열게 하소서. 답하시되 너의 몸 가운데 있건만 네 스스로 보지 못함이니 하루 열두 시 동안에 배고픔을 알고 목마름을 알며 추움을 알고 뜨거움을 알며 혹은 성내고 혹은 즐거워함이 필경 이 무엇인고. 또한 색신色身은 이 땅과 물과 불과 바람 네 가지의 인연이 모두인 바라, 그 바탕이 굳이 무정無情한 것이니 어찌 능히 보며 들으며 깨달으며 알 수 있으리요. 능히 보며 들으며 깨달으며 아는 자는 이것이 너의 불성이로다. 그러므로 임제臨濟15) 이르사대 사대四大16)는 법法을 알지 못하며 법을 듣

---

13) 환화(幻化) : 환즉화(幻卽化)니 본래 아무 것 없는 곳에 인연을 빌려 나타난 것을 환화(幻化)라 한다. "幻者化也無而忽有之謂也"— 演密鈔.

14) 망연(妄緣) : 연(緣)은 모든 내 몸의 내외에 일어나는 사물이니 이 곧 체(體)가 허망한 것이므로 망연이라 하며 또는 모든 사물이 다 범부(凡夫)의 망정(妄情)을 인연(因緣)하여 일어나므로 망연이라 한다.

15) 임제(臨濟) : 中國禪 11代 嫡孫祖師. 臨濟義玄臨濟宗祖. 黃檗希運 禪師의 法嗣다.

16) 4대(四大) : 지수화풍(地水火風)을 4대라 한다. 인도 고대철학에서 말하는 바 모든 물(物)을 이루는 4대 원소니 사람의 육체도 이 4대의 사연(四緣)에 의한 화합체(和合體)라고 본다.

지 못하고 허공虛空도 법法을 알지 못하며 법을 듣지 못하나 다만 너의 눈앞에 역력고명歷歷孤明한 얼굴 지을 수 없는 것17) 이라사 비로소 설법 說法함을 알며 또한 들으리라 하시니라. 이른바 얼굴 지을 수 없는 것, 이것이 모든 부처의 법인法印18) 이며 또한 너의 본디 마음이니라. 곧 불성佛性이 이제 너의 마음 가운데 있거니 어찌 밖에다 구하리요. 네 만일 믿지 않을진댄 옛 성인의 입도入道한 인연을 몇 가지 들어 너로 하여금 의심을 덜게 하리니 너는 모름지기 이것을 믿을지어다.

예에 이견왕異見王19) 이 바라제존자婆羅提尊者20) 에게 물어 가로되 무엇이 부처이닛고 하시니 존자尊者 가로되 성性을 봄이 이 부처로소이다. 왕王이 가로되 스승은 성性을 보셨나이까. 존자 가로되 신臣은 불성佛性을 봤노이다. 왕이 가로되 성性이 어디 있나닛고, 존자 가로되 성性은 작용作用21) 에 있나이다. 또 물으시되 작용이란 무엇이관대 이제 내 보지 못하나닛고, 답해 가로되 이제 작용이 나타나건만 왕께서 스스로 보시지 않노이다. 그러면 나에게도 있나닛고, 왕께서 이제 작용하시기 때문에 이와 같으시거니와 왕께서 작용하시지 않을진댄 몸도 또한 보기 어렵소이다. 그러면 어떤 때를 당하여 나타나나닛고, 존자 가로되 그 나타남에 여덟 때가 있나이다. 그 여덟 때의 나타남을 나를 위하여 설說해 주소서. 이르사대 태胎 가운데 있을 땐 몸이요 세상에 나와선 사람이요 눈에 있어선 봄見이요 귀에 있어선 들음이요 코에 있어선 내를 가림이요 혀에 있어선 말함이요 손에 있어선 잡음이요 발에 있어선

---

17) 물형단자(勿形段者) : '註 5' 일물(一物) 을 참조하라. 일물은 일심(一心) 이니 곧 형상 없는 것이다.

18) 법인(法印) : 불변부동(不變不動) 하는 진리. 진법(眞法).

19) 이견왕(異見王) : 인도 달마(達磨) 의 질(姪). '註 65' 참조.

20) 바라제존자(婆羅提尊者) : 印度禪 28祖 達磨의 弟子. 異見王 王師.

21) 작용(作用) : 체상용(體相用) 의 용(用) 에 해당하는 것. '註 74' 참조.

걸음이라. 널리 나타남에 사계(沙界22)에 가득 차고 수섭收攝하려는 한 티끌에도 있나니 아는 이는 이 곧 불성佛性임을 아오나 모르는 이는 이를 정혼精魂이라 부르나이다. 왕이 들으시고 마음에 곧 깨달음을 연 것이로다.

또 한 중이 귀종화상歸宗和尙23)께 묻되 무엇이 부처닛고, 종宗이 말씀하사오되 내 이제 그대에게 말하리나 그대 내 말을 믿지 않을까 저어하노라. 중이 사로되 화상和尙의 참된 말씀 어찌 감히 믿지 않겠나잇고. 사師 이르사대 그대가 곧 이것이로다. 중이 사로되 어찌 보임(保任24) 하리잇고, 사師 가로되 흐린 눈으로 하늘을 봄에 꽃 없는 곳에 거짓 꽃 휘날림을 보리라. 그 중이 이 한 말에 깊이 깨달은 바 있더라. 이 위에든 고성古聖의 도道에든 인연은 밝고 밝음이 족히 어려울 것 없도다. 이 공안公案25)으로부터 믿고 깨달은 바 있으면 곧 옛 성인聖人으로 더불어 손을 잡고 길이 같이하리라.

묻되 그대의 견성見性26)이 참 견성見性일진댄 곧 성인聖人이라 뻑뻑히

---

22) 사계(沙界) : 恒河沙 世界. 수많은 세계.

23) 귀종화상(歸宗和尙) : 支那禪 8大 祖師 馬祖道一의 弟子. 歸宗智常 禪師. 이 公案 은 그 法嗣芙蓉靈訓禪師 사이의 問答이다. 〈傳燈錄〉

24) 보임(保任) : 보호임지(保護任持). 깨친 뒤 공부.

25) 공안(公案) : 화두라고도 하는 것으로 1,700칙(則)이 있다. 선가(禪家)에는 의지하는 정전(正典)의 경(經)이 없으므로 역대조사(歷代祖師)의 전법문답(傳法問答) 등 선(禪)의 진수(眞髓)에 대한 문답을 공안(公案)이라 하여 선을 수행하는 데 는 반드시 이 화두를 걸고 분별사변(分別思辨)을 떠난 직관적 구명(究明)의 길에 드는 것이다. 그러나 이도 견성(見性)의 방편에 불과하므로 어구에 집(執)하여 진 의(眞義)를 몰각하면 도로(徒勞)가 될 뿐이다.
'註 5'의 "一物이 무엇이냐(是甚麼) 하는 것으로 문제 삼는 것을 시심마화두(是甚麼 話頭)라 하고 僧問趙州禪師如何是祖師達磨粟意州云庭前栢樹子 — 栢樹子話頭 (祖師粟意因甚栢樹子) 洞山和尙云麻三斤 — 麻三斤話頭".

26) 견성(見性) : 선가(禪家)의 상어(常語)니 견성한 사람이 곧 개오(開悟)한 사람이

신통[27] 변화神通變化를 나타내어 사람과 더불어 다름이 있겠거늘 어찌하여 이젯 마음을 닦는 무리 신통변화를 나타내는 이 한 사람도 없나닛고. 답하사되 그대 가볍게 미친 말을 발發하지 말라. 사邪됨과 바름을 나누지 못하는 것이 이것이 미도迷倒한 사람[28]이라, 이제 도道를 배우는 이 입으로 참을 말하고 마음에 퇴굴退屈을 일으켜 도리어 무분無分의 실失[29]에 떨어지는 것은 다 그대의 의심하는 바니 도道를 배우매 그 선후先後를 알지 못하고 이理를 설說하되 그 본말本末을 가리지 못하는 이는 사견邪見이요, 수학修學이라 이를 수 없나니 다만 저를 그릇되게 할 뿐 아니라 다른 사람도 그르치는 것이라 어찌 삼가지 않을 수 있으랴.

도道에 들어감에 그 들어가는 문門은 많으나 이를 줄이면 돈오頓悟와 점수漸修[30] 두 문門을 벗어나지 않나니 비록 돈오점수頓悟漸修는 이 가장 높은 근기根機의 득입得入[31]하는 바이나 그 지냄을 미루어 보매 이미 다

다. 자심(自心)의 불성(佛性)을 본 것을 견성이라 한다.

"直指人心見性成佛敎外別傳不立文字" — 達磨悟性論. "達磨從西天來唯傳一法直指一切衆生本來是佛不假 修行但如今識取自心見自本性更莫別求黃檗傳心法要. 若欲見佛須是見性性卽是佛" — 血脈論.

27) 신통(神通) : 여러 가지 기사이적(奇事異蹟)을 나타내는 것. 불교에서 말한 신통에 여섯이 있으니 천안통(天眼通) 천이통(天耳通) 숙명통(宿命通) 타심통(他心通) 신족통(神足通) 누진통(漏盡通)이 그것이다. 신통은 외도(外道)에도 있다.

28) 미도지인(迷倒之人) : 미인(迷人). 미망전도(迷妄顚倒)하여 그 바를 모르는 사람.

29) 무분지실(無分之失) : 원래 다 부처와 다름없으나 이를 정진오수(精進悟修)하지 않아 분(分) 아닌 악취(惡趣)에 떨어지는 것. 부처될 천분(天分)을 가졌으나 이를 몰라 부처가 되지 못하는 것.

30) 돈오(頓悟)와 점수(漸修) : 중생이 본래 부처와 다름없음을 곧 깨침을 돈오라 하고 일체의 대경(對境)에 시달리지 않으며, 집(執)하지 않아 초연히 수순(隨順)하는 것을 점수라 한다. 돈오 없으면 점수값이 없고 점수 없으면 깨친 것도 다 수포로 돌아간다. 여기서는 전자는 돈오점수(頓悟漸修) 즉 돈오한 다음 수행하는 것과 후자는 점수돈오(漸修頓悟) 즉 점수한 다음 돈오하는 것의 두 가지를 가리킨다.

생多生32)에 깨친 바를 힘써 닦아 점훈漸熏33)하여 금생今生에 이르러 들고 곧 깨달음을 열어 일시에 몰록 마친 것이니 이도 또한 그 참을 말할진댄 선오후수先悟後修34)의 기기機라. 이 돈점頓漸 두 문門이 천성千聖의 궤철軌轍이니 모든 현성賢聖이 선오후수先悟後修 아님이 없어 닦은 뒤에 비로소 증득證得한 것이니 이른바 신통변화神通變化는 깨달음에 의하여 닦아 점훈漸熏한 뒤에 나타나는 것이요 깨달음과 함께 곧 나타남이 아니로다.

경經에 이르사대 이理는 몰록 깨칠 수 있어 오悟와 함께 소석消釋되나 모든 혹惑은 몰록 제除할 수 없으니 계제階梯를 밟아 점수漸修한 다음에야 그 다함을 보리로다 함과 같으니 그러므로 규봉圭峰이 이 선오후수先悟後修의 뜻을 깊이 밝혀 겨울에 언 못이 그 모두 물임을 아나 따뜻한 햇살을 받은 다음 녹는 것이요, 범부가 곧 부처인 줄 깨달으나 법력法力을 빌려서 훈수熏修하는 것이라 얼음이 녹음에 물이 조찰히 흐르나니 바야흐로 개척漑滌의 공功35)이 있을 것이요, 망령됨이 다 함에 마음이 영통靈通하여 마땅히 통광通光의 용用36)이 나타나리라 하시니 이로써 현상現象의 신통변화는 하루에 능히 이룬 것이 아니라 점훈漸熏하여 나타나는 것임을 알지로다.

하물며 신통변화를 나툼은 달인達人에 있어서 오히려 요괴妖怪로운 일이니 또한 현성賢聖의 말변사末邊事라 비록 나타낸다 할지라도 요용要用할 것이 아니어늘 이제 어리석은 무리는 망령되이 이르되 일념一念에

---

31) 득입(得入) : 증득오입(證得悟入).
32) 다생(多生) : 과거의 많은 생(生).
33) 점훈(漸熏) : 점점훈습(漸漸熏習)
34) '註 63' 참조.
35) 개척지공(漑滌之功) : 관개세척지공(灌漑洗滌之功).
36) 통광지용(通光之用) : 망상번뇌감즉심광자연통(妄想煩惱減則心光自然通).

깨친 때에 무량無量한 묘용妙用과 신통변화를 나타내는 것이라 하니 한 말로 이를 말할진댄 이른바 선후先後를 모르며 본말本末을 나누지 못함이라. 선후先後와 본말本末을 모르고 부첫도道를 구함은 모난 나무로써 둥근 구멍을 막고자 함과 같도다. 어찌 크게 그릇된 일이 아니리요. 방편을 모르는 고로 어렵다는 생각을 내어 스스로 퇴굴退屈을 일으켜 불종성佛種性37)을 끊는 자者 많지 않음이 아니라 스스로 밝지 못할 새 또한 다른 사람의 해오解悟함을 믿지 않아 신통神通이 없음을 보고 가벼이 여기나니 이는 현성賢聖을 속이는 것이라 진실로 슬퍼할 일이로다.

문되 그대 돈오頓悟, 점수漸修의 두 문門이 천성千聖의 궤철軌轍이라 하니 깨달음이 이내 돈오頓悟일진댄 어찌 점수漸修를 빌리며 닦음이 이미 점수漸修인댄 어찌 돈오頓悟라 할 수 있으리요. 돈점頓漸 두 뜻을 다시 가르치사 써 의심을 끊게 하소서. 답하시되 돈오라 함은 범부가 미迷할 때에 사대四大를 몸이라 하고 망상妄想을 마음이라 하여 자성自性이 이 참의 법신法身인 줄 모르며 자기의 영지靈知가 이 참의 부처인 줄 몰라 마음 밖에 부처를 찾아 이리저리 헤매다가 선지식善知識38)을 만나 그 입로入路의 가르침을 받아 일념一念에 회광廻光하여 스스로 본성本性을 봄에 성性이 원래 번뇌煩惱39)가 없고 무루無漏의 지성智性40)이 본디 절로 갖추어 있어 모든 부처로 더불어 조금도 다름없음을 알새 그러므로 돈오頓悟

---

37) 불종성(佛種性) : 부처될 소질(素質), 마음. 마음을 닦으면 부처될 것이나 이에 뜻 두지 않아 무명(無明) 구름 두꺼워지는 것. 불성(佛性)을 흐리우는 것. 불성을 끊는 것. 부처에서 멀어 가는 것.

38) 선지식(善知識) : 좋은 스승. 잘 알고 많이 깊이 옳게 아는 이. 깨친 이.

39) 번뇌(煩惱, 버뇌) : 사람이 느끼는 모든 괴로움. 욕정에 시달림받는 것.

40) 무루(無漏)의 지성(智性) : 부첫지혜. 일체(一切) 범부(凡夫)의 지(智)는 상대적인 미(微)한 불완전한 지혜(有漏智)로 불지(佛智)는 이를 초월한 절대의 지(智)니 이를 무루지(無漏智)라 한다.

라 이르는 것이며 점수漸修라 함은 비록 본성이 부처로 더불어 다름없음을 깨달았으나 비롯 없는 습기習氣를 부레로이 다 덜어 버리기 어려우므로 깨달음을 의지하여 정결히 닦은 다음에 점훈漸熏의 공功을 이루며 성태聖胎41)를 길이 길러 오랜 다음에 성聖에 이르나니 이러므로 또한 점수漸修라 이르는도다.

가잘비건댄 어린아이가 처음 남에 제근諸根이 다 갖추어 다른 사람으로 더불어 다르지 않으나 그 힘이 아직 자라지 못하여 많은 세월을 지나 비로소 성인成人이 됨과 같으니라.

묻되 어떤 방편方便을 지어야 일념에 심기를 돌려 자성自性을 깨닫겠나닛고, 답하시되 다만 너의 자심自心이라, 다시 무슨 방편을 지으리요. 만일 방편을 만들어 다시 해회解會하고자 하면 또한 비유를 드리니, 사람이 스스로 눈을 보지 않고 눈이 없다 하여 새삼스레 눈을 보려 함과 같으니 이곳 저의 눈인데 어찌 다시 보리요, 다만 잃지 않은 줄 알면 이것이 곧 눈을 봄이로다. 다시 보려는 마음이 없으니 어찌 못 봤다는 생각이 있으리요. 자기의 영지靈知도 또한 이와 같도다. 하마 내 마음이어니 어찌 또다시 알 수 있으랴, 만약 알고자 하면 알 수 없나니 다만 알 수 없음임을 알아 알고자 하는 마음을 다 방하放下42) 하면 이것이 곧 견성見性이니라.

묻되 상상上上의 근기根機는 들으면 곧 알 것이오나 중하中下의 인人은 의혹이 없을 수 없으니 다시 방편方便을 베풀어 미자迷者로 하여금 취입趣入케 하소서. 답하사대 도道란 알고 모름에 속하는 것이 아니어니 그

---

41) 성태(聖胎) : 견성(見性)한 이(理).
42) 방하(放下) : 모든 것을 놓아 버리는 것. 털어버리는 것. 일체 분별번뇌망상(分別煩惱妄想)을 떠나는 것. 〈방하착〉(放下著) 조촐한 본성을 더럽히는 모든 것을 터는 것은 적멸(寂滅)의 우주를 파악함이다.

대는 미迷함으로써 깨달음을 바라는 마음을 버리고 나의 말을 들으라.
제법諸法이 꿈과 같고 또한 환화幻化와 같으니 망령된 마음이 본디 적寂
하고 티끌 경계境界가 본래 공空한 것이라, 제법諸法이 다 공空한 곳에 영
지불매靈知不昧하나니 이 공적령지空寂靈知43)의 마음 이것이 너희 본래
면목이며 삼세44) 제불三世諸佛과 역대조사歷代祖師와 천하선지식天下善知識
의 밀밀密密히 서로 전傳한 법인法印이니라. 이 마음을 깨달으면 이것이
이론 참으로 계제階梯를 밟지 않고 곧 불지佛地에 오르며 삼계三界를 뛰
어넘어 집으로 돌아와45) 모든 의심을 끊어 인천人天의 스승이 되며 자
비悲悲와 지혜智慧가 절로 도와 이리二利46)를 갖추고 인천人天의 공양供
養47)을 받아 나날이 만냥황금萬兩黃金을 누릴 수 있으리니 그대 만일 이
럴진댄 진실로 대장부 일생의 능사能事를 마친 것이니라.

　　문되 저로서 말할진댄 어느 것이 공적령지空寂靈知의 마음이닛고. 답
하사대 그대가 나에게 묻는 것이 이것이 그대의 공적령지의 마음이니
어찌 스스로 반조返照하지 않고 밖에서 이를 찾으려 하느뇨. 내 이제 그
대의 분상分上에서 본심을 직지直指하여 그대로 하여금 깨치게 하리니
그대는 모름지기 마음을 조촐히 하고 나의 말을 들으라. 아침에서 저
녁에 이르기까지 열두 시 가운데 혹은 보고 혹은 들으며 혹은 웃고 혹
은 말하며 성내고 기꺼워하며 혹은 옳다 하고 혹은 그르다 하며 여러

---

43) 공적령지(空寂靈知) : 공적(空寂)은 정(定)이요 영지(靈知)는 혜(慧).

44) 삼세(三世) : 과거(過去). 현재(現在). 미래(未來).

45) 귀가(歸家) : 각계(覺界) 오계(悟界)로 돌아가는 것. 미(迷)는 집을 잃고 방황하는
　　것에 비(比)함.

46) 이리(二利) : 자리리타(自利利他).

47) 공양(供養) : 불법승삼보(佛法僧三寶)에 향(香), 화(花), 등(燈), 음식(飮食),
　　재물(財物) 등을 바치는 것. 응공(應供). 정성(情誠)으로 바치는 물건. "진재행이
　　위공유소섭자위양"(進財行以爲供有所攝資爲養).

가지 시위운전施爲運轉함은 말하라. 필경 이 누구의 능히 이마(伊麼48) 히 운전시위運轉施爲함이뇨, 만일 색신色身이 운전運轉한다 하면 어찌 사람이 일념의 명命이 끝남에 아직 썩지 않으되 눈은 스스로 보지 못하고 귀는 능히 듣지 못하며 코는 내를 가리지 못하고 혀는 말하지 못하며 몸은 움직이지 못하고 손은 잡지 못하며 발은 놀리지 못하느뇨. 이로써 능히 보며 들으며 움직이는 것은 반드시 그대의 본심이요 그대의 색신色身이 아님을 알지니라 하물며 이 색신은 사대四大라 성性이 공空함이 거울 속의 상像과 같으며 물속의 달과 같으니라. 어찌 항상 밝히 알며 명명明明하여 어둡지 않으며 감이수통感而遂通49) 하여 항사恒沙의 묘용妙用이 있으리요. 그러므로 신통神通과 묘용妙用이여 물을 긷고 나무를 나름이라 하시니라.

이理에 들 문이 다단多端한 것이라 그대에게 한 문門을 가르쳐 그대로 하여금 본래의 자리에 돌아가게 하리니 그대 까막까치의 지저귀는 소리를 듣느뇨. 가로되 듣나이다. 그대는 이를 돌이켜 그대의 심성을 들으라. 허다한 소리가 있느뇨. 가로되 저리這裏50)에 이르러선 일체의 소리 일체의 분별 다 얻을 수 없나이다. 기이한지고 기이한지고 이것이 관음입리觀音入理의 문門51)이니 내 또 그대에게 물으리라. 그대 말하기를 저리這裏에 이르러선 일체의 소리 일체의 분별이 모두 불가득不可得이라 하니 이미 불가득일진댄 이마시伊麼時를 당하여 이 모두 허공이 아니뇨. 말하되 공空함이 없으니 밝고 밝아 어둡지 않습니다. 가로되 작마

---

48) 이마(伊麼) : 이. 이와 같은. 여차(如此).
49) 감이수통(感而遂通) : 지적 분별로 아는 것이 아니요 마음으로 감지하는 것. 영지영감(靈知靈感). '註 5' 참조.
50) 저리(這裏) : 이곳. 여기.
51) 관음입리지문(觀音入理之門) : 이근원통인음이입리(耳根圓通因音而入理).

생作麼生52)이 이 불공지체不空之體뇨. 말하되 얼굴 지을 수 없으니 말로써 이에 미치지 못하노이다. 가로되 이것이 곧 제불제조諸佛諸祖의 혜명慧命53)이니 다시 의심하지 말지어다. 이미 얼굴 없거니 크고 작음이 있으리요, 이미 크고 작음이 없거니 가와 지음이 있으리요, 변제邊際 없으매 안과 밖이 없고 안과 밖이 없으매 멀고 가까움이 없고 멀고 가까움이 없으매 피차彼此가 없고 피차가 없으매 오고감이 없고 오고감이 없으매 생사生死가 없도다. 생사가 없을 때는 고금古今이 없으며 고금이 없으매 미오迷悟가 없고 미오가 없으매 범凡과 성聖이 없고 범부凡夫와 성인聖人이 없으매 더러움과 깨끗함이 없고 염정染淨이 없으므로 옳고 그름이 없고 시비가 없으므로 일체의 명자언구名字言句를 다 얻을 수 없나니 모든 것이 이와 같이 일체 근경根境과 일체 망념妄念 내지 여러 가지 상모相貌와 명언名言을 다 얻을 수 없을진댄 이 어찌 본래 공적空寂하고 본래 무물無物이 아니리요. 제법諸法이 다 공空한 곳에 영지불매靈知不昧하여 무정無情과 같지 않을 새 성性이 절로 신해神解하나니 이 곧 그대의 공적령지空寂靈知하는 조촐한 마음이라. 이 청정공적淸淨空寂한 마음이 삼세제불三世諸佛의 밝은 마음이시며 역시 중생본원衆生本源의 각성覺性이라. 이를 깨닫고 지키는 이는 일여一如히 앉아서 움직이지 않고 해탈하고 이에 미迷하여 등지는 이는 육취六趣54)에 나아가 장겁長劫을 윤회輪廻하나니 그러므로 이르사대 한 마음에 미迷하여 육취六趣에 드는 이는 가는 것이며 움직이는 것이요 법계法界를 깨쳐 일심一心에 돌아가는

---

52) 작마생(作麼生, 자마생) : 여하(如何). 어찌. 어떻게. 어떤 것이.

53) 혜명(慧命) : 법신(法身)의 수명. 법신은 곧 진리니 부처의 법신은 부처의 육신이 가신 뒤에 남은 진리다. '註 70' 참조.

54) 육취(六趣) : 지옥(地獄), 아귀(餓鬼), 축생(畜生), 수라(修羅), 인간(人間), 천상(天上).

이는 오는 것이며 고요함이라 하시니라.

비록 미오迷悟가 다름이 있다 할지라도 이에 그 본원本源은 하나이니
이런 전차로 이르사대 법法이라 하는 것은 중생의 마음을 이름이라 하
시니라. 이 공적空寂한 마음이 성인聖人에 있어서 더 많지 않으며 범부
에 있어서 적음이 아니라 그럴 새 이르사대 성지聖智에 있어서 빛나지
않고 범심凡心에 숨어도 어둡지 않다 하시니라. 이미 성인聖人에 있어서
더 많지 않고 범인에 있어서 적지 않을진댄 불조佛祖 무엇으로서 사람
과 다르리요. 다른 사람에 다른 까닭은 능히 스스로 이 심념心念을 지킨
것뿐이로다. 그대 만일 이것을 믿어 의심하는 마음을 몰록 그치고 장
부丈夫의 뜻을 발發하여 참되고 바른 생각을 내어 친히 그것을 맛봐서
스스로 고개 끄덕이는 자리에 이르면 곧 이것이 마음 닦는 사람의 해오
解悟하는 곳이라. 다시 이밖에 계급차제階級次第가 없을 새 돈頓이라 이
르나니 신인信因55) 가운데 제불諸佛의 과덕果德을 얻어 조금도 다름없어
야사 비로소 믿음을 이룬다 함과 같으니라.

묻되 이미 성치聖致를 깨쳐 계급階級이 없을진댄 어찌 후수後修를 빌려
점훈漸熏하며 점성漸成하나닛고. 답하사되 깨달은 뒤에 차츰 닦는 뜻은
앞에 이미 자세히 말한 바로되 아직 의정疑情을 다 풀지 않으니 다시 설
說함도 무방하도다. 그대는 마음을 깨끗이 하여 들을지어다. 범부는
비롯 없는 광대겁曠大劫으로부터 오늘에 이르도록 오도五道56)에 유전流

---

55) 신인(信因) : 신인은 초심(初心)이요 열반(涅槃)에서 얻는 상락아정〔常樂我淨 :
   즉 미계(迷界)의 무상고(無常苦), 무아예(無我穢)를 초초(超超)한 사과(四果)〕
   을 과덕(果德)이라 한다. 마음을 발(發)할 때 곧 부처와 다름없는 것. "초발심시변
   성정각(初發心時便成正覺)"— 화엄경(華嚴經).
56) 오도(五道) : 지옥(地獄), 아귀(餓鬼), 축생(畜生), 인간(人間), 천상(天上). 육
   취(六趣)에서 수라(修羅)를 제한 것.

轉하고 태어나고 죽어가고 하는 사이에 아상我相을 굳이 잡아 망상妄想에 전도顚倒하고 무명無明57)의 종습種習으로 더불어 오랜 동안에 제 2 의 천성이 되니 비록 이 생生에 이르러 자성自性이 본래공적本來空寂하여 부처로 더불어 다름없음을 몰록 깨칠지라도 이 묵은 습성을 하루아침에 끊기 어려우므로 역순逆順의 경境境을 만나 성내고 즐거워하고 시비를 가림이 불처럼 타올라 모든 티끌 번뇌煩惱 전과 다름없으니 만일 반야般若58)로써 공功을 더하고 힘을 쓰지 않으면 어찌 무명無明59)을 다스리며 마지막 안락의 자리에 이를 수 있으리요. 돈오頓悟는 비록 부처와 다름없으나 다생多生의 습기習氣 깊은지라, 바람이 그침에 물결 상금도 솟아나며 이理 나타남에 망념妄念이 오히려 침노한다 함과 같도다.

　　고선사杲禪師60) 이르사대 가다가 이근利根의 무리 많은 힘을 들이지 않고 이것을 깨우쳐 용이한 마음을 일으켜 다시 이를 다스리지 않다가 해 오래고 달 깊으면 전과 같이 흘러 다녀 윤회를 면치 못한다 하시니 어찌 일기一期의 깨친 바로써 곧 후수後修를 버리리요. 그러므로 깨친 다음에는 모름지기 오랫동안 스스로 비추어서 살펴야 하리로다. 망념妄念이 홀연히 일거든 거기에 따르지 않으며 이를 덜고 또 이를 덜어 써 무위無爲61)에 이르러서야 바야흐로 구경究竟의 자리에 이른 것이니 천

---

57) 무명(無明) : 과거의 업(業)으로 밝은 본심이 흐린 것, 즉, 티끌이 끼인 것. 무명으로 인하여 업을 짓는다.

58) 반야(般若) : 지혜(智慧).

59) '註 57' 참조.

60) 고선사(杲禪師) : 지나(支那) 21대 원오극근법사경산종고선사(圓悟克勤法嗣經山宗杲禪師). 〈임제종〉(臨濟宗) 종고(宗杲)는 휘(諱)요. 경산사(徑山寺)에 주(住) 하셨다. 사호(賜號)는 대혜(大慧), 시호(諡號)는 보각(普覺), 탑호(塔號)는 보광(普光). 저서에 어록(語錄) 80권이 있다.

61) 무위(無爲) : 무상한 생멸계(生滅界)를 떠난 당주(堂住)의 절대경(絶對境) 유위(有爲)의 대(對). 유위계(有爲界)를 떠난 공간적 별천지(別天地)가 아님.

하의 선지식善知識의 깨친 뒤 목우행牧牛行62)이 이것이로다. 비록 후수後修 있다 하나 먼저 망념妄念이 본디 공空하고 심성心性이 본디 조촐함을 몰록 깨쳐 악惡에 있어서 끊고 또 끊되 끊음이 없음이요 선善에 있어서 닦고 또 닦되 닦음이 없음이라 이것이 참의 닦음이며 참 끊음이로다. 그러므로 이르사대 비록 만행萬行을 갖추어 닦는다 할지라도 오직 무념無念으로써 종宗을 삼는다 하시고 규봉圭峯63)이 이 선오후수先悟後修의 뜻을 한 말로 다 표表하사 성性이 본시 번뇌 없으며 무루無漏의 지성智性이 절로 갖추어서 부처와 다름없음을 몰록 깨치고 이것에 의하여 닦는 이는 이 곧 최상승선最上乘禪이며 여래청정선如來淸淨禪이라. 이것을 능히 염념수습念念修習하면 자연히 백천百千의 삼매三昧64)를 얻으리니 달마65)

---

62) 목우행(牧牛行) : 깨친 이(理)로써 습성(習性)을 수록(修錄)하는 것. 오후보임(悟後保任). 선가(禪家)에는 선(禪)의 차제(次弟)를 표(表)한 십우도(十牛圖)가 있으니 우(牛)는 곧 심(心)이요, 불성(佛性)이다. 심우(尋牛) 견적(見跡) 견우(見牛) 득우(得牛) 목우(牧牛) 기우귀가(騎牛歸家) 망우존인(忘牛存人) 인우구망(人牛俱忘) 반본환원(返本還原) 입전수수(入廛垂手)가 그것이니 송(宋)나라 곽암선사(廓庵禪師)의 소작(所作) 목우행(牧牛行)은 제5에 해당하는 것으로 이 수심결(修心訣)의 저자 보조(普照)의 호(號) 목우자(牧牛子)도 여기서 유래한 것이다.

63) 규봉(圭峯) : 화엄(華嚴) 5조(祖) 규봉종밀선사(圭峯宗密禪師). 성(姓) 하씨(何氏) 원통(圓通) 화상법사(和尙法嗣) 하택신회(荷澤神會) 현손(玄孫) 혜능(慧能) 5세손(世孫) 당원화년간(唐元和年間)의 사람으로 한퇴지원인(韓退之原人)의 박문(駁文) 〈원인〉(原人)의 작자로 유명하다. 탑호(塔號) 청련(靑蓮), 추시(追諡) 정혜(庭慧). 저서에 논소(論疏) 90여 권이 있다.

64) 삼매(三昧) : 심일경성(心一境性). 사물에 일심(一心)되는 것. 오직 하나를 염(念)하여 일체(一切)를 망각하는 것. 전념(專念). 범어(梵語) Samadhi 음역(音譯). 삼마지(三摩地) 사마타(奢摩他)라고도 하고, 정(定)이라 역(譯)한다.

65) 달마(達磨) : 인도선(禪) 28조(祖) 보제달마(菩提達磨) Bodhi Dharma. 지나선(支那禪) 초조(初祖). 남천축(南天竺 ; 인도) 향지국왕자양무제지시속(香至國王子梁武帝之時粟) 소림굴중이벽(小林屈中而壁) 9년. 혜가선사(慧可禪師)에게

문하達磨門下에 전전상전展轉相傳한 것이 이 선禪이라 하시니라. 돈오점수頓悟漸修의 뜻은 수레의 두 바퀴와 같아 그 하나라도 없을 수 없도다. 어떤 이는 선악善惡의 성性 공空함을 모르고 굳이 앉아 움직이지 않고 몸과 마음을 눌러 돌이 풀을 누름과 같아 써 마음을 닦는다 하나니 이는 큰 어리석음이라. 그러므로 이르사대 성문聲聞66)은 마음마다 혹惑을 끊나니 능히 끊는 마음이 이 도적이라 하시니라. 다만 살도음망殺盜淫妄이 성性을 좇아 일어날 때 일어남은 곧 일어나지 않음이라 그때 그 자리에 곧 적寂함을 체관諦觀하면 어찌 다시 끊음이 있으리요.

이런 전차로 이르사대 염念 일어남을 겁내지 않고 오직 깨달음이 늦음을 겁낼 뿐이라 하시고, 또 이르사대 생각이 일어나면 곧 깨달으며 이를 깨달으면 곧 무無라 하시니 깨달은 사람에게는 비록 객진번뇌客塵煩惱 있다 하나 다 제호醍醐67)를 이루나니 다만 혹惑을 살펴 본本이 없음을 알면 얼개미 같은 삼계三界는 바람이 연기를 불어감과 같고 환화육진幻化六塵68)이 끓는 물에 얼음 녹음과 같으리니 능히 이같이 수습修習하여 돌이켜 살핌을 잊지 않으며 정定과 혜慧69)를 함께 닦으면 사랑함과

전등(傳燈) 하다.

66) 성문(聲聞) : 소승(小乘)의 하나. 사제(四諦)의 법문(法門)을 듣고 즉 설법을 듣고 비로소 오도(悟道) 하는 사람. 성문(聲聞), 연각(緣覺), 보살(菩薩)을 삼승(三乘)이라 한다.

67) 제호(醍醐) : 우유 엑기스. 여기서는 보리(菩提)의 비유로 든 것이니 번뇌 즉 보리란 뜻이다.

68) 육진(六塵) : 색(色), 성(聲), 향(香), 미(味), 촉(觸), 법(法). 육근(六根 : 眼・耳・鼻・舌・身・意)의 대경(對境)이므로 육본경(六本境)이라고도 한다. "근경상대식생기중(根境相對識生其中)" — 구사론(俱舍論).

69) 정혜(定慧) : 정(定)은 일체(一切)의 경(境)에 대하여 흔들리지 않는 것이니 번뇌를 막는 것이요, 혜(慧)는 치(痴)를 벗김이다. 여기에 계(戒)를 넣어 계정혜삼학(戒定慧三學)이라 한다.

미움이 절로 엷어지며 자비慈悲와 지혜智慧 또한 절로 늘어가며 죄업이 끊어지고 공행功行이 자연히 나아가리니 번뇌가 다한 곳에 생사가 끊어지며 만일 미세한 의혹도 다 길이 끊고 원각圓覺한 큰 지혜智慧 뚜렷이 홀로 남으면 곧 천백억千百億의 화신化身70)을 시방국十方國71)에 나타내며 느낌에 나아가며 기機에 응함72)이 달이 구소九霄에 솟으매 그림자 만수萬水에 노나짐과 같아 응용에 다함이 없고 연緣 있는 중생을 건져 쾌快하고 즐거우며 아무 근심도 없게 하리니, 이름하여 이를 대각세존大覺世尊이라 하나니라.

문되 후수문後修門 가운데 정혜定慧를 같이 가진다는 뜻 아직 밝히 아지 못하오니 다시 말씀 베푸사 미迷함을 열어 해탈73)의 문에 이끌어 주소서. 답하사대 만약 법의法義를 베풀진댄 이理에 드는 모든 문이 정혜定

---

70) 화신(化身) : 불(佛)의 삼신(三身) 즉 법보화(法報化)의 하나이다. 응신(應身)이라고도 한다. 불(佛)의 묘체(妙體)가 중생을 제도(濟度)키 위하여 여러 가지 형태로 응현(應現)하는 것.

71) 시방(十方) : 동서남북(사방)과 사유(四維 ; 四間方) 상하. 무한세계, 무한공간.

72) 부감응기(赴感應機) : 응감수기(應感隨機). 중생의 느낌에 나아가며 중생의 근기(根機)에 따른다는 말. 근기는 성별, 계급, 인종 등을 말하나 대개 재지명석(才智明晳)의 차(差)를 말함이니 상근(上根), 중근(中根), 하근[下根 ; 둔근(鈍根)], 상상근(上上根) 등이 있다. 요새말로 정도(程度)라는 것이 좋을 듯하다. 각자(覺者)로서 석가의 49년 설법을 응병여약(應病與藥) 대기설법(對機說法)이라 하나니 원각(圓覺)한 다음에 대기설법(즉 머리가 둔한 사람에게는 쉽게 그 사람에게 적당하게, 귀족에게는 그들에 맞게, 여자에게는 또한 거기에 맞도록 진리를 설하신다는 뜻)이 비로소 가능하며 생사에 집(執)하지 않으므로 생사시공(生死時空)에 자재(自在)할 수 있다. 비유컨대 느낌과 기(機)는 물이요 부(赴)와 응(應)은 달이니 달 하나 솟으매 물마다 달이 비치는 것이다.
"千江有水千江月萬里無雲萬里天州宗鏡白雲千里萬里猶是同雲明月前溪後溪嘗無異日審希".

73) 해탈(解脫) : 생사의 미계(迷界)에서 벗어나 불도(佛道)를 깨치는 것.

慧 아님이 없으니 그 강요綱要를 취할 때는 다만 자성自性상의 체體와 용用74)의 이의二義니 앞에 말한 공적령지空寂靈知가 이것이라. 정定은 이 체體요 혜慧는 용用이니 체體에 즉卽하는 용用이므로 혜慧가 정定을 떠나지 못하고, 용用에 즉하는 체體이므로 정定 또한 혜慧를 떠나지 않나니, 정定이 곧 혜慧이므로 적寂한 가운데 상지常知하며 혜慧가 곧 정定이므로 지知한 가운데 상적常寂함이라 조계曹溪 이르사대 마음에 어지러움 없음이 자성自性의 정定이요 마음에 어리석음 없음이 자성自性의 혜慧라 하심과 같으니 만약 이와 같이 임운적지任運寂知하여 차조遮照75)가 둘 아님을 깨달으면 이 곧 돈문頓門의 쌍수정혜雙修定慧요 먼저 적적寂寂76)으로써 연려緣慮77)를 닦고 다음 성성惺惺78)으로써 혼주昏住를 다스리고 선후대치先後對治하여 혼침산란昏沈散亂을 고르게 하여 정정靜79)에 든다 하면 이는 점문漸門이니, 열劣한 근기根機의 행하는 바라. 비록 성적惺寂을 등지等持할지라도 정정靜을 취하여 행함을 면치 못하는 것이니 어찌 요사인了事人80)의 본적본지本寂本知를 떠나지 않고 자유로이 쌍수雙修하는 이라 이

---

74) 체(體)와 용(用) : 체대급용대(體大及用大). 체대(體大)는 본체니 진여평등무생무멸(眞如平等無生無滅)의 심체(心體)요 용대(用大)는 체(體), 즉 진여(眞如)의 작용을 이름이다. 여기에 상대(相大 ; 진여의 德相)를 넣어 체상용삼대(體相用三大)라 한다. 다시 말하면, 본체와 현상과 작용이다.
"一者體大謂一切法眞如平等不增減故二者相大如來藏具足無量性功德故三者用大能生一切出世間世間善因果故"— 起信論.

75) 차조(遮照) : 용(用)과 체(體). '註 74' 참조.

76) 적적(寂寂) : 정(定).

77) 연려(緣慮) : 경계에 반연(攀緣)하여 모든 사물에 시달려 사려분별(思慮分別)하는 마음. "眼識及至阿賴耶等八心識".

78) 성성(惺惺) : 혜(慧).

79) 정(靜, 諍) : 정(定). 정려(靜慮).

80) 요사인(了事人) : 깨달은 사람. 다 마친 사람.

르리요. 그러므로 조계^{曹溪81)} 이르사대 자오수행^{自悟修行}함은 쟁^諍에 있는 것이 아니요 만약 정혜^{定慧}로써 선후를 다툰다면 이는 미^迷한 사람이라 하시니라. 달인^{達人}의 분상^{分上}에 정혜등지^{定慧等持}의 뜻은 공용^{功用}에 떨어지지 않아 본디 절로 무위^{無爲}해서 새로이 별로 좋은 시절이 따로 없는 것이라 빛을 보고 소리를 들을 때에 다만 이와 같고 옷을 입으며 밥을 먹을 때 다만 이와 같으며 아시송뇨^{屙屎送尿82)} 할 때에도 다만 이와 같고 사람에 대하여 애기할 때도 다만 이와 같으며 내지 가고 머물고 앉고 누우며 혹은 말하고 혹은 말하지 않으며 즐거워하고 성내는 일체 모든 때에 하나하나가 다 이와 같아 빈 배가 물결을 따라 높음에 따르고 낮음에 따름과 같으며 흐르는 물이 산을 돌매 굽이를 만나고 곧음을 만남과 같아서 심심무지^{心心無知}하여 분별이 없어 오늘도 자유롭고 내일도 매인 데 없어 중연^{衆緣}에 수순^{隨順}하되 아무런 걸림도 없으며 선악에 있어 끊지도 않고 닦지도 않아 질박정직^{質朴正直}하여 거짓이 없으며 듣고 봄이 심상^{尋常}함이라 한 티끌도 걸림이 없거니 어찌 견탕^{遣蕩}의 공^{功83)}을 힘쓰리요.

일념^{一念}도 일지 않으니 망연^{妄緣}의 힘을 빌리지 않으려니와 무거운 습기관렬^{習氣觀劣84)}에 마음이 들떠서 무명^{無明}의 힘 크고 반야^{般若}의 힘 적어 선악의 경계에서 아직 동정^{動靜}에 시달림을 면치 못하여 마음이 고요치 않은 자는 망연^{妄緣}을 씻어 버리지 않을 수 없으니, 육근경^{六根}

---

81) 조계(曹溪): 지나선육조혜능선사(支那禪六祖慧能禪師). 조계산(曹溪山)에 주(住)하셨기 때문에 조계(曹溪)라고도 부른다. 오조홍인(五祖弘忍) 아래 의발(衣鉢)을 받아 남종(南宗)을 열다. 조계종종조(曹溪宗宗祖).

82) 아시송뇨(屙屎送尿): 대변과 소변보는 것.

83) 견탕지공부(遣蕩之功夫): 견축소탕(遣逐掃蕩)의 공부(工夫). 쓸고 닦고 터는 것.

84) 관렬(觀劣): 관력(觀力)이 약한 것. 외계(外界)의 환화매혹(幻化魅惑)에 흔들리는 것.

境85)을 섭섭(攝攝)하여 마음이 연연(緣緣)에 따르지 않음을 정정(定定)이라 이르고 심心과 경경(境境) 함께 공공(空空)하여 밝고 밝아 혹혹(惑惑)함이 없음을 혜혜(慧慧)라 하나니 이 비록 수상문(隨相門)86)의 정혜(定慧), 점문열기(漸門劣機)의 행하는 바라 할지라도 번뇌를 다스림에 없지 못할 것이니, 마음이 안정되지 않을 땐 먼저 정문(定門)의 이리(理理)로써 흩어짐을 거두며 마음 연연(緣緣)에 따르지 않아 본래적(本來) 적(寂)하나 혼침(昏沈)이 많을 땐 혜문(慧門)으로써 법법(法)을 가려 공공(空空)을 관관(觀)하며 밝히 혹혹(惑)함이 없이 본지(本知)에 합하나니 정정(定)으로써 어지러운 생각을 다스리고 혜혜(慧慧)로써 무기(無記)87)를 다스리고 동정(動靜)이 다 없어지고 대치(對治)의 공공(功)이 끝나면 경경(境)에 대하여 염념종취(念念宗趣)88)로 돌아가고 연연(緣) 에 만나 마음마다 도도(道)에 합하여 마음대로 쌍수(雙修)하여 비로소 무사한 사람이 되나니 이와 같을진대 참으로 정혜(定慧)를 등지(等持)하여 밝히 불 성(佛性)을 본 이라 이를지로다.

묻되 그대가 말하는 바에 좇건대 깨달은 뒤의 닦음에 정정(定)과 혜혜(慧)를 등지(等持)한다는 뜻에 두 가지가 있으니 하나는 자성(自性)의 정혜(定慧)요 다 른 하나는 수상문(隨相門)의 정혜(定慧)라. 자성문(自性門)에는 말하되 임운적 지(任運寂知) 본디 절로 무위(無爲)하여 한 티끌도 묻지 않으므로 견탕(遣蕩)의 공공(功)을 쓰지 않아도 좋으며 일념(一念)도 생정(生情)함이 없음이라 망연(妄緣) 의 힘을 빌리지 않는다 하여 이 돈문개자(頓門箇者)에 자성(自性)을 떠나지 않고 정혜(定慧)를 등지(等持)한다 함이요, 수상문(隨相門)에는 말하되 이리(理)로 써 흩어짐을 거두고 법법(法)을 가려 공공(空)을 보며 혼란을 바룬 다음에 비로

---

85) 육근(六根) : 안(眼), 이(耳), 비(鼻), 설(舌), 신(身), 의(意). '註 68' 참조.
86) 수상문(隨相門) : 자성문(自性門)의 대(對). 수연생멸(隨緣生滅)하는 현상을 다 스리는 것. 자성(自性)은 불변의 본체.
87) 무기(無記) : 비선(非善), 비악(非惡). 일종의 혼침(昏沈).
88) 종취(宗趣) : 명심견성(明心見性)의 종지(宗旨).

소 무위無爲에 든다 하여 이는 곧 점문열기漸門劣機의 행하는 바라 하시니 이 양문兩門이 정혜定慧에 대하여 의심 없을 수 없나이다. 만일 이 두 문이 한 사람의 행하는 바라 하면 먼저 자성문自性門에 들어 정혜쌍수定慧雙修한 다음에 다시 수상문隨相門의 대치對治의 공89)을 쓰는 것이온지, 먼저 수상문으로써 혼란을 바룬 뒤에 자성문으로 들어가는 것이온지 알 수 없삽나이다. 먼저 자성自性의 정혜定慧에 의한다면 임운적지任運寂知하여야 다시 대치對治의 공공功이 없거니 어찌 다시 수상문隨相門의 정혜定慧를 쓰리요. 이는 호옥皓玉으로써 조문상덕彫文喪德90) 함과 같음이요 먼저 수상隨相의 정혜定慧로써 대치對治의 공功 이룬 다음에 자성문自性門에 나아간다면 이는 완연宛然 점문열기漸門劣機의 깨치기 전 점훈漸熏과 같으니 어찌 돈문頓門의 선오후수先悟後修하여 공功 없는 공功91)을 씀이라 하리요. 만일 이 두 길이 한때로서 앞뒤가 없다 하면 이문정혜二門定慧는 돈점頓漸이 다른 바 있으니 어찌 일시에 아울러 행할 수 있으리요. 돈문頓門은 자성문自性門을 의지하여 임운망공任運亡功하고 점문열기漸門劣機는 수상문隨相門에 나아가 대치노공對治勞功함이니 이문二門의 기機가 돈頓과 점漸이 같지 않고 우열이 교연皎然하거늘 어찌 선오후수문先悟後修門 가운데 두 가지를 아울러 말씀할 수 있으리요.

바라옵노니 다시 통회通會케 하사 의정疑情을 끊게 하소서. 답하사대 이미 말한 바 밝거늘 그대 스스로 의심을 일으키는 것이로다. 말로써 해解함을 바라면 도리어 의혹을 낳나니 뜻을 얻어 말을 잊으면 새삼스

---

89) 대치지공(對治之功): 번뇌를 더는 것. "厭患對治, 斷對治, 持對治, 遠分對治".

90) 조문상덕(彫文喪德): 玉無瑕而彫文反喪良玉溫潤之德—涵虛和尙金剛經序. 先悟也玉本無瑕先修也彫文喪德 — 禪家龜鑑.

91) 무공지공(無功之功): 타고난 자연한 작용에 여러 가지 꾸밈을 가하지 않는 것. 있는 그대로를 말함이다. "功周無功用證智未證智" — 觀經玄義分.

레 치힐致詰92) 함을 노勞하지 않으리라. 만일 이 두 문으로써 그 행하는 바를 각기 밝히면 자성自性의 정혜定慧를 닦는 자는 이 곧 돈문頓門이니 공 없는 공功으로써 병운쌍적竝運雙寂하여 스스로 자성自性을 닦아 부첫 도道를 이루는 자요, 수상문정혜隨相門定慧를 닦는 자는 이 곧 깨치기 전 점문열기漸門劣機의 대치對治의 공으로써 마음마다 혹惑을 끊고 정靜을 취하여 행하는 자니 이 이문소행二門所行이 각기 달라 참란參亂할 수 없으나 깨친 뒤의 닦음 가운데 겸兼하여 수상문중隨相門中의 대치對治의 공功을 논함은 전혀 점기漸機의 행하는 바를 취함이 아니니 그 방편을 취하여 길을 빌릴 뿐이니라.

어찐 까닭이뇨 이는 돈문頓門에도 또한 기機의 뛰어난 이 있으며 낮은 이 있어 그 행이行李93)를 한결같이 판判할 수 없으니 만일 번뇌 엷으며 몸과 마음이 경안輕安하여 선善에 있어서 선을 떠나고 악惡에 있어서 악을 떠나며 팔풍八風94)에 움직이지 않고 삼수三受95)에 적연寂然한 이는 자성정혜自性定慧에 의하여 임운任運히 쌍수雙修하며 천진天眞하여 지음 없어 움직이고 고요함이 다 선禪이라 자연의 이理를 이룬 것이니 어찌 수상문대치隨相門對治의 공功을 다시 빌리리요. 병病이 없으면 약藥을 구하지 않음이요 비록 먼저 돈오頓悟했다 이르되 번뇌 두껍고 습기習氣 군 으며 무거워 경境에 대하여 염념정念念情을 일으키며 연緣을 만나매 심심 대心心對를 지어 딴 것에 혼란되어 그로 하여금 적지상연寂知常然함을 매

---

92) 치힐(致詰) : 질문(質問).
93) 행이(行李) : 이천(履賤), 실천(實踐), 행리(行履).
94) 팔풍(八風) : 사람의 마음을 흔드는 여덟 가지니 이(利), 쇠(衰), 훼(毁), 예(譽), 칭(稱), 기(譏), 고(苦), 낙(樂)이 그것이다.
95) 삼수(三受) : 고(苦). 낙(樂). 고무락무(苦無樂無). 신구의(身口意)는 영납외경 (領納外境)의 문이므로 이를 삼수(三受)라고도 한다.

각매却하는 이는 수상문隨相門의 정혜定慧를 빌려 대치對治함을 잊지 않고 혼란함을 고르게 하여 써 무위無爲에 듦이 곧 그 마땅한 바라. 비록 대치對治의 공부를 빌려 잠시 습기習氣를 닦는다 할지라도 먼저 심성心性이 본디 조촐하고 번뇌 본래 공空함을 몰록 깨쳤으므로 점문열기漸門劣機의 닦음에 떨어지지 않나니 닦음이 깨치기 앞에 있은즉 비록 공부하여 잊지 않고 염념훈수念念熏修할지라도 점점 의심을 내어 능히 무애無礙할 수 없음이라. 한 물건 있어 가슴 가운데 걸려 있음과 같아 불안한 상이 항시 앞에 있다가 해 오래고 달 깊으며 대치對治의 공功 무르익으면 몸과 마음 티끌 번뇌 경안輕安함에 흡사하리나 비록 이 경안이라 할지라도 의심의 뿌리 아직 끊기지 않음이 풀이 돌에 눌림과 같아 오히려 생사계生死界에 자재自在함을 얻지 못하나니 그러므로 깨치기 전 닦음이 참의 닦음이 아니라 하노라.

깨친 사람에게는 비록 대치對治의 방편 있으되 생각마다 의심 없고 더러움에 떨어지지 않으며 해 오래고 달 깊으면 자연히 천진天眞한 묘성妙性에 합하여 임운任運히 적지寂知하며 일체의 경境에 반연攀緣하며 마음 길이 모든 번뇌를 끊어 자성自性을 떠나지 않고 정혜定慧를 등지等持하여 위 없는 보리菩提96)를 이루어 앞에 말한 근기根機의 뛰어난 자로 더불어 다름없으리니 수상문隨相門의 정혜定慧는 비록 점기漸機의 행하는 바라 할지라도 깨친 사람에게는 점철성금漸鐵成金이라 이를지라. 이와 같음을 알면 어찌 이문二門의 정혜定慧로써 선후차先後次 제 2견見의 의심이 있으랴.

바라노니 모든 도 닦는 사람은 이 말을 연미硏味하여 다시 호의狐疑를

---

96) 보리(菩提) : 불지(佛智), 불도(佛道), 정각(正覺)이라 역(譯)한다. 범어(梵語) Bodhi의 음역(音譯).

일으켜 스스로 퇴굴退屈하지 말지어다. 만일 장부의 뜻을 갖추어 위 없는 보리菩提를 얻고자 할진댄 이를 버리고 무엇으로써 대신하리요. 글에 집착하지 말고 곧바로 뜻을 깨달으라. 낱낱이 자기에게로 돌아가서 본종本宗에 계합契合하면 스승 없는 앎이 절로 나타나며 천진天眞한 이치 요연了然히 어둡지 않아 혜신慧身을 이루되 다른 이로 말미암아 깨닫지 않으리로다.

이 묘한 뜻은 비록 모든 사람이 다 이룰 수 있으나 일찍이 반야般若의 종지種智와 대승大乘의 근기根器를 심은 이 아니면 한 생각이라도 바른 믿음을 내지 못하리니 어찌 다만 믿지 않을 뿐이리요. 또한 비방하여 도리어 무간無間97)을 초招하는 이 흔히 있음이라 비록 믿지 않는다 할지라도 한번 귀를 거쳐 잠시 연緣을 맺으면 그 공功과 그 덕德을 가히 헤아릴 수 없나니, 유심결唯心訣98)에 이르사대 듣고서 믿지 않을지라도 오히려 불종佛種의 인因을 맺음이요 배워서 이루지 못할지라도 오히려 인천人天의 복을 더 한다 하심과 같으니라. 이와 같으되 오히려 부처 이루는 바른 인因을 잃지 않거든 하물며 들어서 믿고 배워서 이루며 이를 지켜서 잊지 않는 이야 그 공덕을 어찌 능히 헤아릴 수 있으리요. 예를 돌이켜 생각하매 윤회의 업이 그 몇 천겁임을 알지 못하며 혹암黑闇99)에 떨어지고 무간無間에 들어 가지가지 괴로움을 받음이 또한 그 얼마임을 모르나니, 부첫길을 얻고자 하되 좋은 벗을 만나지 못하고 장겁長劫에

97) 무간(無間) : 팔대지옥의 하나. 끊임없이 고통받는 지옥.

98) 유심결(唯心訣) : 송연수선사(宋延壽禪師) 저(著). 1권. 연수(延壽)는 항주혜일산영명사(杭州慧日山永明寺)에 주(住)하셨으므로 영명연수(永明延壽)라고 부른다. 또 지각선사(智覺禪師)라고도 하나니 천대소국사(天臺韶國師)의 법사(法嗣)시며 법안익선사(法眼益禪師)의 현손(玄孫)이시다〔법안종(法眼宗)〕. 저서는 유심결 외에 종경록(宗鏡錄) 백 권, 만선동귀집(萬善同歸集) 6권 등이 있다.

99) 혹암(黑闇) : 팔대 지옥의 하나. 지옥명.

침륜沈淪하여 어둡고 어두운 곳에 깨달음 없어 내 얼마나 많은 악업惡業을 지었던고. 때 이를 한번 생각함에 긴 한숨 절로 나옴을 깨닫지 못하노니 어찌 이대로 방완放緩하여 다시 두 번 전앙前殃을 받을 것인가. 또한 모르더라. 누가 다시 나로 하여금 사람으로 태어나게 하고 만물의 영靈을 만들어 참된 길을 닦음에 어둡지 않게 할 것인가를 … 진실로 눈먼 거북이 나무를 찾음이며 가는 개자芥子로 침鍼에 던짐이라. 사람으로 태어난 이 즐거움을 어찌 말로 다 이를 수 있으랴. 내 이제 만일 스스로 퇴굴退屈을 일으키거나 게으름이 날 때 항상 뒤를 생각하나니 눈 깜짝할 사이 이 목숨 잃어 악취惡趣100)에 떨어지면 모든 괴롬을 받을 때에 비록 한 마디의 부첫법을 들어 신해수지信解受持하고자 하여 신산辛酸을 면하려 한들 어찌 다시 얻을 수 있으리요.

위태한 곳에 이르러서 뉘우침은 아무 이로움도 없는 것이니 바라건댄 모든 도를 닦는 사람은 방일放逸한 마음을 내지 말며 탐음貪淫에 집착하지 말고 두연頭然101)을 구함과 같이 반성함을 잊지 말라. 세상은 떳떳함이 없나니 몸은 이 아침 이슬과 같고 목숨은 저녁 햇살과 같은지라, 오늘 비록 살았으되 또한 내일을 믿기 어려우니 깊이 느끼며 깊이 생각하라 일체一切가 무상한 것임을. 세간유위世間有爲의 선善으로도 삼도三途102)의 고륜苦輪을 벗으며 천상인간天上人間에 빛나는 과보果報103)를 얻으며 모든 즐거움을 얻거든 하물며 이 최상승最上乘의 심심甚深한

---

100) 악취(惡趣) : 악한 업(業)을 지은 사람이 나중에 괴로움을 받는 곳. 악도(惡道).

101) 두연(頭然) : 연(然)은 연(燃)이니 머리가 불타는 것. 빨리 구해야 한다는 뜻. "勤行精進如救頭然" — 佛藏經三. "如去頂石如救頭然" — 心地觀經.

102) 삼도(三途) : 지옥(地獄), 아귀(餓鬼), 축생(畜生). 삼악취(三惡趣). 삼악도(三惡道).

103) 과보(果報) : 인(因)으로 하여 받은 응보(應報).

법문法門은 잠시 믿음을 발發하여도 그 이룬 바 공덕은 비유로써 소분小分을 말할 수 없나니 경經에 이르사대 만일 어떤 사람이 삼천대천세계三千大千世界104)의 칠보七寶105)로써 온 누리의 중생에게 보시106) 공양布施供養하여 다 가득히 얻게 하며 그곳 일체 중생을 교화하여 그들로 하여금 사과四果107)를 얻게 하면 그 공덕이 가없으나 잠깐 동안 이 법法을 바르게 생각하여 얻은 바 공덕만 같지 못하다 함과 같으니 이로써 우리의 이 법문法門이 가장 높고 가장 귀하여 모든 공덕이 견주어 미치지 못함을 알겠도다.

그러므로 경經에 이르사대 일념의 조촐한 마음이 곧 도량道場108)이다. 항사恒沙의 칠보탑七寶塔을 이룩함보다 나은 것이니 보탑寶塔은 마침내 부서져서 티끌로 변하거니와 한 생각 조촐한 마음은 바른 깨달음을

---

104) 삼천대천세계(三千大千世界) : 소천세계(小千世界), 중천세계(中千世界), 대천세계(大千世界). 수미산(須彌山), 일월(日月), 사주(四洲)의 각 세계에서 육욕범천(六欲梵天)에 이르는 것을 일세계(一世界)라 하고 그 천배(千培)를 소천세계(小千世界) 또 그 천배를 중천세계(中千世界) 또 그 천배를 대천세계(大千世界)라 한다.

105) 칠보(七寶) : 금(金), 은(銀), 유리(琉璃), 차거(硨磲), 마노(瑪瑙), 진주(眞珠), 매괴[매괴 ; 호박(琥珀)] [산호(珊瑚)].

106) 보시(布施) : 육바라밀 [六婆羅蜜 ; 육도(六度)]의 일(一). 남에게 물질적 자비를 베푸는 것. 보시, 지계(持戒), 인욕(忍辱), 정진(精進), 선정(禪定), 지혜(智慧)를 육바라밀이라 하나니 바라밀은 도피안(到彼岸)이라는 뜻으로 피안(彼岸)에 건너려는 수행(修行)이다. 이를 보살행(菩薩行)이라 한다.

107) 사과(四果) : 상(常), 낙(樂), 아(我), 정(淨)의 사과(四果). 또는 수다원과(須陀洹果), 사다함과(沙陀含果), 아나함과(阿那含果), 아라한과(阿羅漢果)를 사과(四果)라 한다.

108) 도량(道場) : 범어(梵語) Bodhi mandala의 의역(意譯). 부처님의 성도(成道)한 곳을 뜻함이나 전하여 부처님 도를 배우는 곳 공불(供佛)하는 곳을 도량이라 한다. 사원(寺院)을 뜻함. "청정수월도량"(淸淨水月道場).

이룬다 하시니라. 바라건댄 모든 도 닦는 사람은 이 말을 연미研味하여 깊이 뜻에 둘지어다. 이 몸을 이생에 건지지 않으면 다시 어느 생을 기다려 이 몸을 건지리요. 이제 만일 닦지 않으면 만겁萬劫에 어긋날 것이요, 이제 힘써 닦으면 닦기 어려운 행行이 차츰 어렵지 않아 공행功行이 절로 나아가리라. 슬프다, 이젯사람이여 주린 배에 왕선王膳109)을 만나도 이를 먹을 줄 모르며 병 있는 몸에 의왕醫王을 만나되 약藥을 쓸 줄 모르나니, 이를 어쩌랴 이를 어쩌랴 하지 않는 이는 나도 어찌할 수 없음이로다. 세상 유위有爲의 일은 그 형터리를 가히 볼 수 있으며, 그 공功을 가히 증험할 수 있을 새 사람이 한 일을 이루매 희유希有함을 감탄하나 우리의 이 심종心宗은 형상도 볼 수 없고 말로써 이를 수도 없으며 마음의 용用이 멸滅하므로 천마외도天魔外道110)도 허물할 수 없으며 석범제천釋梵諸天111)도 기릴 수 없거니 하물며 범부凡夫들 얕은 앎 가진 무리 어찌 능히 알 바리요. 슬프도다, 우물 속 개구리 어찌 창해滄海의 넓음을 알며 여우의 무리 어찌 사자의 부르짖음을 능히 할 수 있으랴. 그러므로 말법末法 세상에 이 법문法門을 듣고 희유希有한 생각을 내어 신해수지信解受持하는 이는 이미 무량無量한 겁劫 가운데 모든 현성賢聖을 받들어 섬겨 선근善根을 심어 반야정인般若正因을 깊이 맺은 가장 높은 근성임을 알 수 있도다. 그러므로 금강경金剛經112)에 이르사대 이 장구章

---

109) 왕선(王膳) : 진선(珍膳). 맛나고 이로운 가장 좋은 음식.
110) 천마외도(天魔外道) : 천마(天魔)와 외도(外道). 다 불도(佛道)를 방해하는 것.
111) 석범제천(釋梵諸天) : 제석천(帝釋天)과 범천(梵天). 인도 고유의 천명(天名). "석범봉지천인귀불(釋梵奉持天人歸佛)" ― 무량수경(無量壽經).
112) 금강경(金剛經) : 금강반야바라밀경(金剛般若婆羅蜜經)의 약칭(略稱). 부처님이 사위국(舍衛國)에서 수보리(須菩提) 등에게 먼저 경(境)이 공(空)함을 설(說)하시고 다음 혜공(慧空)을 가르치시고 다시 보살공(菩薩空)을 밝히신 것으로 일체법무아(一切法無我)의 이(理)를 설(說)하신 경(經). 한 권으로 된 것인

句에서 능히 믿는 마음을 내는 이는 마땅히 그 무량한 부처 앞에서 이미 모든 선근善根을 심은 사람임을 알 수 있다 하시고 또 이르사대 대승大乘을 발發하는 자를 위해 설說하며 최상승最上乘을 발하는 자를 위하여 설說한다 하시니 바라건댄 모든 도道를 구하는 사람은 모름지기 겁내지 말고 용맹한 마음을 일으키라. 숙겁宿劫113)의 좋은 인因을 아직 알 수 없나니라. 만일 좋은 것을 믿지 않고 낮고 더러움을 달게 여기며 간조艱阻한 생각을 일으켜 이제 닦지 않으면 비록 숙세宿世의 선근善根 있을지라도 이제 이를 끊는 것이므로 더욱더욱 어려움은 닥쳐와서 차츰 전전展轉하여 선근善根에서 멀어 가리라. 이제 이미 보뱃자리에 이른지라 빈손으로 돌아갈 수 없도다. 한번 사람 몸을 잃으면 만겁萬劫에 다시 돌리기 어려우니 이를 삼가기를 바라노라. 어찌 앎 있는 자 그 보뱃자리를 알고 도리어 이를 구하지 않아 길이 외롭고 가난함을 원망하리요. 만약 보배를 얻고자 하면 피낭皮囊114)을 방하放下할지니라.

데 대반야경(大般若經)처럼 호한(浩澣)하지도 않고 반야심경(般若心經)처럼 너무 간략하지도 않아 널리 읽히는 것이다. 선가(禪家)에서 애독(愛讀)한다. 요수 구마라습(姚壽鳩摩羅什)의 역(譯).

113) 숙겁(宿劫): 전생(前生) 및 겁(劫)의 생사(生死).
114) 피낭(皮囊): 번뇌망상(煩惱妄想)의 곳집. 육신(肉身).

牧牛子 修心訣 原典

조顯閣 訣
慧覺尊者 譯

三界熱惱, 猶如火宅하니 其忍淹留하야 甘受長苦아 欲免輪廻인댄 莫
若求佛하니라 若欲求佛인댄 佛卽是心이니 心何遠覓이리오 不離身中
하니 色身은 是假이라 有生有滅하고 眞心은 如空하야 不斷不變故로
云百骸난 潰散하야 歸火歸風커든 一物은 長靈하야 蓋天蓋地라 하시
니 嗟夫今之人이 迷來가 久矣라 不識自心이 是眞佛하며 不識自性이
是眞法하야 欲求法하되 而遠推諸聖하고 欲求佛하되 而不觀已心하야

若言心外에 有佛로 性外에 有法하면 堅執此情하야 欲求佛道者가
縱經塵劫토록 燒身燃臂하며 敲骨出髓하며 刺血寫經하며 長坐不臥하
며 一食卯齋하며 乃至轉讀一大藏敎하야 修種種苦行하야도 如蒸沙作
飯하야 只益自勞爾니 但識自心하면 恒沙法門無量妙義를 不求而得하
리니

故로 世尊이 云하시되 普觀一切衆生하니 具有如來智慧德相이라하
시니 又云一切衆生의 種種幻化가 皆生如來圓覺妙心이라하시니 是知
離此心外에 無佛可成이라 過去諸如來도 只是明心底人이시며 現在諸
賢聖도 亦是修心底人이시며 未來修學人도 當依如是法이니 願諸修道
之人이 切莫外求이니라 心性이 無染하야 本自圓成하니 但離妄緣하면
卽如如佛이라

問하대 若言佛性이 現在此身인댄 旣在身中하야 不離凡夫로소니 因何我今에 不見佛性고 更爲消釋하야 悉令開悟하라 答하되 在汝身中거늘 汝가 自不見하나니 汝가 於十二時中에 知飢知渴하며 知寒知熱하며 或瞋或喜가 竟是何物오 且色身은 是地水火風四緣所集이라 其質이 頑而無情하니 豈能見聞覺知리오 能見聞覺知者사 必是汝의 佛性이니 故로 臨濟云하샤대 四大가 不解說法聽法하며 虛空이 不解說法聽法고 只汝目前에 歷歷孤明한 勿形段者사 始解說法聽法이라하시니 所謂勿形段者는 是諸佛之法印이며 亦是汝의 本來心也이니 則佛性이 現在汝身키니 何假外求이리오 汝가 若不信커든 略擧古聖入道因緣하야 令汝除疑하리니 汝須諦信하라

昔에 異見王이 問婆羅提尊者曰何者가 是佛이잇고 尊者曰 見性이 是佛이나 王曰師가 見性否이나 尊者曰我가 見佛性하이다 王曰性在何處니잇고 尊者曰性在作用하니이다 王曰是何作用인고 我今不見하야이다 尊者曰今에 現作用하샤대 王自不見하시나이다 王曰於我에 有否이잇고 尊者曰王若作用이신댄 無有不是코 王若不用이신댄 體亦難見이니이다 王曰若當用時에 幾處에 出現이니잇고 尊者曰若出現時가 當有其八하니이다 王曰其八出現을 當爲我說하시어 尊者曰在胎曰身이오 處世曰人이오 在眼曰見이오 在耳曰聞이오 在鼻辨香코 在舌談論코 在手執捉하고 在足運奔하야 徧現하면 俱該沙界코 收攝하면 在一微塵하나니 識者는 知是佛性커든 不識者는 喚作精魂하나니이다 王聞하고 心卽開悟하니라

又僧이 問歸宗和尙하되 如何是佛오 宗云我今에 向汝道하려니와 恐汝가 不信하노라 僧云和尙誠言을 焉敢不信하리잇고 師云卽汝가 是라 僧云如何保任하리잇고 師云一翳가 在眼하면 空花가 亂墜하나니라 其僧이 言下에 有省하니 上來所擧古聖入道因緣이 明白簡易하야 不妨

462

省力하니 因此公案하야 若有信解處면 卽與古聖과 把手共行하리라

問汝가 言見性하나니 若眞見性인댄 卽是聖人이라 應現神通變化하야 與人有殊이니 何故로 今時修心之輩가 無有一人이 發現神通變化耶오 答汝가 不得輕發狂言하야 不分邪正이니 是爲迷倒之人이라 今時學道之人이 口談眞理하되 心生退屈하야 返墮無分之失者가 皆汝所疑라 學道而不知先後하며 說理而不分本末者는 是名邪見이오 不名修學이니 非唯自誤라 兼亦誤他하나니 其可不愼歟아

夫入道가 多門하나 以要言之댄 不出頓悟漸修兩門耳니 雖曰頓悟漸修가 是最上根機의 得入也이나 若推過去인댄 已是多生에 依悟而修하야 漸熏而來하야 至於今生하야 聞卽發悟하야 一時頓畢이니 以實而論컨댄 是亦先悟後修之機也이니 則而此頓漸兩門이 是千聖軌轍也이니 則從上諸聖이 莫不先悟後修하시며 因修乃證이시니 所言神通變化가 依悟而修하야 漸熏所現이라 非謂悟時에 卽發現也이라

如經에 云하사대 理卽頓悟이라 乘悟倂消이어니와 事非頓除이라 因次第盡이라하시니 故로 圭峰이 深明先悟後修之義하샤 曰識氷池而全水이나 借陽氣以鎔消하며 悟凡夫而卽佛이나 資法力以熏修이니 氷消則水가 流潤하야 方呈漑滌之功이오 妄盡則心靈通하야 應現通光之用이라하시니 是知事上神通變化가 非一日之能成이라 乃漸熏而發現也로다

況事上神通이 於達人分上에 猶爲妖怪之事이며 亦是聖이 末邊事이니 雖或現之라도 不可要用이라 今時迷癡輩가 妄謂하되 一念悟時에 卽隨現無量妙用神通變化라하나니 若作是解하면 所謂不知先後이며 亦不分本末也라 旣不知先後本末코 欲求佛道하린댄 如將方木하야 逗圓孔也이니 豈非大錯이리오 旣不知方便故로 作懸崖之想하야 自生退屈하야 斷佛種性者가 不爲不多矣니 旣自未明코 亦未信他人에 有解

悟處하야 見無神通者하고 乃生輕慢하야 欺賢誑聖하나니 良可悲哉라

　問汝言頓悟漸修兩門이 千聖軌轍也라하니 悟旣頓悟인댄 何假漸修며 修若漸修인댄 何言頓悟리오 頓漸二義를 更爲宣說하야 令絶餘疑케 하라 答頓悟者는 凡夫가 迷時에 四大로 爲身코 妄想으로 爲心하야 不知自性이 是眞法身인달하며 不知自己靈知가 是眞佛也인달하야 心外에 覓佛하야 波波浪走타가 忽被善知識의 指示入路하야 一念廻光하야 見自本性하니 而此性地가 元無煩惱하야 無漏智性이 本自具足하야 卽與諸佛과 分毫도 不殊할새 故云頓悟也라 漸修者는 雖悟本性이 與佛無殊하나 無始習氣를 卒難頓除故로 依悟而修하야 漸熏功成하야 長養聖胎하이 久久成聖하릴새 故云漸修也라

　比如孩子가 初生之日에 諸根이 具足함이 與他無異컨마는 然其力이 未充하야 頗經歲月하야사 方始成人탓하니라

　問作何方便하야 一念廻機하야 便悟自性고 答只汝自心을 更作什麼方便하다 若作方便하야 更求解會인댄 此如有人이 不見自眼코 以謂無眼이라하야 更欲求見탓하니 旣是自眼인댄 如何更見이리오 若知不失인댄 卽爲見眼이라 更無求見之心키니 豈有不見之想이리오 自己靈知도 亦復如是하니 旣是自心인댄 何更求會이며 若欲求會인댄 便會를 不得하리니 但知不會가 是卽見性이라

　問上上之人은 聞卽易會하고 中下之人은 不無疑惑하니 更說方便하야 令迷者로 趣入케하라 答道는 不屬知不知하니 汝가 除却將迷待悟之心코 聽我言說하라 諸法이 如夢하며 亦如幻化할새 故로 妄念이 本寂하며 塵境이 本空하야 諸法皆空之處에 靈知가 不昧함이 卽此空寂靈知之心이니 是汝의 本來面目이며 亦是三世諸佛歷代祖師天下善知識의 密密相傳底法印也이나니 若悟此心하면 眞所謂不踐階梯하야 徑登佛地며 步步에 超三界하야 歸家頓絶疑이라 便與人天爲師하야 悲智

相資하며 具足二利하야 堪受人天供養이라 日消萬兩黃金이니 汝가 若
如是면 眞大丈夫이라 一生能事가 已畢矣니라

問據吾分上하야 何者가 是空寂靈知之心耶오 答汝今問我者가 是汝
의 空寂靈知之心이니 何不返照하고 猶爲外覓고 我今에 據汝分上하야
直指本心하야 令汝便悟하리니 汝須淨心하야 聽我言說하라 從朝至暮
하며 十二時中에 或見 或聞 或笑 或語 或嗔 或喜 或是 或非 種種施爲
運轉이 且道하라 畢竟에 是誰가 能伊麼運轉施爲耶오 若言色身이 運
轉인댄 何故로 有人이 一念에 命終하야 都未壞爛이라도 卽眼不自見
하며 耳不能聞하며 鼻不辨香하며 舌不談論하며 身不動搖하며 手不執
捉하며 足不運奔耶오 是知能見聞動作은 必是汝의 本心이라 不是汝
의 色身也로다 況此色身四大가 性에 空하야 如鏡中像하며 亦如水月
하니 豈能了了常知하야 明明不昧하야 感而遂通恒沙妙用也리오 故로
云하시되 神通幷妙用運水及搬柴라하시니라 且入理多端할새 指汝一
門하야 令汝還源하노니 汝가 還聞鴉鳴鵲噪之聲麼아 曰聞하노라 曰汝
가 返聞汝의 聞性이 還有許多聲麼아 曰到這裏하야 一切聲一切分別
을 俱不可得이로다 曰奇哉奇哉라 此가 是觀音이 入理之門어시니 我
更問儞하노니 儞道하라 到這裏라야 一切聲一切分別을 摠不可得이라
하나니 旣不可得인댄 當伊麼時하야 莫是虛空麼아 曰元來不空하야 明
明不昧하니라 曰作麼生是不空之體오 曰亦無相貌하며 言之不可及이
로다 曰此가 是諸佛諸祖壽命이시니 更莫疑也하라 旣無相貌이면 還有
大小麼아 旣無大小이면 還有邊際諸麼아 無邊際故로 無內外코 無內
外故로 無遠近코 無遠近故로 無彼此코 無彼此하면 則無往來코 無往
來하면 則無生死코 無生死하면 則無古今코 無古今하면 則無迷悟코
無迷悟하면 則無凡聖코 無凡聖하면 則無染淨코 無染淨하면 則無是非
코 無是非하면 則一切名言을 俱不可得이니 旣摠無하야 如是一切根境

과 一切妄念과 乃至種種相貌와 種種名言을 俱不可得어니 此가 豈非
本來空寂本來無物也이리오 然이나 諸法皆空之處에 靈知不昧가 不同
無情하야 性自神解하나니 此가 是汝의 空寂靈知하는 淸淨心體니 而
此淸淨空寂之心이 是三世諸佛勝淨明心이시며 亦是衆生의 本源覺性
이니 悟此而守之者는 坐一如하야 而不動解脫코 迷此而背之者는 往
六趣하야 而長劫에 輪廻하나니 故云迷一心而往六趣者는 去也이며 動
也이오 悟法界而復一心者는 來也이며 靜也이니 雖迷悟之有殊이나 乃
本源則一也이니 所以云言法者는 謂衆生心이라하시니 而此空寂之心
이 在聖而不增하며 在凡而不減할새 故云在聖智而不耀하며 隱凡心而
不昧이라하시니 旣不增於聖하며 不少於凡하니 佛祖이 奚以異於人이
리오 而所以異於人者는 能自護心念耳라 汝가 若信得及하면 疑情이
頓息하야 出丈夫之志하야 發眞正見解하야 親嘗其味하야 自到自肯之
地하면 則是爲修心人의 解悟處也라 更無階級次第할새 故云頓也라
如云於信因中에 契諸佛果德하야 分毫不殊하야사 方成信也니라

　問旣悟此理하면 更無階級인댄 何假後修하야 漸熏漸成耶오 答悟後
漸修之義를 前已具說이어늘 而復疑情을 未釋할새 不妨重說이니 汝須
淨心하야 諦聽諦聽하라 凡夫가 無始曠大劫來에 至於今日히 流轉五
道하야 生來死去에 堅執我相妄想顚倒하야 無明種習에 久與成性할새
雖到今生하야 頓悟自性이 本來空寂하야 與佛無殊하나 而此舊習을 卒
難除斷故로 逢逆順境하야 嗔喜是非가 熾然起滅하야 客塵煩惱가 與
前無異하니 若不以般若로 加功著力하면 焉能對治無明하야 得到大休
大歇之地리오 如云頓悟가 雖同佛하나 多生習氣가 深하니 風停하야도
波尙湧하고 理現하야도 念猶侵하니라

　又杲禪師 云하시되 往往利根之輩가 不費多力하야 打發此事하고
便生容易之心하야 更不修治하야 日久月深하야 依前流浪하야 未免輪

廻라하시니 則豈可以一期所悟로 便撥置後修耶리오 故로 悟後에 長須
照察하야 妄念忽起에 都不隨之하야 損之又損하야 以至無爲하야사 方
始究竟이니 天下善知識의 悟後牧牛行이 是也라 雖有後修나 已先頓
悟妄念이 本空하며 心性이 本淨하야 於惡에 斷斷而無斷하고 於善에
修修而無修하니 此가 乃眞修眞斷矣니 故云雖備修萬行하나 唯以無念
爲宗이라하시니 圭峯이 摠判先悟後修之義하야 云하시되 頓悟此性이
元無煩惱하야 無漏智性이 本自具足하야 與佛無殊한달하야 依此而修
者는 是名最上乘禪이며 亦名如來淸淨禪也니 若能念念修習하면 自然
漸得百千三昧하리니 達磨門下에 展轉相傳者가 是此禪也니 則頓悟漸
修之義가 如車二輪하야 闕一不可하니라 或者가 不知善惡性空하야 堅
坐不動하야 捺伏身心하야 如石壓草하야 以爲修心하나니 是大惑矣니
故云聲聞은 心心斷惑하나니 能斷之心이 是賊이라하시니 但諦觀殺盜
婬妄이 從性而起인달하야 起에 卽無起하면 當處에 便寂하리니 何須
更斷이리오 所以云不怕念起오 唯恐覺遲라하시며 又云念起어든 卽覺
이니 覺之하면 卽無라하시니 故로 悟人分上엔 雖有客塵煩惱라도 俱
成醍醐하나니 但照惑無本하면 空華三界가 如風卷煙하며 幻化六塵이
如湯消氷하리니 若能如是念念修習하야 不忘照顧하야 定慧를 等持하
면 則愛惡이 自然淡薄하며 悲智가 自然增明하며 辜業이 自然斷除하
며 功行이 自然增進하야 煩惱盡時에 生死가 卽絶하리니 若微細流注
가 氷斷코 圓覺大智가 朗然獨存하면 卽現千百億化身하야 於十方國
中에 赴感應機하야 似月現九霄하야 影分萬水하야 應用無窮하야 度有
緣衆生하야 快樂無憂하리니 名之爲大覺世尊이라

　問後修門中에 定慧等持之義를 實未明了하노니 更爲宣說하야 委示
開迷하야 引入解脫之門하라 答若設法義인댄 入理千門이 莫非定慧오
取其綱要할댄 則但自性上앳 體用二義니 前所謂空寂靈知가 是也라

定은 是體오 慧는 是用也이니 卽體之用故로 慧不離定하고 卽用之體
故로 定不離慧하니 定則慧故로 寂而常知하고 慧則定故로 知而常寂
하니 如曹溪가 云하시되 心地無亂이 自性定이오 心地無癡가 自性慧
니 若悟如是하야 任運寂知하야 遮照無二하면 則是爲頓門箇者의 雙修
定慧也라 若言先以寂寂으로 治於緣慮하고 後以惺惺으로 治於昏住하
야 先後對治하야 均調昏亂하야 以入於靜者는 是爲漸門劣機의 所行
也라 雖云惺寂等持나 未免取靜爲行하면 則豈爲了事人의 不離本寂本
知하야 任運雙修者也리오 故로 曹溪云自悟修行은 不在於諍하니 若諍
先後는 卽是迷人이라하시니 則達人分上에 定慧等持之義는 不落功用
하야 元自無爲하야 更無特地時節하야 見色聞聲時에 但伊麽코 著衣喫
飯時에 但伊麽코 屙屎送尿時에 但伊麽코 對人接話時에 但伊麽코 乃
至行住坐臥或語或默或喜或怒一切時中에 一一如是하야 似虛舟가 駕
浪하야 隨高隨下하며 如流水가 轉山하야 遇曲遇直에 而心心無知하야
今日에 騰騰任運하고 明日에 任運騰騰하야 隨順衆緣하되 無障無礙하
며 於善於惡에 不斷不修하야 質直無僞하야 視聽이 尋常하면 則絶一
塵而作對이니 何勞遣蕩之功이며 無一念而生情이라 不假忘緣之力이
어니와 然이나 障濃習重하야 觀劣心浮하야 無明之力은 大코 般若之
力은 小할새 於善惡境界에 未免被動靜의 互換하야 心不恬淡者가 不
無忘緣遣蕩功夫矣리니 如云六根이 攝境하야 心不隨緣을 謂之定이오
心境이 俱空하야 照鑑無惑을 謂之慧니 此가 雖隨相門定慧가 漸門劣
機所行也 나 對治門中엔 不可無也이니 若掉擧가 熾盛커든 則先以定
門으로 稱理攝散하야 心不隨緣하야 契乎本寂하고 若昏沉이 尤多커든
則次以慧門으로 擇法觀空하야 照鑑無惑하야 契乎本知하야 以定治乎
亂想코 以慧治乎無記하야 動靜이 相亡하야 對治功終하면 則對境而念
念이 歸宗하며 遇緣而心心이 契道하야 任運雙修하야 方爲無事人하리

니 若如是면 則眞可謂定慧等持하야 明見佛性者也리라

問據汝所判컨댄 悟後修門中에 定慧等持之義가 有二種하니 一은
自性定慧오 二는 隨相定慧니 自性門은 則曰하되 任運寂知하야 元自
無爲하야 絶一塵而作對어니 何勞遣蕩之功이며 無一念而生情이라 不
假忘緣之力이라하고 判云하되 此是頓門箇者의 不離自性한 定慧等持
也 라하고 隨相門은 則曰하되 稱理攝散하야 擇法觀空하야 均調昏亂
하야 以入無爲라하고 判云 此是漸門劣機所行也라하니 就此兩門定慧
하야 不無疑焉하니 若言一人所行也인댄 爲復先依自性門하야 定慧를
雙修然後에사 更用隨相門對治之功耶아 爲復先依隨相門하야 均調昏
亂然後에사 以入自性門耶아 若先依自性定慧인댄 則任運寂知하야 更
無對治之功커니 何須更取隨相門定慧耶리오 如將皓玉하야 彫文喪德
이로다 若先以隨相門定慧로 對治功成然後에사 趣於自性門인댄 則宛
是漸門中에 劣機의 悟前이 漸熏也이니 豈云頓門箇者가 先悟後修하
야 用無功之功也이리오 若一時에 無前後인댄 則二門定慧가 頓漸이
有異하니 如何一時에 幷行也리오 則頓門箇者는 依自性門하야 任運할
새 亡功코 漸門劣機는 趣隨相門하야 對治할새 勞功하니 二門之機가
頓漸이 不同하며 優劣이 皎然커늘 云何先悟後修門中에 幷釋二種耶
오 請爲通會하야 令絶疑情케하라 答所釋이 皎然커늘 汝自生疑하야
隨言生解하야 轉生疑惑하나니 得意忘言하면 不勞致詰하리라 若就兩
門하야 各判所行인댄 則修自性定慧者는 此가 是頓門이니 用無功之功
하야 竝運雙寂하야 自修自性하야 自成佛道者也이오 修隨相門定慧者
는 此 가 是未悟前에 漸門劣機니 用對治之功하야 心心斷惑하야 取靜
爲行者이니 而此二門所行頓漸이 各異라 不可參亂也라 然이나 悟後
修門中에 兼論隨相門對治者는 非全取漸機所行也라 取其方便하야 假
道托宿而已니 何故오 於此頓門에도 亦有機勝者하며 亦有機劣者하니

不可一例로 判其行李也니 若煩惱가 淡薄하야 身心이 輕安하야 於善에 離善코 於惡에 離惡하야 不動八風하야 寂然三受者는 依自性定慧하야 任運雙修하야 天眞無作하야 動靜이 常禪이라 成就自然之理어니 何假隨相門對治之義也리오 無病不求藥일새 雖先頓悟하니 煩惱가 濃厚하며 習氣가 堅重하야 對境而念念生情하고 遇緣而心心作對하야 被他昏亂의 使殺하야 昧却寂知常然者는 卽借隨相門定慧하야 不忘對治하야 均調昏亂하야 以入無爲이 卽其宜矣니 雖借對治工夫하야 暫調習氣하니 以先頓悟心性이 本淨하며 煩惱가 本空할새 故卽不落漸門劣機의 汚染修也이니라 何者오 修在悟前하면 則雖用功不忘하야 念念熏修하야도 著著에 生疑하야 未能無礙함이 如有一物이 礙在胸中하야 不安之相이 常現在前이어든 日久月深하야 對治功熟하면 則身心客塵이 恰似輕安하리니 雖復輕安하나 疑根이 未斷함이 如石壓草하야 猶於生死界에 不得自在故로 云修在悟前이 非眞修也라 悟人分上엔 雖有對治方便이나 念念無疑하야 不落汚染하야 日久月深에 自然契合天眞妙性하야 任運寂知하야 念念攀緣一切境에 心心이 永斷하야 諸煩惱가 不離自性하야 定慧等持하야 成就無上菩提하야 與前機勝者와 更無差別하면 則隨相門定慧가 雖是漸機所行이니 於悟人分上에 可謂點鐵成金이니 若知如是하면 則豈以二門定慧로 有先後次第二見之疑乎리오

　願諸修道之人이 硏味此語하야 更莫狐疑하야 自生退屈이어다 若具丈夫之志하야 求無上菩提者는 捨此코 奚以哉리오 切莫執文코 直須了義하야 一一歸就自己하야 契合本宗하면 則無師之智가 自然現前하며 天眞之理가 了然不昧하야 成就慧身하되 不由他悟하리니 而此妙旨가 雖是諸人分上이나 若非夙植般若種智한 大乘根器者인댄 不能一念而生正信하리니 豈徒不信이리오 亦乃謗讟하야 返招無間者가 比比有之하리니 雖不信受하니 一經於耳하야 暫時이 結緣하면 其功厥德이

不可稱量이라 如唯心訣云하시되 聞而不信하여도 尙結佛種之因하며 學而不成하여도 猶盖人天之福하야 不失成佛之正因하나니 況聞而信하고 學而成하야 守護不忘者는 其功德을 豈能度量이리오 追念過去輪廻之業컨댄 不知其幾千劫이며 墮黑闇하야 入無間하야 受種種苦가 又不知其幾何오 而欲求佛道하되 不逢善友하야 長劫에 沈淪하야 冥冥無覺하야 造諸惡業하나니 時或一思컨댄 不覺長吁이로소니 其可放緩하야 再受前殃이 又不知誰復使我로 今値人生하야 爲萬物之靈하여 不昧修眞之路이어도 實謂盲龜遇木이며 纖芥投鍼이라 其爲慶幸을 曷勝道哉아 我今에 若自生退屈커니 或生懈怠하야 而恒常望後하다가 須臾에 失命하면 退墮惡趣하야 受諸苦痛之時에 雖欲願聞一句佛法하야 信解受持하야 欲免辛酸한들 豈可復得乎리오 及到臨危하야 悔無所益하리니 願諸修道之人이 莫生放逸하며 莫著貪婬하야 如救頭然하야 不忘照顧하라 無常이 迅速하야 身如朝露면 命若西光하니 今日에 雖存하나 明亦難保이니 切須在意하며 切須在意하라 且憑世間有爲之善하야도 亦可免三途苦輪하야 於天上人間에 得殊勝果報하야 受諸快樂곤 況此最上乘甚深法門을 暫時나 生信하야 所成功德이사 不可以比喩로 說其小分이니 如經云若人이 以三千大千世界七寶로 布施供養爾所世界衆生하야 皆得充滿하고 又敎化爾所世界一切衆生하야 令得四果하면 其功德이 無量無邊컨마는 不知一食頃이나 正思此法하야 所獲功德하니 是知我此法門이 最尊最貴하야 於諸功德에 比況不及이로다 故經云一念淨心이 是道場이라 勝造恒沙七寶塔하니 寶塔은 畢竟에 碎爲塵이어니와 一念淨心이사 成正覺이라하시니 願諸修道之人이 硏味此語하야 切須在意니라 此身을 不向今生度하면 更待何生하야 度此身하리오 今若不修하면 萬劫을 差違하리니 今若强修하면 難修之行이 漸得不難하야 功行이 自進하리니 嗟夫라 今時人이 飢逢王膳하야도 不

知下口하며 病遇醫王하야도 不知服藥하나니 不曰如之何如之何者는
吾末如之何也已矣로다 且世間有爲之事는 其狀을 可見이며 其功을
可驗이라 人得一事코 歡其希有커니와 我此心宗은 無形可觀이며 無狀
可見이라 言語道가 斷코 心行處가 滅할새 故로 天魔外道가 毀謗無門
하며 釋梵諸天도 稱讚不及곤 況凡夫淺識之流가 其能髣髴이라 悲夫
라 井蛙가 焉知滄海之闊하며 野干이 何能師子之吼이리오 故知末法世
中에 聞此法門코 生希有想하야 信解受持者는 己於無量劫中에 承事
諸聖하시와 植諸善根하야 深結般若正因한 最上根性也이니 故로 金剛
經云於此章句에 能生信心者는 當知是人己於無量佛所에 種諸善根이
라하시며 又云爲發大乘者說하며 爲發最上乘者說이라하시니 願諸求
道之人이 莫生怯弱하고 須發勇猛之心하라 宿劫善因은 未可知也나
若不信殊勝하고 甘爲下劣하야 生艱阻之想하야 今不修之하면 則縱有
宿世善根하야도 今斷之故로 彌在其難하야 展轉遠矣리라 今에 旣到寶
所하되 不可空手而還이니 一失人身하면 萬劫에 難復하리니 請須愼之
니라 豈有智者가 知其寶所하고 反不求之하야 長怨孤貧이리오 若欲獲
寶인댄 放下皮囊이니라

472

芝薰 趙東卓 先生 年譜

1920. 12. 3. 경북 영양군英陽郡 일월면日月面 주곡동注谷洞에서 부 조헌영趙
憲泳(제헌 및 2대 국회의원, 6·25 때 납북됨) 모 유노미柳魯尾의 3남 1녀
가운데 차남으로 출생.

1925~1928. 조부 조인석趙寅錫으로부터 한문 수학修學, 영양보통학교에 다님.

1929. 처음 동요를 지음. 메테를링크의 〈파랑새〉, 배리의 〈피터팬〉, 와일
드의 〈행복한 왕자〉 등을 읽음.

1931. 형 세림世林(東振)과 '꽃탑'회 조직. 마을 소년 중심의 문집 〈꽃탑〉 꾸며
냄.

1934. 와세다대학 통신강의록 공부함.

1935. 시 습작에 손을 댐.

1936. 첫 상경上京, 오일도吳一島의 시원사詩苑社에서 머무름. 인사동에서 고
서점古書店 '일월서방'日月書房을 열다. 조선어학회에 관계함. 보들레
르·와일드·도스토예프스키·플로베르 읽음. 〈살로메〉를 번역함.
초기 작품 〈춘일〉春日·〈부시〉浮屍 등을 씀. "된소리에 대한 일 고찰"
을 발표함.

1938. 한용운韓龍雲·홍로작洪露雀 선생 찾아봄.

1939. 〈문장〉文章 3호에 〈고풍의상〉古風衣裳 추천받음. 동인지 〈백지〉白紙
발간함(그 1집에 〈계산표〉計算表, 〈귀곡지〉鬼哭誌 발표함). 〈승무〉僧舞

추천받음(12월).

1940. 〈봉황수〉鳳凰愁 추천받음(2월). 김위남金渭男(蘭姬)과 결혼함.

1941. 혜화전문학교 졸업(3월). 오대산 월정사月精寺 불교강원佛敎講院 외전 강사外典講師 취임(4월). 상경(12월).

1942. 조선어학회《큰사전》편찬원(3월). 조선어학회 사건으로 검거되어 심문받음(10월). 경주를 다녀옴. 목월木月과 처음 교유.

1943. 낙향함(9월).

1945. 한글학회 〈국어교본〉 편찬원(10월). 명륜전문학교 강사(10월). 진단 학회 〈국사교본〉 편찬원(11월).

1946. 경기여고 교사(2월). 전국문필가협회 중앙위원(3월). 청년문학가협 회 고전문학부장(4월). 박두진朴斗鎭·박목월朴木月과의 3인 공저《청 록집》青鹿集 간행. 서울 여자의전女子醫專 교수(9월).

1947. 전국문화단체총연합회 창립위원(2월). 동국대 강사(4월).

1948. 고려대학교 문과대학 교수(10월).

1949. 한국문학가협회 창립위원(10월).

1950. 문총구국대文總救國隊 기획위원장(7월). 종군從軍해 평양에 다녀옴(10월).

1951. 종군문인단從軍文人團 부단장(5월).

1952. 제 2시집《풀잎 단장斷章》간행.

1953. 시론집《시의 원리》간행.

1956. 제 3시집《조지훈 시선》간행. 자유문학상 수상.

1958. 한용운韓龍雲 전집 간행위원회를 만해萬海의 지기 및 후학들과 함께 구 성함. 수상집隨想集《창에 기대어》간행.

1959. 시론집《시의 원리》개정판 간행. 제 4시집《역사 앞에서》간행. 수 상집《시와 인생》간행. 번역서《채근담》菜根譚 간행.

1960. 3·1 독립선언 기념비건립위원회 이사.

1961. 세계문화 자유회의 한국본부 창립위원. 벨기에의 크노케에서 열린 국 제시인회의에 한국대표로 참가. 한국 휴머니스트회 평의원.

1962. 《지조론》志操論 간행.

1963. 《사상계》 편집위원. 고려대 민족문화연구소 초대 소장. 《한국문화
    사대계》韓國文化史大系 제6권 기획. 《한국민족운동사》 집필.

1964. 동국대 동국역경원 위원. 수상집 《돌의 미학》 간행. 《한국문화사대
    계》 제1권 〈민족·국가사〉 간행. 제5시집 《여운》餘韻 간행. 《한국
    문화사서설》韓國文化史序說 간행.

1965. 성균관대 대동문화연구원大東文化硏究院 편찬위원.

1966. 민족문화추진위원회 편집위원.

1967. 한국시인협회 회장. 한국 신시 60년 기념사업회 회장.

1968. 5월 17일 새벽 5시 40분 기관지 확장으로 영면永眠.
    경기도 양주군 마석리磨石里 송라산松羅山에 묻힘.

1972. 남산에 '조지훈 시비'가 세워짐.

1973. 《조지훈 전집》(全 7권)을 일지사一志社에서 펴냄.

1978. 《조지훈 연구》(金宗吉 등)가 고려대학교 출판부에서 나옴.

1982. 향리鄕里에 '지훈 조동탁 시비'를 세움.

1996. 《조지훈 전집》(全 9권)을 나남출판사에서 펴냄.

2000. 나남출판사에서 〈지훈상芝薰賞〉(지훈문학상, 지훈국학상) 제정.

2001. 제1회 〈지훈상芝薰賞〉 시상. 《지훈 육필시집》(《조지훈 전집》 별책)을
    나남출판사에서 펴냄.

2002. 문화부 〈이 달의 문화인물〉에 선정되어 5월에 경북 영양과 서울 고려대
    민족문화연구원에서 각기 행사를 가짐.

2006. 고려대학교에 '지훈 시비'를 세움.

2007. 고려대 교우회 창립100주년 기념 '자랑스런 고대인高大人 상' 수상.
    향리鄕里에 '지훈 문학기념관' 설립.

가족사항

부인 김위남金渭男 여사

장남 광열光烈 (미국 체류) 자부 고부숙高富淑

차남 학열學烈 자부 이명선李明善

장녀 혜경惠璟 사위 김승교金承敎

삼남 태열兌烈 (외교부 차관) 자부 김혜경金惠卿